이상과 모던뽀이들

이상과 모던뽀이들

신책자 이상 씨와 그의 명랑한 벗들

초판 1쇄 발행 2011년 6월 25일

지은이 | 장석주
펴낸이 | 조미현

편집주간 | 김수한
책임편집 | 박민영
교정교열 | 김정선
디자인 | 석운디자인

조판 | 역사공간
출력 | 문형사
인쇄 | 천일문화사
제책 | 명지문화사

펴낸곳 | (주)현암사
등록 | 1951년 12월 24일 제10-126호
주소 | 121-839 서울시 마포구 서교동 481-12
전화 | 365-5051 · 팩스 | 313-2729
전자우편 | editor@hyeonamsa.com
홈페이지 | www.hyeonamsa.com

장석주 ⓒ 2011
ISBN 978-89-323-1589-8 03810

이 도서의 국립중앙도서관 출판시도서목록(CIP)은
e-CIP 홈페이지(http://www.nl.go.kr/ecip)에서 이용하실 수 있습니다.
(CIP제어번호: CIP2011002316)

1부

이상異狀 _____

근대의 아들

왜 우리는 이상을
얘기하는가?

근대의 특이점

2010년은 우리 문학사에서 가장 문제적으로 꼽히는 한 작가의
탄생 백주기였다. 근대의 들머리에서 태어나 불과 스물일곱 살
에 요절한 천재 작가 이상李箱·1910~1937이 탄생 백주기를 맞은 것
이다. 죽은 지 74년이 지났어도 이상 신드롬은 여전히 뜨겁다.
식민지 근대 현실이라는 '최저낙원最低樂園'에 불시착한 이상은 죽
은 뒤에도 허물을 벗고 날마다 젊어지고 강해진다. 일인칭 독백
소설인 「날개」에서 "19세기는 될 수 있거든 봉쇄하여 버리오"라
고 했던 이상은 19세기에 대한 강박을 떨쳐내고 20세기를 향해

거침없이 나아간다. 이상은 심혼을 억압하는 전근대의 규율과 습속들을 부정하고 근대 예술과 그 가장자리에서 바글거리는 향락들을 탐닉하는 길로 나아간다.

소년은 낯빛이 회고 말수가 적었다. 그림 그리기를 좋아하고 체조를 싫어했다. 이 소년이 자라나서 이 나라 최고의 모더니스트 시인이 되었다. 바로 이상이다. 그가 경성고등공업학교에서 건축학을 전공하고 조선총독부 건축과建築課 기수技手로 일한 사실은 널리 알려져 있다. 그 뒤론 카페를 경영하고 시와 소설을 쓰고 삶의 권태에 스스로를 방기하며 퇴폐적 연애에 빠지기도 했다.

이상은 근대의 '특이점'이다. 이상은 시와 소설에서 자기를 희롱한다. 그렇게 자기를 희롱하는 근대 질서에 맞선다. 이상의 작품들은 그 희롱의 방법론적 실천 행위의 결과물들이다. 희롱은 붙잡는 것들을 뿌리치는 것이고, 누르는 것들을 뒤집는 것이며, 점잖은 체하는 대상을 향한 어깃장 놓기다. 희롱은 이상이 발명한 미래시제의 문학을 견인해나가고, 세계를 조이는 나사들을 풀어 헐거워지게 만드는 효과를 낳는다. 아이러니와 언롱言弄은 주체의 본질을 희화화하고 인간이라는 열정의 무익함을 일러바치는 수법이었다. 위트와 패러독스를 타고 시대를 가로질러 가던 한 근대주의자의 눈에 비친 삶은 기괴한 농담에 지나지 않았다. 농담을 농담으로 인식하지 못하는 사람들은 우스꽝스러운 존재가 된다. 시대의 한가운데에 있는 사람들은 제가 우스꽝스러운 존재가 되었다는 사실조차 알지 못하기 때문에 웃지 못한다. 시대의 중심에서 비켜선 자, 주변부로 밀려난 자만이 삶과 세계가 농담이라는 살과 뼈로 이루어져 있다는 낌새를 눈치 채고 웃는다.

이상은 아무도 웃지 않는 세계 속에서 혼자 웃는다. 이상은 제 겨드랑이를 간질이는 이 얄궂은 삶을, 시대를 끌어가는 저 공적 대의들의 거짓 점잖음을 참을 수가 없어서 혼자 웃는다. 웃음으로 대의들을 농담으로 끌어내리고, 삶을 속박하는 강령綱領들에 물 타기를 한다. 웃음을 타고 주류적 흐름에서 일탈했기 때문에 이상은 낯선 어릿광대로 비칠 수밖에 없었다. 이상의 삶과 문학에 깃든 불가피한 특이점은 그 웃음에서 발현한다. 그 웃음은 이상의 삶과 문학을 규정하고 견인하는 탈근대의 보이지 않는 프레임이다. 그 프레임은 생의 우연성에 대한 무관심과 방임주의, 당대 도덕에 대한 경멸, 정전으로 딱딱하게 굳어진 문학 양식의 해체로 가시화한다.

이상은 저 한반도 북쪽 말로 놀새다. 요즘 말로 바꾸면 트렌드 리더다. 그는 근대 사회 질서의 층위에서, 근대 문학 규범의 내부에서 작동하는 보편성의 원리들을 현저하게 위반한다. 그는 위반과 모반의 지대를 만들고 동시에 무국적無國籍 잡종성雜種性으로 달아나는데, 차라리 그 위반과 모반이 이루어지는 지점에서 이상 문학의 내면 형질이 솟구친다고 할 수 있다. 이는 그가 일본 제국주의에 의해 가동되는 근대 권력이 뿜어내는 표준화라는 억압에서, 식민지로 전락한 모국 조선의 구태와 모순들의 억압에서 튕겨나간다는 뜻이다. 그는 이중의 억압에 반발하며 '튕겨' 나간다.

이상은 수학·건축학·물리학 따위의 근대 학문을 자양분 삼아 제 인식을 키우고 사유의 폭을 넓혔지만, 근대가 안고 있는 한계와 모순들을 꿰뚫어보고 그것을 부정하면서 그것을 넘어가고자 했다. 근대 '너머'를 꿈꾸었기에 근대에 대한 전복顚覆의식이 발생한 것이다.

이상은 근대의 습속·생활·도덕·상상력의 층위에서 근대의 원리에 포획되지 않는다. 가족·사회가 부과하는 책임과 의무들, 인습적 사고방식, 당위적 강령들에 반발하고, 일탈하고 분열하면서 멀리 달아난다. 마치 달아남만이 제 본분인 것처럼 그렇게 달아난다. 이 달아남은 들뢰즈/가타리의 용어를 빌려 말하자면, 지층화된 근대에서 탈영토화하는 것이다. 탈영토화의 결과로 이상 문학은 소수자의 문학이라는 영지領地에 착지한다. 당대 주류 문학에서 떨어져 나와 이질성으로 반짝이는 소수자 문학에 귀착한 이상 문학은 그 도드라진 전복성 때문에 당대인들에게 돌팔매질당하고 홀대를 받는다. 근대의 원경 속에 놓고 보자면, 실험과 파열, 위트와 패러독스로 섬철된 이상 문학은 탈현대의 전조前兆였다.

우리 근대의 부실함은 민족 내부의 주체 역량에서 이루어진 '직영' 근대가 아니라 '하청' 근대였다는 점에서 불가피한 바가 있다. 일본 제국주의는 조선 반도의 실속을 빼가기 위한 근대화를 추진한다. 어디에도 식민지에 제것을 덜어 보태주고 식민지를 살찌우는 제국주의는 없다. 만약 그들에게 아무 이익이 되지 않는다면 조선 '근대'는 없었을지도 모른다. 그런 까닭에 이상과 그의 동료인 '모던뽀이'들이 겪은 근대는 문명과 야만, 위생과 비위생, 봉건과 자유, 부와 가난이 동시적으로 공존하는 비균질적이고 이상한 근대였다. 애초부터 균질함을 가질 수 없었던 '하청' 근대요, 껍데기만 요란한 '부실' 근대라는 한계가 있었던 것이다.

이상은 식민지 근대를 헤쳐 나가다 힘에 부쳐 퇴폐와 방종의 늪으로 빠졌던가. 결국은 폐병쟁이에다 오입쟁이라는 오명을 안고 암울한 바닥으로 전락했다가 다시 문학의 부력浮力으로 양명한 현실 위로 떠오른다. 시인-소설가-화가-건축가라는 멀티플 레이어로 각광을 받은 이상은 아직도 우리 문학사에 희유의 천재로 남아 있다. 그 도저한 실험의식으로 우리 근대 문학을 현대 예술로 견인한 이 천재 예술가에게 유교 사회의 도덕적 잣대를 들이대면 그저 식민지 시절의 퇴폐 예술가요 폐병쟁이일 테다. 그렇게 식민지 근대의 절망과 질병의 고통을 빨아들여 피어난 그의 문학은 잉걸불보다 더 화사했으나 정작 삶은 때깔이 나지 않는 잿빛의 우중충함에 감싸여 있다.

이상은 우리에게 무엇이었나? "이리하여 나의 종생終生은 끝났으되 나의 종생기終生記는 끝나지 않는다"[1]는 그의 유언은 아직도 유효하다. 이상 탄생 백주기를 맞아 그의 세대가 겪은 근대의 본질에 대한 물음과 더불어 다시 한 번 그의 삶과 문학을 돌아보게 되는 까닭이 거기에 있다.

'작소' 이상

'작소鵲巢' 이상이 태어난 해와 경술국치의 해가 겹친 것은 그야
말로 우연일 터다. 그럼에도 이상의 생애는 동아시아의 한 봉건
왕조국가의 멸망과 더불어 시작했다는 태생적 한계에 고착된다.
망국민이라는 처지에서 비롯된 무국적성의 내면화는 그의 선택
을 넘어서서 강제성으로 그의 삶을 포섭하고 물들인다. 이상의
내면에 낙인찍힌 불건강不健康과 자멸의식, 시대와의 불화, 퇴폐
적 자기방기, 게으름과 방종은 그 불가피한 한계와 인과관계에
놓인다.

구한말 경성에서 빈민계급의 아들로 태어났다는 사실은 그
의 잘못이 아니지만, 가난의 협착 속에 놓인 부모가 어린 그를
백부에게 양자 입양시킴으로써 불가피하게 비자발적인 소외
와 불행으로 물든 식민지 근대인의 내면이 탄생한다. 그의 내
면에는 이런 가족사가 낙인찍은 트라우마가 생에 대한 환멸과
불행을 촉발시키는 원체힘으로 뚜렷하다.

분명 제국의 식민지 수도인 경성에서 태어났건만 이상에게는
고향이 없다. 위조된 모던으로 분칠한 경성은 본적지는 될 수 있
지만 고향이 될 수는 없었다. 백부 가족으로 돌연히 위탁 양육되
면서 빚어진 친부모 상실과 원초적인 실향자 정서는 이상의 내
면에 소외와 불행을 키우는 요인이 되었다. 이런 소외의식과 불
행의 생래화는 개별자의 정신적 환경으로 귀착하는 게 옳다. 하
지만 이런 불행은 식민지 근대 안에서 동시대인들에 대한 감염

력 때문에 개별자에게만 국한되지 않고 정치·문화·사회의 층위
에서 간주관적^{間主觀的}으로 연동하며 당대인의 내면에 삼투한다.

강릉 김씨의 혈통을 이은 김해경은 제 태생적 한계가 방출하
는 불행과 싸우기 위해서라도 '이상'이라는 심리적 가장^{假裝}과 가
면^{假面}의 차용이 불가피했다. 그의 운명에 착색된 비극의 표지인
'다름'과 불행의 '타자성'은 한국 문학에서 그 누구와 견줄 수 없
는 최고의 모더니즘 문학의 성취를 떠받치는 동력이다. 이상의
천재성은 번개와도 같이 나타났다 사라진다. 그렇게 이상은 '이
상^{異常}한 가역반응^{可逆反應}' 속에서 기상천외한 내면의 광채를 뿌리
는 이상^{異常}이자 이상^{以上}으로 평지돌출한다.

이상은 "나는 추호의 틀림도 없는 만 25세와 11개월의 홍안 미
소년이다. 그렇건만 나는 확실히 노옹^{老翁}이다"라고 썼다. 백부
에게서 상속받은 유산으로 청진동에 다방 '제비'를 개업하고 황
해도 배천 온천의 기생집에 있던 금홍을 불러와 마담으로 들어
앉힌 것은 1933년 무렵이다. 이상과 금홍은 다방 '제비'에 딸린
뒷방에서 동거를 시작하는데, 이때 금홍은 스물한 살이고 이상
은 스물다섯 살이었다. 그렇건만 금홍의 눈에 나이보다 겉늙은
이상은 마흔이 더 넘은 사람으로 보였다.

다방 '제비'는 당대 모더니스트 계열의 일급 문인들이 단골로
드나드는 살롱이었다. 이태준·박태원·정지용·김기림·김소
운·정인택·윤태영·조용만 등이 바로 그들이다. 하지만 다방
경영은 여의치 않았고, 한산한 다방의 마담 노릇에 슬슬 권태를
느낀 금홍은 옛 버릇이 도져 외간남자들과 바람을 피우곤 했다.

이상은 금홍의 바람기를 방임한다. 아울러 때로 금홍의 난폭한 손찌검에 몸을 내맡긴 채 자학을 꾀하곤 했다. 때 묻은 버선을 윗목에 팽개친 채 금홍이 집을 나가고 다방 '제비'는 파업을 하면서 문을 닫는다. 그때의 경험을 되살려 건져낸 소설이 「날개」다.

근대를 가로질러 탈근대를 선점하려던 이상의 첨단의식은 작은 자아들로 쪼개지며 분열하는 언어의 파행으로 솟구친다. 연작시 「오감도」가 그 대표적인 사례다. 「오감도」는 이태준이 학예문예부장으로 재직하던 《조선중앙일보》에 연재되는데, 30회 예정이던 연재는 독자들의 빗발치는 항의 때문에 15회로 그친다. 독자들에게 이상은 하나의 이방인이거나 괴물이었다. 타자를 이방인이나 괴물로 받아들이는 것은 "심리의 심연에 존재하는 균열의 증거들"이고, 그 타자들은 "우리가 의식과 무의식, 친숙한 것과 낯선 것, 같은 것과 다른 것 사이에서 어떻게 분열"되는지를 드러낸다.[2]

독자들에게 모독당한 한국 문학 최초의 모더니스트 이상, 탄생 백주기를 맞았지만 우리는 감히 그의 문학과 정신을 이해했다고 말할 수 없다. 일찍이 제 인생이 주단 깔지 않은 층계임을 깨닫고 박제화하지만 그의 문학은 여전히 살아 있는 전설이자 흑질의 신화다. 「오감도」 연작시와 단편소설 「날개」의 작가 이상은 제 남루한 삶의 행적들과 제가 감당한 불행과 절망을 질료로 당대 최고의 모더니즘 문학을 빚어낸 식민지 시대의 돌출한 '모던뽀이'다. 그의 등장 자체가 한국 문학에는 최고의 스캔들이었다. 알쏭달쏭한 아라비아 숫자와 기하학 기호의 난무, 건축과

의학 전문용어의 남용, 주문呪文과 같은 해독 불능의 구문으로 이루어진 시들, 자의식 과잉의 내면, 도저한 퇴폐 문학의 원조, 악질적인 문법 해체, 국한문 혼용의 소설들. 시대를 크게 앞지른 그의 모더니즘 문학과 상궤를 벗어난 기행奇行들은 근대 문학사상 가장 시끄러운 소동을 빚은 스캔들의 원소를 이룬다.

거미와 앵무새의 상상 세계

'거미'는 이상의 소설 「지주회시蜘蛛會豕」에서 따온 것이다. '지蜘'와 '주蛛'는 둘 다 거미를 뜻하는 한자어다. 이 소설은 '그'와 아내의 이야기를 담고 있다. 이들은 정상적인 부부가 아니다. 그들은 가장 가까이 들러붙어 있으면서 서로가 상대를 갉아먹는다. 마치 '거미'와 같은 행태를 보이는 것이다. 서로가 속고 속이면서 살아가지만 그들은 떨어지지 못한다. 신뢰를 져버린 채 서로가 서로에게 흡혈판을 대고 피를 빨고 존재의 가능성을 갉아먹는 거미와 같이 추악한 존재로 전락하는 자본주의의 착취 구조를 드러낸다. 거미는 흉측스러운 존재의 표상이다. 서로를 착취하는 타락한 세계에서 '너'는 '나'에게, '나'는 '너'에게 거미다.

'앵무새'는 「오감도 시제6호」에 나온 '앵무鸚鵡 2필二匹'에서 빌려온 것이다. 일반적으로 앵무 2필은 '나'와 아내를 지시한다고 해석한다. 이것을 말놀이의 맥락으로 읽으면 기존 해석들이 뒤집어진다. '앵鸚'과 '무鵡'는 둘 다 앵무새를 뜻한다. 동일한 의미를 중복하는 점에 착안한 권영민의 해석에 따르자면, "앵무는 거짓된 말과 이중적인 태도를 보이고 있는 '아내'"를 기호화하고 상징하는 것이다. 앵무새는 사람의 말소리를 흉내 내는 재주를 부리지만 그 흉내가 그럴싸해도 그것은 뜻도 모른 채 내는 소리 흉내에 지나지 않는다. '나'의 아내는 남 앞에서 자기 목소리를 내지 못하고 거짓과 기만의 말로 타자를 흉내 내는 앵무새와 다를 바 없다. 아내는 밖에서 제가 유부녀라는 사실을 감춤으로써 '나'와의 부부관계를 기망한다. 이렇듯 '나'는 거미가 되어 아내를 갉아먹고, 아내는 앵무새가 되어 거짓의 말들로 '나'를 속인다. '나'와 아내는 거짓의 관계로 얽혀 있다.

따라서 '거미'와 '앵무새'는 자본주의 세계에서 착취와 거짓으로 연루된 채 엮인 존재임을 드러내는 기호들이다. 어쩌면 애초에 삶이라는 것이 악령이고, 개별자 내면의 의지나 도덕성과 상관없이 우리를 기만하는 것인지도 모른다. 그 악령에 젖을 물려서 키우는 것은 질병과 추악, 온갖 불행과 환멸 들이다. 시인들은 그것들과 씨우지 않는다. 차라리 그것늘을 삼키고 자멸함으로써 세상에 앙갚음한다. 악령들이 그러하듯이 좋은 시인들은 온갖 질병과 추악과 편집증적 망상 들을 먹고 자란다. 악령과 시인은 다르다. 같은 물을 마시고 독사는 독을 만들지만 젖소는 젖을 만든다. 시인들은 허물을 벗고 봄마다 새로 태어난다. 니체는 『즐거운 지식』에서 이렇게 쓴다.

우리는 자주 오해를 받는다. 왜냐하면 우리 자신이 계속 자라고 변하기 때문이다. 우리는 허물을 벗고 봄마다 새로운 껍질을 입는다. 우리는 계속해서 젊어지고, 더 커지고, 더 강해진다.

이상은 젊은 나이에 죽었다. 죽음은 이상 문학의 끝이 아니다. 그것은 이상 문학의 새로운 생장점이다. 우리는 거의 한 세기 동안 때 이른 죽음으로 완결된 '이상 문학'이 계속 젊어지고 '새로운 껍질을 입'고 자라나는 이상한 현상과 만난다.

모던뽀이들의 근대

이 책은 이상 연구서도 아니고 그의 전기적 사실들을 재구성하는 평전도 아니다. 이상과 그의 문학 동료들인 '모던뽀이'들을 통해서 근대는 우리에게 무엇이었는가를 탐구하는 의도 안에서만 이상의 우정 관계, 이력, 여성 편력의 일화逸話들이 참조될 것이다. 이상의 어지러운 행적보다는 그것을 감싸 안은 커다란 테두리로서 개별자의 삶에 삼투하는 근대와 아이러니에 대한 사유와 탐구가 더 중요하다는 뜻이다. 아울러 사생활의 문란함에서 파생된 이상의 무수한 일화들이 우리를 천박한 관음증의 욕망으로 내몰 때, 자칫하면 본말이 전도될 수 있다는 사실도 지나쳐서는 안 된다. 여러 근대 담론들이 하나로 동의하는 것은 우리에게 근대는 과거를 마치 없었던 것처럼 지우고 그 단절 위에서 미래를 만들려는 미완의 기획이었다는 점이다.

이상과 그의 세대가 맞닥뜨린 '모던'이란 무엇인가. 가장 일반적인 의미에서 '현재 존재하는 어떤 것, 바로 지금'의 뜻을 가진 컨템퍼러리^{contemporary}와 가까운 무엇이다. 과거와는 다른, 그것과 단절된 채 현재적인 것이 찰나마다 떠올랐다가 사라지는 유행, 복장, 예술 사조에서 드러나는 새로움이다. 이미 어떤 징후들로 도래해 있는 미래, 진보된 기술 환경, 이전에 없던 새로운 생산 양식 모두를 포괄한다. 그것은 현재를 떠받치는 생활과 유행들이고, 현재 안에서 과거를 부정하면서 선취된 미래를 동시대성으로 품는다. 그것은 액체와 같이 유동하는 그 무엇이고,[3] 시간이 가속하는 시간이자 그 시간들이 '몰래 균열되어, 미래 때문에 속이 텅 비워진 채, 미래의 가장자리에서 영원히 떨고 있음을 깨닫는'[4] 순간의 다른 이름이다. 근대는 저 멀리서 다가오는 새로운 것의 기원이자 그 열매다. 환몽을 깨우는 매혹의 대상이지만 그 강제성 때문에 이상과 동시대의 동료들에게 삶을 옥죄고 왜곡하는 억압과 고통이 되었다. 그 미완의 기획에 의해서 지금-여기 우리들의 삶이 규정되고 재생산된다는 성질이 우리 어깨를 근대에 몸을 던진 모던뽀이들의 세계 속으로 떠다민다.

이상을 포함해서 그의 동료들인 박태원·이태준·김유정·김기림·구본웅 들은 근대라는 거인의 어깨 위에 앉은 난쟁이들이다. 거인의 어깨 위에 앉아서 그들은 무엇을 보고 느꼈을까. 이미 일제 강점기를 겪고 일제의 수탈과 억압에 대한 무의식의 식민화에 이른 이들과 함께 1930년대 경성의 거리를 걷고, 그들이 커피를 마시고 담소를 나눈 카페와 다방들을 둘러볼 수 있다. 그

렇게 그들의 일상 시간들의 분배, 그들이 입고 먹고 마셨던 것들
—이를테면 서양식 레스토랑에서 먹는 '난찌'와 청량음료 '칼피
스'와 경성의 여염집에서 요리할 때 쓰던 조미료 '아지노모도',
그리고 중절모자와 나팔바지와 서양식 구두와 스틱—, 그들 내
면에서 꿈틀거리는 희구와 욕망의 내용들을 들여다볼 것이다.
강제로 이식된 근대는 그들의 말랑말랑한 삶과 의식으로 녹아들
어가 그것을 제약하고 결정하는 요소로 작동한다. 거스를 수 없
는 물결이었던 근대는 이상과 모던뽀이들의 의식에 어떻게 삼투
하는가.

자, 이제 경성 거리로 나서보자. 1930년대 경성의 거리·백화
점·옥상정원·간판·쇼윈도·다방·바·끽다점·전차·술·담배·
신여성 따위는 그들의 눈과 귀와 혀를 지속적으로 간질이며 즐
겁게 만든 것들이다. 이것들을 추체험함으로써 우리는 '근대'와
'경성'의 풍경들을 하나의 전체로서 다시 보기 하고 그 의미를
캐볼 수 있을 것이다.

제1장

일세의 귀재

봉두난발의 사나이

1933년 경성의 늦여름 저녁 무렵이다. 예사롭지 않은 외모의 네 사나이가 황금정^{黃金町·지금의 을지로}을 거쳐 종로를 걷고 있다. 백구 두에 평생 빗질이라곤 해본 적이 없는 듯한 봉두난발, 갈색 나비 넥타이, 얼굴의 반쯤을 텁수룩하게 덮은 구레나룻에 얼굴빛이 창백해서 처음 보는 사람은 양인^{洋人}으로 오인하는 사나이, 중산 모를 눌러 쓴 키가 여느 사람의 반밖에 되지 않는 꼽추, 흐느적 흐느적 걷는 폼이 마치 인조인간처럼 보이는 사나이, 당시 일본 에서 크게 유행하던 '갓빠머리^{머리 꼭대기를 일자로 깎은 머리}' 스타일의 키

1930년대 경성의 황금정거리 현재의 서울 중구 을지로 2가 부근으로, 지금의 외환은행 자리에 동양척식회사가 있었다.

가 훌쩍 큰 또 다른 사나이.

"어디 곡마단 패가 들어왔나본데."

"아냐. 활동사진 변사 일행이야."

종로를 지나가던 사람들이 이 기묘한 일행을 힐끔거리며 한마디씩 던진다. 백구두의 사나이가 스틱을 들어 공중에서 휘휘 돌려댄다. 그가 돌연 "캬캬캬캬……" 하고 웃었다. 그 사나이는 기괴한 웃음 끝에 말을 이었다.

"이 꼴들을 보게. 참, 정말 곡마단 일행이 왔다고 애들이 또 줄줄 따라오겠어."

캬캬캬캬 하고 웃는 이 '19세기와 20세기 사이에 끼어 졸도하려 드는 무뢰한'의 웃음소리는 독특했다. 그 웃음소리의 주인공이 '일세의 귀재鬼才 이상'이다. 그리고 꼽추 화가 구본웅具本雄,

흐느적이며 걷는 양백화梁白華, 박태원朴泰遠 등이 그 일행이다.

이들은 소공동의 끽다점 '낙랑파라'를 막 나와 술집으로 향하는 중이다. 낙랑파라는 경성역의 끽다점과 더불어 예술가들은 물론이거니와 경성의 지식인들이 즐겨 찾는 명소였다. 낙랑파라는 일본 동경미술학교 도안과 출신의 화가 이순석이 1931년에 개점한 경성 최초의 커피 다방이다. '다방'은 명칭조차 하나로 통합되지 못한 채 '티룸'이니 '끽다점'으로 불리던 시대였다. 이순석은 경성부청의 백악 5층루와 마주선 건물 2층에 화실을 꾸리고, 아래층엔 끽다점을 꾸몄다. 입구는 파초 화분으로 장식하고, 내부 널마루 위에는 톱밥을 펴서 마치 사하라 사막에 온 듯한 이국 정취를 물씬 자아냈다. 이상과 박태원 등은 '구인회九人會' 모임을 마치고 낙랑파라에 들러 커피를 마신 뒤 낙랑파라가 있는 소공동의 '우고당友古堂'에 들러 주인 구본웅을 불러내었다. 구본웅은 가난한 문인들의 전주錢主 노릇을 하는 서양화가다. 거기에 뒤늦게 양백화가 합류한 것이다.

출생과 성장

이상은 1910년 9월 23일 경성부 북부 순화방 반정동 4통 6호에서 아버지 김연창金演昌과 어머니 박세창 사이에서 장남으로 태어났다. 본명은 김해경金海卿, 본관은 강릉이다. 해경을 가졌을 때 어머니는, 부엌 바닥을 파헤치는데 거기서 은식기들이 마구 쏟아져나오는 꿈을 꾸었다고 한다. 아버지 김연창은 구한말 궁내부^{宮內府} 활판소^{活版所}에서 일하다 손가락 세 개가 잘린 뒤 이발소를 차려 운영했으나 살림은 어려웠다. 해경은 두 살 때 백부 김연필^{金演弼}의 양자로 들어갔다. 김연필은 공업학교 교원으로 일하다가 나중에는 총독부 기술직으로 근무했던 사람이다. 슬하에 아들이 없어 동생의 장남인 해경을 양자로 들였다.

1929년 경성고등공업학교
졸업앨범의 이상

　해경은 그림을 잘 그리는 소년이었다. 실은 해경의 내향성 에너지가 그림에서 분출구를 찾은 것이다. 누이동생 옥희의 증언이 그 사실을 뒷받침한다.

　오빠는 어릴 때부터 그림을 매우 잘 그렸습니다. 무엇이든지 예사로 넘기는 일이 없는 그는 밤을 새워 무엇인가를 골똘히 생각하고 그것을 종이에 옮겨 써보고 그려보고 하는 것이 버릇이 되었더라고 합니다. 열 살 때인가 당시 '칼표'라는 담배가 있었는데, 그 껍질에 그려져 있는 도안을 어떻게나 잘 옮겨 그렸는지 오래도록 어머니가 간직해두었다고 합니다. 보성고보 때 이미 유화를 그렸는데 어느 핸가 〈풍경〉이라는 그림을 선전^{鮮展}에 출품하여 입선한 일도 있었습니다. (……) 그해 12월인가 《조선과건축^{朝鮮と建築}》지의 표지 도안 현상에 1등과 3등으로 당선된 것으로만 보아도 그사이 오빠

경성고공 시절
가운데 찢어진 모자를 쓰고 허름한 차림
을 한 이가 이상이다.

의 의욕을 짐작할 수가 있습니다. 그 이듬해인 1931년부터 시작을
발표하기 시작하였고, 또 그해에 오빠의 그림 〈자화상〉이 선전鮮展
에 입선되었습니다.

현미빵을 파는 고학을 하며 어렵게 보성학교를 졸업한 해경은
어려운 집안을 일으켜 세우기 위해서는 '기술'을 배워야 한다는
백부 김연필의 강력한 주장에 따라 경성고등공업학교 건축과에
진학했다. 당시 경성고공 전체 학생은 60여 명에 불과했다. 해경
과 같은 해에 건축과에 입학한 사람은 12명이고 이 중에서 조선
인 학생이 3명이다. 해경은 그 3명 중의 하나였다. 이상과 10년

지기인 문종혁의 증언은 '그림'에서 '문학' 쪽으로 관심이 이동하며 운명이 바뀌는 이상의 모습을 보여준다.

이상과 나는 1927년 18세부터 5년여 동안 같은 집에서 생활했다. 즉, 이상이 경성고등공업학교 2학년이 되던 해부터 최초의 시작詩作 「이상異常한 가역반응可逆反應」을 발표하던 해까지이다. 그리고 이상이 사망하던 1937년까지 우정을 나누었다. 이른바 10년 지기知己였다. 이상과 18세 동갑내기로서 통동 154번지 그의 백부 집에서 처음 만났을 때 그는 이미 시작에 열을 올리고 있었다. 1인치가 넘는 두꺼운 무괘지無罫紙 노우트에는 바늘끝 같은 날카로운 만년필촉으로 쓰인 시들이 활자 같은 정자로 빼곡 들어차 있었다. 그는 그 노우트를 책상 서랍 속에 소중히 간직하였다.

당시 상箱은 나에게 그림에 관해서는 자주 얘기했지만 시에 대해서는 이야기하지 않았다. 그림을 그리지 않는 시간에 상은 일본의 사이죠우 야소西條八十의 시와 기꾸치 칸菊池寬의 소설을 열심히 읽고 있었다. 이렇게 2년을 보낸 후 스무 살에 접어들자 상은 입버릇처럼 말하기 시작했다. "나는 문학을 해야 할까봐……" 이것은 화가를 꿈꾸던 그의 내부에 결정적인 변화가 생긴 것을 의미했다. 그는 화구를 돌보지 않게 되었고 문학 쪽으로 완전히 기울어진 것 같았다. 이해 그는 경성고공을 졸업하고 총독부 토목기사직에 있었다.[5]

사실 해경은 그림에 재능이 있고, 스스로도 화가가 되고자 했지만, 김연필은 해경의 그런 뜻을 기어코 꺾어버렸다.

경성고공 미술부 화실의 이상 보성학교 시절부터 미술에 두각을 보인 이상은 경성고공 미술부에서 활동하였으며 졸업 후 1931년에는 서양화로 조선미술전람회에 입선한다.

"장차 이 집안을 맡을 장자로서 네가 환쟁이가 되어 그림이나 그린다면 어떻게 되겠느냐. 이 큰아비를 생각하나 네 아비를 생각하나 네가 기술자가 되면 세태가 아무리 바뀌어도 배를 굶지는 않느니라."

　백부의 간곡한 요청에 따른 것이지만 무엇보다도 해경이 경성고공으로 선뜻 진학을 선택한 것은 거기서도 그림을 그릴 수 있는 가능성이 열려 있었기 때문이다. 경성고공 시절의 한 일본인 동창은 한 좌담회에서 다음과 같이 말했다.

　　김해경이 경성고공을 지망한 건 오로지 그림을 그리기 위해서였습니다. 이건 나중에 그 학교 건축과 미술부에 함께 소속되면서 그가 나한테 그렇게 언명한 확실한 사실이지요. 회화를 배울 전문학교는 경제 사정으로 가지 못하고 한국 내엔 그런 학교도 없었지요. 당시 학교에서 그나마 미술을 할 수 있는 곳은 경성고공뿐이었거든요.

경성고공 시절 같은 미술부에 소속되었던 또 다른 일본인 동기의 회고도 그림에 대한 해경의 열망이 어느 정도였는지를 말해준다.

물론 설계도를 위한 기초법으로서의 그림이었지만 경성고공의 미술부는 비교적 관대해서 풍경화나 자화상 같은 인물화도 마음대로 습작할 수 있었지요. (……) 해경은 용모가 깨끗한 데다가 화제가 풍부하고 화술이 능란해서 누구나 끌렸지요. 농담도 잘하지만 위트가 번뜩거리고 그가 입을 벌리기만 하면 모두가 배꼽을 잡았고 (……) 무엇보다도 그 무엇에도 집착하지 않는 표표한 언행이 벌써 비범한 인물임을 엿보게 했지요. 난 그때 이미 술을 좋아해서 기회만 있으면 술을 먹는데 술 먹는 나를 따라와서는 언제까지나 함께 앉아 있는 거예요. 그는 사람이 그립고 인정이 아쉬웠던 것 같아요. (……) 그는 평소엔 대범한 듯하다간 그림 비평이나 인간 비평을 하게 되면 또 그렇게 신랄할 수가 없어요. 그렇지만 구체적인 어느 인물을 도마에 놓고 말한 적은 없지요. 그의 신랄한 성격은 그의 그림에 잘 나타나 있었어요. 그의 건축 설계도를 보면 그렇게 세밀하고 정확할 수가 없어요. 한 획, 한 점을 소홀히 긋고 찍지 않는단 말이야. 나도 제도는 어지간히 자신이 있었던 편인데 김해경이한테는 손을 들었어.

건축과 기수 시절

이상은 1929년 봄에 경성고등공업학교 건축과를 수석으로 졸업한 뒤 조선총독부 내무국 건축과 기수로 발령을 받는다. 이해 11월에는 조선총독부 관방회계과 영선계營繕係로 자리를 옮긴다. 이당시 이상의 봉급은 55원이었다. 이상은 겉으로는 태만해 보였으나, 실은 유능한 직원이었다. 의주통義州通의 전매국 청사, 경성제대 문리대 교양학부 건물 등의 설계에 참여해 제 몫의 일을 해내고, 공사 현장에 감리 감독으로 나가기도 했다. 12월에는 조선에 진출해 있던 일본인 건축 기술자들을 중심으로 꾸리던 조선건축회의 일본어학회지 《조선과건축》의 표지 도안 현상공모에 응모하여 1등과 3등으로 당선되기도 한다. 타의에 의해 화가의 꿈을 접은 이상으로서는 무엇보다 기쁜 일이었다. 총독부 영선계에 근무할 무렵 이상은 여름엔 백색 양복에 백구두를 신고, 밀짚모자를 삐딱하게 쓰고 거리를 누비는 모던뽀이의 모습이었다.

이듬해에는 소선총독부에서 일본의 식민지 정책을 일반에게 널리 알리기 위해 펴내던 잡지 《조선朝鮮》에 이상의 처녀작이자 가장 긴 소설인 「12월 12일」을 이상이라는 필명으로 연재한다. 연재 4회분에 앞서 실린 「작자의 말」에서 "모든 것이 무섭지 아니한 것이 없다. 그 가운데에도 이 죽을 수도 없는 실망은 가장 큰 좌표에 있다. 나에게, 나의 일생에 다시없는 행운이 돌아올 수 있다 하면 내가 자살할 수 있을 때도 있을 것이다. 그 순간까지는 나는 죽지 못하는 실망과 살지 못하는 복수—이 속에서 호

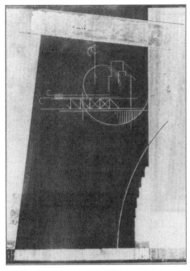

이상이 도안하여 표지 도안 현상공모에 각각 1등(왼쪽)과 3등(오른쪽)에 당선된 《조선과건축》 표지

흡을 계속할 것이다. (……) 무서운 기록이다. 펜은 나의 최후의 칼이다"라고 쓴다. 이것은 이상의 처녀작으로 알려진 시 「이상한 가역반응」보다 1년이나 앞선 것이다. 어쨌든 1930년은 천재 시인이자 소설가인 '이상'이 처음으로 이 세상에 세 이름을 알린 해이다.

1932년 5월 7일 백부 김연필이 뇌일혈로 사망한다. 이상은 젖 뗄 무렵 큰집의 양자로 갔다가 스물세 살이 되어서야 본집으로 돌아간다. 집안은 여전히 가난했다. 어머니는 이상의 대님과 허리띠를 접어주고, 아버지는 이상의 모자와 양복저고리를 걸기 위해 벽에 못을 박았다. 동생은 다 자랐고, 막내누이는 처녀 태가 역력했다. 그 가족 앞에서 이상은 애잔한 슬픔을 느꼈다. 자신에게 돈을 벌 재주가 없다는 걸 뼈저리게 알고 있는 까닭이다.

"어떻게 하면 돈을 버나요. 저는 못 법니다." 이상은 그렇게 자탄했다. 이상에겐 친구도, 끌어줄 선배도, 세파와 맞서 싸울 뚝심도 없었다. 이때 이상은 이미 돈에 살고 돈에 죽는 천민자본주의가 세상에 준동하게 될 것임을 알아차렸다. '돈을 못 번다'는 자조 섞인 이상의 한탄은 그 '돈' 세상에 제자리가 없음을 고백하는 것이다.

백부가 죽은 뒤 이상이 유산으로 받은 것은 통인동의 집, 미아리 밖의 임야, 누상동에 있는 밭이었다. 뒤늦게 백부의 부채가 드러나서 그걸 해결하고 남은 돈으로 효자동에 방 둘에 부엌이 하나 딸린 초가집 한 채를 사서 가족들을 이사시켰다. 그리고 연초 소매 허가를 얻어 그것으로 생계를 꾸리도록 조치를 했다.

폐결핵과 다방 '제비'

1931년 여름에 삭혈을 하며 폐결핵 증세가 나타났다. 당시의 폐결핵은 오늘의 에이즈와 같은 병이다. 폐결핵의 징후는 기침·발열·다한증·식욕증진·성적 욕망의 항진이고, 그 원인은 가난으로 인한 영양실조, 여윈 신체, 환기가 제대로 되지 않는 실내, 취약한 위생 시설 따위가 병합해서 전반적으로 약해진 몸에 폐결핵 균이 침투하여 생겨나는 질병이다.

"결핵은 몸을 붕괴시키고 발열을 일으키지만, 특별히 구체화되지는 않는다. 결핵은 액체의 질병—몸에 담痰이 생긴 다음, 점

액질과 가래가 생기고, 결국엔 피가 나온다—이며, 신선한 공기가 필요한 질병이다."[6] 그러니까 이상은 각혈 이전에 폐결핵이 제 몸 안에서 진행되고 있다는 사실을 모르고 있다가, 각혈을 하면서 비로소 그 존재를 알게 되었다. 이상은 병든 몸의 회복을 위해 휴식과 요양이 필요하다고 느꼈다.

"결핵은 시간의 질병이다. 결핵은 삶이 빠른 속도로 진행되도록 만들고, 삶을 정화한다. 영어나 프랑스어로 소모는 '질주'를 의미하기도 한다. _{consumption은 '소모'를 뜻하면서 폐결핵을 뜻하기도 한다}[7] 청년 이상은 느닷없이 제 신체를 침투해서 퍼지는 이 '시간의 질병'에 불안과 공포를 느꼈다. 마치 촛불과 같이 삶은 순간마다 닳아 사라진다. 소모가 빠르게 진행되다가 어느 순간 홀연히 그 영혼의 내부에서 타오르는 불을 끄게 될 것이다. 그는 모든 일에 대해 조급해진다.

폐결핵은 가난과 과로를 하나의 유습으로 섬기는 예술가들의 질병이다. 당시에는 사형선고나 다름없는 불치병이지만 예술가들에겐 삶의 추잡함을 정화하는 질병이고, 날마다 소멸하는 비루한 이승의 삶을 밝히는 영혼의 질병이다. 이 가난한 예술가들의 특권적 질병에 대해 한 작가는 이렇게 적는다. 폐결핵은 "죽음과 삶이 기이할 정도로 뒤섞여 있는 나머지, 죽음이 삶의 홍조와 빛깔을 취하고, 삶이 기분 나쁘고 소름끼치는 죽음의 형태를 취하고 있는 질병"[8]이라고.

1931년 이상은 공사 현장에서 각혈을 하며 쓰러졌다. 이상은 폐결핵의 발병에 절망한다.

스물세 살이오—삼월이요—각혈^{咯血}이다. 여섯 달 잘 기른 수염을
하루 면도칼로 다듬어 코밑에 다만 나비만큼 남겨 가지고 약 한 제
지어 들고 B라는 신개지^{新開地} 한적한 온천으로 갔다. 게서 나는 죽
어도 좋았다.[9]

폐결핵이 심해지자 이상은 조선총독부 기수직을 사직하고
1933년 봄에 황해도 배천 온천으로 요양을 떠난다. 이상은 여
관 한등^{寒燈} 아래서 제 처지를 비관하며 슬픔에 잠겨 있기도 했
다. 이상은 요양 온 지 사흘 만에 바람결을 타고 들려오는 장
고와 잡가 소리에 엉덩이를 들썩이다가 기어코 여관 주인을
앞세워 기생집을 찾는다. 거기서 만난 게 금홍이다. 체구가 작
고 깡그라진 계집은 풋고추만큼이나 제법 맛이 매웠다. 금홍
은 이미 열여섯에 머리를 얹고 열일곱에 딸을 낳은 경산부^{經産}
^婦였다.

경성으로 돌아온 이상은 백부의 유산으로 종로 1가에 있는 조
선광업소 1층을 전세로 세내어 다방 '제비'를 개업한다. 종로 네
거리에서 종로경찰서를 지나 서대문 방향으로 내려오다 보면 청
진동 골목이 나온다. 종로 거리와 평행으로 이어지던 이면도로
가 '피맛골'이다. 포장도로가 끝나는 그 청진동 길가에 이상이
차린 다방 '제비'가 들어섰다. 다방 '제비'에 대해 그 당시의 한
잡지는 이렇게 쓴다.

총독부에 오래 다닌 고등공업 출신의 김해경 씨가 경영하는 것으

구본웅의 〈여인〉
그림 속 여인은 다방 '제비'의 마담 금홍으로 추정된다.
1930년, 49.3×37.8cm, 캔버스에 유채, 국립현대미술관
소장

로 종로서 서대문 가느라면 10여 집 가서 우편 페-부먼트 옆에 나
일강변의 유객선같이 운치 있게 비껴 선 집이다. 더구나 전면 벽은
전부 유리로 깐 것이 이색적이다. 이렇게 종로대가를 옆에 끼고 앉
었으니만큼 이 집 독특히 인삼차나 마시면서 바깥을 내다보노라면
유리창 너머 페이부먼트 위로 여성들의 구둣발이 지나가는 것이
아름다운 그림을 바라보듯 사람을 황홀케 한다. 살색 스톡킹으로
싼 가늘고 긴-각선미의 신여성의 다리 다리 다리-이 집에는 화
가, 신문기자, 그리고 동경 오사카로 유학하고 돌아와서 할 일 없어
양차나 마시며 소일하는 유한청년들이 많이 다닌다. 봄은 안 와도
언제나 봄기분 있어야 할 제비. 여러 끽다점 중에 가장 이 땅 정조
를 잘 나타낸 '제비'란 이름이 나의 마음을 몹시 끄은다.[10]

이른바 한국 모더니즘의 기수들인 구인회 멤버들의 베이스캠프가 생긴 것이다. 이상과 금홍의 이상한 동거와 함께 방종과 패륜으로 얼룩진 '퇴폐의 독이 향수처럼 질컥질컥 젖어오는' 이상의 모던뽀이 시절이자 죽음으로 급격하게 기울어지는 자멸 시대가 열린다.

다방 '제비'의 벽면에는 날아가는 제비와 나무를 배경으로 나부裸婦를 그린 구본웅의 야수파적인 벽화와 함께 이상의 〈자화상〉이 걸려 있었다. 이 그림은 12호 정도의 크기였다. 누렇게 떡칠한 듯한 색조 속에서 한 남자의 음울한 초상이 떠오른다. 1931년 조선미술전람회에 이상이 출품해서 입선한 작품이다. 화폭 전체를 안개처럼 모호하게 덮은 노랑 색조가 관람자의 시선을 압도한다. 노랑 색조는 야수파의 격정으로 작열하는데, 두터운 질감을 드러내며 엉긴 이 노랑 색조의 혼돈 속에서 한 얼굴이 가까스로 드러난다. 그림의 중심은 눈과 코와 입을 갖고 있는 한 개별자의 얼굴이 아니라 노랑 색조의 덩어리 그 자체다. 이 노랑 덩어리는 설망과 환멸로 진저리치는 이 주체의 내면과 상호 조응한다. 눈은 퀭하다. 아무것도 응시하지 않는다. 어떤 기대도, 설레는 기다림도 없다. 아니 기다림에 대한 일말의 흔적은 있는가. 그럴지도. 이때 기다림은 무표정한 얼굴 뒤에 숨어 있는 부끄러움의 등가等價로서만 뜻이 있다.

"기다리는 것은 수치이며, 기다리는 것의 수치는 기다리는 사람에게 되돌아온다. 기다림은 나태함과 낮은 지위의 증거로 지목되며, 거절의 징후이자 배제의 신호로 간주될 수 있기 때문에 부끄러워해야 할 일이다. 자기가 진짜 필요한 존재가 못 되는 게 아닌가 하는 의구심—의식 수준과 결코 멀리 떨어지지 않은 직관—이 이제 표면으로 떠올라 수많은 파문을 일으키게 된다."[11] 이 얼굴에는 어디에도 삶의 쾌청함이 없다. 이것은 얼굴이 아니다. 노랑 색조에 묻혀 가뭇하게 사라질 이것은 잉여의 그 무엇, 버려져

1931년 조선미술전람회에 입선한 이상의 〈자화상〉

도 무방한, 아니 이미 버려진 것, 자유와 존엄의 영역에서 배제된 것, 호모 사케르[homo sacer],[12] 유기遺棄의 기표적 기호다. 얼굴은 얼굴 일반에서 떨어져 나온, 고통에 대한 아무런 견인력도 없이, 무심하게 푸줏간에 걸린 살덩이와 다를 바 없는 그 무엇이다.

김해경과 이상

해경의 생부 김연창은 얼굴이 얽은 사람으로 앞에서 서술했듯이 형 김연필의 주선으로 구한말 궁내부 활판소에서 일하다가 사고로 손가락 세 개를 절단당한 뒤 작은 이발소를 개업해서 호구지책을 삼던 사람이다. 이상은 「슬픈 이야기」에서 그 사연을 이렇

게 적는다.

우리 어머니도 우리 아버지도 다 늙으셨습니다. 그분들은 다 마음이 착하십니다. 우리 아버지는 손톱이 일곱밖에 없습니다. 궁내부 활판소에 다니실 적에 손가락 셋을 두 번에 잘리우셨습니다. 우리 어머니는 생일도 이름도 모르십니다. 맨 처음부터 친정이 없는 까닭입니다. 나는 외갓집 있는 사람이 퍽 부럽습니다. 그러나 우리 아버지는 장모 있는 사람을 부러워하시지는 않으십니다.[13]

1910년 9월 23일 새벽 6시경에 한 가난한 집안의 장남으로 태어났을 때, 그 이름을 지은 것은 조부 김병복金炳福이었다. 맏이로 태어난 해경은 집안의 자랑이자, 몰락한 가문을 일으켜 세울 가느다란 희망이었다. 그런 까닭에 조부의 사랑을 듬뿍 받을 수 있었다. 어머니 박세창은 "해경이는 우리 내외의 사랑보다 조부모의 사랑을, 그리고 백부의 사랑을 독차지했어요. 우리 내외가 사랑할 틈도 안 주는 것 같았다니까요……"라고 했다. 백부에겐 자식이 없었다. 어린 해경은 젖을 떼자마자 총독부 상공과의 하급 관리직에 있던 백부의 양자로 들어갔다. 해경은 졸지에 양친을 잃고 '고아'가 되어버린다.

크리스테바가 말했듯이 '어머니-여성'은 문화를 자연으로 환원시키는 습곡이다. 그 '습곡'을 잃은 자는 제 안의 자연을 영원히 잃는다. 어린 해경은 어머니-여성의 상실로 인해 제 안의 자연을 영원히 잃어버린다. 어린 해경을 엄격하게 대함으로써 백모는 자신이 어머니-자연이 아니라는 걸 분명히 했다. 백모는 원형감옥의 망루에서 어린 해경을 감시하는 '눈'이다. 해경은 세 살 때 백모의 웃는 모습을 보고 진저리를 치고 울지도 못한 채 슬금슬금 도망가 문밖으로 숨어버리기 일쑤였다. 백부가 안아줄 때 비로소 어린 해경은 울었는데, 이는 해경이 어리광과 유희 본능을

이상의 어머니, 박세창

억압당하고 낯선 세계가 주는 공포와 불안에 마음이 옥죄는 상태에 놓여 있었기 때문이다.

이상李箱이란 필명의 유래에 대해서는 여러 설이 엇갈린다. 해경이 경성고공 졸업반 시설 공사 현장에 실습 감독을 나갔을 때 김씨라는 성을 이씨로 착각한 인부들이 '이상李樣!' 하고 부른 데서 비롯됐다는 설이 유력하다. '이상'이란 필명이 처음 나타난 것은 경성고등공업학교 제8회 졸업앨범이다. 그해 조선인 학생 17명이 졸업생으로 이름을 올린 그 명부 안에 해경은 이상이란 필명을 쓰고 있다. 1931년에 《조선과건축》7. 8. 10월호에 「이상한 가역반응」 등 21편의 일어시를 연이어 내놓을 때는 김해경이란 본명을 쓴다. 아홉 달 뒤인 1932년 7월 같은 잡지에 「건축무한육면각체」라는 제목 아래 7편의 시를 내놓으며 비로소 '이상'이란 필

명을 쓴다. 전통과 탈전통 사이, 어른과 아이 사이, 혈통적 의무와 예술적 자유 사이에서 공포와 불안의 운명에 주박당한 기호인 김해경은 마침내 이상이라는 가면을 쓰고 탈주한다.

해경이란 이름은 강릉 김씨라는 핏줄을 잇고, 몰락한 가문을 일으켜 세우라는 정언적 명령이자 세속 가치의 기호라는 함의를 갖는다. 1931년 백부 김연필이 죽자 해경은 가족의 품으로 돌아갔는데, 그때 그에게 돌아온 것은 "젖 떨어져서 나갔다가 23년 만에 돌아와 보았더니 여전히 가난하게들 사십니다"에서 볼 수 있듯 가난의 참상에 빠져 있는 가족을 부양해야 하는 현실의 엄연한 의무였다. '해경'은 그의 생식력과 노동력이 온전히 이 가족적 가치의 재생산에 바쳐져야 함을 함축하는 가족명이다. 따라서 '이상'이란 엉뚱한 필명의 참칭은 '김해경'의 전면 부정이자 그것이 강제하는 일체의 운명으로부터의 탈주와 새로운 '나'로 거듭나기, 그리고 근대 가치에 의한 낡고 오래된 봉건 가치의 죽음을 선언하는 셈이다.

시인 김승희는 이 변성명變姓名 행위를 억압과 위기에 대응하는 자아 변형과 제의적祭儀的 변화의 추구로 설명하고,[14] 김홍중은 "봉건 조선과 식민 모국 사이의 분열선을 따라 도주"하는 것으로 설명한다. 두 사람의 해석은 충분히 납득할 만하다. 특히 김홍중은 본명을 버리고 이상이라는 필명을 취한 것에 대해 자신을 압박하는 두 명의 아버지에게서 탈주하기 위한 선택으로 이해한다. 즉 "두 개의 상이한 상징계 사이의 중립선中立線을 따라서 끊임없이 탈주하고자 했다." 아울러 이는 "친부와 양부, 조선과

경성고등공업학교 졸업앨범에
처음 등장한 필명 '이상'

일본, 그 중간의 균열선을 상징적으로 확보하고자 하는 이상의
전략으로 이해될 수 있는데, 김해경으로부터 이상으로의 변신이
갖고 있는 무의식적 함의는 다음의 두 가지 차원으로 해석될 수
있다. 첫째, 이 필명은 역성易姓이다. 이는 자신을 혈연적으로 규
정하는 문벌과 가문으로부터 벗어난 곳에서 자신의 존재를 확정
하려는 일종의 주체에의 의지이다. 그러나 김씨를 이씨로 바꾼
김해경은 여전히 자신의 주체성을 위협하는 새로운 질서를 만난
다. 이것은 자신을 '이상'이라 부르는 일본어의 질서, 일본 제국
의 상징계이다. 이러한 상황 속에서 이상이라는 필명의 교묘한
계략이 이해되어야 한다."¹⁵

자신의 자발적 의지와 상관없이 강제된 운명으로 주어진 김해
경의 상징적 죽음과 동시에 이루어질 이질적인 삶으로의 분열·
분화를 예고하는 신호탄이다. 평론가 신형철은 "자연인 김해경

에서 문학인 이상으로의 탈출"¹⁶로 이해한다.

이상은 정지용이 주재하던 잡지 《가톨릭청년^{靑年}》^{1933. 7}에 한국어로 된 시를 발표하며 제 문학을 한국 문학의 영토 안으로 편입시키는데, 그중 「1933, 6, 1」이라는 시에서 "나는 그날 나의 자서전에 자필의 부고^{訃告}를 삽입하였다"라는 표현을 쓰고, 이어서 같은 잡지^{1933. 10}에 내놓은 「거울」이라는 시에서는 자아가 '거울 밖의 나'와 '거울 속의 나'로의 분열하는 모습을 분명하게 그려낸다.

너무 일찍 지구에 온 사나이

박제가 되어버린 천재를 아시오?

이상은 「날개」의 첫 문장을 이렇게 적었다. 물론 '박제가 되어버린 천재'는 이상 사신이다. 한국 모더니즘 문학의 기원이 되는 최초의 모더니스트 시인, 한국 시사에서 으뜸으로 꼽는 아방가르드 시인. 시인 김기림은 이상에게서 해학과 야유와 독설로 '세속에 반항하는 악한 정령^{精靈}'을 보았다.

여기 초상화가 하나 있다. 한 남자가 상아파이프 담배를 물고 있는 초상화다. 초상화 속 남자의 머리는 봉두난발, 구레나룻은 텁수룩하다. 구본웅이 1935년 3월경 '우고당' 2층 화실에서 그린 〈우인의 초상〉이란 초상화다. 파이프 담배는 본디 이상의 것이 아니라 구본웅의 것이다. 이상은 간헐적으로 담배를 피웠으나 평상시에는 거의 흡연 욕구를 느끼지 못하는 비흡연자에 가까운 사람이었다.

> 배고픈얼굴을본다. / 반드르르한머리카락밑에어째서배고픈얼굴
> 은있느냐. / 저사내는어데서왔느냐. / 저사내는어데서왔느냐.[17]

이상은 거울을 보며 자주 '너는 어디서 왔느냐'고 물었다. 그는 당대에는 퇴폐와 패륜의 나쁜 표상으로, 때로는 '광인'으로 오해를 받으며 냉대와 수모를 당하고, 가난과 병고 속에서 외롭게 살다가 죽었다. 시대를 너무나 앞질러 갔기에 이상은 시대에 녹아들지 못하고 그 주변을 겉돈, 당대 풍습과 관행을 파괴하는 불순분자였다. 이상 본인의 말을 들어보자.

> 왜 미쳤다고들 그러는지 대체 우리는 남보다 수십 년씩 떨어져도 마음 놓고 지낼 작정이냐. 모르는 것은 내 재주도 모자라겠지만 게을러빠지게 놀고만 지내던 일도 좀 뉘우쳐보아야 아니하느냐. 여남은 개쯤 써 보고서 시詩 만들 줄 안다고 잔뜩 믿고 굴러다니는 패들과는 물건이 다르다. 이천 점點에서 삼십 점을 고르는 데 땀을 흘렸다. 31년 32년 일에서 용龍 대가리를 떡 끄내어 놓고 하도들 야단에 배암 꼬랑지커녕 쥐 꼬랑지도 못 달고 그만두니 서운하다. 깜빡 신문新聞이라는 답답한 조건을 잊어버린 것도 실수지만 이태준李泰俊, 박태원朴泰遠, 두 형이 끔찍이도 편을 들어준 데는 절한다. 철鐵—이것

구본웅의 〈우인의 초상〉
선명한 색조의 대비, 분방한 필치, 왜곡된 형태의 파격
이 돋보이는 이상의 초상화. 1935년, 65.5×53cm, 캔버
스에 유채, 국립현대미술관 소장

은 내 새 길의 암시요 앞으로 제 아무에게도 굴하지 않겠지만 호령
하여도 에코가 없는 무인지경은 딱하다. 다시는 이런—물론 다시
는 무슨 다른 방도가 있을 것이고 위선 그만둔다. 한동안 조용하게
공부나 하고 딴은 정신병이나 고치겠다.[18]

이상은 《조선중앙일보》에 1934년 7월 24일부터 8월 8일까지
연작시 「오감도」를 연재하는데, '이게 무슨 개수작이냐!', '당장
집어치워라!', '내가 이상이라는 작자를 죽이고 말겠다!'는 비
난을 들었다. 「오감도」 연작시에 대한 자부심이 컸던 이상으로
서는 이런 모욕에 가까운 당대의 독자 반응이 받아들이기 힘들
었을 것이다. 이상의 울분은 컸다. 미발표로 남긴 「오감도」 작자
의 말에 그 울분이 그대로 드러난다.

"시인이라는 무리들이 이 걸작을 읽는 순간, 얼굴이 창백해져서 어찌할 바를 모를 것이고, 이런 유상무상有象無象들이 모조리 무색해질 것을 생각하니 참으로 통쾌무쌍이오!"

이렇게 큰소리를 치던 이상은 이 소동에 대해 큰 충격을 받고 서운한 감정을 노골적으로 내비친다. 이상은 2천 편의 시 중에서 30편을 골라 선보이려고 했는데, 독자들의 빗발치는 항의로 결국 연재는 15회로 그치고 말았다.

백 년에 한 번 나올까 말까 하는 천재 시인은 죽어서 '박제'가 되어서야 병고와 가난, 당대의 냉대와 몰이해의 사슬에서 벗어난다. 한국 현대 문학의 내면에 은닉된 스캔들의 원소, 존재 그 자체로 시대의 개벽을 예고하는 천둥이며 번개였던 이상! 위트와 패러독스로 무장한 천재는 너무 일찍 이 지구에 와서 조롱거리가 되었다. 한국에서 이상을 모르는 사람은 없다. 그러나 누구도 이상의 실체를 정말로 안다고 말할 수는 없다.

제2장

양자養子의 내면 심리학

양자 입양과 트라우마

「12월 12일」은 이상이 지면에 발표한 첫 번째 작품이다. 1930년 조선총독부에서 펴내는 잡지 《조선》의 2월호부터 12월호까지 '이상'이란 필명으로 연재된 처녀작이다. 이상의 모든 작품들이 '자서전적'이라는 것을 염두에 둔다면 이 소설에서 이상 내면을 읽어내려는 시도가 무리는 아닐 터다. 주인공 '업'은 백부 앞에서 백부가 제 앞에서 했던 것과 똑같이 해수욕 도구 일체를 불태움으로써 복수한다.

몽몽한 흑연이 둔한 음향을 반주시키며 건조한 천공을 향하여 올라갔다. 그것은 한 괴기를 띤 그다지 성스럽지 않은 광경이었다. 가련한 백부의 그를 입회시킨 다음 업은 골수에 사무친 복수를 수행하였다(이것은 과연 인세의 일이 아닐까? 작자의 한 상상의 유희에서만 나올 수 있는 것일까?). 뜰 가운데에 타고 남아 있는 재 부스러기와 조금도 못함이 없을 때까지 그의 주름살 잡힌 심장도 아주 새까맣도록 다 탔다.[19]

'업'은 백부를 향한 제 골수에 사무친 복수를 행하고 죽는다. 소설에서 제 분신을 죽인 이상 자신은 소설과는 달리 경성고공을 졸업하고 백부의 소망대로 조선총독부 건축과 기수로 겉보기에 멀쩡한 삶을 살아간다. 김주현은 "백부에 대한 원망과 분노가 잘 드러나는데, 그것은 세 살 적의 입양과 그에 따른 심리적 충격을 반영한 것으로 볼 수 있다"[20]고 말한다. 실제로 「12월 12일」에 나오는 가족 구조는 이상의 그것과 일치한다.

백부와 친부모라는 이상의 가족 구조 속에서 젖 뗀 어린아이의 양자 입양으로 빚어진, 프로이트가 말하는바 "신경증 환자들의 가족 로망스"가 펼쳐진다. 프로이트는 제 부모에게서 충분히 사랑받고 있지 못하다는 느낌이 고착되면 어린아이는 제가 입양아거나 의붓자식이 아닐까 하는 망상에 빠져든다고 말한다.[21] 입양아 해경은 조부에서 백부로 이어지는 건조한 관념으로 절제된 부계 혈통의 사랑 속에서 젖을 빨고 살을 부비는 육체적이면서도 소박한 욕구를 충족받지 못했다. 오히려 차가운 성정을 지닌

경성부 통동 154번지 이상이 세 살부터 스물세 살까지 살았던 백부 김연필의 집. 현재 서울 종로구 통인동 154−10번지로 최근 집터를 복원하고 기념관을 세울 계획이 마련되고 있다.

백모의 질시 속에 함부로 방임됨으로써 치명적인 정신적 외상을 입었다. 물론 백모가 어린 해경을 굶기거나 학대하는 따위의 해코지를 한 적은 없다. 그럼에도 어린 해경은 백모의 웃는 얼굴에서 본능적인 공포를 느끼고는 백모를 피해 무심히 문 뒤로 제 몸을 숨기곤 했다. 어린 해경은 심리적 고립에 빠져들거나, 자기의 백일몽 속으로 도망쳤다.

어린 해경은 아주 가끔 제 부모와 남매를 찾아 그들이 사는 사직동이나 적선동으로 달려갔다. 친부모의 집을 무단 방문한 사실이 알려진 뒤에는 백부에게 꾸지람을 듣곤 했다. 어린 해경은 그 환경적 요인들에 의해서 남과 '다름'을 강요받는다. 그 '다름'의 표식과 그에 대한 이상의 자의식은 겉모양에서 '양인洋人 새끼'라고 불릴 정도로 희고 창백한 얼굴뿐만 아니라 내면에 원체험으로 찍힌 양자 입양의 흔적에서 비롯된다. 어린 해경의 대인 기피와 조숙, 그림에 대한 이상한 몰두, 그리고 성장한 뒤 '이상'이라는 가명의 차용과 운명의 전신轉身은 양자 입양이 빚어낸 내면 심리학의 표출로 보아야 할 것이다.

고독과 나르시시즘

군중은 심연이다. 여기에 뛰어들지 못하는 사람은 군중 바깥으로 흘러넘친다. 군중은 서로 닮으려는 욕망으로 결집하고, 이 결집은 상호간의 내면 탐색을 무화하는 효과가 있다. 군중 안에 있을 때 사람들은 서로의 욕망을 복제하면서 하나로 뭉쳐 무수한 물방울이 모여 흐르는 강과 같이 한 방향으로 흘러간다. 군중이라는 어휘는 때로는 '우리'라는 단어로 대체가 가능하다. 그런 뜻에서 "비슷해지려는 욕망을 나타내는 '우리'라는 느낌은 사람들이 서로를 깊이 들여다보아야 할 필요성을 회피하는 방법이다."[22]

이상은 유아기 때부터 그 심연 바깥으로 흘러넘친 경험을 갖고 있다. 「이상한 가역반응」[1931. 6. 5]에서 '임의의 반경의 원'은 할아버지에서 아버지로 이어지는 '가족 문벌'의 영향권을 뜻한다. '임의의 반경의 원' 안에서 양자 입양에서 촉발된 무의식의 욕망이 낳은 가족 로망스의 드라마가 작동한다. '원내의 한 점과 원외의 한 점을 연결한 직선'에 따르면 이상의 자아는 그 안의 한

점과 그 바같의 한 점으로 분열되어 있다. 이상의 존재론적인 위치는 두 겹에서 양자다. 첫 번째는, 백부의 가족으로 입양됨으로써 실제적인 양자가 되고, 두 번째는, 봉건 왕조의 잔맹으로 태어나지만 일본 제국주의의 전문교육 제도 안에서 건축기수로 키워져 총독부 직원으로 밥을 빌어먹으며, 식민 모국의 아들로 산다는 뜻에서 상징적 양자가 되는 것이다.

백부 집안에 입양된 '나'는 영원히 양자인 '나'와 양자 아닌 '나'라는 두 세계를 왔다갔다 하며 진자운동을 한다. 이 진자운동의 궤도에서 벗어날 수 없다는 뜻에서 '나'는 출구가 없는 "막다른 골목"에 갇혀 있는 셈이다. 어린 해경은 백모를 무서워했는데, 이때 백모는 낯선 것들의 총체를 뜻하는 기호다. 그 공포에서 벗어나기 위해 어린 해경은 아무도 없는 한구석에서 화투장 하나하나를 모사模寫하는 일에 열중하거나 혼자 노는 일에 익숙해졌다. 성년이 되어서 돋보기나 거울 따위를 갖고 노는 유폐적 자아의 놀이도 그 변주에 해당한다. 「날개」에서 '나'는 아내가 주는 용돈을 받고 아내가 아스피린이라고 속이며 건네주는 수면제를 받아먹으며 잠이 들고 깨어나면 아무 소리 없이 혼자 잘 논다. '나'는 그런 생활에 아무런 불만이 없다.

　　나는 어데까지든지 내 방이─집이 아니다. 집은 없다.─마음에 들었다. 방안의 기온은 내 체온을 위하여 쾌적하였고 방안의 침침한 정도가 또한 내 안력을 위하여 쾌적하였다. 나는 내 방 이상의 서늘한 방도, 또 따뜻한 방도 희망하지 않았다. 이 이상으로 밝거나

이 이상으로 아늑한 방을 원하지 않았다. 내 방은 나 하나를 위하여 요만한 정도를 꾸준히 지키는 것 같아 늘 내 방에 감사하였고 나는 또 이런 방을 위하여 이 세상에 태어난 것만 같아서 즐거웠다. (……) 내 몸과 마음에 옷처럼 잘 맞는 방 속에서 뒹굴면서, 축 처져 있는 것은 행복이니 불행이니 하는 그런 세속적인 계산을 떠난, 가장 편리하고 안일한, 말하자면 절대적인 상태인 것이다. 나는 이런 상태가 좋았다. 이 절대적인 내 방은 대문간에서 세어서 똑— 일곱째 칸이다. 럭키 세븐의 뜻이 없지 않다. 나는 이 일곱이라는 숫자를 훈장처럼 사랑하였다. 이런 이 방이 가운데 장지로 말미암아 두 칸으로 나뉘어 있었다는 그것이 내 운명의 상징이었던 것을 누가 알랴?[23]

장지문을 사이에 두고 아내의 방과 주인공의 방이 나뉘어 있다. 이때 '방'은 사회와의 연결이 끊긴 공간이다. '나'는 이 유폐된 방에서 아내가 주는 용돈을 받고 아내가 주는 아달린을 받아먹고 아내의 지시에 따라 얌전하게 지낸다. 아내는 '나'의 보호자이자 의사이며 감시자이고, '나'는 자연스럽게 보호-관찰이 필요한 어린애고 환자이며, 피감시자로 지낸다. 아내는 늘 '나'를 관찰하는데, 이때 관계의 주도권을 쥔 아내는 '나'를 보호-관찰-감시의 시선 안에 가둔다. 아내는 '나'의 신체적 징후들과 감정들, 즉 영혼의 동요를 감시한다. 이때 시선은 규율권력이 효과적으로 작동하는 방식이다. 아내에 의해 '나'는 감시되어야 할 사람, 즉 죄수이자 정신병자가 되고, '나'의 방은 규율권력에 의해 감시되는 시선의 배치에 따라 감옥으로, 정신병원의 병실로 바뀐다. 이것을 증명해주는 게 옷이다.

> 그렇건만 나에게는 옷이 없었다. 아내는 내게 옷을 주지 않았다. 입고 있는 콜덴 양복 한 벌이 내 자리옷이었고 통상복과 나들이옷을 겸한 것이었다. 그리고 하이네크의 스웨터가 한 조각 사철을 통한 내 내의다. 그것들은 하나같이 다 빛이 검다.[24]

아내는 왜 내게 옷을 주지 않는가? 아내와 '나'의 관계가 권력과 지배의 관계임을 말한다. 아내는 '나'를 방에 가두고 옷을 주지 않음으로써 사회생활을 박탈하고 게으른 가축으로 길들인다. '나'는 죄수가 아니지만 죄수로 길들여지고, 가축이 아니지만 가축으로 훈육되는 것이다. 아울러 격리되고 수감된 '나'의 내의는 "하나같이 다 빛이 검다." 이 옷이 죄수복임을 암시한다. 어느덧 '나'는 권력규율을 내면화하여 아내의 발화되지 않은 명령에 따르며 격리된 '나'의 방에서 계속 잠만 잔다. 어쩐 일인지 아내는 환자-피감시자가 깨어 있는 것을 좋아하지 않는 눈치다. 그러니까 "아내는 한 달 동안 아달린을 아스피린이라고 속이고 내게 먹였"던 것이다. 아내는 수면제로 '나'를 잠재움으로써 완벽하게 주체의 출현을 막고 신체를 꼼짝 못하게 묶어둔다. 잠이야말로 자기로서의 지속에서 끊김, 즉 불연속적 단절이고 의식의 주체됨을 막는 마비이기 때문이다.

잠의 철학적 함의는 무엇인가? 레비나스는 이렇게 적는다.

잠은 기반으로서의 장소와의 관계를 다시 세운다. 우리가 누웠을 때, 자기 위해 방구석에 몸을 웅크렸을 때, 어떤 장소에 우리 스스로를 버려두었을 때, 그 장소는 기반으로서 우리의 은신처가 된다.[25]

　어느 날 '나'는 잠에서 깬다. 잠에서 깬다는 것은 의식이 도래했음을 알리는 신호다. 왜냐하면 "잠에서 깨어난 자는 껍질 속의 알처럼 그 자신의 부동성 속에 갇혀 있는 자신을 발견"하기 때문이고, "의식은 존재에 연루되어 있으며, 이 존재는 잠의 비연루성 속에 머무르는 데서 성립"하는 까닭이다.[26] 그러나 아직 진짜로 의식이 깨어난 것은 아니다. 방을 떠나지 않는 한 '나'의 현전은 방에 고착되고, 주체의 주체됨은 실현 이전에 있다. 이 격리된 방에서 주체는 아무것도 책임질 필요가 없다. 산다는 것은 익명화에서 벗어나 저를 둘러싼 세계와 연루되는 것이고, 그 연루된 것에 대해 책임진다는 것이다. 그러나 방에서는 어떤 의식의 도래도 필요하지 않고 신체는 오로지 완벽한 수동성에 무거운 닻을 내린 채 고정되어 있다. '나'는 잠에서 깬 뒤에 무엇을 하는지 들여다보자.

아내가 외출만 하면 나는 얼른 아랫방으로 와서 그 동쪽으로 난 들창을 열어놓고 열어놓으면 들이비치는 볕살이 아내의 화장대를 비쳐 가지각색 병들이 아롱지면서 찬란하게 빛나고 이렇게 빛나는 것을 보는 것은 다시없는 내 오락이다.[27]

이 유폐된 공간에서 미래에의 기획이라고는 찾아보려야 찾아볼 수 없는 '나'의 놀이에 몰입하는데, 그것은 고독 속에서 고독을 빚으며 노는 놀이다. 그 고독은 거의 성직자의 고독과 버금가는 일이다. 이상의 경우 유년기의 고독이 공상과 나르시시즘을 키운 것이다. 「오감도」 연작시는 지독한 고독과 나르시시즘에서 유래하는 내면 풍경을 그려낸다.

탈아脫我에의 갈망

이상은 「오감도」 연작시 15편을 《조선중앙일보》에 1934년 7월 24일부터 8월 8일에 걸쳐 발표한다. 신문 독자의 반응은 싸늘했다. 심지어는 이 따위 말장난으로 독자를 우롱한 이상을 죽이겠다는 사람도 나타날 지경이었다. 그러나 문단인과 문학청년들에게 「오감도」 연작시를 들고 느닷없이 출현한 이상은 귀재로 비쳤다. 문학과 아무 상관이 없는 경성고공 출신의 조선총독부 건축기수가 문단 중견들의 모임인 '구인회'에 대뜸 가입하더니 곧바로 그 어디에서도 볼 수 없었던 초현실주의 시를 들고 나왔으니 다들 깜짝 놀랄 만도 했다. 열혈 문학청년들 중에는 그를 흠모하는 이들도 생겨났다. 그중의 한 사람이 미당 서정주다. 이때 서정주는 이상보다 5세 연하로 19세 청년이었다.

1935년 가을의 어느 날 해질 무렵 스무 살의 문학청년 서정주와 몇 명의 청년들이 이상의 집에 들이닥친다. 서정주와 「해바라

기의 비명^{碑銘}」의 함형수^{咸亨洙}, 오장환^{吳章煥},
이성범^{李成範} 등 네 명이다. 함형수와 이성범
은 나중에 서정주와 『시인부락^{詩人部落}』 동인
활동을 함께한다. 이 무렵 이상은 황금정 뒷
골목에 방을 얻어 변동림과 막 신혼살림을
차린 뒤였다. 골목은 좁고 장마 뒤끝이라 질
척거리는 데다, 이상이 세 들어 사는 집은
낡아빠진 일본식 목조건물들이 늘어서 있는
골목을 지나서 있었다.

오장환(1918~1951)
『시인부락』, 『자오선』 동인이었
으며 조선문학가동맹에서 활동
하다 월북하였다.

"이상 씨, 계십니까?"

몇 번을 거푸 이름을 부르며 찾는데도 안쪽에서는 기척이 없
었다. 한참 뒤에야 "네에, 네, 네……" 하고 부스스한 모습으로
이상이 나타난다. 이상은 젊지 않았다. 몸이 비쩍 마른 이상은
목까지 올라오는 검정 스웨터에 검정 '골덴' 양복바지를 입고 있
었다.

그들은 무릎을 맞대고 두세 시간 정도 문학 얘기를 나누며 앉
아 있었다. 이상은 별다른 말 없이 "네에, 네, 네……" 하거나
"준데, 괜찮아, 준데, 괜찮아, 준데, 괜찮아……" 하며 동생뻘인
청년들을 상대했다. 서정주의 귀에 '준데'라는 발음이 특이하게
들렸다. '좋은데'라는 말을 이상은 그렇게 독특하게 발음했다.
오장환이 느닷없이 품속에서 제 시를 꺼내 낭독했다. 이상은 지
루해하는 표정이었다. 청년들은 눈치 없는 오장환의 돌출 행위
에 대해 노골적으로 불편함을 드러냈지만, 이상은 연장자의 관

용으로 오장환의 낭독 시에 대해 "그거 주쿤, 그 시 주쿤……"
하며 응대를 했다. 당대의 귀재 이상에게서 인정받았다는 느낌
에 오장환은 우쭐했지만 나머지 사람들은 문학청년들을 고무鼓舞
하기 위한 의례적인 추임새라고 생각했다. 나중에 골목을 돌아
나오며 함형수가 오장환의 멱살을 부여잡았다.

"야, 이 자식아, 자기 시를 남한테 내놓는 것도 작작 해야지 그
게 뭐야? 이상이가 좋다고 맞장단 친 게 그게 본심인 줄 아니?
그건 동정이라는 거야, 자식이 너는 왜 눈치도 그리도 없니?"

얼마 뒤에 서정주를 포함한 문학청년들이 다시 이상을 찾았을
때는 일부러 오장환은 빼버렸다. 일종의 따돌림이다. 이상에게
달라붙어 제 시를 읽어대는 오장환이 따분하고 창피했던 것이다.

청년 서정주는 이날, "다녀오겠어요" 하고 인사를 하며 집을
나서는 이상의 동거녀를 보았다. 여자는 안경을 썼고, 살이 토실
토실 오른 둥근 얼굴이었다. 서정주는 여자가 다방이나 바 같은
데 나가는 거라고 짐작했다. 그 동거녀가 문밖을 나서는 것을 보
며 함형수와 이성범과 서정주 등이 그의 방으로 들어서려 하니,
"잠깐…… 우리, 그러지 말고 같이 밖으로 나가 산보나 합시다.
거기 잠깐 기다리시오" 하고 이상이 그들을 밖에 세워둔 채 안
에서 '바바리코트'에 검정 '해트'를 쓰고 나왔다. 얼굴에는 수염
이 나 있는데, 면도와 세수를 한 일주일쯤 거른 인상이었다. 서
정주는 이상의 얼굴에 대해 "형형하게 맑은 날카로운 눈과 빳빳
하게 잘 선 콧대와 단단하고 가지런한 단호한 흰 이빨과 타고난
사치한 피부, 그런 것들의 바닥 위에 인상이 이루어져 있기 때문

에 조금도 추한 느낌은 주지 않고, 무슨 잘 갈아둔 강철의 비수에 녹이 인제 새로 어느 만큼 앉기 시작하는 것을 보는 것 같은 느낌"[28]이었다고 쓴다.

이상이 말한 '산보'는 그냥 걷는 게 아니고 술집 순례를 뜻하는 것이었다. 이상은 청년들을 데리고 다음날 새벽까지 여러 군데 술집들을 들렀다. 밤새 거리를 헤매며 이 집 저 집을 휩쓸고 다니다 먼동이 틀 무렵 해장국집에 들러 해장국과 함께 술을 마시고 돌아가 낮에는 쓰러져 잠드는 게 이상의 습관이었다. 새벽 2시쯤 청계천 4가에서 종로의 여러 술집들을 거쳐 소공동의 한 선술집에 들렀을 때 벌써 근처 인가에서는 닭 우는 소리가 들려왔다. 술자리가 흥겨워지자 이상이 창부타령을 뽑고 술잔이 몇 차례 돈 뒤였다. 이상이 느닷없이 서른댓쯤 되어 보이는 주모의 검정 스웨터 앞가슴에 달린 단추를 누르기 시작했다.

"아아, 이분이 왜 이래요?"

이상이 집요하게 단추를 누르자 주모가 아프다고 비명을 내질렀지만 그 행위에 몰두하는 이상의 얼굴은 진지함 그 자체로 이마에는 몇 점 땀까지 돋을 정도였다. 서정주는 그런 이상의 모습을 눈여겨보며 온몸에 소름이 오싹 끼쳤다.

> 그는 방문객이 대문간에 서서 영 잘 안 나오는 어느 집안 사람의 영접을 오래 두고 열심히 기다리며 그 문간의 초인종을 연거푸 눌러대듯 눌러대고 하는 것같이만 보였고, 이것은 결국 그 SOS라는 것—그가 하늘론지 영원으론지 우리 겨레의 역사 속을 향해선지

문득 보내고 있는 아주 절박한 그 SOS같이만 느껴졌기 때문이었다. 이런 SOS의 초인종의 진땀나는 누름, 거기 뚫어지는 한정 없이 휑한 구멍—이런 것의 느낌 때문에 나는 들었던 술잔을 더 지탱하지 못하고 술 목판 위에 떨어뜨리듯 그만 놓아버리고 말았다.[29]

이 예화는 이상의 예측할 수 없는 이상행동異常行動의 한 예다. 찰나에 튀어나온 이상의 낯선 행동에 기이함과 공포감을 느낀 청년 서정주의 인식과는 무관하게 이상의 행위는 아무 뜻도 없는 무위의 것이다. 이상은 그야말로 무심히 주모의 검정 스웨터에 달린 단추 누르기에 열중한다. 이 뜻 없는 찰나에 일체의 사회적 관계와 단절된 채 자폐로 얼어붙은 이상의 자아가 바깥으로 돌출하여 튀어나온 것이다.

서정주가 SOS의 누름이라고 했던 이 행위는 탈아脫我에의 무의식적인 갈망을 드러낸다. '나'의 꿈은 양자인 '나'와 양자 아닌 '나', 혹은 「오감도 시제1호」에 나오는 무서워하는 '아해'와 무서운 '아해' 사이에서 아무런 사회적 의미도 생산하지 못하며 진자운동하는 운명의 구속에서 벗어난다. 이 탈주의 현실적 행위로 선택된 것이 동경행이다.

이상의 동경행을 부추긴 것은 시대에 뒤떨어진 위조와 아류가 판을 치는 따분한 경성과는 분명히 다를 모더니즘의 원적지原籍地를 제 눈으로 확인해보려는 욕망이다. 그는 신체를 서서히 잠식해오는 폐결핵과 신경쇠약 속에서 죽고 말리라는 암울함에서 벗어나고 그 누구에게도 이해받지 못하는 제 모더니즘 문학의 가능성을 동경에서 찾으리라고 믿었다. 일본에 있는 김기림에게 보낸 이상의 사신私信에 나오는 "동경을 헤매는 백면白面의 표객漂客"이 되리라는 포부는 이상이 동경행에 얼마나 큰 기대를 걸고 있었는지를 드러낸다.

결국 이상은 어렵게 얻은 도항 허가증명을 손에 쥐고 현해탄을 건너는 관부연락선에 오른다. 이상에게 동경행은 출구 없는 세계에서의 출구 찾기이고, 일종의 정신적 아버지 찾기다. 그러나 이상이 품었던 환상은 철회되고 보랏빛 동경과 낭만은 곧 회색빛 환멸로 바뀐다. 그는 제국의 수도 동경에서 국외자이자 주변인에 지나지 않았다. 세포막에서 걸러져야만 될 전염병균이고, 죄악을 유포하는 이종異種으로 취급되었다. 결국 동경은 이상의 열망과 문학을 배반하고, 폐병균의 침식으로 허약해진 신체를 죽음으로 몰아간 사지死地였다.

이상에겐 두 아버지가 있지만, 사실은 둘 다 진짜 아버지가 아니었다. 친부 김연창은 가난과 무능력 때문에 어린 아들을 자신의 형에게 입양시킴으로써 스스로 아버지 되기를 포기하고, 백부 김연필은 영원히 친부의 정체성을 가질 수 없다는 점에서 진짜 아버지가 아니었다. 두 아버지는 현실 공간에서 이상한 결격 사유 때문에 아버지의 권위와 정체성을 가질 수 없다.

이상에겐 아버지가 없었다. 그래서 심리적 고아라는 정체성에 고정될 수밖에 없고, 불가피하게 "입양아적 분열증"[30] 상태에 놓인다. 정신을 좀먹는 이 질병에서 벗어날 수 있는 방법은 진짜 아버지를 찾는 것이다. 진짜 아버지를 찾아 동경행을 감행한 이상은 거기서 무적자로 떠돌다가 '불령선인不逞鮮人'으로 체포되어 일본 경찰서에 구금되고, 결국은 폐결핵의 급격한 악화로 죽음에 이른다. 식민지 근대에 의해 운명이 주조鑄造된 창백한 예술가의 죽음, 곧 출구 없는 세계에서의 표류는 오로지 죽음으로서만 끝날 수 있는 것이었다.

제3장

오빠의 귀환

오빠들 댄디로 돌아오다

어느 날 갑자기 오빠들은 "하이칼라·양복쟁이·쇼윈도·기차·
가정교사·유학·자유연애·우생학·돈·원근법" 따위의 근대 풍
속과 문물을 몰고 온다. 집으로 돌아온 근대의 오빠들은 양복·
양장·양말·양산·양약·양력·양식·양옥·양의학 따위의 서양
에서 건너온 것들, 박래의 문물로 길들여진 사람들이었다. 오빠
들의 혼을 빼놓은 '양洋'과 그 '양'으로 구조화된 근대 도시가 그
들을 올바른 생활로 인도하는 곳이기보다는 "허영에 찬 죄악 제
조장"[31]이었음이 드러나는 데는 오랜 시간이 걸리지 않았다. 그

들이 근대 도시에서 배우고 익힌 것은 겉멋과 더러운 풍속이다. 그들이 차용한 서양 근대를 흉내 낸 '댄디즘'은 농경사회의 구태와 유습에서 벗어나지 못한 당대인들에게 '곡마단 패'이거나 '활동사진 변사' 따위로 오인되는 수준이었다.

가출했던 오빠들이 돌아왔지만, 늙고 허약해진 아버지의 권력을 승계할 수 없었다. 돌아온 오빠들은 주색酒色에 빠져 성적 자산을 낭진하고 돌아온 '약골'이었다. 오빠는 아버지의 권력을 거머쥐고 권좌에 앉기에는 어딘지 카리스마도 모자라고 부실하다. 과연 부왕의 자리에 앉은 이 젊은 왕은 도무지 그 자리에 어울리지 않는다. 가족의 위계구조에서 최상위의 자리에 있는 아버지의 의무와 책임은 법적으로 규정된 것이다. 돌아온 탕아들인 오빠는 결코 그 아버지를 대체할 수 없었다.

임노동이 화폐 교환 경제로 수렴되는 근대의 환경 속에서 오빠들의 사회적 입지는 비좁았다. 전적으로 그들의 사회적 무능에서 비롯된 사태다. 그들은 근대의 유행과 첨단 패션을 받아들이고, 그것으로 제 외모를 꾸몄지만 그 내면은 사회적 무능과 질병 따위로 질식 상태에 놓여 있었다. 이경훈은 다음과 같이 적는다.

> 한편 근대인은 제의와 공양으로써 기원新願과 신성함을 매개하는 대신, 계약 관계를 통해 임노동을 화폐 교환한다. 또 그는 계절의 순환을 대체하는 자본주의적 유행과 패션으로서 자신을 감각적으로 장식하고 사회적으로 의사소통한다. 그러나 이는 종종 '무릎이 귀를 넘는 해골'의 모습을 보이기도 한다. 실로 부모님들이 모르는 '골목길'에서 '그분들이 못 알아보시는 글자만'[32] 배운 이상의 주인공은, '발을 짜르다'는 '보도'를 들으면 옥련이와는 반대 방향으로 다리를 절었다. 요컨대 '콜덴 양복 한 벌'(패션)밖에 가지지 못한 「날개」의 병든(위생) 주인공은, 5원을 주고 '안해'의 방에서 잠으로써(교환) 스스로 '박제'(자살)가 되었다.[33]

오빠들은 자신들의 부모들이 모르는 근대 교육을 받고 '하쿠라이舶來'의 풍속을 받아들이며 감각과 취향의 세련됨을 갖춘 당대의 '댄디'들이지만, 당당한 근대 사회 창조의 주체가 될 수 없다는 뜻에서 불구다. 그들은 상징적 의미에서 다리를 절고 근대 세계 건설의 주체가 되지 못하고 박제가 되고 만다. '박제'는 사회적 무능에 대한 적절한 메타포다. 오빠들은 사회 변동의 압력을 받아낼 만큼 강하지 못했던 것이다.

서유럽에서 발흥한 '댄디즘'의 주체들은 고급한 취향과 유행으로 대중과 자신을 구별해냄으로써 노동 분업이나 상품 생산의 속도에 대한 무의식적 저항을 드러낸다. 댄디들이 보여준 사치스런 복장과 유행은 근대의 반복 동일성에 대한 태업이다. 보들레르는 댄디즘이 "데카당스 속의 영웅주의의 마지막 불꽃"이고 "온기 없는 멜랑콜리로 가득 찬 눈부심"이라고 했다.[34] 근대의 생산주의와 획일주의적 삶의 양식을 강제하는 야만성에 대한 야유이자 훼방 놓기였다.

그러나 1930년대 경성에 나타난 '댄디즘'에는 영웅적 게으름보다는 퇴폐와 방종이 더 우세했다. 댄디즘은 저항정신이 빠진 코스튬이고 그것의 가장假裝에 지나지 않았다. 게으름과 지루함을 새로운 복장과 유행으로 대체함으로써 자신을 일반 대중에서 떼어낸 근대의 오빠들은 그저 아버지가 쌓아놓은 부와 재화들을 제멋대로 낭비하는 부랑청년에 지나지 않았다.

식민지 시대에 청년들에게 가능한 직업은 한정될 수밖에 없다. 달리 말해 반듯한 직업을 구해 가족의 생계를 책임질 수 있는 처지가 아니었다. 김소월이 고향 정주에서 신문지국을 하다가 경영난으로 사업을 접고 다시 고리대금업에 손을 댔다가 실패하고 낭인으로 지냈다든지, 김유정이 안정적인 직업을 갖지 못한 채 매형의 뒤를 좇아 금광을 찾아 떠돌아다닌 게 좋은 예다. 그들이 무능했기 때문이 아니다. 식민지 근대의 사회경제적 권력이 소수의 비토착 지배 집단에 의해 장악되고 식민지 청년들은 철저하게 소외된 결과다. 식민지 청년들은 발버둥을 쳐봐

「할일 업는 사람들, 일요만화」, 《조선일보》(1929. 8. 25)
"어느 곳이든지 다-그렇치만 길바닥에 지렁이만 기어
가도 군중이 모히는 서울 길에 간판쟁이가 상정간판에
글시를 써도 입을 헤-버리고 우둑허니 서서보는 할 일
업는 사람들 (……) 할 일 업는 사람들이 무데기 무데
기 모혀 섯다. 이것도 실직군의 소일거리라 할가?"

도 식민지 수탈 구조의 경제체제에 안착하지 못하고 방외인으로
내쳐질 수밖에 없었다.

그 점은 이상도 예외가 아니었다. 그는 경성고공에서 건축가
라는 전문직 교육을 받았지만 그보다는 그림과 문학에 더 이끌
림으로써 놀고먹는 부랑청년의 길에 나선다. 그의 나태와 무능
력은 치명적이었다. 아버지가 없는 집에 돌아온 것은 행동거지
는 불량하고 체질은 약골인 '오빠'들이었다. 백수 인텔리겐치아
인 이상에게는 위트와 패러독스가 우세했지만 그것이 부권에 따
르는 책임과 의무를 면제하는 조건은 될 수 없었다. 부권을 이어
받을 수 있는 능력이 없는 이상이 「날개」에서 근대에 출현한 오
빠들 중의 하나인 '나'를 박제화할 수밖에 없는 당위가 생겨나는
것이다.

가족 문벌의 굴레

이상의 가족사진
오른쪽이 이상이며 왼쪽은 동생 운경, 가운데는 아버지 김연창으로 추정된다.

이상이 생부인 김연창가로 돌아간 것은 1932년 5월 7일 백부 김연필이 뇌일혈로 죽고 한 달 뒤다. 친가에서 내쳐져 백부의 자식으로 입양된 것이 일종의 실낙원失樂園이었다면, 친가로의 귀환은 복낙원復樂園이라고 할 수 있다.

백부는 사업에 실패하고 난 뒤 가세가 기울자 낙담이 깊어져 건강을 잃었다. 게다가 집문서를 금융조합에 맡기고 새집을 짓다가 갑자기 뇌일혈로 쓰러졌다. 이상은 백부의 장자로서 마땅히 상주 노릇을 감당했다. 어쩐 일인지 문단의 벗들에게는 백부의 사망 소식을 알리지도 않았다. 조선총독부 건축과와 영선계 직원 일부가 조문을 다녀갔다. 3일 장으로 백부 장례를 치른 뒤 이상은 매각할 수 있는 부동산을 처분하여 백모와 유산을 나눴다. 그것은 장자의 도리로써 마땅한 행위였다. 백부의 유언에 따라 이상은 유산의 절반을 상속받고, 백모는 따로 집을 구해 나가면서 해경의 귀환이 이루어졌다.

스물세 살에 다시 생가로 돌아갔지만 가족애가 소멸된 생가에서 이상은 한낱 이방인일 따름이었다. 부모는 물론이거니와 동생 운경과 여동생 옥희가 반갑게 맞았으나 이상 자신은 서먹함을 떨쳐낼 수가 없었다.

젖 떨어져서 나갔다가 23년 만에 돌아와 보았더니 여전히 가난하게들 사십니다. 어머니는 내 대님과 허리띠를 접어주셨습니다. 아버지는 내 모자와 양복저고리를 걸기 위한 못을 박으셨습니다. 동생도 다 자랐고 막내누이도 새악시꼴이 단단히 박혔습니다. 그렇건만 나는 돈을 벌 줄 모릅니다. 어떻게 하면 돈을 버나요, 못 법니다. 못 법니다.

동무도 없어졌습니다. 내게는 어른도 없습니다. 버릇도 없습니다. 뚝심도 없습니다. 손이 내 뺨을 만집니다. 남의 손같이 차디차구나 — '무슨 생각을 그렇게 하시나요—이렇게 야위었는데.' 모체^{母體}가 망하려 드는 기색을 알아차렸나 봅니다.[35]

이상이 생가로 귀환해서 맞닥뜨린 것은 가난의 구태의연함이고 항상성이다. 현실의 빈고^{貧苦}는 아주 오래된 관례와 같았다. 식구들은 그 속에서 용케도 살아가고 있었다. 이상은 이 효자동 집에서 가족들과 보름 정도를 함께 보낸다. 20여년의 시간이 흘러가는 동안에 가족애는 다 휘발되고 가슴은 삭막했다. 아버지가 만든 문벌^{門閥}을 잇는 것은 구시대의 도덕과 유습에 종속된다는 뜻이다. 이상은 그걸 꿰뚫고 있었다. 그의 문벌은 아버지의 혈통으로 이어진 것이 아니라 그 스스로 새로 만들어야 할 문벌이다. 그 이상을 견디는 것은 무리였다.

그런 그에게 '가족 문벌'은 책임과 의무라는 무거운 짐을 지게 했다. 그는 겨우 스물세 살에 죽어도 좋다고 생각했다. 그는 살아 있는 육친은 물론이거니와 "분총墳塚에 계신 백골白骨까지", 다시 말하면 죽은 조상까지 무덤에서 나와서 "근육과 골편骨片과 또 약소한 입방立方의 혈청血淸과의 원가상환原價償還을 강청强請"하는 상황에 놓여 있다. 살아 있는 부모와 죽은 조상과 조부와 백부의 망령들로 이루어진 '가족 문벌'이 강요하는 채무의식이라는 압박감에 눌려 있다. 살기 위해서는 그것에서 달아나야만 했다. 목을 조르는 현실에서 다른 세계로 망명하라! '가족 문벌'로부터의 망명은 근대 초극과 맞물려 있다. 이것이 이상에게는 피할 수 없는 절대명제였다.

뒷날 여동생 옥희가 한 남자와 만주로 애정 도피를 했을 때 여동생에게 쓴 편지에 나오는 "신당리 버티고개 및 오동나무 골 빈민굴에는 송장이 다 되신 할머님과 자유로 기동도 못 하시는 아버지와 50 평생을 고생으로 늙어 쭈그러진 어머니" 같은 구절에 드러나듯 최저 수준으로 전락한 가난의 참상慘狀에서 허우적이는 강릉 김씨 문벌의 무능력에 대해서 이상은 오랜만에 신성한 가족 의무로써 건조한 분노를 느꼈다. 분노와 함께 내면을 찍어 누르는 하중荷重은 만만치 않았다. 이상은 가슴이 답답해졌다. 그 편지의 끝에서 이상은 "하여간 이번 너의 일 때문에 내가 깨달은 바 많다. 나도 정신 차리마"라고 쓰고 있다.

크리스트에혹사한남루한사나이가있으니이이는그의종생과운명

까지도내게떠맡기려는사나운 마음씨다. 내시시각각에늘어서 서한시대나눌변인트집으로나 를위협한다. 은애—나의착실한 경영이늘새파랗게질린다. 나는 이육중한크리스트의별신을암 살하지않고는내문벌과내음모 를약탈당할까참걱정이다. 그러 나내신선한도망이그끈적끈적 한청각을벗어버릴수가없다.[36]

1937년 2월 28일 이상이 여동생 옥희에게 보낸 엽서

이상의 시 「육친」에서 아버지는 크리스트, 즉 모조기독模造基督이다. '크리스트'와 남루한 '사나이'는 동일인이다. 크리스트가 원죄를 안고 있는 인류에 대한 사랑 때문에 스스로 대속자代贖者로 희생의 제물이 되었듯이 사나이 역시 가족을 위해 자신을 희생한다. 사랑을 다하는 것은 스스로 희생을 통한 것이라 하더라도 '나'를 가족의 부양 의무에 구속하는 질곡이다. 크리스트나 사나이는 이 질곡을 자발적으로 감당했다는 점에서 닮았다. '나'는 가족을 위해 희생한 '이육중한크리스트의별신'에 대해 은애恩愛의 감정을 갖고는 있으나 '나'의 독립된 삶을 얻기 위해서는 '그'를 암살하지 않을 수 없다고 고백한다. 상징적인 아버지 살해는 불가피하다. 육친을 죽이는 일은 현실에서는 불가능하

다. '나'는 '나의 아버지'와 이어지면서 동시에 그에 대응하는 존재다.

나의아버지가나의겨테서조을적에나는나의아버지가되고또나는
나의아버지의아버지가되고그런데도나의아버지는나의아버지대
로나의아버지인데어쩌자고나는작고나의아버지의아버지의아버
지의……아버지가되니나는웨나의아버지를껑충뛰어넘어야하는
지나는왜드디어나와나의아버지와나의아버지의아버지와나의아
버지의아버지의아버지노릇을한꺼번에하면서살아야하는것이냐[37]

이 시에서는 '나'와 '아버지'에 대한 복잡한 자의식이 드러난
다. '나'는 부계 혈통인 '나의 아버지의 아버지의 아버지'의 자식
이다. '나'는 그 부계 혈통에 갇힌 '문벌의 제웅'이다. '나'는 그
게 성가시고 부담스럽다. 강릉 김씨 문벌 안에서 가정의 제물이
되어야 하는 제 처지를 노곤저으로 "나는우리집내문패^{門牌}앞에
서여긴싱가신게아니다. 나는밤속에들어서서제웅처럼작구만감
^減해간다"[38]라고 쓴다. '나'는 끊임없이 남루한 사나이^{아버지}의 종
생^{終生}과 운명^{殞命}에서 벗어나 멀리 달아나고자 한다. 그러나 생계
를 책임져야 할 가족들과 아버지의 아버지의 아버지들은 구시대
의 도덕과 의무로 '나'의 발목을 잡는다. 가족 부양의 책임을 짊
어져야 하는 아버지 노릇이 강요되는 것이다. 가족을 위한 희생
은 숭고하지만 그것을 방기하는 것은 패덕이다. 이상이 꿈꾼 것
은 '가정', 즉 혈통에 기댄 육체적 문벌이 아니라 그가 새롭게 세

위야 할 예술 문벌藝術門閥이다. 그 목적을 위해서는 패덕도 서슴지 않아야 한다. 이렇듯 「육친」에서는 가족에게서 도망가려는 심리와 그럴 수 없다는 의무 사이에서 갈등하는 자아가 처한 딜레마가 드러난다.

> 나는24세. 어머니는바로이낫새에나를낳은것이다. 성쎄바스티앙과같이아름다운동생·로오자룩셈불크의목상을닮은막내누이·어머니는우리들삼인에게잉태분만의고락을말해주었다. 나는 삼인을 대표하여—드디어—
>
> 어머니 우린 좀더형제가있었음싶었답니다.
>
> —드디어어머니는동생버금으로잉태하자6개월로유산한전말을고했다.
>
> 그녀석은 사내댔는데 올에는19 (어머니의 한숨)
>
> 삼인은서로들아알지못하는형제의환영을그려보았다. 이만큼이나컸지—하고형용하는어머니의팔목과주먹은수척하여있다. 두 번씩이나객혈을한내가냉청을극하고있는가족을위하여빨리안해를맞아야겠다고초조하는마음이었다. 나는24세 나도어머니가나를낳으드키무엇인가를낳아야겠다고생각하는것이었다.[39]

　　남동생 운경과 여동생 옥희를 포함하여 이상의 형제는 셋이다. 그 셋은 형제가 더 많았으면 좋았겠다는 말을 하고, 이에 화답이라도 하듯 어머니 박세창은 잉태한 지 여섯 달 만에 유산을 한 자식이 하나 더 있음을 밝힌다. 그가 살아 있었다면 19세가 되었을 것이다. 이 시는 부모와 자식 사이, 형제 사이에 흐르는 사랑과 우애에 대해 쓰고 있다. '나'는 새삼스럽게 가족애를 확인하고 배우자를 얻어 자기와 닮은 아이를 낳아야겠다는 생각을 한다. "어머니가 나를 낳았듯이 나도 무엇인가를 낳아야겠다"는 이 생산에의 욕구를 자각했다는 사실은 주목할 필요가 있다.

경성의 이방인들

도시라는 것은 "이방인들이 서로 마주칠 만한 장소"[40]이다. 이방인이란 내부에서 내쳐진 자이다. 내부는 집·어머니·고향을 중심으로 하는 존재의 기원적 공간을 뜻한다. 이방인이란 그 주변을 맴도는 외부인이다. 그들은 피부색·언어·인종이 다른 외국인이나 이주노동자에서 볼 수 있듯이 '차이'라는 타자성을 신체 표면에 각인하고 우리 주변을 떠돈다. 이상은 '우리'의 일원이면서도 '우리'에 녹아들기를 거부하고 바깥에서 떠돈 사람이다. 지그문트 바우만은 대도시가 이질 공포증을 뿌리고 기르면서 동시에 이질 애착증을 유발한다고 말한다. 이렇듯 수많은 '이질'을 끌어들이고 수용하는 측면 때문에 대도시에는 자연스럽게 이방인들이 모여든다. 이방인들은 '이질'들을 함께 끌고 온다. 그런 까닭에 대도시는 '이질'들의 불편한 공존이 용인되는 장소다.

이질 공포증과 이질 애착증은 모든 도시에 공존하지만 도시 주민들 각자의 내면에도 공존한다. 분명히 이는, 비록 유동하는 근대의 양면성을 받아들이는 사람들에게는 많은 것을 의미하지만, 음향과 분노로 가득 찬 불편한 공존이다.[41]

어떤 방법을 써도 대도시에 실존의 불확실성을 만들어 유포시키는 '이질'이 섞여드는 걸 피할 수는 없다. 그렇다면 이 '이질' 공포증·애착증을 인정하고 받아들이며 사는 수밖에 없다. 대도시에서의 삶이란 건 완전하게 밀어낼 수도 없고 흔쾌하게 받아들일 수도 없는 그것을 끌어당기며, 혹은 밀어내면서 사는 것, 즉 차이에 대한 내성을 만들면서 사는 것이다.

우리는 "일세의 귀재"라는 평가를 받은 이상과 근대 도시 경성에서 마주친다. 박태원이 《여성》이라는 월간지에서 「문단기형文壇畸形 이상론李箱論」이라는 제목의 글을 청탁받은 사실에서도 알 수 있듯이 이상의 '이질'은 숨길 수 없이 도드라져 보였다. 그런 사실에 대해 이상 자신은 아무런 불만이 없었다고 박태원은 말한다. 어쨌든 이상은 양자 입양이라는 거부할 수 없는 운명을 통해 집·어머니·고향이라는 내부에서 추방된다.

이상은 당대인들이 규정하는 '우리'와는 어딘가 다른 이방인이라는 자의식을 가진 채 식민지 근대colonial modernity 속에서 눈을 떴다. 그의 삶이 안착한 자리는 국적 불명의 혼종성이 소용돌이치는 근대 도시 경성이다. 청년 이상이 가로지른 1930년대의 경성은 이미 "환락의 마경이요, 죄악의 원천"이었다. 이상은 그곳에서 타자보다 더 타자이고, 이방인보다 더 이방인으로 살았다. 살았다기보다는 빈곤과 병고, 그리고 사회의 냉대와 몰이해 속에서 서서히 죽어가고 있었다. 그는 불우했고, 바깥에서 오는 압력을 견뎌낼 만큼 강하지도 않았다. 한마디로 그는 '약골' 청년이다.

소수의 비토착 식민 지배자들에게 정치·사회·경제 권력이 집중되어 있는 식민지 사회에서 피식민 원주민들이 처한 가난의 책임이 종족의 타고난 열등함과 무능성, 그리고 게으름에 있다고 호도하는 일은 드물지 않다. 일본 제국주의자들 역시 근대 한국인을 소심하고 게으른 술꾼이자 노름꾼으로 호도하는 상징 조작을 일삼았다.

1930년대 후반 일본은 장기 경제침체기에 들어서고, 조선의 자원에 대한 수탈은 더 전면적이고 악랄해졌다. 조선의 경제 사정도 아울러 나빠질 수밖에 없었다. 조선의 민심이 갈수록 흉흉해지며 일제 지배에 대한 이탈과 저항도 드세졌다. 이에 대해 일제는 치안유지법을 개악해서 치안 체제를 촘촘하게 강화하고, 특별고등경찰을 늘려 사상을 통제했다. 이 통제의 그물에서 조금이라도 벗어나려는 기미를 보이면 극악하고 불령한 무리로 규정해서 가혹하게 탄압을 가했다. 일제의 폭압과 전횡이 날뛰는 탄압 국면 속에서 이상을 비롯한 식민지의 소지식인들은 두 손과 두 발이 묶인 채 옴짝달싹도 할 수 없었다. 그들은 '약골'로 태어난 게 아니라 '약골'로 길들여졌다. 이상과 '모던뽀이들'은 근대의 가장자리에 신분적으로는 주변인, 경제적으로 천민으로 함부로 내던져진 것이다.

예술 문벌이라는 망명지

이상이 현실의 경계를 넘어 선택한 망명지가 '예술 문벌'이다. '예술 문벌'의 세계에서 이상은 '책임의사責任醫師'로 살았다. '책임의사'에게 배당된 환자는 바로 그 자신이었다. 그는 자신의 환부患部와 병상病狀을 진지하게 진단한다. 이상은 특이하게도 상상 세계에서 환자-의사로서의 삶을 살았다. 그는 '철늦은 나비'이고 '부상당한 나비'이다. 그는 불운하고 불행했다.

> 어느날거울가운데의수염에죽어가는나비를본다. 날개축처어진나
> 비는입김에어리는가난한이슬을먹는다.[42]

스스로의 진단에 따르면 그의 자아는 '죽어가는 나비'였다. 그는 날지 못했다. 그토록 '날개'를 꿈꾸었으나 '날개'를 갖지 못했기 때문에 김기림은 "이상은 날개가 가지고 싶다고 했다.—그는 차라리 천공을 마음대로 날아다니는 새 인류의 종족을 꿈꾸었을 것이다"라고 적는다. 이상은 '날개'를 갖지 못한 채 근대 초극이라는 높이에로 도약하는 자의 절망을 내면화한다. 그 절망으로 자신의 현존을 '절벽'까지 밀고 나갔던 것이다.

> 꽃이보이지않는다. 꽃이향기롭다. 향기가만개한다. 나는거기묘혈
> 을판다. 묘혈도보이지않는다. 보이지않는묘혈속에나는들어앉는
> 다. 나는눕는다. 또꽃이향기롭다. 꽃은보이지않는다. 향기가만개

한다. 나는잊어버리고재처거기묘혈을판다. 묘혈은보이지않는다.
보이지않는묘혈로나는꽃을깜빡잊어버리고들어간다. 나는정말눕
는다. 아아. 꽃이또 향기롭다. 보이지도않는꽃이―보이지도않는
꽃이.[43]

   이상은 묘혈을 파는 자다. 자신의 시체를 묻기 위해 묘혈을 판
다. 어쩌면 무덤은 마법적 변신이 이루어지는 장소일지도 모른
다. 그 묘혈에 자신의 시체를 묻어 향기로운 꽃을 피우고자 한
다. 가난과 폐결핵 속에서 서서히 죽어가는 자신을 완전히 죽음
으로 밀어 넣은 뒤에 마침내 꽃으로 변신을 한다! 허나 그 꽃은
보이지 않고 향기만 있는 꽃이다. '나'는 미래에 오는 자신의 죽
음을 투시한다. 그 투시의 환상 속에서 자신을 묘혈 속에 눕히는
것이다. 여기서 핵심적인 것은 "보이지 않는다"는 상황이다. 꽃
도 보이지 않고, 묘혈도 보이지 않는다. 보이지 않는 꽃은 그저
향기만을 내뿜는다. 꽃은 보이지 않기에 그 향기로써 존재를 짐
작해볼 따름이다. 죽음도 보이지 않는다. 보이지 않지만 그것은
분명히 존재한다. 그래서 '나'는 보이지 않는 묘혈 속에 자신을
눕히는 것이다. 꽃은 향기롭지만 보이지 않는다, 따라서 그것은
도달할 수 없는 불가능의 영역에 있다. 영원히 가 닿을 수 없는
것을 추구하는 자신은 항상적 위기, 즉 '절벽'에 서 있는 것이라
는 인식론을 펼쳐내는 것이다. 그러니까 꽃은 이상이 평생 추구
한 '예술 문벌'의 시적 은유쯤으로 읽을 수 있겠다.

벌판한복판에 꽃나무하나가있소 근처에는 꽃나무가하나도없소 꽃나무는제가생각하는꽃나무를 열심히생각하는것처럼 열심으로 꽃을피워가지고섰소 꽃나무는제가생각하는꽃나무에게갈수없소 나는막달아났소 한꽃나무를위하여 그러는것처럼 나는참그런이상스러운흉내를내었소."

「꽃나무」는 시인 정지용이 주관하는 《가톨닉청년》에 이상이 처음으로 국문으로 발표한 시다. 일본어라는 상징계 안에서 제 상상력을 펼쳤던 이상에게 국문 시 발표는 중요한 의미를 갖는다. 일본 제국주의라는 망령에 사로잡혀 있던 이상이 식민지 조국의 현실로 돌아왔다는 상징적 귀환의 징표다. 일본 제국주의는 식민 모국이고, 정신분석학자 프로이트가 말하는 가족 로망스의 위계에서 보자면 '양부'일 터다. 그에 반해 식민지 조선은 가난하고 초라하지만 자신을 낳아준 '친부'이다. 이상이 일본어가 아니라 국문 시를 써서 공적 지면에 발표했다는 사실은 그가 국어 현실로 돌아왔음을 선포하는 것이다. 이로써 그에게는 비로소 인위적 실부모에서 생겨난 고아의식의 초극이라는 토대가 마련된다.

「꽃나무」는 「절벽」에 앞서 발표된 시다. 두 편의 시는 '꽃'이라는 주제로 짝을 이룬다. 벌판 한복판에 고립된 채 서 있는 '꽃나무'는 고립된 존재로 살아가는 이상 자신의 자아다. '고립'이라는 주제는 이상하게 익숙하다. 그 자신이 태생적으로 고립을 겪은 바가 있는 까닭이다. 다시 가족 로망스 이론에 따르자면 가족은 유년기의 자아가 체험하는 최초의 세계다. 이상은 젖을 뗀 직후 백부 김연필에게 양자 입양됨으로써 가족을 잃는다. 그것은 어린 해경이 가족을 잃고 제 존재를 세울 세계를 잃어버렸다는 뜻이다. 이 원체험은 이상의 자아 속에 고립에서 생기는 에토스가 내면화하는 계기적 체험이 되었을 터다. 벌판 한복판에 홀로 서 있는 '꽃나무'와 황량한 세계 한복판에 버려진 고아의 이미지가 상호 조응한다. 입양아 콤플렉스는 이상의 원체험이다. 이상의 내면에 고착된 고아의식은 이중적이다. 하나는 실제 가족사에서 그가 겪은 체험에서 발현되는 것, 다른 하나는 식민지 잔맹으로서 갖는 국가 상실이 빚은 근원적 상실감의 표현으로서의 그것이다. 이 '꽃나무'는 제가 흠모하는 '꽃나무'를 향해 가고자 한다. 그러나 갈 수 없다. 한 꽃나무에게 갈 수 없기 때문에 이 꽃나무는 막 달아난다.

'꽃나무'는 무엇일까? '꽃나무'는 "열심으로꽃을피워가지고" 서 있다. '꽃나무'는 멀리서 보면 제 안에서 생성되는 열심, 즉 생명의 약동으로 타오르는 불꽃이다. '꽃나무'가 품은 열심은 저기 어딘가에 있는 또 다른 꽃나무를 향한 열망과 포개진다. 모든 사랑은 무엇인가에 대한 사랑이다. '꽃나무'는 벌판에 있는 기화요초琪花瑤草 중에서 단 하나의 또 다른 꽃나무를 사랑한다. 그 사랑의 객체로 인해 '나'의 내면에서 불꽃으로 점화된 것이다. 사랑은 생명의 약동에서만 나타난다. '꽃나무'의 사랑을 받는 저기 있는 또 다른 꽃나무는 유일성으로 제 현전을 드러낸다. 두 꽃나무는 마주보며 꽃피우기에 열심이다.

사랑은 오로지 제자신의 과잉으로서만 유지되고 고양되는 성질을 갖는다. 끝나지 않을 것만 같은 과잉으로 달궈진 사랑도 그 과잉으로 말미암아 소진되고 끝난다. 사랑은 끝나기 마련이지만 빨리 달아오를수록 더 빨리 끝에 다가간다. 꽃나무의 꽃피우기는 황량한 현실에서 벗어나는 한 방식이다. 그러나 「꽃나무」는 사랑을 노래한 시가 아니라 이상 자신의 생애 서사의 맥락에서 읽을 필요가 있다.

이상은 평생에 걸쳐 저를 유교 도덕과 가족 부양의 의무에 가두려고 했던 '가족 문벌'에서 탈주한다. 그것이 황량한 현실이라고 생각했기 때문이다. 그는 어디로 달아나려고 했던가? 그 탈주의 목적지는 또 다른 꽃나무다. 완전한 무상성으로 주어진 이 '꽃나무'의 의미 표상은 또렷해진다. 구도덕이 그에게 씌우려고 했던 패덕의 굴레를 벗어던지고 이상의 자아에 초극의 날개를 달아줄 '예술 문벌'이다. 이상은 전통과 윤리로 무장하고 자신을 패덕의 그물로 포획하려는 '가족 문벌'에서 끊임없이 달아난다. 이 탈주의 끝 간 데는 바로 '예술 문벌'이다.

당대의 보편 상식을 넘어서는 이상의 문학과 행동에 대해 당대인들은 "미쳤다!"라고 반응했지만 그것은 이상이 실험한 첨단과 전위정신에 대한 몰이해에 지나지 않는다. 아울러 이상의 삶을 물들인 병리의식과 퇴폐주의가 근대의 타락한 풍속에 무분별하게 따른 것이 아니라, 오히려 그것에 대한 낙망과 환멸에 역설적으로 저항하고 야유했던 것임을 당대에는 알지 못했다. 이상이 꿈꾼 것은 근대 제국의 건설도, 영락한 '가족 문벌'의 재건도 아니었다. 이상에게는 그보다 더 심원한 목표가 있었다. 그것은 바로 부계父系 문벌의 번성과 전혀 상관이 없는 새로운 예술 문벌의 창조다. 그러나 이 의미심장한 생산에의 욕구는 당대 사회의 공모로 인해 좌절되고 만다. 그는 스스로를 아무것도 기능할 수 없는 '박제'로 만듦으로써 자신이 무지하고 야만적인 사회의 희생자임을 과시한다.

제4장

거울의 천재

거울의 의미

거울은 사람들이 제 얼굴을 비춰보려고 발명한 물건이다. 용모容貌를 다듬고 꾸미는 데 필요한 광학 도구인 거울은 이상의 상상 세계에서 매우 중요한 이미지다. 구인회 동료인 박태원 소설의 한 대목은 그 거울보기의 일반적인 용례를 드러낸다.

> 그날을 나는 지금도 기억하고 있다. 그것은, 그날이, 실로 내가 '수염'을 기르리라고 굳게 결심한 날인 까닭이다. 이발소 의자에 앉아, 이발사에게 나의 머리를 맡겨놓고, 삼십 분가량 '거울 속의 나와

마주 대하고 있는 동안에 이 경탄할 대결심은 생겼던 것이다. 그러나 물론 내가 하는 일이라 결코 경솔하게 그러한 결심을 한 것은 아니다.

그 결심을 하기 전에 나는 우선 수염이 나의 얼굴에 주는 영향을 미학적 견지美學的見地에서 고찰해보았던 것이다. ─ 만점이었다.[45]

작중인물 '구보'는 이발소의 거울에 비친 제 얼굴을 보면서 "미학적 견지"에서 수염을 기르기로 결심한다. 이때 수염은 무의식의 층위에서 얼굴의 벌거벗음을 가리는 변장의 욕망을 드러내는 기호다. 수염을 기르리라는 작지만 대단한 결심은 사회적으로는 댄디즘의 추구이고, 정신분석학적으로는 변신을 통해 극화劇化에 이르려는 무의식을 보여준다.

동양에서 거울을 만들어 쓴 역사는 아주 오래되었다. 거울의 기원을 유추해볼 수 있는 한자는 '감鑑'자다. 그것의 갑골문자는 그릇에 물을 떠놓고 그 위에 비친 얼굴을 비쳐보는 깃을 상형象形한 것이다.[46] 금속제 거울이 나온 것은 그보다 훨씬 뒤지만 인류가 거울의 기능에 착안해서 그 대용물로 물에 비친 제 얼굴을 바라본 것은 석기시대까지 거슬러 올라간다. 인류가 청동을 쓰게 되면서 비로소 동경銅鏡이 나오는데, 처음엔 몹시 귀한 물건으로 취급되었다. 중국의 진秦과 한漢의 시대에 이르러서 동경의 쓰임이 일반화되었다. 유리 거울을 만들어 쓴 것은 서양이 먼저라고 알려져 있다. 명말明末에 이르러 서양에서 수입된 유리 거울이 동경을 대체하게 된다.

거울의 회랑 La galerie des Glaces 1688년, 베르사유궁 안에 완공된 길이 73미터, 넓이 10.5미터, 높이 12.3미터의 거대한 회랑은 570여 개의 거울로 꾸며졌다.

거울은 그 본질에서 심연을 갖지 않는 표면이다. 물론 표면이 곧 심연이라고 하는 철학자도 있지만, 거울은 깊이의 부재로 인해 실재를 갖지 못한다. 거울은 음화상陰畵像들이 떠오르는 표면이다. 그것은 실재가 아니라 실재의 환영들이다. 간혹 예기치 않은 순간 거울과 마주칠 때 거기 비친 제 모습에 섬뜩한 느낌을 가질 때가 있다. 그것은 거울에 비친 제 모습이 환영, 즉 헛것이기 때문이다.

모든 근대 도시는 거울의 도시다. 근대 도시에서 거울은 거리나 실내를 가리지 않고, 어디서나 흔하게 발견되는 사물이다. 파리의 도처에서 거울을 찾아낸 발터 벤야민은 "파리는 거울의 도시이다"[47]라고 말하는 것이다.

파리의 자동차도로의 거울같이 매끈매끈한 아스팔트, 어느 술집이나 앞에는 유리로 된 칸막이가 있다. 카페 안쪽을 좀 더 밝게 비춰주고, 작은 칸막이들로 공간을 분리시키고 있는 파리의 음식점 내부에 편안한 느낌의 넓이를 부여하기 위해 창유리와 거울이 넘쳐나고 있다. 여성들이 자기 모습을 다른 어느 곳에서보다 더 많이 볼 수 있는 것도 바로 이곳에서이며, 파리 여성들 특유의 아름다움이 생겨난 것도 바로 이곳에서이다. 여성들은 남성들 앞에 나서기 전에 이미 10번도 넘게 거울에 자기 모습을 비춰본다. 남자들 역시 자기 용모^{Physiognomie}를 힐끔거리며 쳐다본다. 남성들은 거울 앞에서 다른 어느 곳에서보다 빨리 자기 이미지를 파악하고, 다른 어느 곳에서보다 더 빨리 그것과 하나가 된다. 통행인의 눈조차 베일에 싸인 거울이며, 사창가의 지저분한 침대 위에 수정 거울이 걸려 있는 것처럼 파리라는 센 강의 널찍한 하상 위에는 하늘이 드넓게 펼쳐져 있다.[48]

거울은 제 앞에 있는 상像을 있는 그대로 비추어 보인다. 거울은 무엇보다도 자주 얼굴을 비추어 보인다. 이때 얼굴-표면은 단순하지가 않다. 그것은 기표의 벽이고 "흰 벽-검은 구멍"[49]이며, 차라리 자아의 심층이다.

얼굴은 그 자체로 잉여이다. 얼굴은 공명이나 주체성의 잉여들은 물론이고 의미생성이나 빈도의 잉여들을 갖고 자신을 잉여로 만든다. 얼굴은 기표가 부딪혀 튀어나와야 하는 벽을 구성하며, 기표의

〈**에코와 나르키소스**Echo and Narcissus〉 나르키소스가 호수에 비친 자기 모습에 반해 물가에 엎드려 있고, 에코가 그를 바라보고 있다. 존 윌리엄 워터하우스John William Waterhouse, 1903년, 90×189cm, 캔버스에 유채, 워커미술관 소장

> 벽, 프레임 또는 스크린을 구성한다. 얼굴은 주체화가 꿰뚫고나가야 하는 구멍을 파며, 의식이나 열정으로서의 주체성의 검은 구멍, 카메라, 제3의 눈을 구성한다.[50]

이 시각적 지각물은 얼굴화 이전부터 거기에 있는 것이겠지만 그것은 타자에 의해 발명되고 타자에 의해서 얼굴로 주체화된다. 타자가 그것을 바라보지 않는다면 얼굴은 얼굴화에 이르지 못한다. 그런 까닭에 얼굴은 거울에 비추어보았을 때 비로소 나―타자에 의해 발명된 것, 즉 얼굴화로의 이행이 시작된다. 거울에 비친 제 얼굴―풍경은 나―타자의 눈에 의해 관찰되는 것, 의심되는 것, 흠들을 지닌 것으로 탐색되는 것이다. 그렇게 얼굴―풍경은 타자에 의해 붙잡히고 쓰이면서 탈영토화한다. 이는 얼굴―풍경에서 이전과 다른 새로운 쓰임, 새로운 의미생성을 찾

아내며 얼굴-풍경을 다른 지층으로 옮기는 것이다. 어린아이가 거울에 탐닉하며 놀고 있다면 그 어린아이는 벌써 제 얼굴-풍경을 탈영토화하고 있다고 보아야 한다. 어떤 사람이 거울에 비친 제 얼굴-풍경의 황홀경에 사로잡혀 있다면 거울에 비친 얼굴-풍경의 연인과 사랑에 빠진 것이다. 거울은 나르시시스트의 호수다. 나르시시스트는 결국은 자기애가 넘쳐서 헛된 이미지의 꾐에 빠져 호수에서 익사한다.

「날개」와 「거울」

이상은 스스로를 이방인의 자리에 위치시킴으로써 자학과 부정의 표상으로 우뚝 선다. 그가 자기 위로와 자기구제의 한 방식으로 선택한 것이 '예술 문벌'로의 망명이다. 연작시 「오감도」와 단편소설 「날개」는 '예술 문벌'로의 망명이 성공적으로 완수되었음을 알리는 나팔 소리다. 이상은 제 삶을 목 졸라 죽여서 무덤에 묻은 뒤 '예술'이라는 꽃을 피워냈다. 이때 '예술'이란 거울놀이의 변주에 지나지 않는다. 거울-놀이는 사회에서 고립된 주체가 그 고립에서 벗어나기 위해 고안한 놀이다.

> 아내가 외출만 하면 나는 얼른 아랫방으로 와서 그 동쪽으로 난 들창을 열어놓고 열어놓으면 들이비치는 볕살이 아내의 화장대를 비쳐 가지각색 병들이 아롱지면서 찬란하게 빛나고 이렇게 빛나는

것을 보는 것은 다시없는 내 오락이다. 나는 조그만 '돋보기'를 꺼내가지고 아내만이 사용하는 지리가미를 그슬어가면서 불장난을 하고 논다. 평행광선을 굴절시켜서 한 초점에 모아가지고 초점이 따끈따끈해지다가 마지막에는 종이를 그슬기 시작하고 가느다란 연기를 내면서 드디어 구멍을 뚫어놓는 데까지에 이르는 고 얼마 안 되는 동안의 초조한 맛이 죽고 싶을 만치 내게는 재미있었다. 이 장난이 싫증이 나면 나는 또 아내의 손잡이 거울을 가지고 여러 가지로 논다. 거울이란 제 얼굴을 비칠 때만 실용품이다. 그 외의 경우에는 도무지 장난감인 것이다.[51]

화장대와 가지각색의 화장품 병들이 즐비하게 늘어선 '아내의 방'은 볕살이 비쳐드는 빛의 방이다. 바깥에서 흘러든 빛과 화장대의 거울이 되쏘는 빛이 어우러지며 아내의 방은 빛으로 넘친다. 빛을 산란시키는 거울이 만든 상징계에서 '나'는 놀이의 즐거움에 빠진다. 돋보기와 거울을 갖고 빛을 희롱하며 노는 이것은 비억압적 오락이요, 노동의 보답과 상관없는 즐거움을 위한 놀이다. 거울 세계는 어떤 공리적 가치도 생산하지 않지만 그 자체로 하나의 자족적인 우주다. '나'는 그 안에서 그 누구의 제약도 없이 마냥 논다. 그 자유로운 세계 안에서는 '가족 문벌'의 책임과 의무도 일체 없다.

"거울이란 사물을 스펙터클로, 스펙터클을 사물로 바꾸고/ 나를 남으로, 남을 나로 바꾸는/ 보편적 마법의 도구다."[52]

동양에서 거울은 벽사축귀辟邪逐鬼의 신통력을 가진 신물神物로

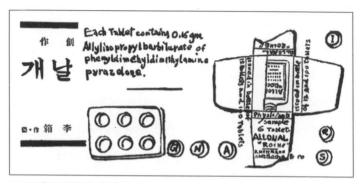

1936년 9월 《조광》에 발표된 「날개」

받아들여진다. 도교에서 거울은 벽사의 능력뿐만 아니라 앞으로
올 일을 예언하는 신물이다. 이렇듯 거울은 현실 너머의 초현실
로 나아가는 도구다. 거울의 세계는 현실에서는 불가능한 마법
과 꿈의 세계이고, 오락의 세계이다. 그런 까닭에 현실의 김해경
은 거울 속의 '나', 즉 상징계의 존재인 '이상'으로 망명한다. 거
울에 투영된 현실이 진짜가 아니라 모조模造에 지나지 않는다 하
더라도. 이상의 비극은 거울 세계 안에서 "악수를 모르는 왼손
잡이"로밖에 살지 못한다는 사실이다. 이는 현실에서의 한계와
불구성을 암시한다. '왼손잡이'는 소수자의 표상이요, 사회적 권
력의 위계에서 열등한 위치의 상징이다. 피에르 부르디외가 사
회복지사·지도원·말단 행정관·초중고교 교사 들과 같이 상대
적으로 열등한 계층을 국가의 '왼손'으로 분류하고, 재정국·국
영은행·민영은행·국립행정학교 출신의 고급 관료들을 국가의
'오른손'으로 분류하는 것도 '왼손잡이'에 대한 사회의 오래된
관습을 반영한 것이다.[53]

거울속에는소리가없소

저렇게까지조용한세상은참없을것이오

거울속에도 내게 귀가있소

내말을못알아듣는딱한귀가두개나있소

거울속의나는왼손잡이오

내악수를받을줄모르는ㅡ악수를모르는왼손잡이오

거울때문에나는거울속의나를만져보지를못하는구료마는

거울이아니었던들내가어찌거울속의나를만나보기만이라도했겠소

나는지금거울을안가졌소마는거울속에는늘거울속의내가있소

잘은모르지만외로된사업에골몰할게요

거울속의나는참나와는반대요마는

또꽤닮았소

나는거울속의나를근심하고진찰할수없으니퍽섭섭하오[54]

　거울을 보는 '나'와 거울에 비친 '나'는 다르다. 우선 거울에
비친 '나'는 '왼손잡이'다. 왼손잡이인 까닭에 거울 바깥에 있는
'나'의 악수를 받을 수 없다. '나'는 거울 속의 '나'를 만져볼 수
도 없고, 거울 속의 '나'에게로 갈 수 없다. 그래서 "나는거울속

의 나를 근심하고 진찰할수없으니 퍽 섭섭하오"라고 말하는 것이다.

이상은 자신을 가리켜 '책임의사'라고 했다. 거울 바깥의 '나'는 의사이고, 거울 속의 '나'는 진찰이 필요한 환자다. 아니 거울 바깥의 '나'는 거울 속의 '나'를 애모하는 연인이다. 연인들이 갖는 환상은 두 사람이 본디 하나였다가 둘로 나뉜 존재들이라는 것이다. 두 사람은 하나로 돌아가야 하지만, 거울 바깥의 '나'와 거울 속의 '나' 사이에는 거울이란 벽이 가로지르고 있다. 이 존재론적인 분리, 혹은 차단은 오로지 거울 때문에 빚어진 사태다. 거울은 사랑도, 자살도 방해하는 그 무엇이다.

거울 속의 세계는 '나'의 현실을 비추기는 하지만 그게 곧 '나'의 현실은 아니다. 이 자각과 더불어 '거울'의 시적 상징은 다양하게 변주된다. 김승희는 이상의 작품에 자주 나타나는 '거울' 이미지에서 '이상의식의 원천성'을 읽어낸다.

'전도와 가역'은 이상의 의식 세계를 관통하는 '불변적인 의식의 문법'인데 이는 거울의 양의성兩義性에서 파생된 것으로 보인다. 거울의 파라독스—접촉과 연결의 매개이면서 동시에 차단과 분리의 매개인 것, 사랑의 도구이면서 동시에 증오의 도구인 것, 나의 오른손을 왼손으로 만들어버리는 전도의 기능을 가지면서 동시에 그 역도 가능하게 하는 가역의 기능을 가진 것—이러한 거울의 깊은 모순성이야말로 이상의식李箱意識의 원천성이다.[55]

그 원천성은 "거울속의나는왼손잡이오./ 내악수를받을줄모르는—악수를모르는왼손잡이오"라는 구절에서 이미 암시된 바 있다. 이상의식의 원천성은 오른손잡이들의 세계에서 제가 왼 손잡이라는 것, 즉 남과 '다름'을 기원으로 삼는다. 거울 속의 '나'와 거울 바깥의 '나'는 다르면서도, '다름'을 내면화하고 있 다는 점에서 꽤 닮았다. 이상은 거울을 보면서 그 안에서 제 운 명의 주박(呪縛)을 보았던 것이다.

「오감도 시제15호」

1

나는거울없는실내에있다. 거울속의나는역시외출중이다. 나는지 금거울속의나를무서워하며떨고있다. 거울속의나는어디가서나를 어떻게하려는음모를하는중일까.

2

죄를품고식은침상에서잤다. 확실한내꿈에나는결석하였고의족을 담은군용장화가내꿈의 백지를더럽혀놓았다.

3

나는거울있는실내로몰래들어간다. 나를거울에서해방하려고. 그 러나거울속의나는침울한얼굴로동시에꼭들어온다. 거울속의나는 내게미안한뜻을전한다. 내가그때문에영어되어있드키그도나때문에영어되어떨고있다.

4

내가결석한나의꿈. 내위조가등장하지않는내거울. 무능이라도좋
은나의고독의갈망자다. 나는드디어거울속의나에게자살을권유하
기로결심하였다. 나는그에게시야도없는들창을가리키었다. 그들
창은자살만을위한들창이다. 그러나내가자살하지아니하면그가자
살할수없음을그는내게가르친다. 거울속의나는불사조에가깝다.

5

내왼편가슴심장의위치를방탄금속으로엄폐하고나는거울속의내
왼편가슴을겨누어권총을발사하였다. 탄환은그의왼편가슴을관통
하였으나그의심장은바른편에있다.

6

모형심상에서붉은잉크가엎질러졌다. 내가지각한내꿈에서나는극
형을받았다. 내꿈을지배하는자는내가아니다. 악수할수조차없는
두사람을봉쇄한거대한죄가있다.⁵⁶

앞의 시 「거울」에 견줄 때 「오감도 시제15호」는 같은 '거울'을
다룬 시이면서도 사뭇 다르다. 훨씬 복잡미묘하다. "거울 없는
실내"란 무엇일까. '나'는 여기에 없다. 2연에서 "확실한 내 꿈
에 나는 결석缺席"했다고 하는데, 이것은 "거울 없는 실내"에 상

응하는 이미지다. 그러므로 '나'는 여기서 '나'를 만날 수 없다. 2연이 가장 문제적인 부분이다. "죄를 품고 식은 침상에서 잤다"고 하는데, 무슨 뜻일까? 알 수 없다. 내 "꿈의 백지"를 더럽혀놓은 "의족義足을 담은 군용장화軍用長靴"는 또 무엇일까? 백지가 글쓰기와 연관이 있음을 암시한다면, 백지를 더럽히는 "군용장화"는 글쓰기를 억압하는 그 무엇에 대한 기표적 이미지가 아닐까. 하지만 이것을 일본 군국주의의 표상으로 이해하는 것은 지나친 비약이다.

3연에서 '나'는 "거울 있는 실내"로 들어간다. 그때 거울 속의 '나'도 거울 안으로 들어온다. 시의 화자가 거울을 보면서 자기 얼굴을 보고 있는 장면이다. 이 거울에 의해 '나'와 '그'는 쪼개진다. 아마도 이 쪼개짐은 자연인 김해경과 예인 이상의 분리일 것이다. 그들은 하나면서 동시에 둘이다. "내가 그 때문에 영어囹圄되어 있듯이 그도 나 때문에 영어되어 떨고 있다"라는 구절에 따르면 '나'와 '그'는 상호 구속 관계에 있다. 거울은 '나'를 가둔 거울-감옥이다. '나'는 그 거울-감옥에 영어(囹圄)되어 떨고 있다! '나'는 거울-감옥의 수인(囚人)이다.

신범순은 이상에 대한 가장 뛰어난 연구서인 『이상의 무한정원 삼차각나비』에서 보르헤스나 움베르토 에코의 작품과 마찬가지로 이상의 작품에서 자주 등장하는 거울과 미로의 이미지에 주목한다. 특히 이상 시에 나타나는 거울-감옥은 이상의 카오스 사상이 나타나는 중심적 이미지라고 말한다.

> 사실 이 근대 세계의 거울감옥은 이상의 사상이 만들어낸 이미지이다. 그의 무한사상적 시각에서 볼 때 근대적 현실은 황량한 반사상적 껍질의 표면세계에 불과하다. 모든 것의 두께와 깊이를 박탈해서 가둬버린, 그것은 말하자면 일종의 '거울감옥'이다. 그는 무한정원의 낙원에서 추방된, 마치 죄를 짓고 에덴 정원에서 쫓겨난 아담과 이브처럼 그 현실에 간힌 그러한 죄인이었던 셈이다. 이상은 현실에서 살아가는 것 자체를 그렇게 죄를 품고 그 거울 평면에서 살아가는 것으로 파악한다.[57]

거울 평면에 갇힌 수인! 이것이 이상이 거울에서 찾아낸 제 정체성이다. 4연에서 '나'는 거울 속의 '나'에게 자살을 권유한다. 그러나 거울 속의 '나'는 죽지 않는다. 애초에 거울 속의 '나'는 자살이 불가능하다. 죽으려 해도 죽어지지 않는 불사조! 그것이 불사조인 것은 현존이 아니라 현존의 위조, 즉 시뮬라크르인 까닭이다. "시야도 없는 들창"은 거울을 에둘러 표현한다. 거울 속이라는 환상적 상징계 안에 있는 '나'에게 '나'는 자살을 가르치나, 하지만 거울 속의 '나'는 거꾸로 내가 자살하지 않는다면 거울 속의 '나'도 자살할 수 없음을 가르친다. '나'는 "방탄금속으로 엄폐"한 거울 속의 '나'의 왼편 가슴을 향해 권총을 발사하고, 탄환은 왼편 가슴을 관통한다. 이 자살기도로 현실의 '나'나 거울 속의 '나' 누구도 죽지 않는다. 거울 속의 '나'는 애초에 죽지 않게 되어 있고, '나'의 심장은 탄환이 지나간 왼편이 아니라 오른편에 있기 때문이다.

6연에서 시의 화자는 "모형심장에서 붉은 잉크가 엎질러"지고, "내가 지각遲刻한 내 꿈에서 나는 극형極刑을 받았다"고 고백한다. 꿈과 현실, 거울 바깥과 거울 안쪽, 그리고 '가족 문벌'이라는 감옥에 갇힌 김해경과 '예술 문벌'로 망명한 이상, 이 사이에서 분열증을 앓는 그가 무슨 극형을 받았을까? "거울 때문에 나는 거울 속의 나를 만져보지 못하는구료마는"이나 "내 꿈을 지배하는 자는 내가 아니다"라는 고백은 하나로 겹쳐진다. '나'는 꿈을 실현해낼 장인 거울 세계를 지배하지 못한다. 거울은 거울 세계의 법칙에 속해 있다. 그나마 "거울이 아니었던들 내가 어찌 거울 속의 나를 만져보기만이라도 했겠소"라는 구절에서 다시 한 번 거울이 운명의 주박이라는 사실을 고백한다.

거울의 매혹에 빠진 이상! 프랑스의 시인 말라르메와 마찬가지로 이상은 거울의 천재다! 이상은 거울을 통해 저의 남과 다름을 읽어내고, 그 안에서 나르시시스트의 놀이에 열중한다. 근대의 공간 어디에나 득시글거리는 이 거울을 통해 근대 세계의 내부로 깊이 진입하고, 마침내는 제가 그것에 갇힌 수인이라는 걸 안 뒤 거기에서 탈주하려고 한다. 이상의 거울에 비친 세계는 '소정원'이고 '막힌 골목'이었다. 이상의 내면 거울은 깨진 거울이다. 잘게 쪼개져 조각조각으로 나뉜 거울들은 무한정원을 무수히 많은 '소정원'으로 만든다. 아울러 하나인 자신의 대자아를 '열세 아해들', 즉 무수히 많은 무서운 아해와 무서워하는 아해들로 만든다.

제5장

연애의 풍경

금홍

근대의 여성은 세 가지 범주로 나뉜다. 여학생, 가정주부, 매춘부다. 여학생은 근대 교육 과정을 통해 신여성으로 훈육되어 미래적 가치를 실현하고 사회 변화를 추동하는 계층으로 올라선다. 가정주부는 단란한 근대 가정을 꾸릴 주체다. 신여성이지만 이상적 연애와 결혼의 윤리를 추구한다는 점에서 사회 개조의 전위에 나선 신여성과는 다르다. 매춘부는 일반적으로 남성이 돈을 주고 그 몸을 사서 제 일탈 욕구와 사디즘적 지배 욕구를 충족시키는 부류를 가리킨다. 근대의 카페 여급이나 바걸, 기생,

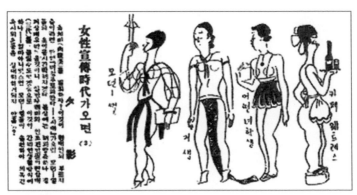

「여성선전시대가 오면」, 《조선일보》(1930. 1. 14) 모던걸, 기생, 여학생, 카페 웨이트리스의 모습이 실렸다.

작부와 창부 따위가 여기에 해당한다.

　금홍은 세 번째 항목에 드는 부류다. 금홍이 어떤 연유에서 기생으로 나섰는지는 알 수가 없다. 분명한 것은 금홍이 유혹자이자 희생양이라는 점이다. 이상은 하룻밤 성적 유희의 대상으로 금홍을 데리고 놀았지만 금홍에게 '노름채'를 주지 않았다. '노름채'는 화대를 말한다. 이상이 금홍에게 화대를 지급하지 않은 이유는 "날마다 밤마다 금홍이가 내 방에 있거나 내기 금홍이 방에 있거나 했기 때문"이다. 이상과 금홍은 화폐경제 시대에 돈을 매개로 하는 관계를 부정함으로써 매춘부와 고객 관계를 넘어서서 연인 사이로 발전한다. 이상은 금홍에게 노름채를 주지 않는 대신에 다른 남자들과 매춘을 하도록 적극적으로 권유했다. 우禹라는 프랑스 유학생과 '독탕'에 들어가도록 주선했다.

　　금홍이는 내 말대로 우씨와 더불어 독탕에 들어갔다. 이 독탕이라
　　는 것은 좀 음란한 설비였다. 나는 이 음란한 설비 문간에 나란히

벗어놓은 우씨와 금홍의 신발을 보고 언짢아하지 않았다.[58]

그리고 자신이 머무는 여관의 옆방에 든 변호사 C에게도 열성적으로 금홍과의 동침을 권유했다. 금홍은 우와 C 등에게서 화대로 받은 지폐를 여러 장 꺼내놓고 자랑을 하였다. 그렇게 이상은 한동안 금홍에게 열중했다. 신기하게도 날마다 계속되던 각혈이 씻은 듯 사라졌다.

지어가지고 온 약은 집어치우고 나는 전혀 금홍이를 사랑하는 데만 골몰했다. 못난 소린 듯하나 사랑의 힘으로 각혈이 다 멈췄다.[59]

이상은 금홍을 만남으로써 비로소 입양아의 가족 로망스에서 발생한 트라우마를 넘어설 수 있는 단초를 찾아낸다. 금홍 이전의 이상은 자폐성의 감옥에 제 어린 자아를 가둔 상태였다. 자폐성의 감옥에 갇혀 있는 한 이상은 어른이 될 수 없었다. 아울러 어른이 될 수 없는 비극은 이상 내면에 원체험으로 각인된 고아의식의 기초적 바탕이다. 금홍은 그런 이상의 내면을 채우고 있는 가족 문벌이라는 덩어리 속에서 아직 개별화를 이루지 못한 채 숨은 인격과 개체성을 촉발하는 촉매인자였다.

이상이 금홍과 처음 만났을 때 주고받은 문답이 「봉별기逢別記」라는 단편에 고스란히 나와 있다.

"스물한 살이에요."

나이를 묻자 금홍이 대답했다.

1933년의 이상
배천에서 금홍과 찍은 사진으로 추정된다.

"그럼 내 나이는 몇 살이나 돼 뵈지?"

"글쎄 마흔? 서른아홉?"

이상은 그 대답을 듣고 흥! 해버렸다. 그때 이상의 나이는 불과 스물세 살이었으니, 금홍의 눈에 제가 마흔 살로 비쳤다는 게 충격이라면 충격일 수도 있었겠다.

이튿날 경성에 있던 구본웅이 배천 온천으로 달려왔다. 구본웅과 이상은 신명학교 졸업 동기이자 절친한 친구 사이다. 날이 저물자 이상은 그 나비 같다면서 달고 다니던 코밑수염을 밀고 구본웅과 함께 금홍을 만나러 갔다.

"어디서 뵌 어른 같은데."

"엊저녁에 왔던 수염 난 양반 알지? 내가 바로 그이 아들이지. 목소리까지 닮았지?"

이상이 익살을 부렸다. 술자리가 파하고 마당에 내려서던 이상은 구본웅의 귀에 대고 속삭였다.

"어때? 괜찮지? 자네 한번 얼러보게"

"관두게. 자네나 얼러보게."

"어쨌든 여관으로 데리구 가서 짱껭뽕을 해서 정허기루 허세

나."

"거 좋지."

그랬는데 구본웅은 측간에 가는 체하고 피해버렸기 때문에 이상이 부전승으로 금홍을 차지했다.

이상의 「봉별기」는 이상 자신의 얘기를 그대로 옮겨 적은 '사소설'이다. 1936년 12월 《여성》에 발표한 이 회고 형식의 소설에서 이상은 금홍과의 만남과 작별의 전말에 대해 적는다. 이상이 금홍을 만난 것은 1933년 황해도 배천 온천에 요양하러 갔을 때다. 이상은 건강해야만 할 스물세 살의 청년으로서 약탕관을 붙들고 있는 제 처지에 대해 억울한 심정이었다.

> 사흘을 못 참고 기어 나는 여관 주인 영감을 앞장세워 밤에 장고소리 나는 집으로 찾아갔다. 게서 만난 것이 금홍^{錦紅}이다.[60]

이상은 '능라정'이라는 요정을 제 발로 찾았고, 바로 거기서 금홍을 만난다. 금홍은 기생이라고 알려졌지만 전통적인 의미에서 기생의 품격을 갖춘 여자는 아니다.

> 기생이라면 홍장이나 소춘풍처럼 재모^{才貌}로 소문날 수도 있었고, 황진이나 매창처럼 시인으로 대접받을 수도 있었으며, 진주의 논개나 평양의 계월향처럼 의기로 이름을 드높일 수도 있었다. 예외적인 명성을 쌓았을 때의 일이었지만 기생은 임기응변의 재치를 갖춘 미인이요, 시·서·화의 달인이었으며, 의^義와 절^節을 자랑하는

기인이기도 했다.[61]

　기생을 조련하는 권번들은 근대의 물결에 휩쓸리며 자생의 토
대를 잃고 거의 사라지고, 겨우 몇 군데 권번들이 남아 명맥을
유지하고 있었다. 남은 권번들은 전통 권번들이 가졌던 엄격한
규율이나 기악 수련 따위는 엄두도 내지 못했다. 따라서 황진이
나 매창 같은 기생은 더 이상 나올 수가 없었다.

　금홍은 전통적인 의미에서의 기생과는 거리가 멀다. 고작해야
사숙私塾에서 한두 해 정도 장구 치는 법이나 배우고 잡가 따위를
익혀 색주가로 팔려 온 작부에 더 가까운 부류다. 금홍의 본명은
연심蓮心이다. 이미 열여섯 살에 머리를 얹고, 열일곱 살에 딸을
낳은 적이 있는 경산부다. 금홍은 체구가 작고 귀여웠으나 암팡
진 데가 있었다. 남자들은 남자를 호리는 색기가 넘치는 금홍을
처음 보고는 한번 안아보고 싶다는 마음이 들었다. "체대가 비
록 풋고추만 하나 깡그라진 계집" 금홍은 단박에 이상을 사로잡
았다.

　이상은 백부 김연필의 1주기에 맞춰 치르는 소상小祥 때문에 부득
이 배천 온천을 떠나야만 했다. 백부가 뇌일혈로 죽은 게 1932년
5월 7일이었으니, 이상이 배천 온천을 떠난 것은 아마도 1933년
5월 7일보다 하루나 이틀 전이었을 것이다. 이상이 경성으로 돌
아가 '제비' 다방을 개업한 뒤 금홍을 불러올려 두 사람은 동거를
시작한다. 이상이 금홍을 끔찍이도 사랑했다는 증거는 많다.

금홍이가 내 아내가 되었으니까 우리 내외는 참 사랑했다. 서로 지
나간 일은 묻지 않기로 하였다. 과거래야 내 과거가 무엇 있을 까
닭이 없고 말하자면 내가 금홍이 과거를 묻지 않기로 한 약속이나
다름없다.[62]

두 사람의 기묘한 동거는 이상에게는 일생을 통틀어 가장 행
복했던 시기였다.

금홍이는 겨우 스물한 살인데 서른한 살 먹은 사람보다도 나았다.
서른한 살 먹은 사람보다도 나은 금홍이가 내 눈에는 열일곱 살 먹
은 소녀로만 보이고 금홍이 눈에 마흔 살 먹은 사람으로 보인 나는
기실 스물세 살이요, 게다가 주책이 좀 없어서 똑 여남은 살 먹은
아이 같다. 우리 내외는 이렇게 세상에도 없이 현란하고 아기자기
하였다.[63]

그 현란하고 아기자기한 행복은 그리 오래가지 않았다. 무엇
보다도 '제비' 다방의 경영이 여의치 않았다. 이상이나 금홍 둘
다 다방 '제비'의 경영에 신경 쓰지 않았다. 다방 '제비'의 실내
에 놓인 의자들은 다른 다방의 것들보다 턱없이 낮고, 내부 벽에
착색된 색은 검정색으로 분위기가 칙칙했다. 왜 검정색일까? 색
채 상징에 따르면 검정색은 "죽음, 수동성, 수용, 상喪"[64]의 표상
이다. 검정색은 모든 색의 죽음이다. 백색이 공백, 혹은 비움의
표상이라면 검정색은 우주 태초의 무한혼돈, 혹은 그 뜻이 해독

구보 박태원이 직접 그린 '제비'
다방의 마담 금홍

되지 않은 채움의 표상이다. 죽음과 혼돈에 자주 이끌리는 이상의·미의식과 감각의 자원을 엿보게 하는 색이다. 게다가 커피는 맛이 없기로 소문이 나고, 자주 떨어졌다. 커피를 찾는 손님들이 낭패를 보기 일쑤였다. 손님이 들 리가 없었다.

1년이 지나고 8월, 여름으로는 늦고 가을로는 이른 그 북새통에—금홍에게는 예전 생활에 대한 향수가 왔다.[65]

금홍은 다방 '제비'의 마담 노릇에 권태를 느꼈다. 그 권태에서 벗어나기는 옛 시절과 같이 분방하게 살기, 즉 샛서방 보기였다. 이상은 그 사실을 알았지만 구태여 시비를 걸지 않고 묻어두었다. 오히려 금홍의 편의를 돕기 위해 일부러 멀지 않은 곳에 사는 친구 박태원의 집에 가서 자고 오는 일도 있었다.

금홍이는 나를 내 나태한 생활에서 깨우치게 하기 위하여 우정 간음하였다고 나는 호의로 해석하고 싶다. 그러나 세상에 흔히 있는 아내다운 예의를 지키는 체해본 것은 금홍이로서 말하자면 천려의 일실 아닐 수 없다.[66]

금홍은 샛서방들과 만나기 위해 자주 외출했고, 때로는 이상과 동거하는 방까지 남자를 끌어들였다. 이상은 금홍의 '사업'을 돕는다는 취지에서 제 방을 개방해주었지만 이런 따위들로 드러나는 이상의 나태와 자기방기, 그리고 철두철미한 무능력에 진절머리를 치며 금홍은 사나운 말과 손찌검으로 되갚았다.

> 하루 나는 제목 없이 금홍이에게 몹시 얻어맞았다. 나는 아파서 울고 나가서 사흘을 들어오지 못했다. 너무도 금홍이가 무서웠다.[67]

이건 엄살이 아니다. 파국의 예고였다. 마침내 금홍이 집을 뛰쳐나간다. 금홍의 가출에 대한 여러 소문이 들렸다. 그중에는 금홍과 외간남자가 버스를 타고 과천 관악산 쪽으로 가는 것을 보았다는 소문도 있었다. 정인택의 회고담에 따르면, 이상은 금홍이 저를 완전히 버리지 않은 것으로 생각했다. 이상은 관철정貫鐵町 대항권번大亢券番 제일 구석방을 차지하고 앉아 낮밤을 가리지 않고 게으르게 잠을 잤다. 그러다가 정신을 차리고 정인택을 찾아가 돈 30전을 빌렸다. 달아난 금홍에게 돌아와달라는 전보를 칠 생각이었다. 그 전문電文 내용은 간략했다.

"올래 안 올래 끝 이상."

두 달 뒤에 금홍이 초췌한 모습으로 돌아왔을 때 이상은 어느 정도 마음을 정리한 상태였다. 이상은 금홍의 모습에 슬퍼져서 야단을 치기는커녕 맥주와 붕어과자와 장국밥을 사 먹이며 위로했다. 금홍은 울면서 이상을 원망하며 푸념을 했다. '네가 잘했으면 그런 일도 없었을 텐데 모든 게 네가 잘못한 탓이다'라는 원망이다. 금홍은 저희의 동거생활과 보랏빛 꿈이 깨어진 게 모두 이상 때문이었다고 확신했다.

"그렇지만 너무 늦었다. 그만해두 두 달지간이나 되지 않니? 헤어지자, 응?"

"그럼 난 어떻게 되우, 응?"

"마땅한 데 있거든 가거라, 응?"

"당신두 그럼 장가가나? 응?"

두 사람이 헤어질 때 금홍은 작별 선물로 베개를 주고 갔다. 이 베개는 2인용이다. 이상은 이 베개를 베고 두 주일이나 잠을 잔다. 그러나 그 베개에서 나는 다른 남자의 묘한 머리 기름땟내 때문에 베개를 치워버리고 만다.

혼자 지내던 이상은 다시 금홍에게 엽서를 띄운다. "중병이 걸려 누웠으니 얼른 오라"고. 금홍이 달려왔다. 와서 보니 이상의 처지가 측은했다. 그래서 눌러앉아 두 팔을 걷고 이상을 먹여 살린다고 나섰다. 다섯 달이 지나고 다시 금홍은 집을 나가고 만다. 이 무렵 이상은 서서히 생의 고갈에 다가가고 있었다. 그의 빈궁은 문인 친구들이 다 알 정도였다. 그의 모교에서 이상의 처지를 알고 부른 적이 있다. 당시 신축 중이던 신촌 이화여전 공사장에 현장감독으로 가볼 의향이 없느냐고 물은 것이다.

"하루 일원 오십 전이랍니다. 어디 담배값이나 벌러 나가볼까 보오."

이상의 처지가 막다른 데 처했음을 보여주는 대목이다. 이상은 이튿날 도시락을 싸들고 신축 공사장으로 나갔다. 그러나 다음날은 '제비' 뒷방에서 한낮이 되도록 늦잠을 잤다.

"그 참 못하겠습니다. 벌이도 시원치 않지만 나 같은 약질이 어디 그런 일 견뎌 나겠습니까?"

결국 다방 '제비'는 몇 차례 거르다가 끝내 아예 집세를 못 내게 되자 일본인 건물주인은 최후 수단으로 경성지방법원에 명도 소송을 제기하기에 이르렀다. 재판은 아침 9시에 경성지방법원에서 열렸다. 허나 이상은 그 시각에 일어날 수가 없었다. 재판은 불리한 궐석판결을 받을 수밖에 없었는데, 결국 이상은 돈 한 푼 건지지 못하고 건물에서 쫓겨났다. 이상은 '제비' 다방에서 쓰던 기명집물들을 전부 팔아버리고 본가로 돌아가버렸다. 이상의 나이는 스물일곱 살이었다.

이상이 다시 금홍을 만난 것은 변동림과 결혼을 하고 황금정에서 신혼방을 차린 얼마 뒤였다. 금홍이 경성에 다시 나타났다는 소식을 듣고 이상이 찾아간 것이다. 과연 금홍은 동생 일심一 心의 집에 돌아와 있었다. 금홍의 얼굴은 초췌하고 피로한 기색이 역력했다.

"네눔 하나 보구 싶어 서울 왔지 내 서울 뭘 허려 왔다디?"

"그러게 또 난 이렇게 널 찾아오지 않았니?"

"너 장가갔다드구나."

"얘 디끼 싫다. 그 육모초 겉은 소리."

"안 갔단 말이냐, 그럼?"

"그럼."

이상과 금홍은 일심이 들여보낸 술상을 마주하고 앉아 그런 오래된 연인의 소리를 주고받았다. 이상이 노래를 하고 금홍이

육자배기를 했다. 이별의 밤이 깊어갔다. 금홍이 은수저로 소반전을 치면서 구슬픈 창가를 불렀다.

"속아도 꿈결 속여도 꿈결 굽이굽이 뜨내기 세상 그늘진 심정에 불질러버려라 운운."

그게 이상과 금홍의 쓸쓸한 작별 의식이었다. 이상은 금홍과 헤어지고 얼마 뒤에 신여성인 변동림과 정식으로 결혼식을 올리고 함께 살다가 몇 달 만에 동경으로 갔다.

금홍과 마돈나

금홍은 신화에 나오는 요부 키르케의 근대적 현신이다. 펠리시앙 롭스Félicien Rops가 그린 〈포르노그라테pornocrates〉1896는 요부의 환상에 매혹된 남자들을 풍자한다. 키르케는 알몸뚱이에 커다란 푸른색의 리본을 두르고 검은색 스티킹을 신은 채 끈에 묶인 돼지를 끌고 있다. 신화에서 키르케의 마법에 걸려 수컷 동물로 변해버린 무리가 키르케의 집을 사방으로 둘러싼다. 오디세우스의 부하들이 지친 채 아이아이아라는 섬에서 휴식을 취하다가 이 광경을 목격한다. 키르케는 집 안에서 피륙을 짜며 노래를 부르다가 문밖에 이방인들이 와 있는 걸 알고 그들에게 음식을 대접하면서 마실 음료에 마법의 약초를 섞는다. 키르케의 미모에 매혹당한 오디세우스의 부하들은 한 순간에 돼지 떼로 변하고 만다.

〈포르노그라테〉
펠리시앙 롭스, 1896년, 45×70cm, 수채로 채색
한 에칭, 마비유미술관 소장

펠리시앙 롭스의 그림은 이 신화에 대한 패러디다. 돼지는 이 키르케의 치명적인 매혹에 빠진 남자들을 은유한다. 야성의 관능성으로 눈부시게 아름다운 키르케에 매혹된 남자들은 순종적인 돼지와 같이 그녀가 휘두르는 횡포를 기꺼이 견딘다. 오디세우스가 돼지 떼로 변신한 제 부하들을 구해내기 위해 키르케에게 간다. 그 도중에 헤르메스를 만나 약과 함께 키르케를 굴복시킬 방법을 전수받는다. 키르케가 마법지팡이를 흔들기 전에 먼저 검을 뽑아 키르케를 굴복시키라는 것이다. 오디세우스는 나신으로 키르케에게 다가갔고 그녀가 마법지팡이를 쓰기 전에 검을 뽑아 들어 굴복시켰다. 검은 페니스에 대한 은유다. 따라서

이 이야기는 키르케가 기대했던 것보다 더 많은 성적인 쾌락을 주었음을 뜻한다. 키르케는 만족했고, 오디세우스의 부하들에게 걸었던 마법을 풀어주었다. 이 신화에서 금홍은 온갖 수컷들을 제 관능적 매력으로 꾀는 요부 키르케이고, 이상은 길들여지지 않은 육욕이라는 마법에 걸려 변신한 돼지다.

과연 금홍은 '나쁜 여자'였을까? 이상이 금홍을 데리고 논 게 아니라 거꾸로 금홍이 이상을 데리고 논 것이다. 금홍의 모호한 정체성은 남자의 유혹자이자 시대의 희생양이라는 양면성 속에서 보다 또렷해진다. 이상은 그런 금홍의 정체를 끝내 파악하지 못했다. "계집의 얼굴이란 다마네기다. 암만 벗기어 보려므나. 마지막에 아주 없어질지언정 정체正體는 안 내놓느니"[68]라는 고백에서도 알 수 있다. 금홍은 양파와도 같이 껍질을 벗기고 벗겨내도 똑같았다.

금홍은 남자를 유혹해서 파멸에 이르게 하는 요부라는 점에서 '마돈나'가 가진 미·성魔性의 이미지와 겹쳐진다. 마돈나 금홍은 남자들이 지배하는 사회에서 남성적 지배의 규범에 따를 여자들이 아니다. 마돈나는 요부와 성녀라는 모순된 이미지를 공유하는 '스타'다.

원래부터 스타를 소유하는 것은 불가능하다. 스타는 걸작 예술품이며, 우상이며, 숭배의 대상이다. 에로티시즘에 크게 기대고 있는 스타들요부은 대중들 앞에서 자신들의 몸을 한층 더 내놓을 때마다 점점 더 접근할 수 없는 존재처녀가 된다.[69]

마돈나는 남과 여, 그리고 신과 인간의 분별을 뛰어넘는 성적 모호성을 발산한다. 마돈나는 당대의 패션을 지배하며, 패션의 금기들을 간단하게 뛰어넘는다. 마돈나는 그 모든 경계를 뛰어 넘을 뿐만 아니라 문화적 스펀지로 주변의 모든 것들을 빨아들이고 삼켜버린다. 마돈나는 차라리 그 모든 빨아들이고 삼켜버린 것으로 자신을 그것과 동일화해버린다. 즉 타자의 옷과 표식을 제 존재 위에 덧씌워버린다. 그런 맥락에서 "'마돈나'라고 이름 붙여진 것은 가면과 페르소나의 집합체"[70]인 셈이다. 마돈나는 하나의 아이덴티티가 아니라 수많은 아이덴티티를 갖고 있다. 너무 많은 아이덴티티를 갖고 있기 때문에 마돈나에게는 정작 제 자신만의 아이덴티티가 없다고 말할 수도 있다. 바로 그렇기 때문에 마돈나는 그 부재를 이용하여 온갖 연기를 하고, 성적 일탈을 구현하며, 수시로 변화무쌍이 가능해지는 것이다. 마돈나는 말한다.

> 뉴욕으로 갔을 때 내게는 꿈이 있었다. 나는 대스타가 되고 싶었다. 아는 사람은 하나도 없었다. 나는 춤추고, 노래하고 싶었고, 유명해지고 싶었고, 모든 사람의 사랑을 받고 싶었고, 스타가 되고 싶었다. 나는 정말 열심히 노력했다. 그리고 내 꿈이 실현되었다.[71]

마돈나는 스타가 되었다. 그것은 영원히 소유되지 않는 신기루와 같은 그 무엇이 되었다는 뜻이다. 스타는 예술작품이고, 우상이며, 숭배의 대상이다. 남자들이 마돈나 앞에서 무릎을 꿇는다. 그들은 붙잡을 수 없는 것을 붙잡으려고 손을 내밀고, 소유할 수 없는 것을 소유하려고 헛되이 돈을 쓴다. 마돈나는 지배의 권력을 쥐고 시대를 가로질러 간다. 그 권력으로 트렌드를 움켜쥐고 흔든다. 기성 체제의 얼굴에 오물을 뿌리듯 내던진다.

> 마돈나는 단순히 당대의 증인이 아니다. 그녀는 자신의 시대를 적극적으로 반영하며, 우상을 파괴한다. 그녀의 미학은 '고급스러운 취향'을 거들떠보지도 않는다. 그녀는 흡혈귀처럼 게걸스럽게 그 순간의 트렌드를 움켜쥐고 자기만의 방식으로 재활용한 다음 기성 체제의 면전에 던져버린다.[72]

그렇다면 금홍은 어떨까. 금홍은 한때 그의 '고객'이었던 이상의 부름을 받고 황해도의 한 온천 휴양지에서의 기생 노릇을 작파하고 급하게 경성으로 달려왔다.

금홍은 이상의 동료들에게서 '색골' 취급을 받았나. 이상의 곁에서 금홍이 떨어져나간 뒤 그들은 이상의 건강이 더 나아졌다고 판단한다. 이상의 사생활을 꿰뚫고 있는 김소운이 정지용과의 대화에서 금홍을 두고 "무식한 시골 술집 작부가 아는 게 무엇이 있어야죠, 그것밖에. 금홍이하고 그냥 살면 폐병쟁이 이상이는 얼마 못 가요"[73]라고 말한 데서도 드러난다.

마돈나와 금홍은 '요부'지만 두 여성의 운명은 달랐다. '요부'라는 용어에는 남성의 여성 혐오가 가림 없이 드러난다. 요부는 어리석은 남성을 고갈시키고 결국은 파멸에 이르게 한다. 사실

이것은 남성의 두려움이 만들어낸 허상이다. 금홍은 요부이기보다는 집안 생계를 책임지기 위해 유곽으로 팔려온 가난한 집안의 평범한 딸이다. 금홍의 평범성은 한 시대에 돌출한 이상과 같은 예술가와의 특이한 애정 행각에 의해 지워져버렸을 것이다.

금홍은 천진난만하지도, 사악하지도 않았다. 식민지 근대의 경제 파탄과 수탈에 의해 거덜 난 살림을 꾸리기 위해 돈이 흥청대는 소비유흥문화의 직업전선으로 내몰린 여성들 중의 하나일 따름이다. 평범한 지어미로 살아야 할 많은 여성들이 그런 험한 시대에 태어났다는 우연성에 의해 유녀遊女로 호명되었다. 금홍은 저항할 수 없는 어떤 현실적 필요로 술집 작부가 되고, 거기서 별다른 예술적 자각 없이, 차라리 무지를 안은 채 일세의 천재 시인 이상의 연인이 되었다. 그녀가 정태적 사물이 아니라 피와 살을 가진 여성이었기에 동거자 이상의 생활 무능력에 대해 사납게 격앙되어 내면의 폭력성이 튀어나왔을 것이다. 이상의 생활 무능력은 저 도저한 환멸의 상상력과 섞이며 모더니즘의 시적 질료로 용해된 반면에 동거녀인 금홍은 눈앞에 있는 생활의 책임과 의무를 엄연한 현실로써 떠안을 수밖에 없었다. 이런 생활의 구도 속에서 가해자가 될 수밖에 없는 당위성이 금홍에게는 있었다. 이런 사정에 비춰본다면 금홍은 요부가 아니다. 오히려 몽환적인 병적 실존 속에서 근대 파산의 은유로 발효하는 이상 신화를 입체화하기 위해 불가피한 요소로써 금홍의 사악함과 애욕이 실제와는 달리 과장되고 날조되었다고 보아야 할 것이다.

제6장

왜 변동림은 김향안이 되었는가

패션의 의미

모더니티의 본래면목은 새로운 것, 영원한 것, 덧없음에 대한 추구이다. 앞선 것의 단절에서 새로움은 당위를 얻고, 찰나의 소멸 속에서 영원함은 빛을 얻는다. 아울러 그 덧없음은 사라짐으로써 역설적으로 존재의 견고성을 세운다. 마치 큰비 내리기 전 검은 구름에서 연이어 번쩍이는 번개와 같은 것. 패션은 그 모더니티가 가장 자주 드러나는 자리다. 패션이 심층에 숨긴 것은 정치적 무의식이고, 표층으로 드러내는 것은 취향으로서의 문화다. 그것은 얕은 차원에서 남과 다르고 싶다는 욕망, 즉 군중 속에서

'나'를 구별 짓는 차이의 전략이다. 더 들여다보자면 패션은 소극적으로는 자명한 죽음으로부터의 도주이고, 적극적으로는 살아 있음의 예찬이다. 살아 있음을 드러내는 자기표현이라는 맥락에서 패션이 "여성을 이용한 죽음의 도발"이라는 발터 벤야민의 말을 납득할 수 있다.

패션은 항상 현실을 앞질러간다. 그리하여 "패션은 다가올 것에 대해 예술보다 훨씬 더 항상적이며, 정확한 접촉을 유지하고 있다. 그것은 미래에 다가올 것을 감지하는 여성 집단의 비할 데 없는 후각 덕분이다."[74] 아직 오지 않는, 곧 오고야 말 미래의 영원한 대리인의 자격으로 먼저 온 유행은 먼저 와서 비동시적인 것의 동시성을 흩뿌린다. 패션은 과거를 미래로써 선취하는 것이다. 흔히 패션과 유행은 일정한 기간을 두고 복고로 돌아간다고 말하는데, 사실을 말하자면 단순한 옛것으로의 돌아감이 아니다. 옛것은 차이를 드러내며 반복하고 순환한다. 여성의 치마 길이는 짧아졌다가 길어지고, 다시 짧아졌다가 길어진다. 남성의 넥타이의 가로 폭은 넓어졌다가 좁아지고, 다시 넓어졌다가 좁아진다. 이때 차이가 품은 것은 현재의 판타스마고리아Phantasmagoria이다. 따라서 복고라는 말은 정확하지 않다. 옛것의 취향을 본뜬 오늘의 취향이고, 첨단에 가닿은 과거의 취향이다.

유행은 극단적으로 말하면 대중의 취향과 정조를 반영하지 않는다. 오히려 대중에게 없던 취향을 설득하고 계몽하면서 만들어내는 것이다. 근대 자본주의의 소비문화와 상품의 황홀경, 단발이나 양장만이 아니라 '자유연애'와 '정사' 역시 1930년대가 발명해낸 패션이다.

"1910년대 중반까지는 '연애'는 물론이고 '사랑'이라는 단어도 두드러지지 않았다."[75] 연애는 1920년대에 나온 신상품이었다. "연애 소동과 이혼 소동이 잇따랐고, 헤어지느니 죽음을 택하겠다는 정사情死가 속출하면서"[76] 연애는 패션을 전위에서 이끌던 여학생과 기생들 사이에서 대유행하면서 1930년대 들어 '자유연애'는 신여성들의 패션으로 자리 잡는다.

근대 패션—자유연애

1930년대 '모던' 경성이 보여준 최고 패션은 '자유연애'다. 자유연애의 대유행을 빼놓고는 경성의 패션에 대해 말할 수 없다. 이때 자유연애의 이념은 신분과 계급의 차이를 넘어서는 사랑, 죽음마저도 불사하는 사랑이다.

1933년 9월 28일 카페걸 김봉자가 한강에 몸을 던져 자살을 기도하고, 이어서 김봉자의 연인이던 노병운이 한강에 투신한다. 이 정사 사건은 경성을 뒤흔든다. 김봉자의 신분은 "환락의 마경이요, 죄악의 원천인 종로의 거리, 찬란히 장치한 네온사인 아래 환락경이었던 엔젤 카페에서 여왕이라는 별명을 듣고, 어지러운 그 마음은 세상 사람들의 귀여움을 독차지하였던 여급"[77]이었다. 엔젤 카페 여급 김봉자가 사랑했던 노병운은 의학사이자 유부남이었다.

두 사람은 덜컥 연애병에 걸린 것이다. 그 사랑은 현실적 제약 때문에 죽음으로써만 겨우 완성될 수 있는 사랑이었다. 두 사람의 정사 사건이 크나큰 사회적 파장을 일으키자 이들의 '순애보'는 곧바로 문예물로 각색되고, 당시 유행하던 '영화해설'이나 '정사애화'라는 형식의 음반으로 제작되어 대중에게 팔려나갔다.

1933년 9월 28일자 《조선일보》에 실린 엔젤 카페 김봉자의 투신 기사

"사랑은 하나랍니다. (……) 오! 병운씨! 당신의 피와 내 피를 섞어서 다시 혈관에 넣었지요? 그 붉은 피는 영원히 이 봉자의 심장 속에 잠자고 있을 것입니다. 명예와 인격을 나 때문에 저버린 당신의 그 사랑을 속가슴에 깊이 안고 갑니다."[78]

1931년 《별건곤別乾坤》 1월호에 난데없는 기사가 실린다.

몇 해 전에 현해탄에서 김우진과 정사한 윤심덕은 사실 죽지를 않고 남녀가 공히 이태리 서울 로마에 가서 김은 극작, 윤은 성악연구를 한다는 소문이 자자하다. 사실의 진부는 김의 친제親弟가 이미 총독부 외사과에 수색청원을 제출하였다니까 수색의 결과를 보아야 알겠지만은 수색을 철저하게 잘만 하면 산사람은 못 찾아도 죽

윤심덕(1897~1926)의 최후 사진
1926년 8월 13일자 《조선일보》에 실린 사진으로 오른
쪽은 동생 윤성덕이다.

은 뼈다귀는 찾겠지. 그러나 해
저수색까지는 어려울 터이니 어
찌할꼬.

물론 이것은 하나의 해프닝이
었다. 이런 뜬구름 잡는 식의 '소
문'을 기사화할 만큼 김우진과
윤심덕의 정사 사건은 1930년대
경성인의 뇌리에 깊이 새겨진
사건이었다. 김우진과 윤심덕
이 이루어질 수 없는 사랑에 비관해서 현해탄에 몸을 던진 것은
1926년 8월의 일이다. 당대의 미디어들은 이들의 정사 사건에
썩 호의적이지 않았다.

들으니 남녀가 다 일본 유학생이라 한다. '부둥켜안고 정사한다'는
것이 분명히 종잇장 같은 성격을 가진 섬사람의 풍속을 배워온 것
인가 보다. 그들의 머리에서는 조선혼이란 다 빠져버린 것이다.

그러고는 "조선 사람의 명부에서 영원히 그들의 이름을 말살
해버리자"며 매조지했다.

남녀가 정사하는 게 일본에서 새로 들어온 풍속이고, 이런 부
박함에 물들어 생명을 버리는 이들의 이름을 수치스럽게 생각한
것이다. 여기에는 조선 민족의 혼이 일본의 그것에 견줘 더 청고

하다는 높은 자긍심이 작용한 게 분명하다. 그런 행위는 옳지도 않을뿐더러 "조선의 핏덩어리가 일본의 혼을 따라가는 것은 썩 분한 일이다"라는 공분을 자아내는 일이었다.

어느 결에 우리의 '누이'들은 '신여성'이라는 낯선 명칭으로 호명되기 시작했다. 1930년대 '신여성'은 '신여자'와 호환이 가능한 용어였다. 애초에 '신여성'은 교육을 받은 근대 여성에 대한 광의의 개념으로 받아들여졌다. 그들은 근대 교육의 수혜자로서 조선 사회의 '낡은' 틀을 깨는 근대 개조의 주체로서 호명되었다.

혁명의 기운은 부엌에서부터 흘러나온다. 부엌의 억압과 규방의 속박에 묶여 있던 여성들이 근대 이후 생겨난 이화학당·배화학당·숙명여학교·신명여학교·동덕여자의숙·정신여학교·숭의학교 등에서 근대 교육을 받고 신여성들로 개조되었다. 그들은 눌리고 찢겨진 존재에 머물기를 거부하며 해방 선언을 하면서 "암암한 방중"에서 거리로 뛰쳐나온다. 반봉건·반예속의 기치를 든 신여성들은 더 이상 남성중심주의 원리가 지배하는 가정에 매인 존재가 아니었다. 그들은 몸과 마음으로 온전히 해방된 여성들이고 제 목소리를 내기 시작한다. 그러자 사회 개조와 사회 변화의 기운이 나날이 거세진다. 그 목소리들은 문명화 이전의 낙후에서 허우적거리는 조선 사회를 바꾸라는 혁신의 나팔소리로 울려 퍼진다. 한 근대 여성 잡지의 창간사는 그 점을 이렇게 밝힌다.

개조! 이것은 오천년 간, 참혹한 포탄 중에서 신음하던 인류의 부르짖음이요, 해방! 이것은 누천년 암암한 방중에 갇혀있던 우리여자의 부르짖음입니다. (……) 무엇무엇 할것없이 통트러 사회를 개조하여야겠습니다. 사회를 개조하려면 먼저 사회의 원소인 가정을 개조하여야 하고 가정을 개조하려면 먼저 가정의 주인된 여자를 해방하여야 할 것은 물론입니다.[79]

이 잡지의 창간사는 신여성이 가정과 사회의 개조 주체로 호명되고 있음을 명백하게 드러낸다. 그런 의미에서 더러는 '신여성'에 '태양의 딸'이라는 메타포를 덧씌운 담론들도 있었다. '신여성' 자신들은 교육을 통해 개화됨으로써 합리적이고 이성적인 사유의 주체로 거듭난다. 그 주체됨의 자각은 자유연애와 결혼으로 능동화된다. 그래서 1930년대 '신여성'의 사회적 이미지에는 자유연애와 자유결혼을 하는 여자라는 뜻이 짙었다.

근대 '신여성'의 담론을 살펴보면 그 하위범주에서 신여자, 모던걸, 양처라는 세 가지 범주로 나뉜다. 신여자는 개조의 주체로, 모던걸은 근대와 서구에의 몰의식적 모방의 주체로, 양처는 근대주의적 질서를 세우고 지키려는 강박적 주체로 갈라진다.[80] 이들 신여자에 속하는 여성들에게 낡은 풍습과 제도에서의 자유는 먼저 자유연애와 자유결혼으로 실현되었다. 변동림은 이 세 가지 범주에서 신여자에 해당할 것이다. 그렇다면 개화된 근대 주체로 호명된 신여성들이 왜 그토록 자유연애와 자유결혼에 몰두했을까. 여성 사회학자 김수진은 다음과 같이 적는다.

신여성 최승희(1911~1967)
15세에 숙명여자고등보통학교를 졸업하고
경성사범학교에 진학했으며, 1926년 동경
유학 후 세계적인 무용가로 활동했다.

서구의 다른 어떤 관념보다도 사랑이라는 관념이 조선을 뒤흔든
이유는 그것이 구조선의 관습 및 질서와의 단절을 가장 실감나게
내포하고 있고 그만큼 갈등의 진원지였기 때문이다. 그리고 신여
성과 연애를 둘러싼 격론이 그렇게 존속된 이유는 역설적이게도
'자유'와 '연애'가 가지는 모호성, 또는 다의성 때문이다.[81]

  신여성들은 부모가 쥐고 있는 배우자 선택의 권력을 구습과
구질서로 낙인찍고 그 권력을 이양받음으로써 연애와 결혼의 주
체로 거듭난다. '자유연애'와 '자유결혼'은 낡고 오래된 "가족–
신분적 속박으로부터의 벗어남"[82]이라는 의미에서 신여성들이
쟁취한 근대성의 빛나는 전리품이었지만 그것의 대유행의 이면
에는 그늘도 없지 않았다.

변동림의 자유연애

경성에서 태어나고 경성여고보를 거쳐 이화여전 영문과를 졸업한 근대의 신여성 변동림卞東琳·1916~2004 역시 자유연애론자 중의 한 사람이다.

변동림의 오빠인 청년 지식인 변동욱卞東昱은 백화점 장식부에서 일을 하다가 그만둔 뒤 일본에서 디자인을 공부하고 돌아온 이순석과 동업으로 카페 낙랑파라를 경영하고 있었다. 이상은 박태원 등과 함께 이곳을 단골로 드나들었으니, 자연스레 그와 친분이 있었다. 변동욱의 권유로 이화여전에 들어간 변동림도 낙랑파라에 하루에 한 번씩 들러 커피를 마실 정도로 단골이었다.

이상은 변동림을 '낙랑'에서 만났을 때, 평소의 그답지 않게 얼굴이 벌게지면서 각설탕만 만지작거려 다방의 여종업원에게 핀잔을 들었다. 좌중을 압도할 만큼 위트와 패러독스가 넘치는 화술을 가진 이상이지만 어쩐 일인지 변동림을 만난 자리에서는 변변히 말도 제대로 못했다. 수필과 단편 몇 편을 발표하며 신예 작가로 이름을 알린 변동림 주변의 애인들에 대한 소문은 문인들 사이에서 파다했다. 이상도 그 소문을 들었다. 그럼에도 이상은 변동림의 문학에 대한 깊은 이해, 교양주의의 우아함, 이화여전 출신이라는 아우라에 이끌렸다. "나는 술이 거나하게 취해서 어떤 여자 앞에서 몸을 비비 꼬면서, 나는 당신 없이 못 사는 몸이오, 하고 얼러 보았더니 얼른 그 여자가 내 아내가 되어버린 데는 실없이 깜짝 놀랐습니다"라는 고백으로 미루어보건대 금

김향안(1916~2004) 수필가이자 미술평론가. 본명은 변동림이며 1936년 이상과 결혼, 이상 사망 후인 1944년에 서양화가 김환기와 재혼했다.

홍과 헤어진 뒤 의식이 황폐해진 이상이 일종의 도피처로써 변동림을 선택했을 것이라는 추측이 가능해진다.

변동림이 이화여전을 졸업할 무렵 만난 두 사람은 자주 허허벌판을 걷곤 했다. 목적 없는 그들의 발걸음 끝 간 데에 방풍림이 있었다. 그들은 방풍림이 시작되는 곳에서 방풍림이 끝나는 데까지 하염없이 걸었다. 방풍림 부근의 바람은 거세고 그럴 때마다 이상은 그 바람으로부터 변동림을 감싸며 보호하는 제스처를 취했다. 그런 연애의 사소한 관례적인 몸짓에서도 변동림은 쉽게 감동받았다.

이상은 제 안의 환멸과 공허를 변동림을 향한 열망으로 전환시키며 날마다 이화여전 부근을 서성거리거나, 아니면 변동림의 집 부근에서 우두커니 서 있곤 했다. 이상은 변동림을 데리고 방풍림까지 걸었다. 어떤 날은 바람이 불고, 어떤 날은 안개가 끼었다. 일본 경찰도 동족도 없는 무인지경의 벌판을 한없이 헤매는 걸 두 사람 다 좋아했다. 가끔 두 사람은 해가 떨어진 뒤에도 방풍림 근처를 걸었는데, 보름밤에는 방풍림 부근을 대낮처럼 환하게 밝히는 보름달을 보고, 달이 없는 날에는 밤하늘에 떠 있는 별들을 바라봤다. 변동림이 재치 있는 언변으로 이화여전 교수들을 우스꽝스럽게 흉내 내거나 제 친구들의 얘기를 늘어놓을 때 이상은 그 특유의 캬캬캬캬 하는 소리를 내며 웃었다.

가끔 이상이 "동림이, 우리 같이 죽을까?"라고 속삭이거나, 혹은 "우리, 어디 먼 데 갈까?" 하기도 했다. 물론 그 말들은 실천 의지가 의심스러운 공허와 찰나적인 감상주의에서 나온 것이지만 변동림은 그것에 이상이 갖고 있지도 않은 사랑의 윤리성을 더하여 받아들였다. 그 사소한 말들에 이화여전 문과에서 습득한 변동림의 교양주의가 크게 동요되곤 했다. 마침내 그녀기 어머니에게 친구한테 갔다 온다고 거짓말을 하고 옷 몇 가지, 책 몇 권, 외국어 사전이 든 조그만 가방 하나를 들고 집을 나왔다. 이상은 약속한 장소에서 초조한 모습으로 기다리고 있었다.

"왜?"

"동림이가 안 나올까봐서―"

"나는 약속하면 지키는 사람인데―"

이상은 초췌해진 몰골로 지난밤에 잠을 설쳤다고 했다. 변동림은 이상이 마련한 황금정 3가의 허름한 셋집으로 갔는데, 기본 생활도구와 침구만이 달랑 놓여 있었다. 변동림은 다소 실망하지만 이 연애에 투자된 시간과 노고가 헛될까봐 두려워 실망감을 눌렀다. 함께 동경에 가겠다는 이상의 약속에 제 미래를 장밋빛으로 투사하던 변동림은 그것이 깨지는 것을 무엇보다도 두려워했던 것이다. 그것은 투자에 따른 손실 회피 욕망이었다. 이상은 금홍을 떠나보낸 뒤 공황상태가 되어버린 스스로의 내면을 감당하기 힘들었다. 이상에게는 그런 황폐함이 불러일으킨 열정을 안착시킬 수 있는 도피처가 필요했다. 두 사람은 사랑으로 위장된 각각의 필연성에 따라 동거를 시작했다.

이상은 며칠에 한 번씩 시내에 나가서 볼일을 보고 들어오면서 장을 봐왔다. 변동림은 개울에서 빨래도 하고 밥을 지었다. 두 사람은 아주 짧은 기간 동안 조촐한 신혼의 행복을 만끽했다. 그러나 밖에서는 좋지 않은 소문들이 돌았다. 무엇보다도 변동림의 오빠인 변동욱이 폐병쟁이 이상이 제 동생을 유혹했다고 오해했다. 변동림이 나서서 제가 이상을 좋아해서 따라온 것이라고 밝혀 변동욱의 오해를 풀었다. 둘은 곧 동경으로 떠날 것이라는 사실도 밝혔다. 이상의 모친과 변동림의 모친이 만나 서둘러 결혼식 날짜를 잡은 것은 그런 오해가 풀린 뒤였다. 그들은 1936년 6월에 신흥사에서 결혼식을 올렸다. 이상은 벗들인 박태원과 정인택에게도 알리지 않은 채 결혼식을 치렀다. 그들이 이상의 결혼 소식을 들은 것은 엉뚱한 데서였다. 조용만이 쓴 「이상 시대, 젊은 예술가들의 초상」에 그 앞뒤 사정이 소상하게 밝혀져 있다.

이상이 「날개」를 《조광朝光》에 발표한 것은 1936년 10월 무렵이다.

박태원과 정인택 등도 그 뒤로 이상의 모습을 볼 수가 없었다. 어

느 날, "구보 있소!" 하고 들창 밖에서 뜻밖에도 이상의 목소리가 들

렸다.

"여보, 어떻게 된 일이요. 들어와서 자세한 이야기 좀 해요."

"아냐, 바빠서 들어갈 틈은 없어요. 나 얼마 전에 이사를 했는데, 여

기서 얼마 안 되는 데니, 정군하고 한번 놀러 오구려."

그러고는 가버렸다. 다른 때와 달리 이상은 면도를 깨끗이 하고,

와이셔츠에 넥타이를 단정하게 매고 있어서 박태원은 아무래도 이

상하다는 느낌을 가졌다. 그새 어디 번듯한 데 취직이라도 한 것일

까? 박태원은 정인택을 만나 이런 이야기를 하고 이상의 행방에 대

해 알아보라고 일렀다. 사오 일 지난 뒤에 정인택이 헐레벌떡거리

며 박태원을 찾아왔다.

"알았어. 이상의 집을 알아냈어. 그런데 더 놀라운 것은 이상이 결

혼을 했다는 거야!"

"무어! 결혼! 누구하구 언제 결혼했단 말야?"

"내 참, 변동욱 군을 우연히 만난 것이 운수가 좋았어."

정인택이 어저께 신문사를 퇴근해서 광화문 거리를 지나다가 우연

히 변동욱을 만났다는 것이다.

"아니, 이 사람이 어떻게 된 거야. 도무지 소식이 없다가 불쑥 나타

나니. 그동안에 어디서 무엇을 하고 있었어?"

"나 그동안에 강릉에 가서 푹 파묻혀 있었어."

"무얼 하구?"

이상의 벗들 왼쪽부터 수필가 김소운, 화가 이승만, 구보 박태원, 소설가 정인택. 1939년의 모습이다.

"중학교 선생질을 했지. 별수 있나."

"그런데 경성엔 왜 또 올라왔어?"

"응, 집안일도 있고 해서 내일 또 내려가네."

변동욱은 소공동에 있는 낙랑파라의 사무장으로 카운터에 늘 앉아 있던 인물이다. 낙랑파라의 단골인 정인택, 박태원, 김소운, 구본 웅, 이상 들도 그런 변동욱에 대한 친분이 있었다.

그런데 변동욱이 갑자기 사라졌다가 나타난 것이다.

"집안일이란 무슨 일이야."

"아니, 저 혼인식이 있었어—"

"혼인식이라니 자네가 장가를 들었단 말인가. 왜, 우리들을 안 부르고 몰래 했어?"

"아냐, 내가 한 게 아냐. 누이동생이 했어."

"누이동생이라니, 이화전문 다니던 그 애 말야?"

"그래, 그 애가 결혼했어."

"신랑은 누구야?"

"신랑? 말하지 말래서 못 하겠네."

"무어? 말 못 하겠어. 그게 무슨 소리야?"

변동욱의 얼굴이 붉게 상기되었다.

"아니, 무슨 까닭에 말을 못 하겠단 말야. 우리가 캐내면 모를 줄 알고! 어서 말해봐 누구야, 누구냐 말야?"

"이상이야!"

"무어 이상이? 아니, 이상이가 자네 누이동생하구 결혼했단 말야?"

정인택이 너무 놀라서 한동안 입을 다물지 못했다.

"나도 큰누이 편지를 받고 깜짝 놀랐어. 어떻게 된 일인지, 큰누이가 중간에 선 모양인데—"

"이거, 참, 큰 뉴스다. 이상이가 우리들 몰래 자네 누이동생하구 결혼을 했다!"

"나는 아무것도 모르니 내게는 묻지 말게. 나도 반대지만 어떡하나!"

"그래 지금 사는 데가 어디야?"

"나는 한 번 밤중에 가보았는데, 수하동水下洞 어디로 꼬불꼬불 들어가데. 나는 잘 모르겠어. 그럼, 또 만나세. 지금 시간을 대서 어디를 가는 길이라 실례하네—"

그 이야기를 정인택에게 전해 듣고 박태원도 깜짝 놀랐다.

"흉악한 친구로군! 우리들 몰래 변군 동생을 채갔어! 일전에 우리집에 왔을 때 어째 행동이 수상하더라니, 나는 그것을 조금도 눈치

채지 못했어!"

"왜, 그 낙랑파라에 변군을 만나러 오던 이화여전 학생을 기억하나?
이름이 동림이라나 그랬지. 그 애가 이상의 색시가 되었단 말야."

"그런데 이상이하구, 변군 누이동생하구 어떻게 연줄이 닿았을까.
나는 도무지 짐작이 안 가는데—"

"아까 변군 말이, 큰누이가 새에 섰다니까, 내 생각에는 이럴 것 같
애. 그 누이란 누군고 하니, 자네는 모르겠지만 구본웅 화백 아버
지의 세컨드거든. 기생 출신이었어. 변군 남매의 학비가 다 거기서
나왔네. 그래서 이상이가 구본웅이를 시켜가지고 그 루트를 통해
공작을 한 것 같애."

"아, 그래! 그런 루트가 있었구면, 좌우간 이상이란 친구, 무서운 친구
야. 우리들 몰래 그 공작을 하느라고 도무지 꼼짝을 안 했군, 그래!"

"자네. 이번에 또 좀 활동해서 이상의 사랑의 집도 찾아내 보게. 이
것이 이상이한테 대한 자네의 보은報恩이야!"[83]

　이상이 변동림과 사귀고 결혼에 이를 무렵 지병인 폐결핵의
진행은 어느 정도 소강상태에 있었다. 변동림 또한 이상이 폐결
핵을 앓았다고 들었지만 기침을 하거나 각혈하는 것을 본 적은
없었다. 이상은 건강해 보였다. 여러 문인들의 글에 나오는 게으
르고 해괴하게 묘사되는 이상이나 폐병 3기에다 주색에 곯은 이
상의 모습을 변동림은 전면 부인한다. 뒷날에 호사가들에 의해
과장되게 왜곡된 이미지라는 것이다. 이상은 늘 수염을 청결하
게 깎고, 밤색 두루마기 한복을 즐겨 입었다. 그 당시 변동림이

이상의 건강에 대해 특별히 걱정하지 않았던 건 사실이다. 변동림은 그때를 돌아보며 "나는 건강한 청년 이상하고 결혼했다"[84]고 쓰고 있다.

자유연애의 끝

이상은 「단발斷髮」, 「실화失花」, 「동해童骸」, 「종생기」 등에서 변동림의 이야기를 다룬다. 이상은 아내가 간음한 경우라면, 특히 자신이 그 사실을 알았다면 이를 용납할 수 없음을 분명히 했다. 앞선동거녀 금홍의 방종한 남자관계에는 그토록 관대했던 이상이 변동림의 정조관념에는 엄격한 도덕의 잣대를 들이대는 것은 이해하기 어렵다. 이상은 "20세기를 생활하는데 19세기의 도덕성밖에는 없으니 나는 영원한 절름발이로다"라고 자책하고 있다.

"몇 번?"
"한 번."
"정말?"
"꼭."
이래도 안 되겠고 간발間髮을 놓지 말고 다른 방법으로 고문을 하는
수밖에 없다.
"그럼 윤 이외에?"
"하나."

"예이!"

"정말 하나예요."

"말 마라."

"둘."

"잘 헌다."

"셋."

"잘 헌다, 잘 헌다, 잘 헌다."

"넷."

"잘 헌다, 잘 헌다, 잘 헌다."

"다섯."

속았다. 속아 넘어갔다.[85]

이상이 변동림의 남자관계를 캐는 장면이다. 이상은 변동림을 향한 제 연민 섞인 사랑을 그런 위악으로 바꾸곤 했다. 변동림도 이상의 그런 위악에 어느 정도 익숙해져 있었다. 두 사람의 대화는 두 사람 사이에 흐르는 권태를 메우는 말-놀이였다. 그것이 말-놀이인 까닭에 두 사람은 더 이상 심각해지지 않았다.

햇빛도 제대로 들어오지 않는 어두컴컴한 셋방에서 이상은 종일 누워 지냈다. 햇빛을 보지 못한 이상의 얼굴은 더욱 창백해지고, 폐결핵은 악화되어갔다. 변동림은 이상의 약값과 생활비를 벌기 위해 불가피하게 일본인이 운영하는 바에 나갔다. 두 사람의 신혼살림은 이상이 10월에 일본으로 건너가면서 파경을 맞았다. 불과 넉 달이 채 못 되는 짧은 결혼생활이었다. 변동림은 이

1944년 5월, 김환기와 김향안의 결혼식

상이 돌아오기를 간절히 바랐으나, 몇 달 뒤 날아온 것은 이상이 동경제국대학부속병원에 입원했는데, 위독하다는 소식이었다. 이상은 동경제대부속병원에서 변동림의 품에 안겨 숨을 거두었다. 그것으로 변동림과 이상의 결혼생활도 끝이었다. 신여성 변동림은 1930년대에 돌출한 아방가르드 예술가 이상을 결혼 상대자로 선택함으로써 남과 다르게 살고 싶다는 욕망을 추구했으나 그 꿈은 실패한다.

변동림은 1944년 5월에 화가 김환기와 재혼하고, 프랑스 유학을 거쳐 1964년 이후 뉴욕에서 눌러앉으면서 뉴요커로서의 삶을 살았다. 뉴욕의 액티비즘을 내면화하는 뉴요커로서 살아가는 일이야말로 변동림이 꿈꾸던 보랏빛 삶이었다. 서양화가 김환기와 더불어 변동림은 '재在뉴욕' 한인 집단과도 어느 정도 거리를 두고 뉴욕의 삶에 동화되었다. 그런 과정에서 이상과의 일들도 하나씩 잊고 있었다. 그 망각에 의해서만 제 행복이 담보될 수 있다고 믿는 까닭에 변동림은 다시 과거의 이상과 어떤 형태로든지 얽히는 것을 회피했다. 무엇보다도 이상의 소설들에서 왜곡된 두 사람의 관계에 대해 분노를 참을 수가 없었다.

나는 이러한 이상의 글을 싫어한다. 뿐만 아니라 사람들독자은 아내였던 변동림을 의심했다. 오늘까지도 이상 연구자들은 삼각관계가 있었다고 생각한다. 그러나 삼각관계는 부재不在라는 것은 시일을 따져봐도 증명되지 않는가?[86]

이상의 소설 「실화」와 「동해」 따위에서 묘사된 두 사람의 관계를 변동림은 전면 부정한다. 이상이 변동림의 진보적인 발언들을 진부함의 수사로 왜곡하는 것에 대해 "배신"이라는 용어를 써가며 분노를 토하곤 했다. 아울러 "글 속에 나오는 통속성, 유치한 연극, 이것은 이상의 잡문 속에 나오는 상례上例인 엄살"[87]이라고 폄하했다.

김환기의 아내가 되면서 서둘러 변동림이라는 옛 이름을 버리고 새 이름을 취하는데, 이 이름 바꾸기는 제 존재에 덧씌워진 옛것의 기억과 규정에서의 탈각 행위이다. 변동림은 그 오욕의 이름에서 벗어나 미국의 관례에 따라 남편 김환기에게서 김씨 성을 받아 김향안으로 개명한다. 이름을 바꿈으로써 낡은 봉건 도덕과 낙후된 식민지 모국, 제 삶에 드리워진 천재 시인 이상의 그늘에서마저 벗어나 새로운 삶을 향해 나아가려는 주체적 의지를 드러낸다. 김향안은 1974년 김환기가 죽은 뒤 그의 그림과 유품들을 정리해서 1992년 서울 종로구 부암동에 환기미술관을 설립하고, 2004년 2월 29일 뉴욕에서 세상을 떴다.

2부

이상異常

근대 경성의 모던뽀이들

액체 근대

처음으로 '액체 근대'의 도래를 알린 사람은 폴란드 출신의 사회
학자 지그문트 바우만이다. 바우만은 무겁고 고체적인 근대에서
가볍고 액체적인 근대에로의 이동이 어떻게 이루어지는가를 통
찰하고, 액체 근대의 세계에서 해방, 개인성, 시공간, 일, 공동체
의 달라진 의미를 다시 묻고 따진다. 아직 근대가 "무겁고/ 고체
같고/ 농축되고/ 체계적인 근대성"[1]에 사로잡혀 있을 때 노동자
들은 그 무거운 기반 위에 고정되어 있었다. 자본이나 노동, 그
리고 상품의 이동도 무거운 근대 세계 안에서는 그 무거움에 고

정되어 움직임은 느리고 둔탁했다. 이 무거운 근대의 징후를 특화하고 있는 모델은 정해진 절차에 따라 기계주의적으로 가동되는 포드주의적 공장이고, 명령문과 법령집에 따라 움직이는 관료제이다.[2]

이 '고체 근대'는 개인의 자유와 자율성을 집어삼키고 공간을 지배했지만 근대는 그 시작에서 '액화'라는 특성을 갖고 시간을 따라 유동한다. 유동성의 배치에서 공간은 그다지 중요한 요소가 아니다. 액체는 공간을 차지하기는 하지만 고체처럼 고착적으로 점유하지 않는다. 액체의 공간 점유는 언제나 순간적이다. 그것은 '견고한 것들'을 녹이고 흐르며 엎질러지고 흩뿌리고 스며들며 변화의 속도를 추동한다. '액체 근대'에는 노동자나 자본도 무거움과 고착성이 휘발되어 가볍고 빠르게 이동한다. "오늘날 자본은 여행가방에 서류케이스, 휴대폰, 노트북만 담고 가볍게 이동한다."[3] '고체 근대'는 흐를 수 없고 고정되어 있어야 했지만 견고한 것들을 녹이며 도래한 '액체 근대'는 수시로 흐르고 이동한다. 실체를 이루는 질료 성분적 요소가 다른 두 개의 근대 사이에는 아주 커다란 단절이 있다.

고전적 비판이론들이 목표로 삼았던 근대성과 그 인식론적 틀은, 오늘을 사는 세대들의 삶을 구성하는 근대성과는 너무나 다른 것이어서 과거를 회고하는 연구자들을 충격에 빠뜨린다. 과거의 근대성은 (오늘날의 '가벼운' 근대성과 대조되는) '무거운' 것으로, ('유동' '액체' 혹은 '용해'와 구분되는) '고체'의 특성을 지닌 (확산이나 '모세혈관식 분산'과는 대조되는) 응축된 상태이고, 마지

막으로 (그물망식 조직과 다르게) 체계적이다.[4]

과거의 견고한 것들, 한 사회를 움직이는 원리로서의 제도·풍속·도덕 따위는 흐물흐물 녹아버리고, 그것들이 오늘의 삶에 참조할 만한 준거틀이 되지 못할 때 사회는 더 빠르게 변전과 유동으로 꿈틀대는 운동성을 내부화한다. 이것이 바로 근대의 특성이 아니었던가? '주형틀'들은 해체되고, 근대성의 녹이는 힘은 해체된 이것들을 용광로 속에서 녹여낸다. 유동적 근대는 빠르게 생활양식을 장악하고, 사회 공동체 구성원들의 시공간에 대한 지배력을 확장했다. 근대에 새롭게 창안된 기술과 유행들이 사회 전반을 압도하면서 세계는 아주 빠르게 바뀌었다. 그 변화를 몰아오는 속도는 대개 멀미를 일으킬 만큼 빨랐다. 그래서 시대를 훨씬 앞서는 근대의식을 가진 '모던뽀이' 이상조차도 '졸도'할 듯한 현기증을 느끼곤 했다.

> 암만 해도 나는 19세기와 20세기 틈사구니에 끼여 졸도하려 드는 무뢰한인 모양이오. 완전히 20세기 사람이 되기에는 내 혈관에는 너무도 많은 19세기의 엄숙한 도덕성의 피가 위협하듯이 흐르고 있소그려.

전근대에서 근대에로 이행하는 '사이'에 끼여 있는 사람은 누구나 '무뢰한'이다. 시대와 가치관의 유동과 변전의 속도에 미처 적응하지 못하자 근대의 총아인 이상마저도 멀미와 현기증을 느꼈다. 새로운 권력이 출현하고 경성은 반관반민으로 구성된 '경성도시계획연구회' 등의 주도 아래 대경성 프로젝트의 담론들이 발의되고 실행에 옮겨지면서 그 모습을 일신한다.[5] 아울러 모시 두루마기에 흰 고무신을 신는 구태에서 완벽하게 벗어난 '모던 뽀이'와 '모던걸'들이 경성의 새로운 주체로 떠오른다. 이들은 근대 시민으로 사회 계급의 위계에서 "화신花信이나 삼월三越·미쓰코시百貨店에 몰려다니는 시민 제군들"과 겹쳐진다. 경성이 근대 도시의 면모를 갖춘 이 무렵 경성 사람들에게 도시가 빚어내는 갖가지 요동과 근대의 생활양식, 그리고 근대 도시의 시공간에서의 경험 들이 누적되면서 도시 감각의 내면화는 더 이상 피할 수 없는 현실이다.

정지용이나 김광균, 김기림과 이효석 등의 문인들이 이 시기에 창작한 작품들을 보면 '이국정서'의 표출이 두드러지는데, 이는 바로 낯설고 신기한 근대 경험과 상관되는 것이다.

정지용의 시 「카페 프란스」에는 종려나무·카페 프란스·루바쉬카·보헤미안 넥타이·페이브민트·장명등·울금향·이국종 강아지·패롵앵무새·갱사更紗·인도 원산의 수입 피륙·대리석·자작子爵 따위의 이국적 기표들이 주르르 나온다. 이효석의 소설과 수필에는 카페·백화점·호텔·요트구락부·버터·커피 따위의 이국 취향을 드러내는 기표들이 즐비하다.

모더니스트 김기림에게서는 근대 도시 경험에 대한 부정적 인식이 여과 없이 드러난다. 이를테면 백화점은 "밤하늘을 채색하는 찬란한 '일류미네이션'"의 의상을 걸치고 "수백의 눈을 거리로" 향하고 있는 마물魔物이다. 이 마물은 "무형의 촉수觸手"에 달린 빨판으로 도시 거주민의 영혼을 흡혈한다.

　근대 도시는 말초신경을 자극하고 욕망을 낳는다. 이렇듯 '모던 생활'은 범람하는 소비 상품들과 욕망의 카니발이 벌어지는 근대 도시 공간의 시청각적 자극들에 둘러싸인다. 이 자극들은 매혹과 혐오라는 양가감정을 낳는다. 특히 근대를 표상하는 욕망과 기호의 진열장인 백화점 출입이 일상화되면서 도시인의 일상생활은 빠르게 재편된다.

댄디들

바로 이 근대의 유동하는 시간 속으로, 그리고 빛과 현란한 색채들이 산란散亂하는 경성의 중심 공간으로 이상과 '모던뽀이'들이 도착한다. 그들은 카페와 끽다점에서 담배를 피우고 커피를 마시며 피카소와 스트라빈스키, 막스 자코브, 장 콕토, 만 레이의 그림과 음악과 시와 영화와 사진에 대한 이야기를 나눈다. 특히 이상은 미샤 엘만의 바이올린 연주에 열광하고, 르네 클레르의 영화에 매혹되었다. 그들은 근대와 유행을 향유하며 전위에서 이끈 선구자들이고, 근대를 자욱하게 물들인 "유행의 반복동일성"에 대한 은밀한 공모자[6]였고, 아울러 근대에 대한 비판자들이었다. 그들 중의 일부는 '댄디'로 불릴 만했고, 유한계급의 게으름을 즐겼다. "댄디는 의복의 단일성에 저항하며, 게으름뱅이는 동작의 단일성에 저항한다"[7]는 명제를 부정하지 않는다면 말이다.

이상의 초현실주의 경향의 시들은 확실히 당대 문학의 단세포적 단일성에 대한 저항이고, 그의 생활상에서의 한없는 게으름은 당대의 노동 분업과 생업의 분주함에 대한 영웅적 저항이다. 그들은 액체화되어 흐르는 근대를 먹어치우고, 근대의 징후들과 그 이미지들을 언어적 현존으로 뱉어낸다.

그러나 그들의 삶은 대개는 불운에 들린 삶이었다. 더러는 가난과 결핵으로 이른 나이에 생을 접거나, 더러는 납북과 자진 월북 이후 북한 체제의 희생양으로 자연 수명을 누리지 못하고 사라졌다. 세월은 과거를 송두리째 갈아엎는다. 근대 경성의 주체들! 그렇게 사라지고 잊힌 그들이다.

그들은 '근대'에 대해 어떤 상상을 했는가. 근대는 그들의 삶과 의식 속으로 어떻게 스미고 섞여들었는가. 자, 지금부터 전근대와 봉건 도덕의 족쇄에서 풀려나 근대를 힘차게 끌어안고 현재로 살았던 이들의 삶과 보험의 세계 속으로 들이가보자.

제1장

모던뽀이들의 전성시대

근대성의 의미

우리는 20세기 전반을 망국과 피침, 식민지배, 전쟁으로 다 흘려
보냈다. 그 와중에도 서구의 근대를 이식하면서 우리의 삶과 의
식은 크게 변했다. 그 후반은 압축 근대와 압축 성장으로 요약할
수 있다. 1930년대 경성은 '모던뽀이'와 '모던껄'들의 전성시대
다. '외부의 사유'를 시작하며 미적 혁신을 표방한 예술의 아방
가르드들, 거리로 쏟아져 나온 유행과 소비의 첨병들이 '모던'의
시대를 이끌었다. 모던은 당대의 다양한 전근대적 현상들 위로
덮쳐 그것들을 휩쓸고 지나가는 쓰나미다.

「모던껄의 장신운동, 가상소견」, 《조선일보》(1928. 2. 5)
"황금 팔뚝 시계-보석반지-현대 녀성은 이 두가지가
구비치 못하면 무엇보담도 수치인 것이다. (……) 현대
부모 남편 애인 신사 제군 그대들에게 보석반지 금팔찌
시계 하나를 살 돈이 업스면 그대들은 딸 안해 스윗하-
트를 둘 자격이 업고 그리고 악수할 자격이 업노라."

　모던의 세례를 받은 예술가·지식인·신여성 들에게 모던은 양
가적인 그 무엇이었다. 1920년대 들어서면서 식민지 조선의 수
도 경성은 이미 일본 제국주의의 상품들이 소비되는 주요 시장
중의 하나로 떠오른다. 신여성들은 양장뿐만 아니라 시계, 금테
안경, 보석 박힌 금반지와 같은 액세서리로 멋을 내고, 버선을
벗어던지고 양말을 신었으며, 흑백 콤비구두가 대유행이었다.
첨단 모던에 열광한 사람들은 모던 이전의 것들을 과거의 것, 시
대착오적 퇴영성에서 벗어나지 못한 열등한 것으로 여겼다.

　이 근대는 한편으로 경박하고 퇴폐적이며 나쁜 사조를 몰아오
는 부정적인 시대의 흐름이었다. 그래서 '모던'은 새롭게 경험할
시대의 첨단문화로서의 선망과 동경은 물론이거니와 '모던뽀이'
와 '모던껄'이라는 용어에 녹아들어간 경박한 문화에 쏟아지는

경멸과 조소의 뜻도 함께 품는다. 모던은 유교의 유습들과 봉건제 군주주의의 영향 아래서 굳어진 낡은 삶의 양식을 혁신하는 서구 근대를 모방한 삶의 양식과 유행이다. 이렇게 모던은 경멸과 동경이라는 양가적 감정 사이를 비집고 들어와 일상으로 번져나갔다. 김진송은 이렇게 적는다.

> 모던이 경박스럽고 불량스러운 현상에 붙이는 말이 되었지만 그렇기 때문에 한편으로 '진보적'인 의미를 담고 있었다. 뾰족 구두를 신고 단발머리에 짧은 치마를 입는 과감한 행동은 분명 전근대적인 인식을 전화시키는 잠재된 의지였다. 모던 족들은 도시 문화 속에서 새로운 직업군 또는 인간군을 형성하고 있었으며, 가장 먼저는 다방이나 바에서 서비스업에 종사하는 사람들에 의해 촉발되었지만 이들 새로운 인간군들은 삶의 패턴으로서 도시화와 현대화에 먼저 익숙해졌다.[8]

본디 근대성이란 지나간 것의 권위와 준거틀에서 벗어난 새로움과 현재성에 대한 예찬이다. 따라서 근대성은 덧없는 현재의 순간들 속에서 빛을 발한다. 그런 맥락에서 하버마스는 근대성이 현재의 찬미와 관련이 있고, 종종 아직 규정되지 않은 미래에 대한 기대와 '새것'에 대한 광적인 집착으로 이어진다고 말한다. 그것은 시간의 흐름을 따라 유동하는 것이지만 '유행'과는 다른 그 무엇이다.

근대성은 흔히 전통과의 결별, 새로움의 감정, 현기증 나는 변화 같은 시간의 단절에 대한 의식이라는 관점에서 파악된다. 보들레르가 근대성은 '순간적이고, 유동하며, 우연적인' 것이라는 정의를 한 것이 그 예이다. 그러나 끊임없이 계속되는 이 운동에 대한 단순한 인지와 수용이 '근대적임'을 보장하는 것은 아니라고 보들레르는 믿었다. 반대로 그 운동에 관해 일정한 태도를 취하는 것, 다시 말하면 지금 이 순간을 넘어서거나 다음에 있는 것이 아니라 지금 이 순간 안에 내재하는 영원한 그 무엇을 포착하려는 의도적이고 힘겨운 노력이 '근대적임'을 표상한다. 시간의 흐름을 문제 삼는 유행과는 다름, 현재의 '영웅적'인 측면을 포착하게 만드는 태도가 바로 근대성인 것이다. 흘러가는 순간에 대한 감성이 아니라, 현재를 '영웅화'하려는 의지가 바로 근대성이다.[9]

불안과 공포

거스를 수 없는 서세동점西勢東漸의 물결을 타고 조선반도까지 밀려온 '모던modern'의 상징적 기표는 모단毛斷이다. 이른바 '단발령'은 1895년에 공포되는데, 이는 근대 권력의 힘이 조선인의 머리카락에까지 미친 사건이다. 단발령이 내려졌을 때 조선 유생들이 벌였던 목숨을 건 투쟁을 떠올려보라. 그것은 하늘과 땅이 뒤집어질 만큼 엄청난 문화적 충격이었다. 그들에게 머리카락을 자르는 것은 '신체발부수지부모'라는 유교 도덕의 심각한 위반이다. 이는 사회의 윤리기강을 단박에 무너뜨리는 사건인 것이다. 그래서 일부 유학자들은 "내 목을 벨지언정 머리카락은 못 자른다"고 완강하게 저항한다. 이 '단발령'에 대한 저항은 곧 반외세의 실천적 양태이기도 했다. 반면에 머리카락을 자르는 것은 근대 이념 중의 하나인 '위생'과 '개화'의 기표적 기호였다. 개화기의 몸을 둘러싸고 벌어진 이 소동의 함의는 무엇인가?

> 이처럼 개화기의 '몸'은 더 이상 유교적 이데올로기를 실천하기 위한 수단에 머물지 않았다. 마음을 위해 몸이 존재하는 것이 아니라, 몸은 몸대로 존중할 가치를 가지게 되었다. 또한 몸의 편리, 효용성을 위해 유교 윤리를 거스르는 일도 가능해졌다. 몸을 개인이 소유하고 활용하기에 적합한 상태로 만드는 것이 가장 중요해졌고, 그렇기 때문에 자신의 몸을 위해서라면 단발이나 개가도 감행할 수 있으며, 조혼도 거부할 수 있게 된 것이다.[10]

'단발령'은 유교 도덕 아래에서 홀대받던 몸의 소유권이, 위생의 중요성을 인식하고 일상 활동의 편의성과 효용성을 따르는 개별자에게로 넘어온 상징적 사건이다.

오감도 시제1호

13인의아해가도로로질주하오.
(길은막다른골목이적당하오.)

제1의아해가무섭다고그리오.

제2의아해도무섭다고그리오.

제3의아해도무섭다고그리오.

제4의아해도무섭다고그리오.

제5의아해도무섭다고그리오.

제6의아해도무섭다고그리오.

제7의아해도무섭다고그리오.

제8의아해도무섭다고그리오.

제9의아해도무섭다고그리오.

제10의아해도무섭다고그리오.

제11의아해가무섭다고그리오.

제12의아해도무섭다고그리오.

제13의아해도무섭다고그리오.

13인의아해는무서운아해와무서워하는아해와그렇게뿐이모였

소.(다른사정은없는것이차라리나았소)

그중에1인의아해가무서운아해라도좋소.

그중에2인의아해가무서운아해라도좋소.

그중에2인의아해가무서워하는아해라도좋소.

그중에1인의아해가무서워하는아해라도좋소.

(길은뚫린골목길이라도적당하오.)

13인의아해가도로로질주하지아니하여도좋소.[11]

　수백 년 동안이나 머리에 이고 있던 상투머리를 자른 '아해들'
이 시대의 '막다른 골목'을 향해 질주한다. '13인의아해가도로로
질주하오'에서 왜 '13인'인가라는 의문이 먼저 제기된다. '13'은
'12＋1'의 조합으로 이루어진 숫자다. 숫자 상징에 따르면 '12'
는 12진법체계와 순환체계의 종합이다.[12] 일 년의 12달, 예수의
12사도, 성서 속의 12천사, 12부족, 12족장 등이 모두 '12'로 이
루어져 있다. 이때 '12'라는 숫자는 모자람 없이 모든 것이 갖추
어진 완전성을 상징한다.

　'12'보다 하나가 더 많은 '13'은 완전성과 평형이 깨진 숫자다.
그래서 '13'은 불길하고 불균형하다. 이 '13인의 아해들'에 대해
김홍중은 다음과 같이 쓴다.

　　우리가 만일 한국 문학사의 아동형상의 계보에 근거하여, 위의 시
　　에 등장하는 아해들을 춘원과 육당의 소년들의 '불길한 회귀'라고
　　본다면, 이들은 춘원이나 육당의 소년배와는 달리 집합적 사회를
　　구성할 수 있는 능력도 의사도 없는 존재들처럼 보인다. 또한 이들
　　은 소월시의 시적 화자처럼 형이상학적 근본에 대한 상실감을 토
　　로하지도 않는다. 이들은 근대적 원근법에 기초한 투시도법鳥瞰圖 ·
　　조감도에 의해 조직된 동질적 공간 속에 함께 있으나, 사실은 서로가
　　소통할 수 없는 산포적 상황 속에 던져져 있다.[13]

'13인의 아해들'은 서로가 서로에 대해서 무섭다고 말하며 막다른 골목길을 내닫는다. '13인의 아해들'은 '무서운 아해'들이자 무섭다라는 말을 강박증적으로 반복하는 '무서워하는 아해'들이다. '아해들'은 무서운 존재이면서 동시에 무서워하는 존재다. 이 극심한 '불안'과 '공포'의 근거는 무엇인가? 시의 문면에서 불안과 공포의 근거는 은폐되어 있다. 그들은 한 몸 안에서 불안과 공포의 주체와 피주체로 나뉜다.

그렇다면 불안이란 무엇인가? 불안은 은유를 빌려 말하자면 빛과 어둠이라는 양가성兩價性을 가진 심리적 자산이다. 불안은 상상력과 창조력의 동력을 키우는 동기가 되기도 하고, 사람이 결코 넘어설 수 없는 근원적 유한성의 계시이기도 하다. 불안의 긍정적 가치는 그것이 생존력을 높여준다는 데 있다. 불안은 예측 불가능한 미래에 대해 더 많이 준비하도록 만든다. 예를 들면 내일의 시험에 대해 불안을 느끼는 학생은 더 많이 공부를 하고, 운전자로 하여금 불의의 사고에 대비해 운전에 더 집중하도록 하고, 화재에 대한 불안을 가진 사람이 화기를 다룰 때 더 신중하게 만든다. 문제는 불안의 과잉이다. 근거 없는 불안의 과잉은 '불안장애anxiety disorder'라는 일종의 정신질환이다. 무엇보다도 「오감도 시제1호」는 불안이라는 질병에 관한 시다.

사회적 불안장애를 갖고 있는 사람들은 아동기 때 부모와 떨어져 지냈거나 정상적인 사람보다 가정 폭력이나 성적 학대를 더 많이 겪은 것으로 의학적으로 입증되고 있다. 이와 같은 아동기의 외상은 발달장애를 낳고, 이는 뇌에 평생에 걸쳐 영향을 미친다는 것이다. 이상은 아동기의 외상에 의해 자신도 모르게 불안장애를 갖고 있었다는 추측이 가능해진다. 젖을 뗀 지 얼마 안돼 백부 집안으로 양자 입양되면서 겪은 부모와의 강제적인 격리는 이상의 내면에 지울 수 없는 트라우마로 낙인이 찍힌 것이다. 이 시에서 공포에 빠져 있는 '13인의 아해'는 이상의 내면에 있는 분열된 자아의 기표다. 이 시에 깔린 공포증^{phobia}은 사회불안장애^{social anxiety disorder}의 변형이다.

정신분석학자인 프리츠 리만^{Fritz Riemann}은 『불안의 원형』에서 인간의 인성을 네 가지로 분류한다. 우울한 인성, 정신분열적인 인성, 강박증적인 인성, 히스테리적인 인성이 그것이다. 여러 가지 정황으로 볼 때 이상은 히스테리적인 인성으로 분류할 수 있다. 히스테리적인 인성을 가진 사람이 드러내는 특징은 일반적으로 예측 불가능하고, 시간을 잘 지키지 않고, 비논리적이고, 이기적이고, 향락적인 성격 등이다. 반면에 적응력 있고, 거리낌 없고, 열정석이고, 상상력이 풍부한 성격을 보일 수도 있다. 파격적인 형식을 담은 「오감도」 연작시의 일간지 연재가 보여준 것이 바로 '거리낌 없음', '열정', '상상력의 과잉'이 아니었던가!

불안이 모든 경우에 부정적인 것만은 아니다. 괴팅겐 의과대학 정신의학과 교수인 보르빈 반델로브는 "불안은 생산적인 행위를 하게 만들고, 탁월한 업적을 이루도록 고무하고, 상상력과 창조력을 높여주는 추진력이 될 수 있다"[14]라고 한다. 이상은 계통 없이 출현한 괴물이 아니다. 그는 불안이 빚어낸 상상력의 천재다. '13인의 아해들'은 이상의 내면에 숨은 아이들이다. '13인의 아해들'은 불안과 공포에 사로잡혀 막힌 골목을 질주한다. 이 탈주에는 출구가 없다. 이렇듯 이상의 아이들이 불합리한 불안과 공포의 과잉을 떠안은 것은 아동기에 겪은 어른들의 폭력적 작태로 인한 뇌의 신경생물학적인 외상과 변이 때문이다.

'13인의 아해들'은 이상의 분신들이고, 이는 유아기 때 낯선 백부의 집에 거처를 정한 데 따른 정신적 외상의 결과로 각인된 '이방인 의식'의 투사다. 그의 의식은 백부의 집에 머물면서도 그곳에 정주하지 못했다. 구질서에서 추방당한 뒤 새 질서로 편입했지만 거기서도 온전하게 용납되지 못해, 불편하고도 불안정한 상황의 강제 속에 놓인 그는 새 질서 속에서 작동하는 법, 권위, 관습에 따르는 일이 어려웠고, 그래서 영원한 부적응자의 모습을 보였다.

> 이방인은 안에 있는 동시에 밖에 있다. 그러니까 중간에, 문턱에 있는 것이다. 그는 출신 성분이나 다른 곳에서 흘러들어왔다는 사실 때문에 자신이 정착한 집단 안에서 여느 사람들과는 다른 위치를 차지하거나 그런 위치를 부여받는다. 이로써 그는 어떤 이타성을 띠게 되는데 상황이나 맥락에 따라 그 이타성은 받아들여질 수도 있고 위협적인 것으로 판단될 수도 있다.[15]

이방인은 질서와 법 밖에 내던져진 자이고, 중심에서 내쳐져 주변을 배회하는 자이다. 그들은 서로를 경계하고 주의깊이 살핀다. 왜냐하면 제 신체에 새겨진 다름의 표지 때문에 언제 공격

당할지 모르기 때문이다. 한편으로 오랜 정주민들 역시 이방인을 경계한다. 그들이 언제 도둑, 강도, 강간범으로 변신할지 모르기 때문이다. 사실 이방인은 근대의 도시 공간 속에서 이동하는 군중의 다른 이름이다. 그렇다면 이방인들의 만남이란?

이방인끼리의 만남은 친척이나 친구, 지인 들과의 만남과 비교해 볼 때, 잘못된-만남을 특징으로 하는 만남이다. 이러한 만남에서는 마지막으로 만난 날이 언제인지 꼭 집어 말할 수도 없고, 만남의 과정에 시련이나 추억이랄 것도 없다. 만남의 과정에 시련이나 동요, 기쁨과 즐거움이 채워져 있지도 않으며, 공동의 추억이랄 것도 없다. 현재의 만남에서 되돌아볼 것도 미루어볼 것도 없다. 이방인들의 만남은 과거가 없는 사건이다. 그것은 또한 대개의 경우 미래가 없는 사건이기도 하다.미래에 얽매이지 않고 예상하고 소망하는 것이다 단 한 번으로 그치는, '다음 편에 계속'되지 않는 이야기, 미처 끝내지 못해서 다음번으로 미루는 법 없이 이야기가 시작된 바로 그 현장에서 지체 없이 완결되는 이야기. 자기 배에서 뽑아내 만든 거미줄을 세상의 전부로 알고 그 안에서만 살아가야 하는 거미처럼, 이방인들의 만남은 외모나 말투, 몸짓과 같은 가늘고 헐거운 연결망에 의해서만 지탱될 뿐이다. 만나는 시간 동안 시행착오나 실수로부터 무언가를 배우거나, 다시 한 번 해본다는 것은 불가능하다.[16]

구인회 – 모더니즘의 탄생

'13인의 아해들'이 질주했던 그 막다른 골목은 일제 강점기의 시대 공간이다. 그것은 모더니즘의 도주로였다. 그런데 왜 1930년대일까? 일제의 식민지 지배가 유화정책으로 전환하면서 느슨해진 탓도 있고, 카프KAPF·조선프롤레타리아예술동맹와 민족주의 진영의 전열에 들지 못한 예술가들이 분발한 시기이기도 하다. 일본에 나프NAPF가 있었다면 조선에는 김기진, 박영희 등이 이끌던 카프가 있었다. 카프에 반발한 일군의 문인들이 1933년에 '구인회九人會'를 만든다. 1930년대 초반 문단에 맹위를 떨쳤던 리얼리즘 문학이 만주사변, '카프' 맹원 검거선풍, 휘몰아친 경제공황 등으로 침체기에 빠져들자 문단의 새로운 대안으로 떠오른 것이 모더니즘이고, 구인회는 자연발생적으로 생겨난 모더니즘 중심의 문학 단체이다.

1930년대 구인회의 발생론적 근거를 살펴보면, 식민지 지배체제에서 발양된 자본주의와 근대성의 획득이라는 새로운 물적 토대가 있음을 알 수 있다. 우리 사회는 식민지 지배체제 아래에서도 아주 천천히 "개인의 존재와 가치의 다양성을 인정하는" 현대 사회로 이행하고 있었고, 그 새로운 물적 토대 위에서 성립되는 삶과 현실을 문학 언어로 형상화하는 데, 이전까지의 방법론으로는 미흡했다. 그래서 새 패러다임으로 채택된 것이 모더니즘이고, 구인회의 구성원들은 그 중심에 서 있었다.

'구인회'는 근대 모더니스트들의 요람이었다. 구인회의 구성

1930년대의 문인들
이은상, 최독견, 유완희, 심훈, 김동환, 안석주, 최승일, 김원주, 박팔양, 최서해, 이관구, 이익상, 김기진, 박영희 등이 문학 좌담회를 위해 모였다.

원들은 문학의 지나친 정치화를 경계하며, 그 자율성과 형식의 자유로움을 추구한 모더니스트들이었다. 그들의 작품에는 근대 도시 체험의 감각과 감정, 그리고 도시 생활의 사회학이 깊이 배어든다. 구인회는 프롤레타리아문학에 대한 소극적인 반항과 함께 근대와 근대의 삶을 함께 향유하고 시유하는 사람들이 모여 만든 사상과 문학의 공동체였다. 모더니즘은 퇴폐성과 문학의 물신주의라는 병폐를 낳기도 했지만, 분명하게 말할 수 있는 것은 다양한 실험적 양식을 증식시키며 우리 문학의 수준을 한 단계 끌어올린 1930년대 문학의 전위였다는 사실이다.

구인회의 출발은 문학인들만의 순수한 모임은 아니었다. 《조선문단》을 통해 등단한 이종명과 시나리오를 쓰면서 영화감독을 겸하던 김유영이 앞장서서 발기인으로 나선다. 그리고 순수 예술에 뜻을 같이하는 이태준·이무영·이효석·유치진·김기림·정지용·조용만 등이 모였다. 구인회가 첫발을 내디딜 때 영화감독과 극작가 등이 주도했다는 사실에서 알 수 있듯이 구인회의 결성은 문학운동이기보다는 예술 전반에 걸친 모더니즘 운동의 성격이 짙었다. 이들 아홉 명은 프롤레타리아 예술의 정치성이나 목적성에 회의를 갖고 출발한 모임답게 조직이라는 경직성에서 벗어나고자 했다. 그래서 강령이나 규약 따위를 두지 않았다. 한 달에 한두 번씩 동인들이 모여 문학을 중심으로 한담을 나누는 정도였다.

　구인회는 구성원들이 몇 차례 바뀌면서 점차 시인과 소설가, 비평가 중심의 문학 조직으로 전환한다. 초기의 이종명과 김유영, 이효석 등이 탈퇴하고 대신에 박팔양, 이상, 박태원이 들어온다. 다시 유치진, 조용만이 나가고 김유정과 김환태가 들어오면서 비로소 아홉 명의 동인으로 고정된다. 이상이 구인회에 들어간 것은 그가 문단의 중심으로 진입하는 계기가 되었다. 이듬해 정지용이 천거를 하고, 김기림과 박태원이 옆에서 적극적으로 거들면서 이상은 이태준에게 발탁되어, 이태준이 학예부장으로 있던 《조선중앙일보》에 1934년 7월 24일부터 8월 8일까지 「오감도」 연작시를 발표하며 이상 신화의 본격적인 개막을 알리는 신호탄을 쏘아 올린다. 만약 이상에게 김기림, 정지용, 이태준, 박태원과 같은 문단의 후원자가 없었다면, 그리고 구인회라는 문단 중견들로 구성된 든든한 뒷배가 없었다면 한국 문단 사상 최고의 모더니스트 시인 이상이 탄생할 수 있었을까. 이상이 박태원과 친교를 맺고 박태원의 제일고보 벗들인 정인택, 윤태

구인회 동인들 1936년 청량사에서 있었던 정인택과 권영희의 결혼식에 구인회 동인인 정지용, 이상, 박태원, 조용만, 김환태 등이 참석했다. 권영희는 이상의 연인이었으나 정인택과 결혼했으며 월북한 후에는 박태원과 재혼했다.

영 들까지 교유의 폭이 넓어진 것은 자연스러운 일이다. 1933년 다방 '제비'의 개업은 이상의 문단 친교의 너비를 확장하는 계기가 되었다. 김기림·이태준·정지용·안회남·조용만·이무영·김소운 등이 이상의 문단 친교의 영역 안으로 들어왔다.

그러나 '구인회' 활동은 매월 한두 번 모여 시 낭독이나 문학 강연회를 하는 정도이고, 기관지 《시와 소설》도 단 한 번밖에 발행되지 못한다. 과거 잡지나 동인지 중심으로 활발하게 움직이던 유파들에 견주면 이념적 구심점도 없고 활동도 미미해 지리멸렬했다. 하지만 이상과 김유정의 죽음으로 불가피한 동인의 결원이 생겨 해체될 때까지 조선 문단의 전위라는 상징적 지위는 확고했다. 《동아일보》 1934년 6월 5일자에 실린 「문예와 정치」에서 박승극이 "그들의 결성의 근거는 그들의 이데올로기가

명확치 않은 곳에 있었다"고 밝힌 것처럼 동인들을 구속하는 이념과 목표의 부재가 오히려 예민한 예술가들의 부담을 덜어주어 각자 작품 활동을 하는 데 자유로웠다.

구인회가 당시 모더니즘 문학의 구심점이긴 했지만 물론 구인회의 구성원들 전부가 모더니스트는 아니었다. 이들이 문학 창작의 영역에서 추구하는 방향과 수법들은 주지주의, 이미지즘, 초현실주의 등 그들의 개성만큼이나 다양한 방식으로 표출한다. 특히 김유정은 토속적 정서를 모더니즘 기법 안에서 녹여낸다. 이상에서 김유정까지 포괄하는 '구인회'의 다양성은 모더니즘 문학의 경계점을 한껏 확장함으로써 그 경계선을 흐릿하게 만든다.

'구인회'의 모더니즘 문학은 처음 얼마 동안은 피상적으로 받아들인 서구의 현대성 이론에 압도되어 단순한 서구적 모델의 모방에 그치고 말았다는 느낌이 없지 않지만, 당대의 내용 편중의 리얼리즘 문학이 결락시킨 기교의 복권 선언과 더불어 새로운 문학의 가능성을 길어낸 성과까지 부정할 수는 없다. 한편으로 모더니스트 문학 진영이 국내의 혼란된 정치 상황 속에서 지나친 예술지상주의로의 함몰과 기교 치중으로 "소외, 퇴폐성, 도피의 징후"를 드러냈다는 비판에서도 자유롭지는 않다. 그러나 이상과 박태원과 이태준 등의 풍성한 성과에서 드러나듯 이들이 모더니즘의 문학 영토를 한껏 넓힌 것은 우리 문학으로서는 실로 다행스러운 일이다.

경성의 대변모

대도시는 "도취와 파멸"의 장소다.[17] 넘치는 빛깔과 소음들, 거리에 몰려가는 군중이 만드는 소동과 혼잡은 대도시가 피할 수 없는 숙명이다. 익명성과 세속적 감수성으로 무장한 군중들과 마주치는 일은 매우 특별한 경험이다. 그들은 익명성 때문에 낯설고, 그 낯섦 때문에 편안하게 받아들일 수가 없다. 그들이 내는 말소리와 어지러운 발걸음들이 거리를 메운다! 우리는 그들이 어디에서 왔는지, 어디로 가는지 알지 못한다. 군중 안에는 갖가지 범죄자와 연쇄살인범이 숨어 있을지 모른다. 그들을 알지 못하기 때문에 군중은 소심한 어떤 사람의 내면에는 불안과 공포를 자아낸다.

이미 1930년대 경성은 강렬한 음향과 색채로 충만하고, 상쾌한 만보漫步, 새로운 미적 규준, 그리고 동경憧憬의 '울트라 모던'이 꽃피는 장소였다. 거리는 군중들로 넘쳐나고, 밤에는 네온사인 불빛들이 번쩍였다. 하루가 멀다 하고 백화점 이벤트, 거리 행사, 가장행렬 등이 벌어졌다. 이 무렵 경성의 인구는 40만 명에서 70만 명으로 급격하게 늘고, 부유층과 빈민층의 양극화가 심해진다. 생존경쟁에서 밀려난 빈민층들은 현저동 돌사닥다리 산언덕 같은 사대문 밖에 생존의 터전을 마련한다.

> 최근의 경성은 한마디로 하면 자본주의 도시인 경성으로 변하여가
> 는 것이다. 모든 봉건 유물은 쫓기고 자본주의의 제요소가 변화스

1930년대 경성의 변모 근대 경성에는 전통 한옥촌(위)과 근대식 건물이 들어선 도심(가운데), 본정 상점가의 화려한 야경(아래) 등 전근대와 근대의 풍경이 공존했다.

럽게 등장한다. 고아한 조선식 건물은 하나씩 둘씩 헐리고 2, 3층 4, 5층의 벽돌집, 돌집에 서게 된다. 서울의 거리에는 날마다 건축하는 빛이요, 아스팔트 깐 길이 나날이 늘어가고, 이 길 위에는 자동차, 자전차, 오토바이 등이 현대 도시의 소음을 지르며 지나간다. 이 반면에 자본주의 그것이 낳아 놓은 대량의 빈민도 늘어간다. 이 빈민들은 경성의 한복판에서는 생존경쟁에 밀리어 문밖이나 현저동 돌사닥다리 산언덕에 서너 칸의 구식집을 수천 호씩이나 짓고 모여 산다. 기왕에 주택지로는 거의 돌아보지도 않던 산언덕에 (이제는) 어디든지 수천 호의 집이 새로 생긴다.[18]

1930년대 경성인들이 선망한 것들은 "다이야 반지-양식-오후의 산책로-백화점-극장의 특등석-예금통장"이었다. 이 경성 거리를 장악한 '모던뽀이'들은 상징적 아버지조선·전통·과거를 살해하고 스스로 그 부왕의 권좌에 앉은 자들이다. 그들이 아버지에게서 본 것은 미개한 '원주민', 그리고 전근대의 '낙후'와 '봉건'의 잔재들이다. 그것은 '모던'으로 나아가는 데 큰 장애물이었다. 그들은 장애물을 넘기 위해 아버지의 상징적 살해자가 되었던 것이다.

이상은 '나는나의아버지가되고또나는나의아버지의아버지가되고그런데도나의아버지는나의아버지대로나의아버지인데어째자고나는자꾸나의아버지의아버지의아버지의……아버지'[19]가 되는 것이냐고 탄식한다. 아버지를 살해하고 그 대신에 '모던'을 손에 쥔 '13인의 아해들'은 불길한 울음소리를 쏟아내는 까마귀들이며, '종합된 역사의 망령'[이상]들이다. 세상을 발칵 뒤집어놓은 이상의 문제시 「오감도」 연작은 바로 그 역사에서 낙오된 자들이 내는 울음소리이고, 동시에 까마귀들의 노래였다.

이상과 그의 세대들이 겪은 근대는 더 정확하게 말하자면 '식민지 근대'이다. '근대'라는 주형틀은 이상과 동시대 세대들의 삶과 의식을 찍어 누른다. 그것은 무겁고 딱딱하고 고정된 것이다. 그 안에 들어간 말랑말랑한 개별자의 삶과 의식은 그 틀에서 오는 강박적이고 지속적인 힘에 의해 동시대성을 주조鑄造해낸다. 여러 사회학자들이 지적하는 바와 같이 지구촌의 근대화는 영원히 미완인 채로 끝난 기획이다. 그렇다고 근대화의 이상이라는 목표가 소멸된 것은 아니다. 이상과 동시대의 세대들이 겪은 근대는 새로운 기운을 지닌 문물, 문화, 유행이다. 당대에 그것은 '신흥新興'이라는 새롭게 나타난 어휘로 뭉뚱그려 담을 수 있는 그 무엇이었다. 당시의 한 잡지 기사는 그 '신흥'의 일면을 엿보게 한다.

그때 조선은 오래 잠자다 새로이 이러난 사람모양으로 어느 사회층을 물론하고 모다 일맥의 생기가 약동하고 잇섯다. (……) 청년운동, 사회운동, 여성운동, 물산장려운동 등 각양 각종의 운동이 우후죽순처럼 이러나고 잇섯다. 무산계급자제들의 향학열을 '씸볼'하던 엄동嚴冬의 야夜 '칼톱만주' 소래가 이즉도 나의 귀에 남하 잇는 듯하고 또 물산장려운동을 표징하는 수목 두루막이 입은 사람들이 거리거리마다 욱실거리든 당시의 광경이 지금에도 나의 눈에 어리

어 잇다.[20]

1920년대 말부터 최남의 동아부인상회, 신태화의 화신상회이후
화신백화점으로 개명, 종업원 153명의 대형 현대 백화점으로 탈바꿈한다 등의 조선 자본에
의한 백화점들, 일본인 자본의 히라다平田, 조지야丁字屋, 미나카이
三中井, 미쓰코시三越 같은 백화점들이 들어서며 경쟁을 벌인다. 백
화점은 근대 문명의 전시장이자 상품에 대한 황홀경이 소비욕망
을 부추기는 카니발의 장소였다.[21] 판탈롱 바지와 반짝이는 에나
멜 구두를 신고 한껏 멋을 부린 모던껄과 양복을 걸쳐 입고 중절
모를 쓰고 스틱을 든 모던뽀이들은 욕망의 각축장인 백화점 옥
상정원屋上庭園에서 "노골하게 해방된 연애"를 즐겼다.

미쓰코시 백화점의 옥상정원은 경성 시가지가 한눈에 내려다
보이는 곳으로 경성에서 으뜸으로 꼽히는 연애 명소였다. 북쪽
맞은편으로 조선은행과 부립도서관이 보이고, 동편으로는 경성
우편국 건물이 보였다. 옥상정원의 한가운데에 자리한 도하사라
는 신사 앞에는 대리석으로 탑형의 분수가 물을 뿜었다. 장기불
황이라고는 하지만 미쓰코시 백화점의 옥상정원은 항시 신여성
과 여학생들로 차고 넘쳤다. 일본에서 귀국해 경성역에 도착한
박태원은 제 짐을 짐꾼을 시켜 집에 보내고 자신은 곧바로 미쓰
코시 옥상정원 파라솔 아래에서 테이블을 차지하고 앉아 여급에
게 커피를 주문했다. 박태원은 동경 유학을 떠난 지 몇 달 만에
병이 재발하고 거기에 실연의 상처까지 겹쳐 도무지 견딜 재간
이 없었다. 간다의 진보초 서점에서 구한 제임스 조이스와 아쿠

근대 경성의 최고 명소였던 미쓰코시 백화점의 옥상정원

타가와의 소설들을 끼고 하숙집에 틀어박혀 종일 읽다가 지치면 잠을 청하고…… 그러다가 짐을 쌌던 것이다.

1934년에 들어서며 가로와 구획들이 정리되면서 근대 도시의 꼴을 갖춘 경성 인구는 이미 38만 명을 넘었고, 1935년 현재에는 44만 명을 넘어서기에 이른다. 조선인 31만 명과 일본인 13만 명이 북적이며 사는 대도시 경성의 인구는 빠르게 늘어나면서 1940년에는 이미 93만 명으로 1백만 명 시대를 눈앞에 둔다. 경성의 조선인은 77만 명이고, 일본인도 16만 명에 이르렀다. 식민지 수도 경성은 '대경성건설' 프로젝트에 의해 도시 공간의 기능적 분화를 이루면서 거대 도시로 탈바꿈한다.[22] 1931년 12월 말경 경성에서 운행되던 전차는 총 13개 노선으로, 전차 대수는 1931년에 143대, 1945년 해방 직전엔 126대 수준이었다. 1934년 말을 기준으로 할 때 하루 평균 수송 연인원은 약 13만 명을 헤아리고, 한 해 기준으로 보자면 약 4천7백만 명에 이르는 엄청난

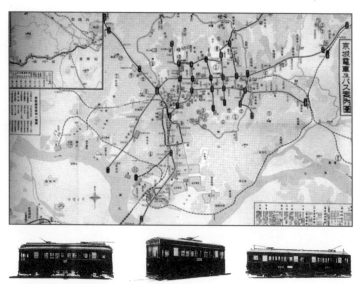

1935년 경성의 교통 안내도와 운행되던 전차

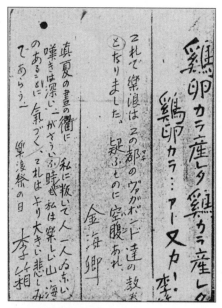

이상이 낙랑파라에 남긴 낙서

숫자다. 이 가운데 동대문까지 운행한 전차노선은 종로선이다.[23] 거리에는 수많은 자동차와 전차가 달리고, 당대 최고의 상품들을 진열하고 고객들을 맞는 고급 백화점들이 우후죽순처럼 도심 중심에 들어선다.

이상은 거리를 달리는 자동차 행렬을 보고 "발광어류發光魚類의 군집이동群集移動"[24]이라고 쓴다. 함께 다방 '제비'를 운영하며 아직 사이가 좋았을 때 이상과 금홍은 종종 경성 산책에 나서곤 했다. 두 사람은 대한문을 거쳐 중추원, 경성재판소, 이화학당, 경성방송국, 이화여전으로 이어지는 덕수궁과 서소문동을 잇는 정동 길을 걸었다. 이상과 박태원의 우정도 경성 거리를 산책하며 급격하게 깊어졌다. 두 사람이 혼마치지금의 충무로와 황금정을 나란히 걸어가는 걸 목격하는 일은 드문 일이 아니었다. 그들은 하루가 멀다 하고 소공동의 끽다점 '낙랑파라'에 들러 가배차加琲茶를 마시고, 담배를 피우고, 이야기를 나누며 레코드에서 흘러나오는 고전음악을 들었다. 그러다가 파리로 유학을 떠나는 어느 화가의 「도구유별전渡歐留別展」이 열리는 화랑으로 우르르 몰려가기도 했다. 특히 이상·박태원·김기림·김소운·구본웅 등은 '낙랑파라'의 단골이었다. 김기림은 '낙랑파라'에 앉아 있는 이상의 모습을 다음과 같이 그렸다.

> 다방 N 등의자에 기대 앉아 흐릿한 담배 연기 저편에 반나마 취해서 몽롱한 상의 얼굴에서 나는 언제고 '현대의 비극'을 느끼고 소름 끼쳤다. 약간의 해학과 야유와 독설이 섞여서 더듬더듬 떨어져 나

오는 그의 잡담 속에는 오늘의 문명의 깨어진 '메카니즘'이 엉크러 있었다. 파리에서 문화 옹호를 위한 작가대회가 있었을 때 내가 만난 작가나 시인 가운데서 가장 흥분한 것도 상이었다.[25]

전차와 카페에서 울려나오는 재즈, 모던뽀이와 모던껄들의 경쾌한 발걸음 소리, 그토록 현란한 빛과 소리로 넘치는 큰길을 버리고 뒷골목으로 들어서는 순간 식민지 수도 경성의 모든 환상은 일순에 꺼져버리고 만다. '모던'한 현대식 건물들과 전차가 다니는 거리의 뒤편에는 초가집들, 생활 오수와 함께 버려진 분뇨에서 나는 악취들, 소달구지를 모는 '아범'들과 가난에 찌든 '어멈'들이 내지르는 악다구니들이 넘쳐나는 전근대의 낡은 현실이 공존한다.

제2장

「날개」, 혹은 탈주 프로젝트

근대와 전근대의 분열

'모던'으로 나아가려는 이상의 발목을 붙잡은 것은 전근대의 도덕성이다. 그의 머리는 울트라 모던에 있고, 몸은 19세기의 도덕성에 붙잡혀 있는 형국이다. 이 몸과 의식의 어긋남과 분리야말로 이상 문학의 원체험이다. 이 어긋남과 분리는 주체가 이상과 김해경 사이, 친부와 양부 사이, 새것과 옛것 사이, 봉건과 근대 사이, 조선과 일본 제국주의 사이에서 어느 한쪽에 안착하지 못하고 흐르게 한다.

"19세기의 엄숙한 도덕성의 피가 위협하듯이 흐르"는 몸은 전통 사회의 규범으로 작동하는 유교 도덕의 포획에서 자유롭지 못하다. 아직 몸속에 흐르는 유교적인 금기와 계율들이 근대인 이상의 신체를 붙잡고 놓아주지 않는다. 몸에 걸친 의복들은 더 이상 전통을 지키는 옛것이 아니다. 다시 말하면 조선 선비들이 바깥출입을 할 때 걸치던 도포道袍, 창옷氅衣, 중치막中致幕, 두루마기周衣 따위의 전통 의상을 벗어던진 지 오래다. 경성의 '모던뽀이'들은 양복에 구두를 신고, 중절모를 쓰고, 스틱을 든다.

1930년대 경성의 대표적인 '모던뽀이' 이상은 여기서 첨단 유행 쪽으로 한 걸음 더 나아간다. 양인洋人과 같이 창백한 얼굴과 봉두난발과 구레나룻에 양복을 걸치고 백구두를 신고 스틱을 휘휘 돌리는 모습으로 경성 거리에 출현한 그는 아직은 희소한 근대 체현의 특이한 외모만으로도 볼 만한 '구경거리'가 되었다. 하지만 그의 혈관에는 전근대 도덕성의 피가 흐르고 있었다. '울트라 모던'을 체현해낸 겉꾸밈의 외관생리학을 따라가지 못하는 외식의 낙후성은 필연적으로 의식의 분열을 부른다. 이상 문학 전체는 이 분열과 연동되는 것이다. 몸과 의식이 어긋나고 잘게 쪼개져 흩어지는 자아를 자욱하게 물들인 환멸과 피로와 권태의 양태들이 드러날 수밖에 없는 것이다.

근대적인 것이란 여기가 아닌 저기에서 도래하는 새것, 와서 이미 있는 것들을 뒤덮는 새바람이다. 즉 항상적으로 있던 것과는 그 질료성에서 낯선 그 무엇이다. 거리에서 만나는 군중, 간판, 이벤트, 스펙터클 따위는 새롭기 때문에 필연적으로 옛것에 길들여진 감각의 쇄신을 요청한다. 아울러 그것들은 낯설기 때문에 새로운 경험을 낳고 그 낯섦에 몸-의식이 적응하는 데 시간과 신체 에너지가 필요하다. 이상이 제 들척지근하고 노릿한 사생활과 위트와 패러독스를 비벼서 썼다는 소설 「날개」에 나오는 피로와 권태는 근대 경험에 대한 신체생리학적인 반응이다.

모던뽀이의 전형 석영 안석주(1901~1950)가 그린 임화의 캐리커처이다.

육신이 흐느적흐느적하도록 피로했을 때만 정신이 은화銀貨처럼 맑소. 니코틴이 내 횟배 앓는 뱃속으로 스미면 머릿속에 의례히 백지白紙가 준비되는 법이오. 그 위에다 나는 위트와 패러독스를 바둑 포석布石처럼 늘어놓소. 가공할 상식의 병이오. [26]

새로운 것들은 신경을 자극하고 흥분시킨다. 피로한 정신이란 근대 경험의 산물로써 주어진 것이다. 거리는 '나'의 신경을 "경이에 가까울 만치" 흥분시키고 만다. 그래서 거리를 쏘다닌 '나'는 금세 피곤해진다.

목적을 잃어버리기 위하여 얼마든지 거리를 쏘다녔다. 오래간만에 보는 거리는 거의 경이에 가까울 만치 내 신경을 흥분시키지 않고는 마지않았다. 나는 금시에 피곤하여 버렸다. 그러나 나는 참았다. 그리고 밤이 이슥하도록 까닭을 잊어버린 채 이 거리 저 거리로 지향없이 헤매었다.[27]

철학자 레비나스는 이 피로에 대해 "자기와 현재에 대해 지연되어 있음"을 나타내는 징후라고 말한다.

수고는 피로에서 나오며 피로 위로 다시 곤두박질친다. 우리가 수고의 긴장이라 부르는 것은 도약과 피로의 이 이중성으로부터 만들어진다. 힘의 창조적 일순간은 확실히, 피로에도 불구하고 위험 가운데서 성취된다. 그러나 수고로서의 '무로부터의 창조creation ex nihilo'는 그 창조의 순간 자체 속에서 피로에서 오는 절망과, 피로 때문에 '모든 것을 (손에서) 놓아버리는 일'을 이겨내야 한다. 이 이중성을 물리학적 언어로 번역하자면 서로 반대되는 의미를 지니는 두 개의 벡터 형식을 통해 표현되는데, 이것이 수고와 수고의 내적 변증법의 구체적인 사실에 대한 기술記述을 대신하지는 못한다. 이 변증법 속에서 창조의 일순간은 이를테면 소유 저편으로 모험을 감행한다. 피로는 도약을 지연시키면서 이 소유의 한계와 부담을 나타낸다. 이 상황은, 이 물리적 힘들의 놀이에 관한 의식의 단순한 기록을 통해서는 더 이상 기술되지 않는다. 수고는 인식이 아니다. 그것은 사건이다. 자기 자신에 대해, 현재에 대해 앞서 있음 속에서, 예견을 통해en anticipant 현재를 연소시켜버리는 도약의 무아경 속에서, 피로는 자기와 현재에 대해 지연되어 있음을 나타낸다.[28]

피로는 일상의 저변으로 스며 몸에서 솟구친다. 그것은 몸이 겪는 현상이 아니라 사건이다. 피로는 근대에 포획된 몸에 걸쳐진 문명의 옷이다. 그리하여 근대의 신체는 피로-신체로 새롭게 태어난 몸이다.

거리의 경이는 다름아닌 근대 문명이 만들어내는 경이일 터다. 목적 없는 산책은 이 행위의 무위無爲함을 드러낸다.

"산책자의 무위는 분업에 반대하는 시위이다."[29]

유폐의 방에서 거리로 나서는 순간 '나'는 골방의 유폐인에서 거리의 산책자로 변신한다. 산책자에 관한 다음과 같은 발터 벤야민의 언급은 중요하다.

> 거리를 쏘다니다가 추억에 잠겨 도취에 빠지곤 하는 산책자는 눈 앞에 감각적으로 나타나는 것뿐만 아니라 종종 단순한 지식, 죽은 데이터까지 마치 몸소 경험하거나 직접 체험해본 것처럼 자기 것으로 만들어버린다. 이처럼 몸으로 느낀 지식은 무엇보다 구전에 의해 한 사람에서 다른 사람에게 전해진다. 그러나 이러한 지식은 19세기가 지나는 동안 거의 정신이 아득해질 정도로 방대한 양의 문헌 속에 정착하게 되었다. '파리의 거리란 거리, 집이란 집'은 모두 그려낸 프뢰브 이전에도 도시 풍경은 꿈을 꾸는 게으름뱅이를 위한 첨경添景으로 계속 그려지고 있었다. 이러한 문헌들을 연구하는 것은 제2의 삶, 벌써 전적으로 꿈꾸는 것에만 몰두하는 두 번째 삶을 사는 것이었다.[30]

「세기의 가을-나는 네거리에서 운다, 만화산보」, 《조선일보》(1928. 10. 9)　"(……) 나는 지금 이 가을을 산보한다. 내가 네거리에 웃득 슬 때에 신사 숙녀는 쓰러기통에 숨고, 학자는 지하실에서 현미경을 나에게로 향하였다. (……) 고독한 가을이여 나는 네거리에서 우노라."

피로·권태·탈주―「날개」

「날개」에서 '나'는 낡은 전통과 도덕에 묶인 채 근대의 거리로 떠밀려 나온다. 근대의 거리에서 '나'는 "전적으로 꿈꾸는 것에만 몰두하는 두 번째 삶"을 취하지 못하고 더 큰 절망과 환멸을 만난다. 탈주선은 그 절망과 환멸에서 벗어나 날개를 달고 날아오르는 것이다. 「날개」의 에필로그는 근대와 전근대 사이에서 찢겨진 '나'의 피로와 권태, 환멸에서 탈주하고 싶다는 간절한 소망으로 메조지된다.

> 나는 불현듯이 겨드랑이가 가렵다. 아하, 그것은 내 인공의 날개가
> 돋았던 자국이다. 오늘은 없는 이 날개. (……) 날개야 다시 돋아라.
> 날자. 날자. 날자. 한 번만 더 날자꾸나. 한 번만 더 날자꾸나.[31]

우선 '나'는 권태에 빠져 있다. '나'는 사회와 격리된 채 "삼십삼 번지 일곱째 방"에서 잿빛 권태라는 고치 속에 싸여서 게으른 생활을 하며 잠을 잔다. 잠은 현실의 방기放棄이며, 퇴행의 표상이다. 그 퇴행이 어머니의 자궁으로 돌아가려는 무의식의 욕구라고 본다면 방은 자궁의 변주라고 볼 수 있겠다.

'나'는 누에가 누에고치 안에서 잠을 자듯이 이 자궁 안에서 잠을 잔다. 이 자궁은 권태-자궁이다. '나'는 권태-자궁에 착상한 태아다. 이 권태-자궁 안에서 '나'의 무기체 되기, 즉 기관 없는 신체로 살기가 이루어진다. '나'를 기르는 양식은 권태다. '나'는 권태를 먹고 권태를 배설한다. '나'의 잠도, '나'의 놀이도, '나'의 외출도 다 권태와 관련이 있다.

권태란 안쪽에 극히 화려하고 다채로운 색깔의 비단으로 안감을 댄 따뜻한 잿빛 천과 같은 것이다. 꿈을 꿀 때 우리는 이 천으로 우리를 둘러싼다. 그러면 이 안감의 아라베스크 문양 속에서 편안하게 있을 수 있는 것이다. 그러나 이 천에 싸여 잠자고 있는 사람은 밖에서 볼 때는 잿빛 권태를 느끼고 있는 것처럼 보인다. 나중에 잠에서 깨어 꿈꾸었던 것을 이야기할라치면 그의 이야기에서는 대부분 이러한 권태밖에 들리지 않는다. 그도 그럴 것이 과연 누가 단번에 시간의 안감을 겉감으로 바꾸어놓을 수 있겠는가? 그러나 꿈에 대해 이야기하는 것은 바로 그러한 것을 하는 것을 의미한다. 그리고 아케이드도, 즉 태아가 자궁 속에서 동물들의 삶을 다시 한 번 살듯이 안에서 우리가 부모와 조부모들의 삶을 다시 한 번 꿈처럼 살게 해주는 이 건축물들도 이와 다른 방식으로 다룰 수는 없을 것이다. 이러한 공간들 속에서의 삶은 꿈속에서 벌어지는 사건들처럼 어떤 악센트도 없이 흘러간다. 산책이야말로 이러한 선잠^{半睡}수면 상태의 리듬이다.[32]

'나'는 골방의 망명객이다. 피로를 불러오는 현실에서 망명한 '나'의 현존을 받아준 곳은 골방이다. 하지만 골방에의 유폐가 만든 강박이 권태이다. 권태는 생체 에너지로서의 생동감과 시간의 방출이다. '나'는 나른한 소모를 불러오는 찐득한 권태가 불편하고 괴롭다. 산 자의 경험—기억을 잠식하는 그 유사—죽음에서 벗어나려는 '나'는 필연적으로 거리로 나선다. '나'는 외출과 귀가를 번갈아가면서 하는데, 대개는 '삼십삼 번지의 유곽'—'경성역의 티룸'—'미쓰코시 백화점의 옥상정원'을 잇는 동선^{動線}을 오간다. 이 동선을 따라 근대성의 심리 지형학을 그려볼 수 있다. 「날개」는 나섯 번 외출했다가 네 번 귀가하는 '나'의 권태에 대한 얘기다.

'나'는 유곽과 비슷한 구조를 하고 있는 "한 번지에 18가구"가 모여 사는 삼십삼 번지 일곱째 방에서 아내와 둘이 산다. '나'는 장지로 나뉜 윗방에 자발적으로 유폐된 채 한없이 게으른 생활을 하고 있다. 아내는 하루에 두 번 세수하고 낮밤을 가리지 않고 외출한다. 그리고 아내는 자신의 방에서 손님을 받는다. '나'는 아내의 매춘을 방임하며 지낸다. 그러다가 아내가 외출하고 난 뒤 아랫방으로 가서 아내의 화장품 병이나 돋보기, 거울 따위를 가지고 놀며, 아내가 쓰는 물건들에서 아내의 체취를 떠올린다. 아내에게는 내객이 있고, 그럴 때마다 '나'는 우울해한다. 아내는 우울한 '나'에게 은화를 준다. '나'는 아내가 준 은화들을 "금고처럼 생긴 벙어리^{저금통}"에 모아두었다가 변소에 갖다 버린다. 아내가 아랫방에서 내객을 받고 있을 때, '나'는 아내에게는 왜 돈이 많은가에 대해 연구한다. 그리고 내객에게서 아내에게로, 아내에게서 다시 '나'에게로 흘러드는 '돈'이 일종의 쾌감 때문이라고 결론을 짓는다. 그걸 확인하기 위해 거리로 나간다. 첫 번째 외출에서 '나'는 피로를 안고 돌아온다.

> 그러나 거리는 너무 복잡하였고 사람은 너무도 들끓었다. 나는 어느 사람을 붙들고 그 오 원 돈을 내어주어야 할지 갈피를 잡을 수가 없었다. 그러는 동안에 나는 여지없이 피곤해버리고 말았던 것이다.³³

'나'는 귀가해서 아랫방에 아내가 내객과 함께 있다는 걸 알고, 서운한 감정을 안은 채 잠을 청한다. 내객과 함께 나갔던 아내가 돌아와서 잠든 '나'를 깨운다. 아내는 잔뜩 화가 나 있다. '나'는 외출에 대해 후회하고 화가 난 아내에게 사죄하기 위해 아내 방으로 가서 아내에게 돈을 쥐어주고 함께 잔다.

> 돈 오 원을 안해 손에 쥐어 주고 넘어졌을 때에 느낄 수 있었던 쾌감을 나는 무엇이라고 설명할 수가 없었다. 그러나 내객들이 내 안

해에게 돈 놓고 가는 심리며 내 안해가 내게 돈 놓고 가는 심리의 비밀을 나는 알아낸 것 같아서 여간 즐거운 것이 아니다. 나는 속으로 빙그레 웃어보았다. 이런 것을 모르고 오늘까지 지내온 나 자신이 어떻게 우스꽝스러워 보이는지 몰랐다. 나는 어깨춤이 났다.[34]

아내에게 돈을 쥐어주고 함께 동침했을 때 느꼈던 쾌감과 기쁨은 '나'에게 강력한 외출의 동기를 부여한다. 두 번째 외출을 했다가 자정을 넘겨 귀가해서, 아내에게 돈을 주고 아내의 방에서 함께 잔다.

세 번째 외출에서 경성역 대합실의 티룸에서 어린 시절의 동무들 이름을 떠올리며 혼자 시간을 보낸다. 1932년 경성역 부인 대합실 자리에 들어선 티룸은 1940년 열차 승객이 늘어나자 매표소로 그 쓸모가 바뀌면서 사라졌다. 골방의 은둔자인 '나'는 어지러운 발길로 거리를 헤매 다니다가 경성역 티룸에서 발길을 멈춘다. 밤이 깊어 손님들이 하나둘씩 자리를 뜨자 종업원들은 이 구석 저 구석 치우기 시작한다. '나'는 티룸이 폐점하는 늦은 시각까지 마지막 손님으로 앉아 있다가 길에 나서는데, 밖에는 비가 내리고 있다. '나'는 오한이 심해진다. 내객이 없으려니 하고 귀가를 한다. 집으로 돌아온 '나'는 오한이 심해져서 의식을 잃는다. 이튿날 아내는 '나'에게 약을 건네준다. '나'는 아내가 준 약을 받아먹으며 여러 날을 보낸다. 아내의 만류 때문에 외출하려는 생각은 접는다. 한 달이 지나고 '나'는 아내의 방으로 건

경성역 벽돌과 석재를 혼합한 지하 1층, 지상 2층의 건물로 면적은 지하 781평, 1층 750평, 2층 439평이다. 1922년 6월에 착공해 1925년 9월에 준공했다.

너가 수염과 머리가 자란 것을 보고, 화장품 냄새를 맡으며 아내의 이름을 속으로 불러본다. 그러다가 최면약 아달린 갑을 발견한다. 그동안 자기가 아스피린으로 알고 복용한 약이 최면약이었음을 깨닫는다. 아내에게 속아 한 달 동안을 아달린을 먹은 것에 대해 '나'는 "이것은 좀 너무 심하다"고 생각한다.

별안간 아뜩하더니 하마터면 나는 까무러칠 뻔하였다. 나는 그 아달린을 주머니에 넣고 집을 나섰다. 그리고 산▨을 찾아 올라갔다. 인간 세상의 아무것도 보기가 싫었던 것이다. 걸으면서 나는 아무쪼록 안해에 관계되는 일은 일체 생각하지 않도록 노력하였다. 길에서 까무러치기 쉬우니까다. 나는 어디라도 양지가 바른 자리를 하나 골라서 자리를 잡아가지고 서서히 안해에 관하여서 연구할 작정이었다.[35]

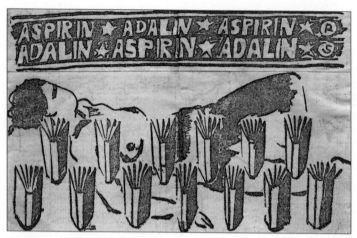

이상이 직접 그린 「날개」의 삽화

　'나'는 아내가 자신을 기만했다는 판단 때문에 분노를 느끼고
네 번째 외출을 한다. 집을 나서 산에 올라갔다가 벤치에 앉아
혼란한 생각을 정리하려고 하지만 머릿속은 여전히 복잡하다.
'나'는 귀찮은 생각이 들어 아달린 여섯 개를 한꺼번에 먹고 잠
이 든다.

　다섯 번째 외출은 네 번째 외출에서 돌아온 지 얼마 되지 않아
이루어진다. 절대로 보아서는 안 되는 아내의 매춘 광경을 목격
하고, 이것 때문에 아내는 '나'를 향해 발악을 한다. 그러나 '나'
는 아내가 왜 발악을 하는지 그 까닭을 알 수가 없다. '나'는 억울
하지만 이 상황을 회피하는 것이 낫겠다는 판단을 하고는 집을
나와버리는 것이다. 골방에서 벗어난 '나'는 미쓰코시 백화점 옥
상정원으로 올라간다. 옥상정원에서 내려다본 것은 무엇인가?

나는 또 회탁의 거리를 내려다보았다. 거기서는 피곤한 생활이 똑 금붕어 지느러미처럼 흐늑흐늑 허비적거렸다. 눈에 보이지 않는 끈적끈적한 줄에 엉켜서 헤어나지들을 못한다. 나는 피로와 공복 때문에 무너져 들어가는 몸뚱이를 끌고 그 회탁의 거리 속으로 섞여 들어가지 않는 수도 없다 생각하였다.[36]

우선 "금붕어 지느러미처럼 흐늑흐늑 허비적거"리는 사람들이다. 그들은 한결같이 피곤한 생활에 절어 있다. 거기서 정오의 사이렌 소리를 듣고 불현듯이 겨드랑이에 날개가 돋으려는 듯 가려워온다.

정오의 철학

이때 뚜— 하고 정오 사이렌이 울었다. 사람들은 모두 네 활개를 펴고 닭처럼 푸드덕거리는 것 같고 온갖 유리와 강철과 대리석과 지폐와 잉크가 부글부글 끓고 수선을 떨고 하는 것 같은 찰나, 그야말로 현란을 극한 정오다.[37]

정오는 "메시아적 순간"이다. "현란을 극한 정오"는 종일 햇빛이 들지 않는 골방의 어두운 시간과 극적인 대조를 이룬다. 빛이 넘치는 정오는 골방이라는 고치 속에 유폐되어 권태에 잠식되어가던 자아에서 벗어나 새로운 존재로의 탄생을 알리는 시각이다. 정오의 발견! 사이에 끼인 존재, 사이에 끼여 분열하는 자아로 피로와 권태를 몸에 두르고 살아온 이상은 마침내 "빛의 그물로 짜여진" 정오에 탈주의 계기적 순간과 만난다.

> 정오에─삶의 정오 무렵이면, 활동적이고 폭풍이 잦은 삶의 아침을 부여받은 자의 영혼에는 수개월, 수년 동안 계속될 수 있을 듯한 이상한 휴식 욕구가 엄습하게 된다. 그의 주위는 고요해지고 들려오는 목소리들은 멀고, 또 더 멀어진다. 그리고 해는 바로 위에서 그를 비춘다. …… 그는 아무것도 원하지 않고 아무것도 걱정하지 않는다. 그의 심장은 정지해 있고 단지 그의 눈만 살아 있다. 그것은 눈을 뜨고 있는 죽음이다. 거기에서 사람은 전에 본 적이 없는 많은 것을 본다. 그리고 그의 눈길이 닿는 한, 모든 것은 빛의 그물로 짜여지고 말하자면 그 안에 파묻힌다. 그는 그때 행복하게 느낀다. 그러나 그것은 무거운, 너무나 무거운 종류의 행복이다─그때 마침내 바람이 나무 속에서 일어난다. 정오는 끝났고, 삶은 그를 다시 멀리 데려간다. 눈이 멀어버린 삶 뒤에는 소원, 기만, 망각, 향유, 파괴, 무상과 같은 삶의 일행들이 몰려든다. 그렇게 저녁이 도래하고 그 저녁은 아침이 그러했던 것보다 더 폭풍이 잦으며 더 활동적이다.─진정으로 활동적인 인간에게는 오래 지속되는 이러한 인식 상태가 대체로 괴이하고 병적인, 불쾌하지는 않은 것으로 여겨질 것이다.[38]

정오의 철학자 니체는 정오를 "이상한 휴식 욕구"가 엄습하는 시각이라고 말한다. 심장은 멈추고, 모든 인지 기능도 작동하지 않는다. '나'는 죽고 "눈"만 살아 있다. '나'를 바라보는 눈들! 정오 전체가 "눈을 뜨고 있는 죽음"이다. 이 주검들이 '나'를 빤히 응시한다. 이 죽음, 이 절멸은 또 하나의 삶을 부른다. '나'는 그 삶이 더 멀리, 더 많은 삶으로 데려갈 것을 믿는다.

미쓰코시 백화점에서 내려다본 남대문로 2정목
조선은행 앞 광장의 근대적인 풍경이 펼쳐져 있다.

「날개」의 '나'는 "현란을 극한 정오", 그 격한 희망의 계기적 순간과 마주쳐서 부르짖는다. 그 장소가 경성 시내를 한눈에 내려다볼 수 있는 미쓰코시 백화점의 옥상정원이라는 것도 상징성을 갖는다. 존재의 가장 낮은 단계인 골방에서 저 높은 곳으로 날아오르려는 상승의 욕망과 끈적한 권태에 사로잡힌 자아가 찾아낸 탈출의 문턱이다. 1930년대 경성 시내에서 그보다 더 훌륭한 이륙의 장소를 찾기는 어려웠으리라.

'박제'라는 죽음의 주박에서 풀려나 생명으로 다시 태어나려는, 그리하여 피로와 권태와 빈고貧苦를 떨쳐내고 바닥에서 더 높이 솟아오르려는 자에게 이 옥상정원보다 더 좋은 '높이의 도약대'를 찾기란 불가능한 일이다. 그 도약대에서 날개를 퍼덕이며 날아오름으로써 봉건 도덕의 강박에서 근대의 자유로 탈주하려는 프로젝트는 완성된다.

마침내 잘게 쪼개져 분열하는 자아에게서 터져 나오는 단말마의 외침은 돌연 기쁨의 송가頌歌로 바뀐다. 그 송가는 비위생적인 환경에서 기어 다니는 곤충과 같은 남루한 존재의 영도에서 벗어나 '날개'를 가진 초인류 종족으로 비상하려는 열망으로 충만해 있다.

날개야 다시 돋아라.

날자. 날자. 날자.

한 번만 더 날자꾸나.

한 번만 더 날자꾸나.

제3장

백화점, 근대 문화의 체험 공간

백화점의 황홀경

나는 어디로 어디로 들입다 쏘다녔는지 하나도 모른다. 다만 몇 시
간 후에 내가 미쓰코시 옥상에 있는 것을 깨달았을 때는 거의 대낮
이었다.[39]

「날개」의 '나'는 거리를 쏘다니다가 미쓰코시 백화점의 옥상
정원으로 올라간다. 이미 경성인들에게 백화점을 드나드는 일은
특별할 것이 없는 일상 활동 중의 한 부분으로 익숙한 것이었음
을 보여준다. 백화점에 들어서면 경미한 현기증과 더불어 기분

이 좋아지는 걸 느낀다. 어디에서 비롯되는지 모를 도취와 쾌감이 온몸을 휘감고 정신은 몽롱해진다. 백화점 내부를 걷는 발걸음은 구름을 밟는 듯하다. 이 황홀경의 실체는 신기한 상품들에 덧씌워진 근대의 아우라와 백화점의 이국적 내부 장식이 불러일으키는 감각의 교란이며 심미적 흥분이다.

거리 · 쇼윈도 · 간판들 · 백화점 · 극장 · 카페 · 끽다점 · 당구장 따위는 근대성의 기표들이 출현하는 장소들이다. 그중에서도 백화점은 근대 기표들의 집합체라고 할 수 있다. 백화점은 단순히 상품을 사고파는 공간을 넘어서서 가족 단위의 여가와 오락을 향유는 공간이고, 근대의 첨단 유행을 접하고 고도 소비문화를 만날 수 있는 공간이었다는 점을 주목할 필요가 있다. 그에 따라 백화점은 "세계를 스펙터클로, 시각적 대상으로 바꾸는 시스템"이고 "모든 반영과 현기증의 장치들을 끌어 모아 사람들을 '보는' 존재로 환원"하는 장치였다.[40] 백화점은 그 자체가 상품인 장소이자 눈부시게 빛나는 욕망의 환기장치였던 것이다.

백화점에서 상품을 사는 것은 어떤 필요에 의해서가 아니라 소비의 즐거움에 참여하기 위함이다. 그런 맥락에서 백화점은 근대 소비자본주의의 꽃이라 할 만하다. 세계 최초의 백화점인 봉 마르셰에 가는 일은 그 당대의 사람들에게 매우 특별한 행사였다. 봉 마르셰는 상품을 파는 곳이 아니라 "일종의 일상적인 축제, 일종의 제도, 환상적인 세계, 터무니없이 장대한 스펙터클이 되어, 사람들이 봉 마르셰에 가는 것은 어떤 사건이나 모험에 뛰어드는"[41] 일이다. 봉 마르셰는 같은 시대에 샤를 가르니에의 설계로 세워진 오페라 극장의 이미지를 원용했다는 사실은 잘 알려져 있다. 그에 따라 매장마다 전문가의 손길에서 탄생한 디스플레이는 "각각이 이야깃거리를 품고 있는 오페라의 정경 또는 악곡을 구성

프랑스 파리의 봉 마르셰 백화점

하"듯 꾸며진다.[42] 백화점 고객들은 상품의 오페라를 즐기며 자기도 모르게 지갑을 열도록 되어 있다.

> 만국박람회의 파빌리온^{전시관}과 마찬가지로 철골과 유리로 이루어진 봉 마르셰 크리스털 홀은 손님들에게 파노라마와 디오라마 같은 광학적 착시현상을 많이 활용한 스펙터클과 똑같은 효과를 발휘하도록 고안되었던 것이다. 고개를 들어 쳐다봐야 할 높고도 드넓은 유리천장에서 폭포수처럼 내리쏟아지는 눈부신 햇빛은, 가게 가득 전시된 두 눈 휘둥그레지는 아름다운 빛깔의 포목과 의복을 사용가치에 따라 판정되는 상품이 아니라 아우라에 쌓인 천상의 그 무엇으로 변신시켜버린다. 손님은 자기가 서 있는 곳이 상점이라는 사실을 잊은 지 이미 오래이다.[43]

백화점에서 상품을 구매하는 것은 자기만족을 위해 '기호의 상상계'에서 환상이라는 기호를 사들이는 것이다. 그렇게 백화점의 시대와 함께 기호의 소비 시대가 열린다.

경성의 백화점들

1930년대 들어서며 경성 시내에는 여러 백화점들이 들어선다. 대표적으로 화신백화점과 미쓰코시 백화점 경성지점이 있다. 1931년에 경성의 갑부로 꼽히는 박흥식이 신태화에게 화신상회를 사들이는데, 이때만 해도 화신상회는 목조 2층 건물이었다. 당시 한 잡지는 화신상회 건물의 외관과 내부 구조 등에 대해 이렇게 품평한다.

> 종로 네거리 한 모퉁이 가장 요긴한 자리를 점령하고 있는데 비하여 건물이 너무나 시원치 못하다. 바로 옆에 건축 중인 백화점의 큰 빌딩과 길 건너 유창상회裕昌商會의 멋없이 높은 집에 눌리어 아무 기교 없이 지은 평범한 양옥집이 더욱 볼꼴이 못 되었다. 그리고 금은부金銀部 쪽 이층과 포목부 쪽 삼층이 전혀 별개의 상점처럼 보이는 것도. 대 백화점인 화신상회의 면목으로 보아서 매우 불리하게 되어 있다. (……) 쇼-윈도우陳列窓가 좁고 지저분하고 진열한 물건과 방법이 서투르다. 이 진열에 대하여 전문으로 머리 쓰는 사람이 있는지? 있다면 좀 더 연구해볼 일이다. 금은부의 '쇼-윈도우'를 연장했으면 한다. 하여간 '쇼-윈도우' 개조가 우선일 것 같다. 내부는 천장이 얕고 채광採光이 부실하여 답답해 보인다. 들어서는 통로로 난잡한 내의內衣 진열과 금은부가 눈에 거슬린다. (……) 활기가 없어 보이고 새롭지 못하고 침침하고 방의 조명照明이 약하고 진열의 설비기구가 불충분하고 진력이 서투르고 장식이 없다. 그

러나 중국인의 상점 모양으로 묵직하고 실속이 있어 보인다.[44]

박흥식은 이듬해 1932년 5월에 목조 2층 건물이던 화신상회를 콘크리트 3층 건물로 개조·증축한다. 같은 시기에 화신상회 동쪽으로 동아백화점이 새로 문을 연다. 같은 잡지의 지면에는 이 동아부인상회에 대한 인상기도 함께 실렸다.

인사동 쪽으로 향한 건물인데 (외형이) 빈약하게 보인다. 출입구를 좁히고 '쇼-윈도우'를 크게 했으면 좋겠다. 그리고 간판이 너덜거리니 뜯어고쳤으면 좋겠다. 될 수 있으면 이 건물을 개조하여 답답한 느낌이 없게 하는 것이 좋겠다. 쇼-윈도우의 장식과 진열에 노력한 점은 보이나 아직도 서투르며 진열하는 물품은 산뜻한 것으로 바꿀 필요가 있다. (……) 새로 증축한 건물의 층계 앞 벽에 장식을 이용하면 좋겠다. 전체로 보아 동아부인상회는 밝은 편이다. 게다가 밤의 조명이 강하여 더욱 좋다. 그리고 모든 것이 새로우며 무엇이고 '하나 샀으면!' 하는 생각을 준다. 그러나 양품잡화에 눌리어 백화점으로의 실속이 없어 보인다. '솝껄' 많은 것과 또 균일하게 인물이 수수한 것이 특색이다.

그런데 동아부인상회가 문을 연 지 6개월 만에 경영난에 빠지고 만다. 박흥식은 경영난에 허덕이는 동아부인상회를 사들여 화신백화점으로 흡수한 뒤 동서 양관 체제로 운영한다. 등치가 작은 화신상회의 소유주 박흥식이 등치가 훨씬 큰 동아부인상회

를 사들여 화신백화점 이름으로 영업을 시작하자 당시 잡지에서
는 이를 일본이 러시아를 제압한 일러전쟁에 견주기도 했다.

> 백화점계에 박흥식 씨가 새로운 독재자로 나섰다. 박 씨는 체소體小
> 한 화신백화점을 가지고 수배 체대體大한 최남 씨의 동아백화점을
> 매수하여 동아의 상표를 뜯고 화신의 금金문자를 옥상에 찬연하
> 게 붙였다. 어떤 실없는 사람은 이를 체소한 일본이 체대한 로서
> 아러시아를 이긴 일러전쟁 같다고 했다.[45]

설을 코앞에 두고 1935년 1월 27일 화재가 발생해 화신백화점
서관이 전소하고 동관은 화마에서 반만 살아남는다. 같은 해 8월
15일에 반소된 동관을 개축해서 영업을 이어간다. 한때 이상이
자살 결행 장소로 떠올린 화신백화점 옥상은 5층으로 된 동관
옥상을 말한다.

화신백화점 서관은 조선인 건축가 박길룡이 설계를 했는데,
당시 박길룡은 조선생명보험 사옥, 경성제국대학교 본관, 동일
은행 남대문 지점, 한청빌딩을 설계한 실력자다. 이상의 경성고
공 3년 선배이자, 이상이 조선총독부 기수로 일할 때 잠시나마
함께 일하기도 한 사이다. 조선총독부 건축과 직원들이 한 건물
의 2층 베란다에서 찍은 사진을 보면 이상과 박길룡이 함께 들
어 있다. 박길룡은 박태원의 친구이기도 했다. 박길룡은 1932년
에 조선총독부를 나와 건축사무소를 차렸기 때문에 이상과 한
직장에서 오래 함께 지내지는 못했다. 박길룡의 건축사무실과

박길룡(1898~1943), 조선총독부 기수 시절 이상과 함께한 모습 조선 건축의 현대화에 기여한 건축가 박길룡(왼쪽). 조선총독부 건축과 직원들과 함께 찍은 사진에서 왼쪽 네 번째가 박길룡, 오른쪽 끝이 이상이다.

이상이 운영하던 다방 '제비'는 종로경찰서를 사이에 두고 마주
보고 있었다. 박길룡이 설계한 화신백화점 서관이 완공된 것은
1937년 11월이니 이미 그해 4월에 동경에서 불귀의 객이 된 이
상은 그 건물을 볼 수 없었다.

조선인 건축가 박길룡의 설계로 1937년 11월에 서관 건물이
완공되자 화신백화점은 다시 예전과 같이 동서 양관 체제로 백
화점 영업을 시작한다. 조선인 상권을 대표하는 화신백화점은
지금은 종로 1가에 있는 삼성그룹 소유의 종로타워 자리에 있었
다. 박흥식은 화신연쇄점, 선일지물鮮一紙物, 대동흥업大同興業 등을
경영하며 부를 쌓은 전문 경영인이다. 그는 화신백화점을 '민족
자본'에 의해 운영된다고 선전했지만, 속사정을 들여다보면 그
것은 조선 소비자들의 민족의식을 자극하기 위한 하나의 공허한
홍보성 구호에 지나지 않았다. 즉 그의 공공연한 친일 행각에 비
추어볼 때 그가 내세운 '민족자본'이라는 구호는 공소한 것이며,

그 구호는 "상품 소비자를 호명하기 위한 담론적 장치"[46]에 불과했다.

화신백화점이 순수하게 조선 민간자본에 의해 운영되는 백화점이었다면 미쓰코시 백화점 경성지점은 일본 자본을 대표하는 백화점이다. 미쓰코시 백화점 경성지점은 지금의 신세계 백화점 본점 자리에 들어선다.

> 삼월오복점^{미쓰코시 백화점}이야말로 일본에서 백화점의 왕이라는 칭호를 받는 곳의 지점인 만큼 그 규모가 조선 제일이 되어야 하는 것은 당연한 일이다. 더구나 본정 입구에다가 최신식의 대건축에 참신한 설비를 해놓았으니 즉 말이 대치이지 감히 조선의 백화점이 곁눈질도 못하고 있는 상태이다. (……) 삼월오복점은 이상에 말한 것과 같이 풍부한 자본과 굉대^{宏大}한 점포에다가 가관^{可觀}의 설비를 했기 때문에 특별히 선전방법을 쓰지 않아도 조선 사람 손님은 호기심을 내어 발길은 삼월로 향한다.[47]

1916년에 삼월오복점이 처음 신축 낙성된 일은 이제 본격적으로 조선 사회에 나타날 자본주의적 도시 문화 현상에 대한 하나의 예고탄이다. 1920년대에서 1930년대에 이르는 시기는 경성 도시 공간의 기능적 분화가 본격적으로 태동하는 시기다. 『신판 대경성안내^{新版大京城案內}』[48]에 따르면 경성의 도심은 조선인가^{朝鮮人街}, 내지인가^{內地人街}, 관청가^{官廳街}, 문화가^{文化街}, 공업지대, 주택지대, 육군지역, 철도 블록 등으로 나누고 있다. 총독부 청사와 경

1937년 완공된 화신백화점 대지 324.8평에 지하 1층, 지상 6층의 근대식 상업 건축물로 세련되고 개방된 모습이다. 1층 외벽은 화강석을 두르고 현관 주위는 대리석으로 꾸며 웅장하다.

경성에 들어선 일본계 백화점
왼쪽 위부터 미쓰코시 경성점, 미나카이 백화점이며
아래쪽이 조지야 백화점이다.

성부 청사가 광화문통으로 이전하면서 이곳을 중심으로 하는 북촌 일대는 정치 중심 구역으로 떠오르고, 경성 시내 최고의 번화가로 많은 사람들의 발길이 이어지던 본정은 상업 경제 중심 구역으로 떠오른다.

미쓰코시 백화점 경성지점의 전신으로 출발한 삼월오복점이 1929년에 미쓰코시 백화점 경성지점으로 승격하면서 본정 일대에는 일본 자본으로 진출한 백화점들이 밀집하게 된다. 미나카이三中井 백화점, 히라다平田 백화점이 이어서 신축·증축되고, 남대문로에 조지야丁字屋 백화점이 들어서면서 남대문로에서 본정 1정목에 이르는 거리는 경성의 황금상권 지역으로 떠오른다. 일본 대자본을 등에 업고 진출한 일본계 백화점들에 조선인들이 처음부터 몰린 것은 아니다. 그러나 시간이 지남에 따라 조선인들이 몰리면서 이들 백화점에서 판매하는 일본제 고급 상품들이 인기를 누리게 된다. 이에 대해 김백영은 다음과 같이 분석한다.

소비자본주의적 문화 상품이 소비자 측, 특히 피식민 주체에게 의미하는 것은 현실의 박탈감과 무력감에서 벗어나 상품 세계의 환상으로의 일시적 도피, 즉 외래 상품을 통해 '제국의 힘'을 상상하고 경험하는 것이었다. 따라서 그들에게 중요한 것은 상품의 사용 가치 그 자체가 아니라 '하쿠라이舶來'라는 힘의 상징, 문명적 기호였다. 식민지적 현실의 '난센스'로부터 벗어날 수 없는 피식민 대중은 이러한 '기호의 상상계' 속에서 심리적 위안을 찾았다.[49]

백화점, 그 인공낙원에서

1930년대에 본격적으로 출현하는 백화점이 근대 공간의 집약적 체험이 이루어지는 장소임을 부정할 사람은 없다. 경성에 일본 자본의 고급 백화점들이 속속 들어서면서 도시 문화 체험과 근대적 소비가 동시에 가능해졌다. 경성 사람들은 백화점으로 몰려들었다.

> 경성우편국 끼고 돌아서면 요지경 같은 진고개이다. 히라다 상점으로 들어가니 어떻게 사람이 많은지, 그래도 놀라지 말라. 그 반수 이상이 조선 남녀들이다.[50]

백화점은 근대적 상업 공간에 소비와 유행을 선도하는 상품들을 진열하고 경성 사람들을 소비의 주체로 호명했던 것이다. 향서向西 취향이 짙은 생활을 누리던 소설가 이효석에게 백화점은 "카니발에의 자극"이고 "관능의 문"을 자극하는 "여흥의 추첨장"이자 "꽃밭"의 황홀경을 안겨주는 공간이었다.[51] 모더니스트 시인이자 일간지 사회부 기자였던 김기림에게 백화점은 욕망의 "집어등集魚燈"이고 그 불빛을 보고 유인되는 군중은 한 떼의 "어족魚族"이다.[52]

백화점은 일상생활에서 향유할 수 없는 감각과 감정의 향연이 날마다 베풀어지는 스펙터클의 공간이 되었다. 백화점을 자유로운 욕망의 공간으로 만듦으로써 상품 소비에의 탐닉을 장려하며

「1930년 녀름 5, 세태만평」, 《조선일보》(1930. 7. 19) "(……) 허둥지둥 정거장을 나아가는 녀학생들–서울 동무와의 작별 인사보담 미쓰고시 조지야를 들려서 곳장 정거장을 나아가는 축이 있다. 미쓰고시나 조지야에 드러가서 엇더한 물건을 사는지? 그 비지땀을 흘려서 학비를 보내주는 부모에게 밧칠 선물인지는 몰라도 엇던 시골 영감님의 말삼을 드러보면 알 일이다.(……)"

자연스럽게 상품의 황홀경으로 이끌었다. 백화점에서 돈을 쓰며 상품 소비에 몰입해 있는 동안에는 제국주의 지배의 폭압과 전횡에 눌린 마음을 펴고, 수탈과 억압에서 생긴 피로와 좌절감에 대한 가짜 보상과 대리만족이 이루어지게 한 것이다. 불경기에도 불구하고 몰려드는 인파로 백화점은 날마다 대성황이었다.

> 남대문통이나 진고개를 지나보신 분이면 누구나 흔히 눈에 띄는 일이겠지만, 조지야, 히라다 상점商店 같은 큰 상점에는 언제나 조선 여학생, 신식 부인들로 꼭꼭 차서 불경기의 바람이 어디서 부느냐 하는 듯한 성황盛況, 대성황으로 상품이 매출되니 그곳들이 특별히 값이 싸서 그런가요. 그렇지 않으면 무엇에 끌려서 그러는지 알 수 없습니다.[53]

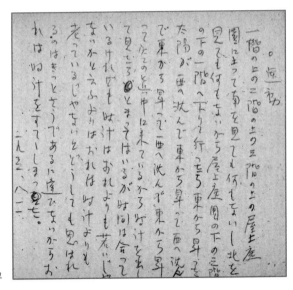

이상의 시 「운동」 육필 원고

　백화점은 "근대近代의 메이크업"으로서 이상 문학을 이해하는
데 아주 중요한 코드 중의 하나다. 평론가 고봉준은 이상 문학에
서 '백화점'은 세 가지의 맥락으로 이해될 수 있다고 말한다.

　　첫째, 상품ー물신의 판타스마고리아와 파노라마적 시각체험의 공
　　간. 둘째, '옥상정원'으로 표상되는 기하학적 추상의 발견. 셋째, 파
　　노라마적 시각체험과 옥상정원의 경험을 통한 '관찰자'적 시선의
　　획득이다.[54]

　이상의 「운동」이라는 시는 바로 그런 근대인의 "물신의 판타
스마고리아와 파노라마적 시각체험"을 다룬다는 점에서 주목할
만하다.

일층우에있는이층우에있는삼층우에있는옥상정원에올라서남쪽

을보아도아무것도없고북쪽을보아도아무것도없고해서옥상정원

밑에있는삼층밑에있는이층밑에있는일층으로내려간즉동쪽에서

솟아오른태양이서쪽에떨어지고동쪽에서솟아올라서쪽에떨어지

고동쪽에서솟아올라서쪽에떨어지고동쪽에서솟아올라하늘한복

판에와있기때문에시계를꺼내본즉서기는했으나시간은맞는것이

지만시계는나보다도젊지않으냐하는것보다는나는시계보다는늙

지아니하였다고아무리해도믿어지는것은필시그럴것임에틀림없

는고로나는시계를내동댕이쳐버리고말았다.[55]

이 시의 화자는 백화점의 옥상정원에 올라갔다가 내려오는 경험을 진술한다. 아마도 이 백화점은 지하 1층, 지상 2층과 옥상층의 구조를 지닌 4층 건물로 우뚝 서 있는 미쓰코시 백화점일 것이다. 근대의 공간 속으로 진입한 '나'는 1층에서 3층 위의 옥상을 오르내리면서 동서남북의 방향과 지구의 자전운동에 따라 달라지는 태양의 고도를 가늠해본다.

태양은 동쪽에서 떠서 서쪽으로 진다. 지구가 자전운동을 하는 까닭에 그렇게 보이는 것이다. 우주 만물은 그대로 멈춰 있는 법이 없다. 밤낮은 교차하고, 일출과 일몰은 되풀이된다. 이렇듯 '나'를 둘러싼 우주만물은 흐르는 시간과 더불어 변하는 '운동' 중이다. 이 운동에 의해 지구의 고도高度와 위도緯度와 경도經度가 시시각각으로 변한다.

이상이 '제비' 다방에 딸린 골방에서 김기림에게 이 시편을 보여주었을 때 김기림은 충격을 받았다. 그 충격은 곧 시에 표현된 근대성의 새로움에 대한 반응이다. 그러나 이상 연구자 신범순은 「운동」이 "너무나 단조롭고 유치한 어법"으로 쓰여졌으며, "기계적인 수량화적 운동"이라고 그 의미를 해독한다.[56]

　태양이 머리 위 하늘 한복판에 와 있을 때 '나'는 시계를 꺼내 보는데, 시계는 멈춰 있다. 멈춰 있는 시계를 보고 '나'는 시계보다 자기가 젊지 않으냐, 혹은 나는 시계보다 늙지 아니하였다 하는데, 이 구절은 시계가 24시간을 표현한다는 사실과 관련해서 이해할 수 있다. 다시 말해 이상 자신이 이 작품을 발표할 때의 나이가 시계가 가리키는 24라는 숫자와 견줄 때 이보다 적다는 사실을 명시한 것이다. 이상은 시계를 내동댕이침으로써 근대적 자아를 포획한 채 어디론가 끌고 가는 물리적 시간에 대한 부정을 드러낸다.

　　사각형의내부의사각형의내부의사각형의내부의사각형 의내부의
　　사각형.
　　사각이난원운동의사각이난원운동 의 사각 이 난 원.
　　비누가통과하는혈관의비눗내를투시하는사람.
　　지구를모형으로만들어진지구의를모형으로만들어진지구.
　　거세된양말.(그여인의이름은워어즈였다)
　　빈혈면포. 당신의얼굴빛갈도참새다리같습네다.
　　평행사변형대각선방향을추진하는막대한중량.
　　마르세이유의봄을해람한코티향수가맞이한동양의가을.

쾌청의하늘에붕유하는Z백호. 회충양약이라고쓰여져있다.

옥상정원. 원후를흉내내고있는마드무아젤.

만곡된직선을직선으로질주하는낙체공식.

시계문자반에XII에내리워진두개의젖은황혼.

도아의내부의도아의내부의조롱의내부의카나리아의내부의감살

문호의내부의인사.

식당문간에방금도착한자웅과같은붕우가헤어진다.

검정잉크가엎질러진각설탕이삼륜차에실린다.

명함을짓밟는군용장화. 가구를질구하는조화금련.

위에서내려오고밑에서올라가고위에서내려오고밑에서올라간사

람은밑에서올라가지아니한위에서내려오지아니한밑에서올라가

지아니한위에서내려오지아니한사람.

저여자의하반은저남자의상반에흡사하다. (나는애처로운해후에애처로

워하는나)

사각이난케—스가걸기시작한다. (소름끼치는일이다)

라지에—터의근방에서승천하는꼳빠이.

바깥은비. 발광어류의군집이동.[57]

   위의 시는 백화점의 내부 공간을 평면 기하학적인 도형으로
투시해서 풀어낸 작품이다. 「AU MAGASIN DE NOUVEAUTES」
라는 제목은 「신기한 물건들이 있는 상점에서」라고 번역할 수
있다. 이상은 여기서 기하학적으로 분할되고 중첩되는 백화점의
공간 경험에 대해 쓴다. "사각형의 내부의 사각형의 내부의 사

「폭로주의의 상가가, 만화페―지」, 《조선일보》(1934. 5. 14) "현대의 건축은 철골과 유리로 더구나 백화점은 선전으로 상품이 밧갓트로 보혀야만 되도록 되어간다. 그리고 될 수 잇는 대로 숍껄을 유리 벽 압헤 세운다."

각형의 내부의 사각형의 내부의 사각형"은 근대 건물의 기하학적인 분할에 대한 '나'의 신기한 공간 체험에 대한 감응이다. 건축공학을 전공한 이상의 변별적 의식이 잘 드러나는 시다.

　이상은 "사각형의 내부"라는 동일 형태로 반복하는 백화점 내부 공간을 기하학적 공간으로 투시한다. 그 중첩된 사각형들은 유리로 되어 있고 그 안은 화사한 조명으로 채워져 있다. 그 조명 아래 상품들은 가지런히 진열되어 있다. 사각형들을 투시하는 시선의 주체는 백화점의 미로에 유폐된 채 한없이 그 안에서 순환한다. "사각형의 내부의 사각형의 내부의 사각형의 내부의……"로 무한반복하는 이 구절은 사각형으로 구획된 백화점의 외부와 내부를 드러내면서 그 사이를 걸으며 느끼는 이질감과 경이로움, 그리고 그 사각형에 자발적으로 포획되는 욕망을 드러낸다.

근대의 새로운 공간, 1930년대 경성 거리를 걷는 모던뽀이들
본정 2정목(지금의 명동, 위)과 황금정(지금의 을지로, 아래) 등 급속도로 변화한 경성의 도심은 신기한 공간의 체험을 선사했다.

사각형의 앞과 뒤, 아래와 위에 광고용 비행선, 쇼윈도에 진열된 여성용품들, 백화점의 광고 전단들, 2층으로 이동하는 고객들, 백화점 내부의 승강기와 방열기, 백화점 외부의 거리에서 빗속으로 내달리는 자동차들을 배치한다. 그 안에서 층계를 오르고 내려가는 사람들의 교차, 여자의 하반신과 남자의 상반신이 붙어 하나로 합체된 듯한 착시 등은 근대 공간의 신기한 체험 일부를 이룬다. 백화점은 형태적으로 동일한 공간의 분할과 중첩이 이루어지면서 무수한 미로를 만든다. 이 근대 공간에 유인된 고객들은 상품과 상품 사이에서, 에로스를 유발하는 자극적인 시각 대상물 사이에서 길을 잃는다. 그 미로를 헤매면서 사람들은 인공꽃들이 만발한 가운데 코티화장품과 향수의 향내에 먼저 취한다. 백화점은 인공의 기화요초와 그것들이 뿜어내는 방향^{芳香}으로 황홀한 인공낙원인 것이다.

3부

이상異相

근대의 산책자들

근대와 산책

산책자의 탄생

걷기는 건강한 두 다리를 갖고 태어난 사람에게 천부적으로 주어진 능력이다. 사람들은 이곳에서 저곳으로 가기 위해 걷는다. 걷기란 아무런 특별함이 없는 누구나 하는 보편의 행위다. 한 발은 땅을 박차고 공중으로 솟구치고, 남은 발은 땅을 디디며 온몸의 하중을 견딘다. 아무도 한쪽 다리를 들어 올려 앞으로 전진시키고, 남은 한쪽 다리는 지상에 제 몸을 세우는 지지대로 이용하면서 걷는 행위 자체에 대해 의심하지 않는다. 발의 도약과 착지라는 반복 운동으로 이루어지는 걷기는 몸의 지체들, 즉 팔과 다리를 구성하고 감싸는 수많은 근육들 사이에 이루어지는 정교한 공조共助가 없다면 불가능하다. 그것은 땅 위에서 사람이 수행하는 당연한 움직임의 일부다. 그런 걷기가 문화적·철학적인 대상으로 특별히 주목을 받은 것은 근대 도시의 출현 이후다. 걷기를 주목한 한 문화비평가는 걷기에 관해 "노동과 무위 사이, 존재와 행위 사이의 미묘한 균형이다. 걷기는 사유와 경험과 도착만을 생산하는 노동이다"[1]라고 말한다.

인류가 진화의 정점에서 직립보행을 터득했을 때 문명의 발달은 가속도가 붙었다. 걷기는 문명의 발달을 이끌어낸 기폭제였던 것이다. 우리는 걸을 때 이 사람과 저 사람 사이, 이 장소와 저 장소 사이에 있다. 길을 걷는 게 아니라 사람과 사람 사이를, 장소와 장소 사이를 걷는다. 사이를 걸으면서 이곳과 저곳을 잇는다. 걸으면서 이 사람을 저 사람에게, 혹은 이곳을 저곳에 배달한다. 끊겨 있던 이곳과 저곳이 이어질 때 이곳의 풍물과 소문과 사유방식과 다양한 삶의 양식들도 저곳으로 함께 흘러간다. 이곳과 저곳의 다름이 섞이고 스며서 비벼질 때 놀라운 화학적 융합 효과가 나타난다. 새로운 삶들, 보지 못했던 문화들, 경이로운 세계가 펼쳐진다. 우리는 수많은 걸음들이 창조한 세계 속에서 산다. 이미 쓰여진 역사에 녹아들어간 무수한 걸음들이 모여서 아직도 쓰여지지 않은 꿈의 역사를 쓴다. 그것은 놀이이자 청정한 노동이며 문화 혁명이다. 아울러 자기 해방을 위한 수행의 한 방편이기도 하다.

사회학자 정수복은 세계의 거대 도시 중의 하나인 파리를 걸

으며 그 경험을 바탕으로 두 권의 책을 쓴다. 『파리를 생각한다
—도시 걷기의 인문학』[2009]과 『파리의 장소들—기억과 풍경의 도
시미학』[2010]이 그것이다.

> 매번 산책할 때마다 '일상의 나'라는 허물을 벗어버리고 장소와 거
> 리의 움직임에 나를 맡긴다. 나는 오로지 눈에 보이는 것과 귀에
> 들리는 것, 몸에 다가오는 감각을 집중하며 '사유의 의무'로부터 나
> 를 해방시킨다.[2]

  그는 파리의 산책자로서 산 제 경험의 일부를 빌려 사람과 장
소가 맺는 관계의 의미, 더 나아가 장소와 얽힌 사람들과 장소와
더불어 실현하는 삶에 대한 인문학적 성찰을 빚어낸다. 정수복
의 파리 걷기를 통해, 즉 파리 걷기가 그에게 준 고양된 감정과
미적 체험의 순간들을 되새김질하면서 도시 걷기가 가진 의미를
더 잘 이해할 수 있게 된다. 걸으면 세계를 더 많이 알게 되고,
멈추면 그 앎은 그 자리에서 멈추고 더 이상 자라나지 않는다.
걷기란 세계 이해의 한 첩경이다.

  걷는 것 자체를 목적으로 삼는 사람들이 거리에 나타난 것은
산업혁명 이후다. 만보객漫步客, 혹은 산책자라고 명명된 이들은
탈육체화하는 도시 일상생활의 안락에 대한 반동으로서 걷기 시
작했다. 자동차나 전차, 혹은 지하철과 같은 기계를 통한 이동이
일반화되면서 인도는 좁아지고 횡단보도는 줄어든다. 두 발을
써서 걷는다는 것의 유용성이 의심받고, 걷기가 "경험의 연속체

의 일부"[3]에서 이탈하는 순간 걷기는 육체의 자기 회복을 위한 수단으로 다시금 주목받는다. 걷기는 당연한 것이 아니라 "정신적으로 선택된 무엇"[4]이다.

옛날에는 소요학파의 철학자와 종교적 순례자, 그리고 한량들이 거리를 걸었다. 그들에게 걷기란 절박성이 제거된 취향이고, 명상과 사유를 위한 시간 내기이고, 수행과 유유자적을 위한 수단이었다. 그러나 근대 도시에 나타난 산책자들은 걷기가 "탈산업적이고 탈근대적인 시간 상실, 공간 상실, 육체 상실에 대한 저항"[5]이라는 투철한 인식을 갖고 걸었다. 이제 걷기는 축제·시위·혁명의 한 수단이고, 창조하는 행위의 일종으로 주목받는다.

어쨌든 산책자는 거리를 휩쓸고 다니는 군중과는 다른 유형의 인물이다. 보들레르는 서로를 모르는 낯선 사람들이 모여서 이룬 '군중'이 산책자들의 영역이라고 했다. 산책자들은 군중 속에 녹아들기를 원한다. 군중과 함께 움직이며 그 속에서 소외를 느끼고 그 소외 속에서 편안함을 느끼는 게 바로 산책자다.

군중과 하나가 되는 것이 그의 열망이자 그의 본분이다. 완벽한 게으름뱅이에게, 열정적인 관찰자에게, 군중 속에, 그 밀물과 썰물 속에, 그 분주함 속에, 그 찰나이자 영원 속에 자신의 거처를 마련한다는 것은 커다란 기쁨의 원천이다. 집을 떠나 있되 어디서나 집처럼 편안하게 느끼는 것.[6]

느릿느릿 걷는 것은 유행이 되었다. 걷기의 일부가 진화 과정을 거쳐 행진, 촛불집회, 가두시위, 봉기나 혁명과 같은 정치 행위 속에 녹아들어간다. 그러나 많은 경우 걷기는 정치와 무관하게 무위의 시간을 소비하는 한가로운 산책으로 고착되었다. 벤야민은 산책자에 대해 다음과 같이 쓴다.

> 대로 위에서 그는 노동시간의 일부가 되어버린 사람들 앞에서 무위의 시간을 소비한다. 그는 상품가치는 생산하기 위해 사회적으로 필요한 노동시간에 의해 결정된다는 것을 마르크스에게 배운 것처럼 행동한다. 대중의 눈으로 볼 때 노동력의 재생산을 위해 필요한 무위한 시기의 연장이라는 견지에서 무용의 가치는 환상적이다.[7]

산책자들이란 산업사회의 대량 생산 노동에 참가하기를 거부하고 빈둥거리는 사람들이다. 다시 말해 무위의 시간을 사는 사람들이다. 대도시의 거리들은 그들이 출현하기에 맞춤한 무대다. 빠르게 움직이는 군중은 산책자의 우아함과 고상함, 그리고 어슬렁거리는 속도를 드러내기 위해 반드시 필요한 배경이다. 이 산책자들은 발터 벤야민에 따르면 "거리의 골상학자"들이자 "아스팔트 위의 식물 채집자"들이다.[8]

근대 경성의 산책자들

1930년대 근대 도시 경성에도 산책자들이 나타난다. 이상과 '모 던뽀이'들이다. 경성에 나타난 '모던뽀이'들은 박태원·이태준· 김기림·백석·임화·구본웅·김유정·이효석·최재서·조용만· 정인택·윤태영·양백화 등 모더니즘 세례를 받은 작가나 예술 가들이다. 그때 이미 경성은 1913년부터 시작된 경성부 시구개 수사업의 성과가 나타나서 중심가의 길들이 확장되거나 직선화 로의 정비가 끝날 무렵이다. 광화문이 경복궁의 동북쪽으로 옮 겨지고, 도성 안의 궁궐 전각들이 헐리고 그 자리에 근대식 건물 들이 어지럽게 서고, 근정전 앞에는 총독부 건물이 웅장하게 들 어선다. 경성은 '대경성도시계획'에 의해 "현대 문명의 호화와 정수를 한데 모아 '문화경성'의 면모"[9]로 일신하고 웅비하려는 젊은 근대 도시였다.

낯선 사람들로 넘치고, 근대의 문물과 갖가지 구경거리들이 즐비한 경성 거리의 걷기 체험을 녹여 이상은 「날개」를 쓰고, 박 태원은 「소설가 구보씨의 일일」과 「천변풍경」을 쓰고, 이태준은 자전적 장편소설 『사상의 월야』를 쓰고, 채만식은 『태평천하』를 썼다.

어느 틈엔가, 구보는 조선은행 앞에까지 와 있었다. 이제 이대로,
이대로 집으로 돌아갈 마음은 없었다. 그러면, 어디로ー. 구보가
또다시 고독과 피로를 느꼈을 때, 약칠해 신으시죠 구두에. 구보는

혐오의 눈을 가져 그 사내를, 남의 구두만 항상 살피며, 그곳에 무엇이든 결점을 잡아내고야 마는 그 사나이를 흘겨보고, 그리고 걸음을 옮겼다. 일면식도 없는 나의 구두를 비평할 권리가 그에게 있기라도 하단 말인가. 거리에서 그에게 온갖 종류의 불유쾌한 느낌을 주는, 온갖 종류의 사물을 저주하고 싶다, 생각하며, 그러나, 문득, 구보는 이러한 때, 이렇게 제 몸을 혼자 두어두는 것에 위험을 느낀다. 누구든 좋았다. 벗과, 벗과 같이 있을 때, 구보는 얼마쯤 명랑할 수 있었다. 혹은 명랑을 가장할 수 있었다.[10]

박태원의 분신이 분명한 '구보씨'는 소공동 조선은행 앞에서 문득 발걸음을 멈추고 고독과 피로 속에서 벗들을 그리워한다. 이 조선은행 맞은편에 경성우편국 건물이 있다.

참 요사이 무슨 좋은 일 있소. 맞은편에 경성우편국 삼 층 건물을 바라보며 구보는 생각난 듯이 물었다. 좋은 일이라니. 돌아보는 벗의 눈에 피로가 있었다. 다시 걸어 황금정으로 향하며, 이를테면, 조그만 기쁨, 보잘것없는 기쁨, 그러한 것을 가졌소. 뜻하지 않은 벗에게서 뜻하지 않은 엽서라도 한 장 받았다는 종류의……[11]

조선은행과 대로를 사이에 두고 우뚝 솟아 있는 이 경성우편국을 우리는 『태평천하』의 한 대목에서 만난다. 『태평천하』의 꼬장꼬장한 북촌 영감 윤직원은 어린 기생을 동반하고 일본인 상점들이 밀집해 있는 진고개로 산보를 나갔다가 경성우편국 근처까지 걸어간다. 윤직원은 경성우편국 바로 뒷문 맞은편에 있는 약국에 들러 자신의 체중을 잰다.

1930년대 들어서면서 경성 도심을 가로지르는 거리들은 자동차와 인파로 흘러넘친다. 인파와 차들이 뒤엉켜 만드는 착란과 떠들썩함은 거리 산책자들의 눈과 귀를 찌르고 파고들며 자극한다. 이상은 거리의 소음이 미친 심신의 충격을 "훤조喧噪 때문에 마멸磨滅되는 몸이다"[12]라고 적었다.

사람들은 어깨와 어깨를 부딪치고 걸으며 저마다 복잡한 동선이 뒤엉키며 거리는 대혼란으로 아수라장을 이루었다. 경성의 거리를 장악한 이 복잡함과 떠들썩함은 사람들의 눈과 귀로 침투하며 피로와 짜증을 불러일으켰다. 그 당시 또 다른 작가는 "광란훤조狂亂喧噪의 이 거리를 머리를 찡그리며 걷고 있노라!"[13]라고 적었다.

도시는 자연 풍경과는 달리 부자연스럽고 낯설고 혼란스러운 그 무엇이다. 그늘은 머리를 찡그릴 수밖에 없다. 힌편으로 산책자들은 거리의 이름과 간판에 새겨진 상호들로 이루어진 "언어의 우주"[14]로 도시를 새롭게 발견한다. 아울러 그들은 관상학자의 시선을 가진 주체로 "도시 환경을 해독해야 할 상형문자와 수수께끼로 변형"시키고, 제가 걷고 있는 도시를 "독해되어야 할 비밀스러운 텍스트"로 바꾼다.[15] 경성의 산책자로 제 정체성을 드러낸 이상과 모던뽀이들은 거대 도시의 기호들을 독해하고 기록하는 해석자이자 고고학자로 거듭난다.

1930년대 경성의 거리에서 이 도시의 고고학자들이 무엇을 보

고, 무엇을 느꼈는지, 그리고 무엇을 발굴하고 어떤 독해를 했는

지 자, 지금부터 그들의 산책에 동행해보자.

제1장

구인회와 그 주역들의 속사정

카프와 임화

당시 문단은 카프의 세력이 맹렬했다. 여기서 구인회의 모더니즘 운동과는 반대편에 서서 카프 문학 운동의 전위에 서 있던 임화를 중심으로 한 카프 운동을 상세하게 살펴볼 필요가 있다. 1930년대 카프 운동의 중심에 있던 임화는 이상과 함께 보성중학을 다닌 시인이자 문학이론가다. 임화는 모더니스트에서 무산자 계급문학의 수장으로, 자유주의자에서 공산주의자로, 그 너른 간격을 가벼이 건너뛰며 사상적 선회를 한다. 하지만 제 발로 찾아간 북쪽에서 '미제 스파이'라는 혐의를 뒤집어쓰고 사형으

로 생을 마친 비운의 문학인이다. 그 비운을
품은 운명이 시대의 격랑을 타고 곡예를 하
듯이 부화뇌동한 결과인지, 아니면 불가피
한 역사의 숙명인지 진실을 가리기는 쉽지
않다. 어쨌든 임화가 서기장으로 이끌던 카
프 운동의 맹렬함은 구인회가 만들어지는
데 근본적인 동기가 되었다.

임화(1908~1953)
본명은 임인식. 1926년 카프에
가입하여 서기장을 지냈으며
1930년대 후반에는 문학이론가
로 이름을 떨쳤다.

　임화$^{1908 \sim 1953}$는 1908년 경성의 낙산 밑에 있
는 동네에서 빈농의 아들로 태어난다. 4~5세
무렵 아버지가 소기업을 경영하면서 임화는
평범한 소시민의 가정환경에서 소년기를 보내고, 1921년 보성중
학에 입학한다. 아버지의 사업 실패로 가세가 기울자 임화는
1925년 보성중학 졸업을 앞두고 중퇴한다. 이상은 1921년 신명
학교新明學校를 졸업한 뒤 조선불교중앙교무원에서 경영하는 동광
학교에 입학하는데, 이듬해 이 학교가 보성고등보통학교에 합병
될 때 보성고보에 편입한다. 임화가 보성중학을 나가면서 동기
생인 이상이나 선배인 김기림, 김환태 등과의 인연도 끝난다.

　다다이즘과 미래파 등의 세례를 받으며 시를 쓰던 모던뽀이
임화는 1926년 무렵부터 갑자기 마르크스주의에 관심을 갖게 되
고, 1927년에 사회주의 문학 단체인 카프를 이끌던 박영희를 따
라 1926년 12월경에 한설야, 이기영 등과 함께 조선공산당의 영
향 아래 조직된 프로 문학 단체인 카프에 들어간다. 청년 임화는
의식과 사상의 일대 전환을 겪으며 프롤레타리아 문학 진영에서

혁명 시인이자 사회주의 문학이론가로 이름을 알리면서, 모더니즘 문학의 행로와는 완전히 엇갈린 길로 접어든다. 잠시 일본으로 건너간 임화는 박영희와 함께 사회주의 진영의 지도자인 이북만을 만나면서 사회주의 연극 운동에 열중하고, 사회주의 문학 진영의 젊은 맹장으로 이름을 떨친다. 1932년 4월경부터는 카프의 서기장으로 조선 프로 문학 진영의 수장에까지 오른 그의 고백을 직접 들어보자.

19세 때 가정의 파산과 더불어 그의 평화한 감상感傷 시대는 끝이 났습니다. 그는 입학시험의 준비를 위하여 독실히 공부하던 영어와 수리학과 더불어 중학교를 졸업 직전에 이별했습니다. 허나 그는 학업의 폐지를 조금도 슬퍼도 섭섭히도 생각하지 않았습니다. 그는 무모하게도 교과서를 팔아 그때 유행하던 조타모鳥打帽를 사 쓰고 본정本町에 가서 《개조改造》라는 잡지 1책과 크로포트킨의 저서 1책을 사가지고 의기헌앙意氣軒昻히 집으로 돌아와 양친께 그 뜻을 말했습니다. 그 뒤로 '크로포트킨'의 『청년에게 고함』이란 소책자를 읽고 몹시 감동되었습니다. 《개조》와 《중앙공론中央公論》의 고본古本을 자꾸 사들여 후쿠다 도쿠조福田德三란 이의 논문 속에서 '리카도'란 이름과 더불어 '마르크스'와 '엥겔스'라는 이름을 알았습니다. 쓰지 준이란 사람의 문장을 애독하고 그가 번역한 '슈티르너'의 『유일자와 그 소유』라는 책을 샀다가 어려워서 반만 읽었습니다. 그 다음에는 '니체'란 사람의 『차라투스트라는 이렇게 말했다』란 책을 사서 읽고 『파우스트』와 비슷한 것이라고 생각했을 따름입

니다. 그동안 다카하시 신키치高橋新吉란 이의 시집을 사 읽고 어느
틈에 '다다이즘'이란 말을 배웠습니다. 이치시 요시오一氏義郎란 이의
『미래파 연구』란 책 외의 '알렉세이 간'이란 이의 『구성주의構成主義
예술론』, 표현파 작가, 『칼레의 시민』과 더불어 '로망 로랑'을 특히
『민주 극장론』과 『애愛와 사死의 회통會通』을 통하여 알았습니다. 한
1년 전부터 공부하던 양화洋畵에서 그는 이런 신흥 예술의 양식을
시험만 하다가 우연히 무라야마 도모요시村山知義란 사람의 『금일의
예술과 명일의 예술』이란 책을 구경하고 열광했습니다. 그때로부
터 그는 낡은 감상풍感傷風의 시를 버리고 다다풍의 시작詩作을 시험
했습니다. 그동안에 조선에서 고한승高漢承, 김화산金華山, 김니꼴라
이라는 이름을 발견하고 반가워했습니다. 그동안에 그는 모친상
을 치렀습니다.[16]

 자신을 삼인칭으로 호명하며 시작한 이 고백에서 경성의 가출
청년 임화가 걸어온 사상적 전회의 역정歷程을 엿볼 수 있다. 임
화는 누구보다도 근대 예술사조와 사상의 유행을 빨아들이는 감
수성을 갖고 있던 사람이다. 다다이즘, 표현주의, 미래파 등으로
이어지는 근대 예술 환경 속에서 새로운 문학과 그 이론을 습득
한 임화는 다른 작가들과는 달리 더 손쉽게 가장 진보적인 예술
사조로서 프롤레타리아 문학을 흡수하고 그것의 전수자이자 전
파자로서 나선 것이다.
 이 무렵에 임화는 예술동맹에 가입하고 박영희와 본격적으로
만난다. 1926년 12월경 카프는 박영희·이기영·조명희·임정

재 · 김기진 · 김복진 등이 중추 노릇을 떠맡는데, 이 중에서도 박영희는 지도적 위치에 있었다. 임화는 일본에서 돌아온 뒤 안막 · 김남천 · 권환 등의 소장파들과 협력하면서 카프의 주도권을 쥔다. 여기에 박영희와 이북만이라는 뒷배로 힘을 받은 임화는 거뜬히 카프 서기장을 꿰찬 것이다.

임화는 1931년의 조선공산주의자협의회 사건으로 카프 맹원들과 함께 검거되어 3개월간 감옥살이를 하고 풀려난다. 카프 맹원들의 제1차 검거로 카프 활동의 기세가 꺾이자 임화는 1933년에 김남천 등과 논쟁을 벌이며 외부의 이론에 기대지 않으면서 "자생적인 리얼리즘 문학 이론을 수립하는 성과"[17]를 거두기도 한다. 이게 바로 그 유명한 '「물!」논쟁'이다. 이런 일련의 논쟁을 통해 임화는 사회주의 문학 진영에서 계속 자신의 입지를 굳혀 간다.

일례로 신문학사의 출발점이라 할 육당의 자유시와 춘원의 소설이 어떤 나라의 누구의 어느 작품의 영향을 받았는가를 밝히는 것은 신문학 생성사의 요점을 해명하게 되는 것이다. 그들의 문학이 구조선의 문학, 특히 과도기의 문학인 창가나 신소설에서 자기를 구별하기 위하여 필요한 것은 일본의 명치, 대정 문학이었음은 주지의 일이다. 그러나 그때 혹은 그 뒤의 신문학이 일본 문학에서 배운 것은 왕년의 경향 문학과 최근 단편소설들을 제외하면 극소한 것이다. 그러면 직접으로 서구 문학을 배웠느냐 하면 그렇지도 아니했다. 그럼에도 불구하고 신문학은 서구 문학의 이식과 모방 가운데서 자라났다. 여기에서 이 환경의 연구가 이미 특히 서구 문학이 조선에 수입된 경로를 따로이 고구하게 된다. 여기서 우리가 봉착하는 것은 서구 문학의 직접 연구보다도 일본 문학 내지 명치 대정 문학사의 상세한 연구의 필요.[18]

'근대 문학'이 우리 자생의 토양에서 나온 게 아니라 서구의 이식과 모방을 통한 것이라는 임화의 인식은 통렬하다. '근대 문학'은 서구에서 수입된 것이다. 그것도 직수입이 아니라 일본을 거친 수입이다. 이로써 우리의 신문학사는 이식 문학의 한계를 벗어나지 못한다는 것이다. 이것이 임화가 주창한 '이식 문학론'의 핵심이다.

1934년 카프 제2차 검거 사건이 터지고 카프 조직은 궤멸되기에 이른다. 임화는 일제 경찰에 검거되었으나 폐결핵이 발병해 투옥을 면하고 평양 실비병원 등에 입원해서 요양을 한다. 이 무렵 일본에서 사상의 동지로 만나 함께 귀국한 뒤 동거를 해오던 이북만의 누이동생인 이귀례와도 헤어진다. 1935년 임화는 김남천, 김기진 등과 함께 경기도 경찰부 동대문서 고등계에 카프 해산계를 내고, 폐결핵을 치료하려고 마산의 결핵요양소로 떠난다. 여기서 소화여학교 출신의 소설가 지하련^{본명 이현욱}과 만나 재혼한다. 1945년 8월 16일 김남천·이원조·이태준 등과 함께 조선문학건설본부를 발족하고 서기장으로 취임해서 옛 카프 핵심 성원들을 모아 새로운 시대를 준비한다. 이 무렵 임화가 쓴 수많은 시들은 노조 쟁의의 현장에서 운동가運動歌로서 불리는데, 해

지하련(1912~?)
소설가이자 임화의 두 번째 부인으로 조선문학가
동맹으로 활동하다 월북했다. 왼쪽은 소설가 최정
희다.

방 공간에서 화려한 전력을 쌓은 뒤 임화는 1947년 11월 20일 결
연히 월북을 감행한다.

북쪽에 올라간 뒤 조소문화협회 부위원장 및 조소출판사 사장
직에 있으며 『전선시집』 등을 펴낸다. 그러나 임화의 기세는 곧
꺾인다. 1953년 박헌영, 이승엽 등과 함께 체포되어 심문을 받는
도중 안경알로 동맥을 끊어 자살을 기도했으나 실패한다. 기소
장에 따르면 임화는 1935년 일본 제국주의의 경찰과 야합하여
혁명적인 문화 단체 '카프'를 해산하고 친일 단체인 '문인보국
회'의 수뇌 직위에 있으며, 일본 제국주의의 식민지 정책을 정당
화하기 위해 내선일체의 사상을 주창하는 등 민족 반역 행위를
했다는 혐의를 받는다. 해방 뒤에는 미국 첩보 기관의 스파이로
서 이승엽 등과의 연계 아래 미국 스파이 행위를 해왔다는 것이

다. 아울러 이승엽·조일명·박승원·이원조 등의 월북자들과 협력해 변절자와 기타 불순분자들을 집결시켜 당과 정부의 시책에 반대하는 반국가적인 선전·선동을 했다는 혐의가 씌워졌다.

임화는 간첩 행위에 관해 진술하라는 재판장의 명령에 따라 1945년 12월에서 1952년까지의 간첩 활동에 관해 다음과 같이 진술하고 있다.

저는 8·15 해방 후 문화 예술의 방면에서 지도권을 장악하려는 야망을 품게 되었습니다. 그리하여 1945년 8월 16일에 조선문학건설본부를 조직, 그 의장으로 활동하면서, 동년 10월경 서울시 중구 태평통^{세종로}에 있는 미군 간첩 기관 CIC와 결탁하여 조국과 인민을 팔아먹는 간첩 행위의 길에 들어섰습니다. (……) 이렇게 하다가 저는 1947년 11월 20일에 이승엽의 지시에 따라 입북하여 해주 제일 인쇄소에서 일했지만, 하루는 조일명이 찾는다고 해서 평양으로 갔더니, 그는 박헌영과 이승엽을 지지하는 문화 예술 운동을 진행할 것에 대해 말하기에 저도 동의하고, 그 후 박헌영의 응접실에서 이승엽과 대면, 그때 박승원과 연락하는 책임을 담당하라는 내용의 구체적인 지시를 받고 그 이튿날 조일명으로부터 간첩 자료를 받아서 해주로 돌아와 박승원에게 넘겨주었습니다.

그 뒤에도 계속 간첩 자료를 수집하여 적에게 넘겨주었습니다. 1948년 11월경 제1차로 조일명에게 받은 간첩 자료의 내용은, 공화국 내각 자료의 이력 문서와 북조선 산업 발전 상황에 관한 자료 등이었으며, 제2차로 1949년 2월경에 넘겨준 자료는 북조선 인민

1945년 해방 직후의 임화
광복 이후 임화는 조선문학가동맹에
참여한 후 월북했고 1953년 남로당 숙
청 때 처형되었다.

경제의 발전 상황에 관한 자료와, 남북조선 노동당 연합중앙위원회 구성원의 명부와 북조선 지역에서 소련 군대가 철수한 상황을 기록한 문서 등이었습니다. 제3차로 넘겨준 자료는 1949년 4월경이었는데, 인민 군대의 병종별兵種別 병력 수 및 그 주둔 위치에 관한 자료와 사법부에서 작성한 1948년도의 범죄 통계표, 당 정치위원회 결정 3통 등이었습니다. 이러한 자료는 매번 제가 직접 박승원에게 전달하고 그로 하여금 남조선에 보내도록 하였습니다.

그 후 6·25 전쟁과 동시에 해방된 서울에 가서 이승엽과 만나 군대, 정권 기관의 활동과 그 시책, 그들 상호 간의 갈등 관계, 인민들의 사상 동태, 물가 등을 탐지·보고하라는 지시를 받고, 제가 지도하는 문학예술총동맹의 심복心腹들을 이용하는 방법으로 조사하여, 이것을 이승엽에게 전달하였던 바, 이것이 늦어진 탓으로 이승엽으로부터 재촉을 받은 적도 있습니다.

그러다가 1950년 7월 말에 낙동강 전선에 종군하게 되어 이 사업은 일시 중단되었습니다.

1951년 7월 이승엽의 사무실에서 이강국과 같이 만났을 때, 이승엽은 이강국에게 앞으로 나와 더욱 자주 만나는 것은 좋지 않으니 자료가 있으면 임화를 통해 보내달라고 부탁했습니다. 1951년 11월 이강국은 저의 사무실을 찾아와서 장시우·한병옥·박헌영 등이 당과 정부에 대하여 불평을 말한다는 담화를 하므로, 저는 이 이야기를 이승엽에게 전했습니다. 1952년 9월 이강국으로부터 1. 전선의 군수 물자 공급 상황이 확보되었다는 것, 2. 개성 정전 담판에서 조선 대표보다도 중국 대표가 강하다는 것들을 듣고, 이것을 이승엽에게 전달했습니다.[19]

한때 영화배우로도 활동하며 '조선의 발렌티노'라는 별칭을 갖기도 했던 임화는 그해 7월 30일 북한 정권 전복 음모와 간첩 행위 등으로 기소되어 8월 6일 사형선고를 받고 처형되었다.

구인회 태동의 주역, 이종명과 김유영

문학의 정치성 과잉은 문학 자체의 자율성을 고갈시키고 그 입지를 좁히는 결과를 낳는다. 이 무렵 이종명李鍾鳴과 김유영金幽影 등이 《매일신보》 학예부장으로 재직하는 조용만을 찾아온다.

"두 사람이종명과 김유영은 나를 보고 내가 신문사 학예부에 있어서 작가들과 접촉이 많고, 더구나 《중앙일보》 학예부에는 상허 이태준, 《동아일보》 학예부에는 객원으로 이무영 같은 사람이 있으며, 위선 이 사람 등의 의견을 타진해보라고 하였다."

이종명은《조선문단》으로 등단해서 주로 1920년대와 1930년대에 걸쳐서 대다수의 작품들을 발표하는데, 1920년대에 이미 채만식, 박화성 등과 함께 주목받는 신예작가였다. 이종명의 구인회 이전 활동을 보면 주로 카프 계열의 성격이 짙은《조선지광》이나《비판》등의 잡지에 작품을 발표한다.

이종명의 소설들은 '실직'을 소재로 다룬 경우가 많다. 직장에서 쫓겨났거나 혹은 그 위기에 직면한 사람들의 처지를 통해 주로 실존의 불안과 비애에 대해 썼다. '실직'은 단순히 직장을 잃는 것뿐만 아니라 사회와의 연계를 잃어버린다는 것을 의미한다. 따라서 실직자는 실직에 따른 생활고와 사회에서 뿌리를 내리지 못하고 떠돈다는 상실감 등 이중고를 겪기 마련이다. 이종명의 「십육원」《동광》·1927.3, 「두 젊은이」《동방평론》·1932.5, 「방황하는 사람들」《비판》·1932.12 등은 무직이거나 실직으로 인해 생계의 위기에 직면해 표류하는 가장의 이야기를 다룬다. 실직 상황은 기아의 공포를 불러오는 실체적 위기인 것이다.

「기아」《동광》·1926.10는 공장의 여성 노동자인 '순희'의 이야기를 다룬다. 주인공은 태어난 지 보름밖에 되지 않은 아기를 버리려고 한다. 실직이 가져올 굶주림의 끔찍함과 처녀 몸으로 아이를 낳았다는 비웃음을 살까 하는 두려움 때문이다. '순희'는 우여곡절 끝에 아기를 버리고 돌아서는 순간 야경에 발각되는데, 아기는 이미 숨이 끊긴 상태였다. '순희'는 아기를 유기하여 죽음에 이르게 한 범법 혐의로 재판을 받아 징역 5년을 선고받고 감옥에 수감된다. 이렇듯 이종명은 지식인 실업자와 공장 여직공에 이르기까지 궁핍과 굶주림에 허덕이며 겨우 생존을 이어가는 사회 밑바닥 계층의 삶을 다루며 당대 현실의 모순과 불합리를 비판하는 사회의식을 내보인 동반자 작가군에 드는 소설가였다.

김유영[1907~1939]은 영화감독이자 제작자다. '조선영화예술협회'의 연구생 출신으로 카프 진영의 이론가이자 감독으로 활동한 사람이다. 이종명이 1928년에 쓴 시나리오 〈유랑〉을 감독하는 등 이종명과 각별한 친분이 있던 사이다. 이종명은 '조선영화예술협회' 안에 조직된 영화인동호회에서 활동 중이었고, 뒤에 협회에서 연구부를 신설하고 연구생을 모집했을 때 100여 명이나 되는 지원자 중에서 선발된 20명 중에 김유영이 끼어 있었다. 연구생들은 1년여 동안 영화 이론, 분장술, 연기실습 등을 습득하고 영화계에 나오는데, 임화·서광제·조경희 등이 바로 이때의 연구생 출신들이다. 부호와 소작인의 갈등을 다룬 〈유랑〉은 임화가 주연을 맡고, '조선영화예술협회'가 제작사로 나선 작품이다. 이후에도 김유영은 지주와 소작인, 자본가와 노동자의 갈등을 다룬 프로 영화들을 감독한다.

김유영은 카프 2차 피검 이후 정치색이 빠진 탐미적 경향의 연출로 돌아서면서 카프와도 결별한다. 임화와 서광제 등과 함께 '조선영화예술협회'를 주도하고, 1929년 12월에 카프 계열의 또 다른 '신흥영화예술가동맹'을 주도적으로 결성하는데, 단체를 해산하고 카프 영화부로 들어오라는 카프의 요청에 불응함으로써 프로 예맹과 결별한 뒤 독자 노선을 걷게 된 것이다. '신흥영화예술가동맹'은 분파적 행동으로 낙인찍혀 카프 이론 진영에게 정면 비판을 받기도 했다. 김유영의 미숙한 조직 운영으로 '신흥영화예술가동맹'은 불과 몇 달 만에 흐지부지되었다. 그러자 그는 다시 '조선시나리오협회'를 만들고 첫 번째 시나리오 작품으로 〈화륜〉을 내놓는다.

〈화륜〉은 노동자와 자본가의 갈등이라는 도식주의에서 크게 벗어나지 못한 작품이다. 이효석과 서광제가 편집하고 김유영이 감독한 이 작품을 두고 카프 진영의 비평가들은 사상의 불철저성을 들어 비판한다. 임화는 "서울키노 그룹의 최고의 지식분자이고 〈화륜〉의 감독자인 김유영 군과 각색자 서광제 양군은 막연히 그들이 카프 산하에서 프롤레타리아 영화를 제작한다고 공언하고 있음에도 불구하고 작년 카프가 신흥영화동맹에 대해 해체를 권고하고 단호한 신정책을 채택했을 때 그들은 데마고기 Damagogy를 방송했으며 계급적 영화 운동의 유일한 조직을 배반한 털주자들이다"[20]라고 비판한다. '조선시나리오협회'는 1930년 12월 초에 자진 해산하고, 김유영은 〈화륜〉을 제작한 뒤 일제의 탄압으로 체포되어 1년 6개월 동안 수감생활을 하고 나온다.

이종명과 김유영은 결국 정치색을 띠지 않고는 문사 행세를 할 수 없는 문단 풍토에 환멸을 느끼고 "그런 정치성을 띠지 말고 순수예술을 지켜나가는 사람들이 모여 구락부 형식의 무슨 단체를 가져보자"는 취지로 모였는데, 이것이 구인회가 태동하게 된 배경이다. 그 뒤 조용만은 무교동 술집에서 횡보 염상섭을 만나 정치성과 무관한 순수한 문학 단체를 만들 생각이며,

그 단체를 이끌어줄 인물로 염
상섭을 추대하고자 한다는 얘
기를 전한다. 그들이 염상섭을
새 문학 단체의 수장으로 추대
한 것은 염상섭이 '좌익 신경향
파' 문학에 대해 비판적이라는
점과 그가 가진 문단 내의 뚜렷
한 입지와 헤게모니 때문이다.
염상섭은 작가이기도 하지만
좌익 신경향파의 작품들을 신
랄하게 비판하는 논문으로 프
로 문학 반대 운동의 맹장으로

염상섭(1897~1963)
한국 최초의 자연주의 소설을 선보였으며 사실주의
문학을 펼쳤다.

꼽히고 있었다. 당시의 염상섭의 활동에 대해 조용만은 이렇게
회고한다.

> 그는^{염상섭} 작가이기도 하지만 당당한 논객이기도 하여서, 처음에
> 프로문학이 일어서려고 할 때 《조선일보》에다가 예닐곱 회에 걸
> 쳐서 「계급문학을 논해서 소위 신경향파에 여함」이라는 긴 논문
> 을 써서 좌익 신경향파의 대표작이라는 회월의 「피의 문대」의 미
> 숙한 점을 여지없이 폭로하고 프로문학이란 대체 무엇이냐고 근본
> 적으로 멸시하고 야유하는 태도를 밝혔다.[21]

이종명과 김유영이 이효석을 데리고 조용만을 찾아와 이효석

에게 순수문학 단체에 가입할 것을 권유하면서 그에 대해 의견을 나눈다. 이 자리에서 이효석은 가입을 거절하고 염상섭의 추대에도 반대 의견을 내놓는다.

뒤에 이태준은 다방 '제비'에서 조용만, 이종명 등과 함께 인선과 단체의 회칙 등에 대해 의논한다. 이 자리에서 단체의 장은 선출하지 않는다, 회칙은 만들지 않고 한 달에 한두 번 모여서 친목을 다진다, 30대 문학인들로 한정한다, 염상섭은 문단 정치 싸움으로 번질 우려가 있으니 추대에 반대한다 따위의 의견을 조율한다. 박태원이 조용만을 찾아가 이상이 그를 만나고 싶어한다는 소식을 전한다. 이상은 조용만을 만난 자리에서 새로운 문학 단체에 박태원을 반드시 넣을 것을 요청하고, 박태원은 이상을 추천한다. 이렇게 이종명·김유영·조용만·정지용·이태준·이무영·김기림·이효석·유치진 등 아홉 명으로 구인회가 탄생한다.

그러나 이종명과 김유영의 경우 구인회의 결성 목적이 카프에 대한 반발과 저항에 있었던 것임에 반해 이태준과 정지용 등은 순수 창작의 구심점으로 구인회를 끌고 가려고 한다. 얼마 뒤에 의견이 엇갈린 이종명과 김유영이 빠지면서 구인회는 문인들간의 친목을 다지는 순수문학 창작 단체의 성격을 또렷하게 새기게 된다.

구인회 결성 초기에 큰 역할을 한 것은 이종명과 김유영이다. 이들은 구성원의 명단까지 써와서 이태준의 허락을 받는 형식으로 구인회 결성에 적극적이었다. 1933년 7월 20일 즈음 창립총

회를 열고 구인회는 순조롭게 발족하는데, 시작한 지 서너 달밖에 안 되어 어쩐 일인지 구인회를 만드는 데 주도적 역할을 했던 이종명과 김유영이 뒷전으로 밀려나면서 탈퇴를 선언한다. 이종명과 김유영이 구인회 결성에 앞장선 것은 그들이 몸담았던 프롤레타리아 문학 단체에 맞설 문학 단체가 필요했기 때문이었음을 짐작할 수 있다. 두 사람이 구인회 결성에 누구보다도 선봉에 섰으면서도 곧바로 탈퇴한 것도 같은 이유에서이다. 구인회가 카프 진영의 문학에 맞서기보다는 순수문학의 창작 모임 쪽으로 기울자 이들은 애초의 목적에서 벗어난 구인회에 대해 더 이상 미련을 두지 않고 몸을 뺀 것이다.

이어서 이효석도 모임에 함께할 수 없는 사정 때문에 빠지는데, 이 빈자리를 박태원과 이상, 박팔양이 메우게 되고, 얼마 뒤에 다시 유치진과 조용만이 빠지면서 생긴 결원은 이상과 이태준이 상의를 한 끝에 김유정과 김환태 등으로 채운다.

박태원과 김기림 등의 천거로 이상과 김유정이 구인회에 들어올 무렵 김유정의 휘문고보 동창인 안회남이 박태원에게 구인회에 참가하지 못한 데 앙심을 품고 시비를 거는 소동이 일어났다. 조용만은 그 자초지종을 이렇게 전한다.

앞서 김유정을 입회시킬 때에 안회남의 말이 나왔었는데, 그때 상허[이태준]가 그 사람 이야기는 이미 끝났으니 다시 거론하지 말자고 그래서 가부간에 거론이 안 된 일이 있었다. 안회남 이야기는 자신이 입회하기를 몹시 희망해서 회원의 가입 문제가 논의될 때마다

화제에 올랐지만 상허가 좋지 않게 생각해 와서 늘 입회되지 못해 왔었다.[22]

안회남의 구인회 가입을 반대한 것은 박태원이 아니라 이태준이었다. 걸핏하면 "싸움패같이 주먹이나 휘두르"는 안회남의 평소 버릇을 못마땅해하던 이태준이 반대하자 아무도 이의를 제기하지 않아 안회남의 구인회 가입은 없던 일이 되고 말았다. 이 사실을 모르는 안회남이 어느 날 술자리에서 술이 잔뜩 취한 채 엉뚱하게 박태원의 멱살을 잡고 화풀이를 했던 것이다.

"이태준이란 놈이 왕초가 되고 너희들이 졸병이 되어서 문단을 좌지우지한다지. 우선 오늘은 구보^{박태원} 너, 내 주먹 맛 좀 보아야 한다. 그리고 다음은 이태준이 놈도 가만두지 않을 테다."

옆에 있던 이상이 뜯어말리는 바람에 소동은 비로소 가라앉았다. 구인회는 제대로 된 회칙도 없고, 1936년 이상이 창문사에 근무할 때 《시와 소설》이라는 동인지를 달랑 한 권 낸 게 전부다. 그렇건만 이태준, 정지용, 김기림 등과 같은 문단 중견과 이상, 김유정과 같은 주목받는 문단 신예로 구성된 '구인회'는 카프가 2차 피검을 즈음하여 자연 소멸된 이후 문단의 구심점 구실을 해왔다. 다혈질인 데다 성마른 안회남이 자초지종을 알지 못한 채 박태원과 멱살잡이를 하며 벌인 소동은 문단 내 구인회의 위상을 보여주는 하나의 일화다.

구인회의 좌장, 이태준

구인회를 이끄는 좌장으로, 뒤에는 월간 문예지 《문장》을 펴내며 조선 문단의 중심 권력으로 활동한 이태준은 1904년 11월 4일 강원도 철원군 묘장면 산명리에서 태어난 소설가다. 개화파 지식인인 이창하의 1남 2녀 중 장남으로 태어났다.

이창하가 김옥균·유길준·박영효·윤치오 등의 개화파 지식인들과 어떤 연줄이 닿아 있었는지는 확실치 않다. 어쨌든 이창하는 단지 개화파라는 이유로 의병들에 의해 '역적'으로 오인되는 바람에 생명의 위협을 느끼자 1909년 가족을 이끌고 러시아의 블라디보스토크로 이주한다. 그해 8월, 이창하가 35세의 나이로 블라디보스토크에서 병사하고, 어머니 순흥 안씨마저 3년 뒤에 연이어 죽자 이태준과 그의 두 동생은 졸지에 고아가 되고 만다.

이태준은 두 동생을 이끌고 외할머니가 있는 철원으로 돌아와 친척 집을 전전하며 눈칫밥을 먹는다. 원산에서 무전취식했다가 잡혀 곤경을 치르는 등 이태준의 소년 시절은 궁핍과 고난으로 얼룩진 삶이었다.

1920년 경성으로 올라온 이태준은 서호상회라는 큰 해산물 무역상을 하는 사람의 도움을 받아 공영상회라는 곳에 사환으로 들어가며 어느 정도 생활의 안정을 찾는다. 1920년에 배재학당 보결생 모집에 응시해서 합격하지만 학비 등의 문제로 등록을 포기하고, 이듬해에 휘문고보 2학년에 보결시험을 치르고 입학

이태준(1904~?)
《문장》지를 주관했으며 한국 현대 소설의
기법적 완성도를 높인 스타일리스트로 평
가받는다.

한다. 1924년 휘문고보의 학예부장으로 활동하며 문학의 꿈을
키워간다. 이때 이태준의 나이는 벌써 스물한 살이었다. 이태준
은 1925년 《조선문단》에 투고한 단편소설 「오몽녀」가 입선함으
로써 문단에 나온다. 이태준의 소설들은 당대 비평가들에게 스
타일은 세련되었으나 사상적 깊이는 없다는 평가를 받았다.

　휘문고보에서 동맹휴교를 이끌었다는 혐의로 제적당한 후 이
태준은 일본 동경행을 염두에 두고 부산으로 내려간다. '불온분
자'라는 의심 때문에 어렵게 도항증을 받아냈다. 1927년 4월 동
경의 상지대에 입학하지만 가난을 견디지 못하고 중도에 학업을
포기한 채 돌아와, 1929년 《중외일보》 입사를 시작으로 1939년
《조선중앙일보》를 퇴사할 때까지 신문기자 노릇을 하며 구인회

의 태동에 큰 힘을 보태며 좌장 역할을 한다.

　어쩌면 이태준은 지사적 기질을 가진 사람으로 카프 피검 이후 공백이 생긴 문단의 헤게모니를 쥐는 데 '구인회'가 한몫하리라고 내다봤을지도 모른다. 이태준은 《조선중앙일보》 학예부장으로 있으면서 정지용의 청탁을 받아 이상의 「오감도」 연작과 박태원의 「소설가 구보씨의 일일」을 연재하는 데 큰 힘을 보탰다. 「오감도」 연작은 발표되자마자 독자들의 빗발치는 항의를 받았다. 이때 이태준은 양복 상의 안주머니에 사직서를 넣고 다녔다.

　　이상의 「오감도」는 처음부터 말썽이었다. 당초에 원고가 공장으로 내려가자, 무선부에서부터 「오감도烏瞰圖」라는 것은 「조감도鳥瞰圖」의 오자가 아니냐고 물으러 오지를 않나, 그리고 이어서 하는 말이 자전에 조감도란 말은 있어도 오감도란 말은 없으며, 자고이래로 보지도 듣지도 못한 제목이라고 법석이었다. 그러다가, 간신히 사정을 하다시피 해서 조판을 하여 교정부로 넘어갔는데, 또 여기서 공격해왔던 것이다. 이것도 시라고 하는 거냐? 또는 이것은 신문을 버리는 근본이 되니 싣지 말자고 정식으로 항의가 들어오는가 하면, 학예부에서 응하질 않으니까 결국 편집국장에까지 진정이 들어가는 법석이 벌어졌던 것이다. 그러나, 내가 내부의 장애를 무릅쓰고 실었더니 이 시가 계속되자 이번에는 날마다 몇 장의 공격의 투서가 들어와서 난처했던 것이다. '미친놈의 잠꼬대냐', '무슨 개수작이냐', '그게 대체 어쩌자는 시냐' 따위의 독자 항의문은 곧 산적山積되었다.[23]

《조선중앙일보》는 「오감도」의 연재가 끝나기도 전인 1934년 8월 1일부터 9월 19일까지 박태원의 소설 「소설가 구보씨의 일일」을 연재한다. 한국 문학의 걸출한 성과로 평가받는 두 작품을 연재하며 문단의 지면 구실을 한 《조선중앙일보》는 1936년 8월 베를린올림픽 마라톤에서 우승한 손기정 선수의 시상식 사진을 실으며 가슴팍의 일장기를 지운 채 신문에 내보냈다. 이 무렵 《조선중앙일보》의 사장은 진보적 정치가인 여운형이었다. 일장기 말소 사건으로 《조선중앙일보》는 무기정간 조치를 당하고 경영난에 빠진다. 끝내 복간에 실패하고, 1937년 11월 폐간에 이른다. 이태준은 1939년 2월 《문장》지를 창간하고, 정지용 등을 추천위원으로 내세워 조지훈·박목월·박두진 등의 신인을 발굴하는 등 활동을 펼치지만, 1941년 4월 일제에 의해 강제 폐간 당하자 한동안 실의에 잠긴다.

일제 강점기가 막바지로 치닫는 1943년 무렵 "중일전쟁 이후에는 무엇을 쓰지 말라는 것은 물론이고 무엇을 쓰라고 강요하는 상황이 벌어"지자 이태준은 강원도 철원 안협으로 낙향한다. 이때부터 해방이 될 때까지 일체의 외부 활동을 접은 채 한가롭게 낚시 따위를 하며 칩거한다. 이태준은 1945년 8월 17일 서울로 올라오는데, 이 혼란의 시기에 가장 먼저 한 일이 임화, 김남천 등과 손잡고 예전 카프 문인들이 주도한 '조선문화건설중앙협의회'를 결성하고 여기에 이름을 올린 것이다. 해방 공간에서 좌익에 경사된 이태준의 문단 활동은, 프롤레타리아와는 아무 관련이 없는 골동품骨董品이나 옛 서화書畵에 몰입하는 고아

이태준의 가족

서울 성북동 집에서 찍은 가족사진. 왼쪽부터 차녀 소남, 장녀 소명, 부인 이순옥, 차남 유진, 이태준, 삼녀 소현, 장남 유백

한 취미에, 성북동 자택의 뜰에 매화와 파초를 심어 가꾸고 완상 玩賞하는 이태준의 심미적 경향을 잘 아는 사람들에게는 의아한 바가 없지 않다. 그렇건 말건 이태준은 '문학가동맹' 부위원장, '민주주의민족전선' 문화부장, '조미문화협회' 부위원장, 《현대일보》 주간 등에 오르며 남한의 남로당계 문학의 전위에서 활동을 이어간다.

이태준은 1946년 7월 이화여전 음악과 출신의 아내 이순옥과 그 사이에서 난 오남매를 이끌고 월북하는데, 이듬해 '방소문화사절단'에 섞여 두 달여 동안 소련 시찰을 다녀오고, 그 뒤에 공산주의 체제를 찬양하는 「소련 기행」을 내놓는다. 한때 정치색을 탈색한 순수문학 집단인 구인회의 좌장 노릇을 하고, 김기림에게서 "우리들이 가진 가장 우수한 '스타일리스트'"라는 상찬을 받기도 했던 이태준의 이런 급격한 사상적 전회에 대해 여러 말들이 있었다. 그의 내면에 숨겨진 지사적 기질이 정치적 야심

석영 안석주가 그린 이태준의 캐리커처

으로 전환하며 그와 맞지 않은 옷을 입고 질주하게 했던 것은 아닐까.

이태준은 1948년 8·15 북조선최고인민회의의 표창장을 받고, '북조선문학예술총동맹' 부위원장으로 선임된다. 그 뒤 '국가학위수여위원회' 문학분과 심사위원 등으로 활약했다. 그러나 1952년 이후 일제 강점기에서의 문학 활동과 사상성 등으로 당의 비판을 받으면서 몰락의 길을 간다. 1957년에는 함흥노동신문사 교정원으로, 이듬해에는 함흥 콘크리트블록 공장의 파고철 수집 노동자로 배치됨으로써 북한 문단 권력의 중심에서 완전히 도태되고 만다. 1964년 중앙당 문화부 창작 제1실 전속작가로 복귀했지만 어떤 작품을 썼는지에 대해서는 알려진 바가 없다. 아울러 사망한 것으로 추정되는데, 그 시기 역시 불명인 채 지금까지 알려진 바가 아무것도 없다.

제2장

거리의 고현학자考現學者 박태원

벤야민과 파리 산책

산책은 도시의 산물이다. 도시라는 공간이 생긴 뒤에 산책자 flaneur들이 나타난다. 도시의 산책자란 근대라는 박물관의 관람자이자 탐색자라는 뜻을 갖는다. 산책자들은 어떤 도취감에 이끌려 도시 이곳저곳을 떠돈다. "오랫동안 정처 없이 거리를 쏘다니는 사람은 어떤 도취감에 휩싸인다."[26] 그 도취감에 휩싸여 거리의 스펙터클을 감각적으로 흡수해버리는 것이다. 이때 대도시 거리는 그 자체로 방대한 문헌이고, 산책자는 그 문헌을 탐욕스럽게 연구하는 자다. 산책자라는 정체성을 제 신체 표면에 문신

Caricature of Walter
Benjamin by Jean

발터 벤야민|Walter Benjamin(1892~1940) 독일의 철학자이자 문학평론가. 오른쪽은 장 셀츠가 1933년 그린 벤야민의 캐리커처다.

처럼 아로새긴 벤야민의 경우가 바로 그렇다. 벤야민은 거리, 역, 백화점, 박람회 홀 등을 시선으로 열람하며 파리라는 문헌을 탐구하는 데 빠져든다.

> 한 도시에서 마치 숲 속을 헤매듯 걷는 것은 (……) 연습을 필요로 한다. 길을 헤매는 사람에게는 간판, 서리의 이름, 행인, 지붕, 간이 매점, 혹은 술집이 말을 걸어오게 마련이다. 마치 숲의 마른 잔가지들이 발밑에서 바스락거리는 소리나 먼 곳에서 들려오는 놀란 백로의 외침처럼, 혹은 한가운데 백합꽃이 피어 오른 숲 속 빈터에서의 돌연한 정적처럼. 내게 이처럼 헤매는 기술을 가르쳐준 도시는 파리였다.[25]

산책자는 거리를 어슬렁거리며 노동의 의무들을 태업怠業하는 것이다. 그렇게 파리 거리를 어슬렁거리며 상품물신성과 유행을 창조하는 파리를 경이의 시선으로 바라본 벤야민은 그것을 『아케이드 프로젝트』에 빠짐없이 담아내려는 웅대한 기획을 세운다. 사실 『아케이드 프로젝트』는 하나의 완결된 텍스트라기보다는 메모들의 모음이다. 벤야민은 특정한 규칙 없이 메모들을 쓰고 그것을 조금씩 늘려나간다. 아케이드, 권태, 키치, 기념품, 밀랍상, 가스등, 파노라마, 철제건물,

파사주 데 파노라마passage des Panoramas
1800년에 만들어진 파리 최초의 파사주

사진, 매춘, 유겐트 양식, 산책자, 수집가, 도박, 거리, 포장, 백화점, 지하철, 기찻길, 도로표지판, 원근법, 거울, 지하묘지, 실내 장식, 날씨, 만국박람회, 출입구, 건축, 마약, 마르크스, 오스만, 생시몽, 그랑빌, 비르츠, 르동, 쉬, 보들레르, 프루스트……따위가 그 메모의 항목들이다.

유행은 신체와 신체적인 것들, 그 안에 깃든 욕망들을 새롭게 바꾸도록 자극하고 도발한다. 그래서 벤야민은 "유행은 오로지 화려하게 치장한 시체의 패러디, 여성을 통한 죽음의 도발이다"라고 쓴다. 대도시에는 영원한 것과 순간적인 것, 우연과 필연, 그리고 찰나 들이 뒤섞여 흐른다. 도시의 산책자가 현대 건축물들과 그 안을 채운 최신 상품들, 첨단 유행이 흐르는 파리에서

발견한 것은 꿈과 신화로 빚어진 유토피아 이미지였다. 유토피아 이미지들은 번갯불같이 찰나적으로 나타났다 사라진다. 보들레르는 "모든 시대는 다음 시대를 꿈꾸고, 꿈꾸기는 깨어남을 추동한다"고 하는데, 벤야민은 파리와 더불어 미래의 유토피아를 꿈꾸었던 것이다. 벤야민의 눈에는 파리의 파사주마저 꿈 세계의 잔여물로 비쳤다. 그래서 그는 유행과 진보의 황홀경을 꿈꾸면서 동시에 그 꿈에서 깨어나려고 시도한다. 대도시 어디서나 쉽게 구매할 수 있는 상품과 오락들은 '과거'라는 잠에 취해 있는 취향과 스타일의 혁신을 촉구하는 자명종이다.

경성의 산책자, 구보씨

구보는 갑자기 걸음을 걷기로 한다. 그렇게 우두커니 다리 곁에 가서 있는 것의 무의미함을 새삼스러이 깨달은 까닭이다. 그는 종로 네거리를 바라보고 걷는다. 구보는 종로 네거리에 아무런 사무도 갖지 않는다. 처음에 그가 아무렇게 내어놓았던 바른발이 공교롭게도 왼편으로 쏠렸기 때문에 지나지 않는다.

갑자기 한 사람이 나타나 그의 앞을 가로질러 지난다. 구보는 그 사내와 마주칠 것 같은 착각을 느끼고, 위태롭게 걸음을 멈춘다.

그리고 다음 순간, 구보는, 이렇게 대낮에도 조금의 자신도 가질 수 없는 자기의 시력을 저주한다. 그의 코 위에 걸려 있는 이십사 도의 안경은 그의 근시를 도와주었으나, 그의 망막에 나타나 있는 무수한 맹점을 제거하는 재주는 없었다. 총독부병원 시대의 구보의 시력 검사표는 그저 그 우울한 '안과 재래眼科在來'의 서랍 속에 들어 있을지도 모른다.

R 4 L 3

구보, 이 주일 간 열병을 앓은 끝에, 갑자기 쇠약해진 시력을 호소하러 처음으로 안과의와 대하였을 때의, 그 조그만 테이블 위에 놓여 있던 '시야 측정기'를 지금 기억하고 있다. 제 자신 강도强度의 안경을 쓰고 있던 의사는, 백묵을 가져, 그 위에 용서 없이 무수한 맹점을 찾아내었었다.

그래도, 구보는, 약간 자신이 있는 듯싶은 걸음걸이로 전차 선로를 두 번 횡단해 화신상회 앞으로 간다.

(……)

구보는 다시 밖으로 나오며, 자기는 어디 가 행복을 찾을까 생각한다. 발 가는 대로, 그는 어느 틈엔가 안전지대에 가 서서, 자기의 두 손을 내려다보았다. 한 손의 단장과 또 한 손의 공책과—물론 구보는 거기에서 행복을 찾을 수는 없다.

안전지대 위에, 사람들은 서서 전차를 기다린다. 그들에게, 행복은 알 수 없다. 그러나 그들은 분명히, 갈 곳만은 가지고 있었다.

전차가 왔다. 사람들은 내리고 또 탔다. 구보는 잠깐 멍하니 그곳에 서 있었다. 그러나 자기와 더불어 그곳에 있던 온갖 사람들이 모두 저 차에 오른다 보았을 때, 그는 저 혼자 그곳에 남아 있는 것에, 외로움과 애달픔을 맛본다. 구보는, 움직인 전차에 뛰어올랐다.[26]

박태원의 『소설가 구보씨의 일일』문장사·1938. 12. 7에 나오는 주인공 구보는 날마다 1930년대 식민지 수도 경성 거리를 산책한다. 구보씨의 뒤를 따라가보자. 천변 길을 나온 구보는 광교 앞에 잠시 우두커니 서 있다. 그러다가 왼쪽으로 몸을 돌려 걷는다. 광교에서 오른쪽은 황금정과 본정으로 이어지고, 곧바로 나아가면 삼각정과 관철동으로 이어진다. 이 무렵 본정과 황금정 일대는 일인들이 상권을 장악한 뒤 경성에서 가장 번화한 거리로 사람들이 북적거리는 곳이었다. 거리에서 낯선 사람과 부딪칠 뻔했던 구보는 사물이 흐릿하게 보이는 제 시력을 저주하며, '총독부병원'에서 안과 검사를 받은 사실을 떠올린다. 이 '총독부병원'은 본디는 대한의원이다. 이것이 중앙의원이 되었다가 조선총독부병원으로 이름이 바뀌고, 다시 1928년 6월 21일에는 경성제대 의학부 부속병원으로 개칭된다. 그러니까 구보가 '총독부병원'에서 안과 검진을 한 것은 이 병원이 대학부속병원으로 바뀌기 전이다. 나중에 박태원은 완진 실명에 이를 정도로 눈 때문에 평생을 고생하는데, 그 눈과 관련된 치료의 내력이 여기에 소상하게 나오는 것이다.

구보는 제가 서 있는 자리에서 대각선을 이루는 곳에 있는 화신상회로 가기 위해 전차 선로를 두 번 가로지른다. 화신상회에 들어가 승강기 앞에서 네댓 살 먹은 아이와 함께 있는 젊은 부부를 본다. 아마도 그들은 백화점 스카이라운지에 있는 고급식당에 가서 오찬을 즐기려는 것으로 보인다. 화신백화점에는 수압식으로 작동되는 승강기가 처음으로 설치되었고, 이것이 장안의

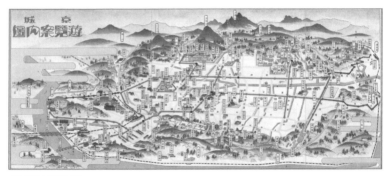

1930년대 경성의 지도

상업과 유행의 중심지였던 본정(지금의 명동) 입구

조선은행 앞 풍경

화제가 되기도 했었다. 이들 젊은 부부와 아이가 가려는 화신상회 동관에 있는 '백화점 식당'과 관련해 박태원은 뒤에 나오는 소설 『천변풍경川邊風景』박문서관·1938. 3. 1·1947. 5. 1에서 이렇게 쓴다.

> 백화점 식당—그곳은 원래, 그리 불행하다거나, 슬프다거나 그러한 사람들이 오는 곳이 아니다. 하루하루를 평온무사하게 보낼 수 있었던 사람, 얼마간이라도 행복을 스스로 느낄 수 있었던 사람, 그러한 이들이, 더러는 아내를 동반하고, 또는 친구와 모여서, 그리고 대부분의 경우에 자녀들을 이끌고, 결코 오랜 시간을 유난스럽게 즐기기에는 적당치 않은 이곳을 찾아온다.

구보는 화신상회 내부를 둘러보고 다시 밖으로 나온다. 전차 정류장의 안전지대에 서 있는 사람들 틈에 끼여 있다가 전차가 오자 거기 올라탄다. 구보는 화신상회 앞에서 동대문행 전차를 타고 탑골공원과 종묘를 지나 이어지는 종로 일대를 지난다. 동대문에서 잠시 내려 한강행으로 바꿔 탄 뒤 경성운동장과 훈련원 터를 지나 황금정을 거쳐 동양척식회사와 일본생명, 식산은행 등이 밀집해 있는 거리의 조선은행 앞에서 내린다. 구보는 대략 6킬로미터 미만의 거리를 전차로 이동하는데, 이때 소요된 시간은 대략 30분 정도다.

구보가 날마다 산책하는 경성은 '모던'과 유행을 창조하는 사방으로 펼쳐진 책이다. 경성의 산책자라면 그 책을 읽게 될 것이다. 파노라마처럼 펼쳐지는 도시 외관의 풍경들은 정처 없이 떠도는 산책자의 의식 안쪽으로 밀려들어온다. 이때 '풍경'은 산책자를 감싸면서 집어삼킨다. 산책자 역시 '풍경' 속으로 녹아들어가며 그것을 자기 것으로 소화해버린다. 이렇듯 산책이라는 '풍경'–자아 사이에 일어나는 상호침투의 시간은 새로운 것들이 불러일으키는 황홀경 속에서 근대인을 낳는 계기적 시간으로 전환한다. 산책자는 목적지가 없다. 어디에나 갈 수 있다. 그런 점에서 구보는 틀림없는 '산책자'였다.

> 구보는 마침내 다리 모퉁이에까지 이르렀다. 그의 일 있는 듯싶게
> 꾸미는 걸음걸이는 그곳에서 멈추어진다. 그는 어딜 갈까, 생각해
> 본다. 모두가 그의 갈 곳이었다. 한 군데라 그가 갈 곳은 없었다.[27]

구보가 날마다 걷는 경성 거리에서 별다른 사건은 일어나지 않는다. 다만 거리를 산책하는 구보의 눈에 비친 풍경과 머릿속의 생각들이 다르게 펼쳐질 뿐이다. 구보는 박태원의 호다. 그러니까 이 소설은 거의 자기 얘기를 옮겨놓은 것이다. 평론가들이 이 소설을 '예술가소설'의 계보에 넣는 근거가 거기에 있다. 산책자는 군중 속으로 저를 밀어 넣는다. 산책자는 반복동일성과 대립하는 '새로운 것'이 출현하고, 유동성과 덧없음이 출몰하는 거리를 날마다 탐색하는 고현학자考現學者다. 벤야민은 군중을 "고독한 개인을 위한 가장 최신의 중독 수단"이라고 말한다. 고독한 산책자는 군중 안에서 길을 잃고 군중 안으로 녹아들어간다. 그런 까닭에 벤야민은 다시 "군중은 개인적인 모든 궤적을

갓빠머리의 박태원

지운다. 군중은 추방자의 최후의 피난처이다. 군중은 도시의 미로 속에서 가장 중요한 최신의 미로"라고 말한다.[28]

어쨌든 박태원은 「소설가 구보씨의 일일」에서 작중인물 구보가 그랬듯이 산책을 통해 경성의 식민지 근대에 빠져들고, 그것들을 자기 것으로 만든다. 박태원의 일본 유학 시절 '갓빠머리'가 유행했다. 일본인 서양화가가 파리에서 돌아오며 이 머리 스타일로 도쿄의 긴자 거리를 활보했다. 이후로 이 머리 스타일을 따라 하는 무리들이 생겼는데, 박태원도 그 머리 스타일을 흉내 낸다. 근대 유행을 따름으로써 박태원 스스로 그것에 매혹된 근대 욕망의 재생산자이자 전파자임을 드러낸다.

구보의 초기 행보

박태원은 1909년 1월 6일음력 1908. 12. 15 경성부 다옥정지금의 다동 7번지에서 공애당약국共愛堂藥局을 경영하던 박용환朴容桓의 4남 2녀 중 차남으로 태어났다. 공애당약국은 청고약靑膏藥을 제조해서 판매하는 본포本鋪로서 명성이 자자했다. 그와 더불어 공애당약국에서 제조해서 팔던 '보명수'라는 소화제 물약도 일반에게 널리 알려진 약이었는데, 활명수의 효시가 되는 약이다. 박용환은 그밖에도 38종의 매약을 제조해서 전국으로 판매하는 규모의 제약회사를 창업하기도 했다. 공애당약국 경영이 잘되어서 살림은 윤택했다. 그런데 1926년 2월 20일 공애당약국에 딸린 약재 창고에 불이 난 일이 《동아일보》 1926년 2월 23일자에 작은 기사로 나온다.

어제 이십일 오전 여덟시 반경에 시내 다옥정 칠번지 약종상 박용환의 집 창고에서 불이 일어나 양철지붕 창고 한 채를 전소하였는데, 원인은 실화로 판명되고 손해는 약 삼백 원 가량이라더라.

박태원의 집터는 청계천 복개 공사와 도심재개발 사업 등으로 지금은 완전히 사라졌다.

박태원의 증조부 박승진朴承鎭은 종9품인 장사랑張仕郎이었고, 조부 박두병朴斗秉은 구한말 각부에 두었던 참서관參書官의 직위에 있었다. 그의 집안은 종9품의 말단이라는 관직을 유지한 중인계급이라고 할 수 있다.

광통교 너머, 다옥정 7번지. 이곳이 박태원이 태어나고 자란 곳이다. 광통교 부근의 청계천 남쪽에 있던, 박태원의 아버지 박용환의 공애당약국을 낀 주상복합 건물이다. 약국이 들어 있는 전면의 상가는 2층 구조로 된 한옥 상가였다. 상가 전면에서 물감집 하나를 사이에 두고 박태원의 작은아버지인 박용남이 운영하는 공애의원共愛醫院이 있었다. 약국 일을 다 마친 뒤에는 '함빈

1950년대 복개 공사 중인 청계천

지 함석으로 만들어 뗐다 붙였다 할 수 있는 문'를 닫아건다. 대문을 열고 들어
서면 중문이 나오는데, 이것을 경계로 상점과 주거 공간이 분할
되어 있다. 대문에서 중문 쪽 가까운 곳에 행랑이 하나 있고, 안
채는 중문 건너편에 자리 잡고 있었다. 뒷날 박태원은 「천변풍
경」에서 청계천을 끼고 있는 이 일대의 자정 무렵의 풍경을 이렇
게 묘사한다.

자정이나 되어 천변에는 행인이 드물다. 이따금 기생을 태운 인력
거가 지나가고, 술 취한 이의 비틀걸음이 주위의 정적을 깨뜨릴 뿐,
이미 늦은 길거리에, 집집이 문들은 굳게 잠겨 있다. 다만, 광교 모
퉁이, 종로은방 이층에, 수일 전에 새로 생긴 동아구락부라는 다맛
집과 마지막 손님을 보내고 난 뒤, 점 안을 치우기에 바쁜 이발소와
그때를 만난 평화카페가 잠자지 않고 있을 뿐으로, 더욱이 한약국
집 함석 빈지는 외등 하나 달지 않은 처마밑에 우중충하고 또 언짢

게 쓸쓸하다.

박태원의 「천변풍경」에 실린 삽화

박태원이 어렸을 때 집에서 쓰던 아명은 점성點星이고, 태원泰遠이란 이름은 경성사범부속학교에 입학하던 10세 때부터 쓰기 시작한다. 박태원은 8세 때 큰할아버지인 박규병에게서 『천자문』과 『통감』 등을 배우다가 경성사범부속학교에 입학하면서 신학문과 만난다. 19세 되던 해에 경성제일고보를 휴학하고, 공애의원을 내고 양의사로 활동하던 숙부 박용남과 여학교 교사인 고모 박용일의 주선으로 당대 최고의 문사인 춘원 이광수를 만나기도 했다. 박용남이 이광수의 부인인 허영숙과 같은 의사로서 서로 왕래가 있었는데, 그 친분을 이용해서 이광수를 소개받은 것이다. 박태원은 이 무렵에 이미 고리키·투르게네프·톨스토이·빅토르 위고·모파상·하이네 등의 서양 문학에 심취해 있었고, 이듬해에는 문학에 전념하겠다는 생각으로 경성제일고보를 휴학하기도 했다.

1929년 제일고보를 졸업한 뒤 일본으로 건너가 동경 호세이대학 예과에 입학한다. 하지만 학업에는 그다지 뜻이 없었다. 박태원은 학교보다는 하숙집에서 뒹굴며 당시 일본 문단에서 크게 유행하던 심리주의 계열의 소설을 탐독하거나, 아니면 긴자에 있는 카페나 영화관을 더 자주 들락거렸다. 실연, 썩 좋지 않은 건강, 동경이라는 낯선 환경에 대한 낯가림 때문이다. 박태원은 첨단 유행을 따르고 멋을 내는 모던뽀이의 경험을 통해 댄디로 거듭난다. '갓빠머리'와 안경, 수염, 양복 따위는 댄디의 표상이다. 댄디는 최신의 유행과 맵시를 추구하며 자신을 도시의 군중과 분리해낸다. 벤야민은 "댄디즘은 지는 태양이다. 기울고 있는 별처럼 댄디즘은 온기 없는 멜랑콜리로 가득 찬 눈부심이다"라고 말한다.

구보의 문학 세계

박태원은 1930년 호세이 대학을 중퇴한 뒤 조용히 경성으로 돌아온다. 그리고 1933년 조용만의 추천으로 구인회에 들어간 뒤 이상·이태준·정지용·김기림·조용만·이효석 등과 함께 본격적인 문학 활동을 펼친다. 박태원은 독서광이자 능숙한 영어 해독자로 미국·영국·아일랜드·프랑스·러시아·일본 등의 현대 작가 작품들을 폭넓게 섭렵했다. 영미의 모더니즘 세례를 듬뿍 받은 박태원은 「소설가 구보씨의 일일」이나 「천변풍경」에서 여급, 부랑자, 도시빈민, 룸펜 예술가 들과 같은 밑바닥 계층을 중심으로 당대의 세태풍속을 사실적으로 그려냈다. 박태원의 문체를 '경알이^{혹은 경아리. 서울의 방언을 가리키는 말}' 문체라고 하는데, 그 서울 방언으로 쓰여진 소설들은 그의 문학적 고현학^{考現學}의 실현물이다. 고현학^{Modernology}은 현대^{modern}와 고고학^{archaeology}의 합성어

다. 변화와 유동이 심한 현대의 풍속세태를 조사하고 연구하는 학문을 가리킨다. 박태원은 자신의 고현학적 글쓰기에 대해 다음과 같은 글을 남긴다.

가만히 생각하여 보면 작가로서의 나의 '상상력'이라는 것은 다른 이들에게 비하야 확실히 빈약한 것인 듯싶다. 내가 한때 '모데르노로지', 고현학이라는 것에 열중하였던 것도 이를테면 자신의 이 '결함'을 얼마쯤이라도 보충할 수 있을까 하여서에 지나지 않는 일이다. 나의 작품 속에 나와도 좋음 직한 인물이 살고 있는 동리를 가령 나는 내 마음대로 머릿속에 그려보고 그리고 이를 표현함에 있어 나는 결코 능한 자가 아니다. 나는 그럴 법한 골목을 구하여 거리를 위선 헤매지 않으면 안 된다. 가령 어느 전차 정류소에서 나려 바른편 고무신 가게 옆 골목으로 들어가 국수집 앞에서 다시 왼편으로 꼬부라지면 우물 옆에 마침 술집이 있는데 그 집서부터 바루 넷째집 – 파랑대문 한 집이니까 찾기는 쉽웁다든지 그러한 것을 면밀하게 조사하여 일일이 나의 대학노트에다 기입하지 않으면 안 된다. 그러나 결국은 그뿐이다. 나는 내가 노력한 분수의 십분 일도 작품제작의 실제에 있어 활용하지는 못하였다. 가위 노이무공勞而無功이나 곧 그것을 그대로 작품에 써보지 못하였달 그뿐이지 역시 은연중에 얻은 바가 결코 적다고는 못할 것 같다.[29]

특히 「소설가 구보씨의 일일」은 1930년대 식민지 수도 경성의 골상학骨相學을 완성해낸다. 박태원은 동리에 전당典當 나온 십팔

금 손목시계를 탐내는 자신의 욕망과 함께, 조선 국토의 칠할을 광구鑛區로 만들고 금광 광풍에 휩싸여 "이 시대의 무직자들은 거의 다 금광 뿌로커"로 변신한 세태와 "벰베르구실로 짠 보이루 치마"를 갈망하는 소녀들의 욕망을 버무려 그려낸다.

박태원과 이상의 우정

1933년 무렵 박태원은 이상과 처음으로 만난다. 이상이 종로 1가에 다방 '제비'를 개업하고 금홍을 마담으로 앉힌 뒤 동거를 시작할 무렵이다. 박태원은 어느 날 《조선중앙일보》 학예부장인 이태준을 찾아간다. 신문사 밖으로 나온 이태준은 박태원과 함께 화신상회 서관 쪽으로 걸어가며, '김해경'에 대한 이야기를 나눈다.

"박선생, 김해경이라는 이름 들어봤소? 경성고공 건축과를 졸업한 사람인데, 총독부에서 기수로 한 삼 년 일하다 폐병 때문에 그만두고 여기다 애인하고 다방을 차리고 글을 쓴다네. 그의 시는 작금의 조선 문단에서 볼 수 있는 시와는 아주 다른 쉬르레알리슴이라네. 곧 두각을 나타낼 사람이라네."

그들이 도착한 곳은 조선광업소 건물 1층의 '제비' 다방이다. 마침 다방 마담이나 주인은 어디 나갔는지 보이지 않았다. 심부름을 하는 아이만 있었다. 외관의 세련된 치장에 비해 다방 안쪽은 흰색 페인트칠이 대충 되어 있고, 탁자와 의자가 턱없이 낮아 선뜻 앉기가 망설여질 지경이었다. 벽면에는 큰 벽화와 주인이 그렸다는 10호 안팎의 자화상이 걸려 있었다. 얼마 있지 않아 주인이 돌아왔는데, 마르고 키가 크고 봉두난발에 면도를 하지 않아 무성한 수염의 사나이였다. 바로 '제비' 다방의 주인인 이상이었다.

이상이 그린 박태원의 초상
"그는 표찰이 붙은 요감시 원숭이. 때때로 인생의 우리를 탈출하기 때문에 원장님이 걱정하는 것이다'라고 적었다.

그 뒤로 박태원은 '제비'를 드나들며 이상과 급격히 가까워졌다. 두 사람은 나이가 엇비슷하고, 태어난 곳 역시 경성 사대문 안이다. 두 사람 다 경성 토박이라는 점은 이들의 문학 세계를 이해하는 데 중요한 단서가 된다. 박태원은 이태준·김기림·정인택·윤태영·조용만 등과 함께 다방 '제비'를 드나든다. 그래서인지 두 사람은 구인회 멤버 중에서도 유독 가까운 사이였다. 이상과 박태원은 시간이 날 때마다 '낙랑파라'의 한 자리를 차지하고 앉아 커피를 마시고 담배를 피우는 골수 단골들이다.

박태원과 이상은 잘 어울리는 짝이었다.

"이상과 태원은 둘 다 언변이 좋아 만담 재담을 잘하므로 어느 회합이고 이 두 사람이 나타나면 웃음바다가 됐다."[30]

두 사람은 연인처럼 늘 붙어 다녔고, 이상이 동거녀인 금홍에게 이유 없이 구타당할 때 몸을 피했던 곳 역시 박태원의 다동 집이다. 두 사람은 문학의 동반자였을 뿐만 아니라 퇴폐와 방종,

《조선중앙일보》(1939. 2. 23)의 「제비 下」에 실린 박태원의 그림 제비 다방에 갓빠머리 구보와 마주 앉은
이는 이상이다.

우울과 슬픔까지 함께한 사람이다. 박태원이 "이상의 정인情人이
어느 카페의 여급이라는 것과, 나의 상대가 모 지방 명사의 딸이
었다는 그만한 차이는 있었으나, 둘이 모두 작품 속의 소녀나 한
가지로 상당히 방종성을 띠고 있다는 점에 있어, 서로 일치되었
다"라고 쓴 것은 과장이 아니다. 그 당시 박태원과 이상은 이십
대 중반으로 피와 기운이 격동하는 청년들이었다. 그들은 실연
자들이고, 실연에서 오는 시름과 격동을 여급이 나오는 카페나
바 등을 돌아다니며 다소 방종한 사교생활로 풀었다. 그래서 박
태원은 "이상과 나는, 당시에 있어 서로, 겨 묻은 개였고, 동시
에 서로 똥 묻은 개였다"라고 썼다. 박태원은 「애욕」「제비」「소
설가 구보씨의 일일」 등에서 이상을 사실적으로 그렸는데, 이상
을 "마르고 키 큰 몸에 어지러운 머리터럭과 면모面毛를 게을리

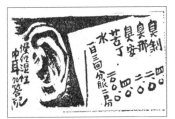

이상이 하웅이라는 이름으로 그린 「소설가 구보씨의 일일」의 삽화

한 얼굴에 잡초와 같이 무성한 수염이며, 심심하면 손을 들어 맹렬한 형세로 코털을 뽑는 버릇에 이르기까지, 「애욕」 속의 하웅은 현실의 이상을 그대로 방불케 하는 것이었다"라고 묘사한다.

실제로 하웅이란 이름은 박태원이 《조선중앙일보》에 「소설가 구보씨의 일일」을 연재할 때 이상이 삽화를 맡아 그리며 썼던 화명畵名이다. 1937년 이상이 죽고, 1945년 박태원은 좌파 문학 단체인 조선문학건설본부 소설부 중앙위원회 조직 일원으로 들어가며, 두 사람의 운명은 엇갈렸다. 박태원은 1950년 6·25 전쟁 중에 서울에 온 이태준·안회남·오장환 등을 따라 월북한다.

구보의 후기 행보

박태원의 북한에서의 행적은 의붓딸이자 소설가인 정태은이 쓴 글에서 소상하게 밝혀진다. 정태은은 정인택과 권영희 사이에서 태어난 딸이다. 1956년 박태원이 친구인 정인택의 미망인 권영희와 재혼함으로써 정태은은 박태원의 호적에 오른 딸이 되었다. 권영희는 누구인가? 이상이 다방 '제비'의 문을 닫고 인사동

1934년 10월 24일, 모던뽀이 박태원과
신여성 김정애의 전통 혼례식

에 카페 '쓰루鶴'를 인수하여 운영할 때 카페 걸로 일했던 여인이
다. 이상과 연인 관계이던 그 여자를 정인택이 죽자 사자 따라다
녔다. 결국은 정인택이 자살 소동까지 벌인 끝에 이상이 이 여인
을 정인택에게 양보함으로써 삼삭관계가 정리되었다. 두 사람의
연애가 진척되고 마침내 신흥사에서 결혼식을 할 때 이상은 결
혼식 사회까지 보았다.

　박태원은 1934년 10월 24일 경주 김씨 김중하와 이연사 사이
에서 무남독녀로 태어난 김정애와 결혼한다. 김정애는 숙명여고
를 수석으로 졸업하고 경성사범학교 여자연습과를 나와 초등학
교 교사로 재직 중이었다. 1930년대 박태원 집안에는 '삼정三貞'
이 있었다 한다. 숙명여고 출신의 김정애, 이화여고를 나온 시댁
사촌 올케, 그리고 공애당약국의 주인이며 박태원의 형인 진원

화가 이승만이 박태원의 결혼 방명록에 남긴 그림 갓빠머리의 박태원이 결혼 후 가르마를 타고 주름이 늘어난 모습이다.

의 부인 '정희'가 바로 그들이다. 이 세 신여성들은 사이좋게 양장 차림을 하고 함께 외출해서 다방에 들러 차도 마시고 영화나 연극 구경도 하고, 어떤 날은 일인들이 하는 고급 상점가인 진고개로, 정자옥으로, 화신으로 누비고 다니며 쇼핑을 하곤 했다. 그러나 격동하는 시대의 소용돌이 속에서 이런 행복한 날들은 길지 않았다. 김정애는 6·25 전쟁 와중에 불가피한 사정으로 '여맹'에 나갔는데, 나중에 부위원장이 되고, 윗자리가 비어 위원장 대리의 일을 보게 된다. 서울에서 인민군이 물러가고 다시 국군이 들어오자 지아비인 박태원의 월북 사실과 함께 김정애가 '여맹' 위원장으로 부역했던 사실로 재판을 받고 무기징역을 선고받는다. 결국 김정애는 집행유예로 세상에 나오기 전까지 4년 7개월을 감옥에서 보낸다. 김정애는 1980년에 세상을 뜬다.

박태원과 김정애는 딸 둘과 아들 둘을 두었다. 박태원의 월북으로 이들은 뿔뿔이 헤어지는데, 나중에 큰딸 설영이 해방 직후 미술이론가로 활동하던 박태원의 아우 박문원과 숙명여고를 졸업한 뒤에 좌익 활동에 뛰어든 박태원의 여동생 박경원을 따라서 월북한다. 유엔군의 반격에 밀려 북쪽으로 패퇴하는 중공군을 따라나선 것이다. 1951년 초봄이다. 설영은 눈 덮인 산속을 헤매다가 천신만고 끝에 혜산진에서 아버지 박태원과 조우한다. 박태원은 1950년 9월 22일 북으로 갔다가 평양 문화계 시찰을 하고 다시 돌아올 작정이었다. 그런데 전세가 불리해져 돌아오지도 못한 채 북한의 최북단인 혜산진까지 떠밀려갔던 것이다. 바로 거기서 인민군과 함께 서울에 내려갔던 여동생이 북쪽으로 데려온 큰딸 설영을 혜산진의 눈 속에서 극적으로 만난 것이다. 그러나 부녀는 만나자마자 이별한다. 박태원이 북쪽의 종군작가 신분으로 군관복을 입은 군속으로 인민군의 명령에 따라 전선으로 가야 할 처지였기 때문이다. 박태원은 종전이 되기까지 3년 여 동안을 소좌 견장을 단 종군작가로 복무한다. 1953년 7월 27일 휴전이 되자 박태원은 군인 신분에서 벗어나 평양문학대학의 교수로 학생들을 가르치는 한편 국립고전극장 전속작가로 활동한다.

미국으로 이민 간 박태원의 장남 일영이 1990년 8월 평양을 방문해 평양의 한 대학에서 영문학을 강의하는 설영을 만나고 돌아온다.

며칠을 큰누나 설영의 집 신식 고층 아파트에 묵으며 사촌과 고모, 그리고 누나네 딸들 식구와 보내다 이리로 왔는데, 이 집 식구들은 시쳇말로 때가 벗은 게 아니라, 서울서 올라간 그대로, 삼모녀에, 음전하며 붙임성 있게 나를 오라버니라 부르던 큰딸, 그의 딸까지도 전혀 고생을 한 흔적을 찾을 수 없으시리 고급스럽고 풍요롭게

1969년 박태원의 회갑연 사진 박태원의 왼쪽이 부인 권영희, 오른쪽이 아우 문원 부부이다. 맨 뒷줄 오른쪽 끝이 큰딸 설영이다.

살아온 듯한 그런 분위기를 느낄 수 있었다.[31]

이때 박태원이 북쪽에서 새로 결혼한 권영희도 만나는데, 미국으로 돌아온 지 넉 달 뒤에 평양에서 온 한 통의 편지를 받는다. 조선민주주의인민공화국 평양시 중구역 대동문동 25반 14의 13이라는 주소와 함께 권영희라는 발송자의 이름이 적힌 편지다. 편지의 겉면에는 '평양 91. 1. 28 교부'라는 소인이 찍혀 있었다. 이 편지에 박태원과 권영희가 만나 결합한 얘기가 소상히 적혀 있다.

나는 1956년 10월 어느 날 딸설영을 앞세우고, 아니 정확히 말하면 딸애의 손에 이끌리어 온 박태원의 방문을 받았소. 이전부터 알기도 하거니와 선이 아버지^{정인택}의 막역한 친우인 그의 방문은 나를 더없이 기쁘게 하였소.

나는 그때 음악대학 전문부^{그 당시는 종합예술학교}에서 알지도 못하는 해부생리라는 왕청 같은 강의를 하며, 폐허 우에 지은 조꼬만 집이였으나 유리 한 장의 뙤창문으로는 해빛이 밝게 비쳐들고 그 작은 창에는 창가림이 드리워진, 마치 동화에서 나오는 그런 집에서 선이 형제를 데리고 조촐히 살고 있었소.

점심 식사가 끝나자 설영이는 곧 태선이를 만나러 나가고^{우리 집은 학교 구내에 있었다} 아버지는 말없이 안경만 꼈었다 벗었다 하다가 문득 이런 말을 하더군.

"부인! 우리 두 가정을 한데 합치면 어떨까요?"

뜻밖의 이 질문에 나는 대답을 못하는데 그는 자리를 고쳐 앉으며 정색하고 이렇게 말하더군.

"솔직히 말하자면 저는 지금 활자 두 자만을 인정하는 눈으로 일을 하고 있습니다"

하고 잠시 동안을 두었다가,

"그리고 아이들을 데리고 고생하시는 부인을 그저 보고만 있을 수도 없지 않습니까?"

하더니 대답을 독촉하더군. 나는,

"말씀의 뜻은 알겠습니다. 그러나 나에게는 다 큰 선이도 있어서……"

하자 그는 싱그레 웃더니,

"선이는 설영이가 만나 이미 설복했을 겁니다."

하고 나서, 설영이가 돌아오자 나에게 생각할 여유를 주고 돌아갔
소.[32]

다시 며칠 뒤 박태원은 아우 박문원의 손에 이끌려 권영희를
방문하고, 나중에 권영희가 딸 은선을 앞세우고 박태원의 집으
로 찾아간다. 그렇게 두 사람은 살림을 합친다.

박태원과 정인택은 소학교 때부터의 친구로 경성제일고보를
5년 동안이나 함께 다닌 동창이다. 뒷날 구인회 멤버로도 함께
활동했던 죽마고우다. 정인택은 동경에서 4년 동안 어렵게 고학
을 하며 유학을 하고 돌아온 뒤 박태원의 다옥정 7번지 집에 들
러 설렁탕을 얻어먹고 감격한 바가 있다. 박태원의 다옥정 7번
지 집은 정인택을 포함한 경성제일고보 동창들이 뻔질나게 드나
들며 출출할 때마다 설렁탕과 청요리를 시켜먹고 놀던 곳이다.
정인택이 월북 중에 죽는 바람에 권영희는 딸 둘을 떠안은 미망
인이 되고 만 것이다.

정인택과 15년 터울이 지는 맏형 정민택은 내과의사로 손꼽히
는 사람이다. 정민택은 근대 초창기에 일본 유학을 하고 돌아온
뒤 의사협회나 의사시보 따위의 초대 회장을 맡아 활동하던 사
람으로, 당시 외과의로는 백인제, 내과의로는 정민택을 꼽을 정
도로 실력 있는 의사다. 정인택 일가는 일찌감치 온 가족이 월북
함으로써 북에서의 입지가 탄탄했다. 권영희의 재혼에 대해서는
시댁 쪽에서도 호의적이었다. 두 사람은 작품 집필에 필요한 자
료 조사를 위해 당국의 출장증명서를 얻어 개성박물관에 동부인

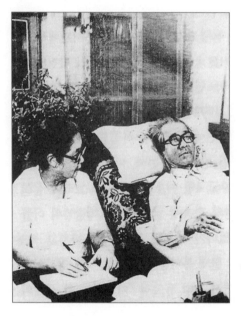

박태원 최후의 모습
병상에 누워 아내 권영희의 도움을 받으며
『갑오농민전쟁』을 창작 중이다.

해 가기도 하는 등 결혼 뒤에도 금슬이 좋았다.

박태원은 1956년 한때 남로당 계열로 몰려 6개월간 집필 정지 처분을 당하는 등 수난을 피해 갈 수 없었지만, 이내 평양 창작 실로 복귀하여 전속작가 생활을 이어간다. 1963년 '혁명적 대창 작 그루빠'의 지도 아래 쓰여졌다는 『계명산천은 밝아오느냐』를 내놓으며 건재를 과시한 박태원은 눈이 보이지 않고 몸이 부자 유스런 상태에서도 장편소설 『갑오농민전쟁』의 집필을 쉬지 않 았다. 박태원이 남긴 글에 따르면 "1부의 첫 권을 끝내고 제2권 집필에 달라붙었는데, 집필 도중 눈이 갑자기 나빠져 병원에 가 보았더니, 안과의 권위 있는 여러 의사들이 오래도록 협의한 끝 에 내 병이 심상치 않다는 결론을 내렸다"고 한다. 이때 양안 시

신경 위축증과 색소성 망막염의 진단을 받는다. 의사에게서 곧 시력을 완전히 잃게 되리라는 진단을 받은 것이다. 1965년 봄의 일이다. 본인이 직접 원고를 쓰지 못하게 되자 박태원은 아내 권영희에게 구술하는 것을 받아쓰게 했다. 이로부터 4년 뒤 박태원은 다시 뇌출혈로 전신불수와 언어장애의 불운에 직면한다. 이때 박태원의 몸 상태는 집필은커녕 일상 활동을 정상적으로 하기조차 불가능한 지경이었다.

> 나는 지금 『갑오농민전쟁』 제2부를 탈고하고 제3부를 쓰기 시작하였다. 나 자신이 생각해도 참으로 놀라운 일이다. 시력과 신체의 모든 자유를 잃은 이런 속에서 1만여 매의 장편소설이 씌어지고 있다는 사실은 평범한 상식으로는 생각조차 하기 힘든 일이다. 그렇다. 나의 육체적 조건은 창작은 고사하고 살아가기조차 불가능한 상태에 놓여 있다.[33]

그 와중에도 소설 쓰기를 그치지 않아 이듬해인 1977년에 『갑오농민전쟁』 1부가 나오고, 이어서 1980년에 『갑오농민전쟁』 2부가 나온다. 박태원은 1986년 7월 10일 저녁 9시 30분에 평양에서 사망한다. 그해 12월 20일에 장편소설 『갑오농민전쟁』 3부가 박태원·권영희 공저로 북한의 문예출판사에서 나온다. 1930년대 근대 경성에서 누구보다도 더 댄디였던 박태원은 그렇게 파란만장한 세월을 분단국가의 다른 반쪽인 저 북쪽에서 보내고 생을 마감한다.

제3장

'사회부 기자' 김기림

모범청년, 김기림

김기림金起林·1908~1950은 함경북도 항구 도시 성진에서 가까운 학
성군 출신이다. 1908년생이니 이상보다는 두 살 연상이었다. 주
로 종로서를 외근구역으로 맡아 활약하던 《조선일보》 사회부 기
자였던 김기림은 "북구적인 선이 굵고 축구감독 같은 풍모"를
지녔고, "근심, 우울, 센티멘털리즘" 등을 전혀 찾아볼 수 없는
명랑성이 농후한 사람이다.

마침내 벗이 왔다. 그렇게 늦게 온 벗을 구보는 책망할까 하고 생

각해보았으나, 그보다 먼저 진정 반가워하는 빛이 그의 얼굴에 떠올랐다. 사실 그는, 지금 벗을 가진 몸의 다행함을 느낀다.

그 벗은 시인이었음에도 불구하고, 극히 건강한 육체와 또 먹기 위하여 어느 신문사 사회부 기자의 직업을 가지고 있었다. 그것이 때로 구보에게 애달픔을 주지 않은 것은 아니다. 그래도, 그래도 그와 대하여 있으면, 구보는 마음속에 밝음을 가질 수 있었다.

"나, 소오다스이를 다우."

벗은 즐겨 음료 조달수曹達水를 취하였다. 그것은 언제든 구보에게 가벼운 쓴웃음을 준다. 그러나 물론 그것은 적어도 불쾌한 감정은 아니다.

다방에 들어오면, 여학생이나 같이, 조달수를 즐기면서도, 그래도 벗은 조선 문학 건설에 가장 열의를 가지고 있었다. 그러한 그가 하루에 두 차례씩, 종로서와, 도청과, 또 체신국엘 들르지 않으면 안 되었던 것은 한 개의 비참한 현실이었을지도 모른다. 마땅히 시를 초해야만 할 그의 만년필을 가져, 그는 매일같이 살인강도와 방화 범인의 기사를 쓰지 않으면 안 되었다. 그래 이렇게 제 자신의 시간을 가지면 그는 억압당하였던, 그의 문학에 대한 열정을 쏟아 놓는다……[34]

박태원이 묘사한 김기림의 모습이다. 박태원과 김기림은 같은 구인회 멤버이고, 나이가 비슷했다. 김기림은 1908년생이고, 박태원은 1909년생이다. 김기림은 '건장한 육체'를 갖고 있는 신문사 사회부 기자라는 직업을 가진 시인이다. '조선 문학에 가장

김기림(1908~1950)

열의'를 가진 그이지만 직업상 매일 종로서와 도청, 체신국을 들러 기사거리를 취재해야만 했다. 김기림은 1930년 4월 15일 《조선일보》 공채시험을 치렀는데, 논문과 기사문 작성, 상식 시험을 봤다. 상식 시험에는 데몬스트레슌, 조광조, 불복종운동, 모라토리엄, 코즈모폴리턴, 아관파천, 스탈린 등의 문제가 출제되었다. 공채 시험에는 120명가량의 지원자가 몰려들었다. 신문사 내부에서 그의 별명은 '김 모범청년'이었다. 당시 이원조·최정희·노천명·김동환·백석·함대훈·박팔양·이여성·한설야·이석훈·조용만 등이 기자로 일했고, 신석정·박태원·이상·이태준 등이 그 주변부에 포진하고 있었다. 1930년대 신문들의 학예면이 확대되고 문인 기자들은 자연스럽게 이 학예면을 장악한다. 문단 헤게모니는 대개 지면을 확보하고 있는 이들 문인 기자들이 쥐게 되는데, 그 중심에 김기림·이원조·이태준 등이 있었다.

이상의 멘토로 우뚝 서다

구인회의 일원이요, 이상의 열렬한 지지자였던 김기림과 이상의 우정은 호혜평등 관계이기보다는 이상이 김기림에게 일방으로 기대는 형국이었다. 김기림은 일찍이 이상의 천재성을 알아보고 자발적으로 그의 후원자로 나선다. 이상에게 "파리 가서 삼 년 간 공부하고 오자. 파리에 있는 쉬르레알리스트들하고 싸워서 누가 이기나 내기하자"는 약속을 할 정도였다. 김기림의 영향을 받아 이상은 한때 프랑스어 공부에 몰입하기도 했다. 어쨌든 당대의 문단 헤게모니를 쥐고 있는 김기림을 예술적 후원자로 갖게 된 것은 이상에게는 더할 수 없는 행운이었다.

이상은 거듭되는 사업 실패, 연애의 파탄, 폐결핵의 악화, 이로 인한 '육체적 한산, 정신적 권태'로 말미암아 끊임없이 자살을 생각했다. 아니 그는 이미 죽어 있었다. '박제된 상태로'.

"나는 십 년간 긴 세월을 두고 세수할 때마다 자살을 생각하여 왔다."[35]

1935년 10월 24일 무렵에는 자살한 사체가 며칠 만에 부패하는지 궁금해하기도 했다. 아마도 이 무렵에 이상은 상당히 구체적이면서도 진지하게 자살에 대한 생각을 하고 있었던 것으로 보인다. 그는 수시로 자살할 수 있는 약의 종류를 떠올려보기도 하고, 또 자살에 적당한 곳으로 한강 인도교, 변전소, 화신백화점 옥상, 경원선 등의 장소를 떠올렸다.

1936년 6월경 거듭되는 카페 경영의 실패에 따른 나날이 가중되는 경제적 압박감, 무질서한 생활, 나태와 방종, 질병 등으로 이상의 몸과 의식은 급격하게 퇴락하고 있었다. 이상은 현실도피의 한 방편으로 구본웅 계모의 이복동생인 변동림卞東琳과 신흥사에서 결혼식을 올리고, 황금정 셋방에서 동거에 들어간다. 구

창문사 시절의 이상, 박태원, 김소운
(왼쪽부터)

창문사에서 발간된 구인회의 유일한
동인지 《시와 소설》

이상과 모던뽀이들

인회 멤버인 정인택과 윤태영이 황금정 뒷골목에 있던 이들 신혼 셋방을 기습했다. 이화여전 출신의 인텔리 여성이던 변동림은 생활을 위해 카페 여급으로 나가고, 이상은 돗자리 위에 요를 깔고 누워 있었다. 이상은 요를 한쪽으로 밀어놓고 친구를 맞는다. 요 밑에 있던 '아르나르' 약병이 굴러 나온다. 정인택과 윤태영은 황금정 뒷골목의 어두컴컴한 셋방에서 누렇게 뜬 얼굴로 숨어 지내던 이상에게 "지금까지 걸어오던 불건강한 악취미는 청산하고 건강한 생활을 찾으라"고 호소했다.

이상은 얼마 뒤에 화가 구본웅의 부친이 경영하던 인쇄소 겸 출판사 창문사에 교정부 직원으로 취직한다. 김유정이 가끔 창문사에 나타나 이상의 책상 맞은편에 우두커니 앉았다가 가는 날도 종종 있었다. 이상이 교정 보던 원고를 들여다보며 김유정은 "김형! 저 지금 그 표는 어떡하라는 표인가요?"라고 묻고, 이상은 "이거요, 글자가 곤두섰으니 바로 놓으란 표지요"라고 답했다. 두 사람은 폐결핵 동지였다. 폐결핵은 서로에 대한 연민의 근거였으며 우정을 연결하는 고리였다. 구인회 동인지인 《시와 소설》이 창문사 발행으로 나온 것도 이 무렵이다. 40여 쪽에 지나지 않은 얄팍한 책이었다. 그마저 단 한 번만 나온 채 중단되었다. 이 무렵 이상은 창문사와 관련된 일 때문에 《조선일보》 출판부를 드나들고, 더러는 사회부 기자로 일하는 김기림을 만나러 가기도 했다.

이상은 불결한 손으로 눈을 비벼 눈곱을 떨고 하품을 하기도 하고

여성 기자 최정희, 이선희, 노천명 1932~1933년경 종로 2가 백합원에서 문학 좌담회를 마친 문인 기자들. 아래쪽 왼쪽부터 최정희, 이선희, 노천명, 정지용이고 뒷줄 왼쪽부터 김억, 이헌구, 이하윤, 김기림, 김동환이다.

곧잘 독특한 화술을 농하여 사람을 웃기는 재주도 있었다. 때 묻은 코르덴 양복에 해진 셔츠, 세수는 사흘에 한 번 할까 말까 한 모양 새로 《조선일보》 출판부에 드나들었던 것이다. 불결하기 그지없 는 이상이었지만 그 불결함과 비상식적인 행동이 여성들의 모성애 와 호기심을 자극했던 모양이다. 박태원은 이때 이상에게 연서를 쓴 여성이 있었다고 넌지시 밝히고 있는데, 핵심적인 사항은 여전 히 수수께끼로 남겨놓았다. '그러한 곳에는 형언키 어려운 일종의 매력이라는 것이 있는 듯싶어, 매서운 각서를 보낸 여인이 있었'다 고 하고, '당당한 시민이 못 되는 선생을 저는 따르고자 합니다, 아 무개'라는 연서의 내용도 알려주고 있다. '이름을 말하면 누구나 알 만큼 유명한 이지만 그것을 이곳에 밝히는 것은 나의 본의가 아니 며 당자는 물론 죽은 이상도 원하지 않은 바여서 영원한 비밀로 묻

어둔다고 덧붙였다. 이 '아무개'가 누구일까. 이름을 말하면 누구
나 다 아는 유명한 이라고 말했듯 당시 문인이거나 출판부의 여성
기자일 가능성도 있다. 그것이 누구인가를 맞추어보는 것은 재미
있는 퍼즐게임을 푸는 것처럼 흥미롭다. 노천명, 최정희, 이선희
등《조선일보》출판부에서 근무했던 문인 기자의 얼굴을 떠올리
는 것이 퍼즐을 푸는 첫 작업이 아닐까.[36]

누군가 기이한 풍모의 이상을 눈여겨보고 흠모했지만, 이것이
본격적인 연애로 발전하지는 않았다. 일본 유학을 떠난 김기림
의 첫 시집『기상도氣象圖』가 나온 것은 1936년 7월이다. 김기림의
부탁으로 이상이 본문 편집과 표지 장정을 떠맡았다. 이상이 책
에 쪽수 표기를 하지 말자고 했고, 김기림은 "책인데 어떻게 쪽
수 표시를 안 하냐"고 난색을 표했다. 이상이 동북제대에 유학
중인 김기림에게 보낸 편지가 남아 있다.

기림형

어떻소? 거기도 더웁오? 공부가 잘 되오?

『기상도氣象圖』가 되었으니 보오. 교정은 내가 그럭저럭 잘 보았답
시고 본 모양인데 틀린 데는 고쳐 보내오.

구군具君은 한 천 부 박아서 팔자고 그럽디다. 당신은 오천 원만 내
구 잠자코 있구려. 어떻오? 그 대답도 적어 보내기 바라오.

참 체재體裁도 고치고 싶은 대로 고치오.

그리고 검열본은 안 보내니 그리 아오. 꼭 소용이 된다면 편지하

오. 보내 드리리다.

이것은 교정쇄니까 삐뚤삐뚤한 것은 '간조'에 넣지 마오. 그러니까
두 장이 한 장 세음이오. 알았오?

그리고―(nombre)는 아주 빼어버리는 게 좋을 것 같은데 의견이
어떻소? 좀―(꼴불견) 같지 않소?

구인회는 인간 최대의 태만에서 부유중이오. 팔양八陽이 탈회했
오.―잡지 2호는 흐지부지요. 게을러서 다 틀려먹은 것 같소. 내
일 밤에는 명월관에서 영랑시집의 밤이 있소. 서울은 그저 답보중
이오.

자조 편지나 하오. 나는 아마 좀더 여기 있어야 되나 보오.

참 내가 요새 소설을 썼오. 우습소? 자―그만둡시다.

구본웅은 "한 천 부 박아서 팔자"고 했고, 이상은 100부만 찍
자고 했다. 결국 200부를 찍고자 했던 김기림의 뜻대로 되었다.
김기림의 시집 『기상도』가 나온 것은 1936년 1월이다. 이상의 시
집 장정은 당대의 미학적 기준으로는 매우 세련된 것이었다. 조
영복은 "이상의 '멀티아티스트적인' 재능은 앞에서 이미 밝혔
다. 그중 장정가로서의 면모를 확인할 수 있는 것이 이상이 김기
림의 시집 『기상도』를 장정한 것이다"[37]라고 쓴다.

김기림은 신문의 학예면에 글을 발표하면서 '새로운 문학을
건설하겠다'는 구체적인 꿈을 품었다. 그리고 이상과 박태원, 이
태준 등과 함께 새롭게 발흥하는 모더니즘 문학의 주축으로 우
뚝 서게 된다. 조영복은 예술가 공동체를 꿈꾸었던 이들의 활동

에 대해 다음과 같이 쓰고 있다.

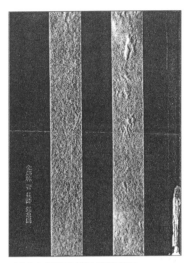

이상이 디자인한 김기림의 시집 「기상도」

1930년대 문단의 핵심은 바로 이상의 출현에 있었고 이상을 중심으로 문단의 일화가 끊임없이 재생산되었다. 이들 인물들은 당대의 일상과 풍속이 번잡하고 화려하게 펼쳐지는 경성의 거리에서 예술적 몽상을 통해 그 번잡한 일상들을 넘어선다. 황폐한 근대적 소비문화에 너절해진 일상들을 그들 삶의 한복판에서 밀어내고 그 자리에 그들은 연애와 청춘과 죽음의 판타지로 가득 찬 예술의 품목들을 채웠다. 그들은 교만하고 고집 센 예술가적 자의식으로 가득 찬 '거리의 문학'을 훈장처럼 내세울 수 있었던 것이다. 이들을 묶어주는 것은 1930년대 일상의 문화사적 공간인 다방, 바, 끽다점 같은 '대중 향락 공간'이라기보다는, 이들의 문화 예술사적 감수성과 지적 욕구들을 충족시켜주면서, 문화적 담론의 중심들을 채울 수 있게 한 '예술'에 대한 취미와 정보의 공유이다. 다방 '제비'나 '낙랑파라' 같은 공간은 이들 예술가들 공동체의 정신적 성소이기도 했던 것이다. 그들은 여기서 1930년대 문학예술의 새로운 세계를 꿈꾸었고, 이를 통해 1930년대의 '불행한 시절'을 넘어서고자 했다.[38]

모던뽀이들의 아지트, 낙랑파라 1931년 화가 이순석이 개업하여 최초로 조선인이 운영했던 다방으로 내부 디자인을 이상이 맡았다고 전해진다.

이상에게 박태원·이태준·김유정·구본웅·조용만·정인택·정지용·김기림 등과 같은 예술의 동반자들이 있었던 것은 그의 시와 문학을 첨단의 모더니즘 그 정점으로 끌어올리는 데 동기부여가 되고, 실제로 큰 동력이 될 수 있었다. 그들은 '제비' 다방이나 '낙랑파라'와 같은 근대적 공간에서 아폴리네르나 장 콕토 등과 같은 초현실주의 문학, 당대에 화제가 되던 르네 클레르의 판타지 영화에 대한 공감을 나눈다. 이상은 특히 '제비' 다방에 딸린 골방에서 자신의 초현실주의적 시들을 보고 경탄한 김기림에게 더 기대었다.

"형 도동渡東하는 길에 서울 들러 부디 좀 만납시다. 할 이야기도 많고 이일저일 의논하고 싶소."

김기림에게 쓴 편지에 따르면, 이상은 제 진로 문제 등에 대해 김기림과 의논하고 싶어 했다. 아울러 새 작품을 쓸 때마다 김기림에게 보냈다.

> 졸작 「날개」에 대한 형의 다정한 말씀 골수에 숨이오. 방금은 문학
> 천년이 회로回老에 돌아갈 지상최종의 걸작 「종생기」를 쓰는 중이
> 오. 형이나 부디 억울한 이 내출혈을 알아주기 바라오!

또 다른 편지에서는 "내 고독과 울적을 동정하고 싶지는 않소?"라고 썼다.

1936년 4월에 김기림은 《조선일보》를 휴직하고 동경으로 건너가 동북제대 영문학부에 들어간다. 당시 동경은 지식인과 예술인들에게 꿈의 도시였다. 동경으로 유학을 떠난 김기림과 편지를 주고받던 이상 역시 1936년 10월경음력 9.3에 동경행을 감행한다. '허울 좋은 이름뿐인 망명'이었던 동경행을 결정하면서 이상은 김기림에게 편지를 썼다.

> 골맹에 든 이 문학병을─이 익애溺愛의 이 도취의…… 이 굴레를 제
> 발 좀 벗고 제법 근량 나가는 인간이 되고 싶소. 여기서 같은 환경
> 에서는 자기 부패 작용을 일으켜서 그대로 연화煙火할 것 같소. 동
> 경이라는 곳에 오직 나를 매질한 빈고가 있을 뿐인 것을 잘 알고
> 있지만 컨디션이 필요하단 말이오. 컨디션, 사표師表, 시야, 아니 한
> 계, 구속, 어째 적당한 어휘가 발견되지 않소그려!

그러나 이상은 1937년 동경에서 숨을 거둠으로써 불귀의 객이 되고, 김기림은 1939년 동북제대에서 공부를 마치고 경성으로 돌아온다. 보성전문과 연희전문 등에서 교수 초빙 제의가 있었지만 김기림은 모두 물리치고 《조선일보》에 복직해서 학예부장 직을 맡는다. 김기림과 박태원 등은 이상의 부재에 대해 어떤 근원적 상실감을 공유했다. 박태원이 김기림에게 "우리 술 좀 같이 자시고 누구 꺼릴 것 없이 죽은 이상이의 욕이나 한바탕 합시다"라고 편지를 보내고, 김기림은 답신으로 "봄이 오니까 형도 '제비'가 그리우신가보오. 돌아오지 않는 제비의 임자는 얼마나 야속한 사람이겠소? 동경을 지날 때는 머리를 수그리오"라고 써 보내곤 한다. 그 이상에 대해 김기림은 다음과 같은 회고의 글을 남기고 있다.

무슨 싸늘한 물고기와도 같은 손길이었다. 대리석처럼 흰 끼부, 유난히 긴 눈사부랭이와 짙은 눈썹, 헙수룩한 머리 할 것 없이, 구보도(甫)가 꼭 만나게 하고 싶다던 사내는 바로 젊었을 적 'D. H. 로—렌스'의 사진 그대로인 사람이었다. 나는 곧 그의 비단처럼 섬세한 육체는, 결국 엄청나게 까다로운 그의 정신을 지탱하고 섬기기에 그처럼 소모된 것이리라 생각했다. 그가 경영한다느니보다는 소일하는 찻집 '제비' 회칠한 4면 벽에는 '쥬르·르나르'의 '에피그람'이 몇 개 틀에 들어 걸려 있었다. 그러니까 이상과 구보와 나와의 첫 화제는 자연 불란서 문학, 그중에서도 시(詩)일밖에 없었고, 나중에는 '르네·클레르'의 영화, '달리'의 그림에까지 미쳤던가보다. 이상은 '르네·클레르'를 퍽 좋아하는 눈치다. '달리'에게서는 어떤 정신적 혈연을 느끼는 듯도 싶었다. 1934년 여름 어느 오후, 내가 일하는 신문, 그날 편집이 끝난 바로 뒤의 일이었다. 피차가 나이에 대하여 무관심한 적이기는 했어도, 이상은 특히 나이하고는 관련이 없는 사람이었다. 스물넷인가 다섯이라는 젊은 토목기사는 제도와 관청지위를 바로 팽개치고 그 대신 음악과 시와 그림을 산, 말하자면 서투른 흥정을 해버린 지 얼마 안 되는 적이언만, 그 노숙한 풍모란 인생의 산전수전을 다 겪은 늙은이로도 당할 수 없었다.

게다가 그는 늘 인생의 테두리에서 한 걸음만 비껴서 있었던 것이다. 또 다른 의미에서는 그의 말대로 현실에 다소 지각하였거나 그렇지 않으면 현실이 그보다 늘 몇 시간 뒤떨어졌던 것이다. 그러므로 그는 나면서부터 한 인생의 망명자였던 것이다. 그러니까 그의 본명은 김해경이면서도 공사장에서는 어느 인부꾼이 그릇 '이상—' 하고 부른 것을 존중하여 '이상'이라고 해버려두어도 상관없었다.

차마 타협할 수가 없는 더러운 세계와 현실의 등 뒤에 돌아서서 킥킥 웃어주었으며 때로는 놀려주면서 달아나는 것이었다. 그러므로 그는 그의 시 속에 아무런 결론도 준비할 필요를 느끼지 않았던 것이다. 자연 그것에라도 필적한 '무관심'의 극치를 빼앗아 낸 예술이었다.[39]

김기림의 후기 행보

김기림이《조선일보》학예부장으로 임명된 것은 1940년 1월이다. 그러나《조선일보》는 1940년 8월 10일 강제 폐간되고, 조선어 사용마저 전면 금지된다. 김기림은《조선일보》폐간을 앞두고 청년 시인 서정주에게 폐간 기념시를 청탁한다. 그 당시 서정주는 이용악, 오장환 등과 함께 조선의 삼재三才로 꼽혔다. 엽서로 폐간 기념시를 청탁했지만 서정주 쪽에서 이렇다 저렇다 연락이 없었다. 김기림은 다시 서정주에게 폐간 기념호에 낼 시를 한 편 빨리 써 보내라는 내용의 전보를 보낸다. 그 무렵 스물다섯 살의 청년 서정주는 자신을 찾아온 벗 임대섭과 함께 전국 방랑에 나선 터였다. 그랬으니 김기림의 청탁에 때를 맞춰 응할 수 없었다. 방랑에서 돌아온 서정주는 뒤늦게 김기림의 엽서와 전보를 확인했지만, 그때는 이미《조선일보》폐간 기념호가 나온 뒤였다. 서정주는 아쉬움 속에서 신문에 실리지도 못할 기념시를 썼다. 그게 바로 「행진곡」이라는 시다.

> 잔치는 끝났더라, 마지막 앉아서 국밥들을 마시고
> 빠알간 물 사르고,
> 재를 남기고,
>
> 포장을 걷으면 저무는 하늘.
> 일어서서 주인에게 인사를 하자

1940년 8월 10일 폐간 당시 조선일보 편집국

결국은 조금씩 취해가지고

우리 모두 더 돌아가는 사람들.

목아지여

목아지여

목아지여

목아지여

멀리 서 있는 바닷물에선

난타하여 떨어지는 나의 종소리.

《조선일보》가 폐간하고 두 달 뒤인 1940년 10월 무렵에 김기림은 낙향을 해서 고향 성진에 칩거한다. 고향 성진에는 선친 때부터 내려온 상당한 토지가 있었다. 조선의 유명한 시인이 북쪽

1950년대 월북 당시 김기림의 모습

의 변방도시 경성에 왔다는 소식이 알려지자 단박에 경성뿐만 아니라 함경북도 전체가 소동이 일었다. 김기림을 만나기 위해 경성고보 학생들이 찾아오고 나중에는 인근 지역 학생들까지 몰려왔다. 얼마 뒤에 김기림은 성진에서 가까운 경성고보에 초빙되어 영어와 수학을 가르치는 교사로 한동안 재직한다. 일본인 교장이 김기림의 뛰어난 실력에 감복해서 그를 무척 아꼈다는 증언들이 남아 있다. 이때의 제자로 영화감독 신상옥과 후반기 동인으로 활동했던 시인 김규동 등이 있다.

김기림은 성진에서 해방을 맞았다. 그러나 북한에 토지개혁이 전면 실시되면서 김기림가의 방대한 토지들은 몰수당한다. 김기림은 밀항선을 사서 가족과 함께 월남한다. 해방공간에서 김기림은 조선 정세에 대해 어느 정도 낙관적인 기대를 품었던 듯싶다. 그는 '새나라 건설'의 노래를 부르며 시대의 전위에 서지만, 얼마 되지 않아 그 꿈이 헛되었다는 사실을 깨닫는다. 김기림은 6·25 전쟁의 와중에 인민군에 붙잡혀 납북된다. 그 뒤 생사불명으로 남아 있는데, 납북 과정에서 죽은 것으로 추정된다.

김기림은 1946년에 결성된 좌파 계열인 문학가동맹에 가입해 시부 위원장으로 활동했지만 그의 문학과 사상은 그 이념과의 이질성 때문에 하나로 섞일 수는 없었다. 김기림은 6·25 전쟁이 일어나기 직전 연세대학교 영문과 교수로 재직 중이었고, 이 무렵 교환교수로 미국으로 떠날 준비를 하고 있었다. 아울러 가족의 생계에 도움이 되고자 영어와 프랑스어 사전을 편찬하고 있었다는 가족의 증언도 있다.

1950년 6월 27일 김기림은 집을 나서 피난민 대열에 합류한다. 이미 한강 철교가 끊어져서 남행이 불가능하자 김기림은 회현동의 한 주택 지하실에 몸을 숨겼다. 다시 시흥으로 은거지를 옮기기 위해 집을 나선 이후 그의 모습은 사라졌다. 여러 증언을 종합해보면 김기림은 서울 이화동 로터리에서 인민군에게 붙잡혀 서대문 형무소로 이송돼 감금되어 있다가 1950년 8월경 북한으로 이송되었다. 당시 김기림은 북쪽에 의해 "체포대상 A급"으로 분류되어 있었다는 증언이 있다. 김기림이 북쪽으로 이송되었다는 사실 말고 알려진 것은 아무것도 없다. 김기림은 사망이 추정될 뿐 확인된 것이 없기 때문에 영원히 실종 상태에 있다.

모더니스트의 문학

김기림이 정지용을 가리켜 "우리 시 속에 현대의 호흡과 맥박을 불어넣은 최초의 시인이며 우리말의 각개의 단어가 가지고 있는 무게와 감촉과 광光과 음陰과 형形과 음音에 대하여 적확한 식별을 가지고 구사하는 시인"[40]이라고 했지만, 이 수사는 그대로 자신에게 되돌릴 수 있다. 김기림은 누구보다도 우리 시에 근대 문물에 대한 능동적 반응과 더불어 "현대의 호흡과 맥박"을 불어넣은 시인이다. 가령 백화점이라는 근대 공간을 "'메피스토'의 늙은이"로 보고 그 늙음의 추함을 가리기 위한 "메이크업"을 읽어낸다. 아울러 이 근대 공간의 황홀경에 유인된 군중을 "어족魚族"이라고 본 것도 김기림이다. 더 나아가 이들을 근대의 갖가지 시각과 청각을 자극하는 대상들에 얼이 빠져버린 "몽유병자夢遊病者의 무리들", "심장과 뇌수를 '보너스'와 월급에 팔아버린 기계인간機械人間"[41]으로 보았다.

김기림은 서구 문학 전반에 대해 폭넓은 관심을 갖고 해박한 지식을 갖춘 당대 최고의 모더니즘 이론가였다. 그가 특히 관심을 가진 것은 이미지즘과 주지주의다. 1934년 7월 《신동아》에 실린 「시의 모더니티」라는 글에서 모더니즘 이론을, 1935년 2월 《시원》 1호에 실린 「현대시의 기술」이라는 글을 통해 에즈라 파운드의 이미지즘 이론을 소개함으로써 모더니즘 이론가로서 자신의 입지를 다진다. 김기림은 감정의 배제, 영상, 조소성, 회화성 등을 이미지즘의 두드러진 특징으로 꼽는다. 20세기 시의 회화적 양식으로 나타나는 미는 외형적인 미와 내용성의 미로 나뉘는데, 이때 겉으로 드러나는 형식미는 작품이 활자화될 때 자형 배열 등과 같은 타이포그래피 형식으로 외부화되고, 내용의 미는 주체의 내면에 가시적인 영상으로 나타난다고 설명한다.

김기림의 모더니즘 이론의 뿌리는 서구의 '미래파, 다다, 쉬르레알리스트'에게까지 뻗쳐 있다. 김기림이 추구한 활자의 특수한 결합 방식 및 배치에 의한 효과는 "영상, 상징, 은유, 직유, 기지, 속도, 비약, 구성미, 유머, 아이러니, 풍자, 운동감, 몽타주, 대립, 역설"[42] 등의 시적 의장意匠을 입으며 현저하게 시각화한다. 조영복은 이와 같은 이론적 바탕 위에 '노래하는 시'에서 '읽혀지는 시'로의 이행을 보여준

정지용(1902~1950)

김기림의 시학을 "윤전기적 감각과 미래주의 시학"[43]이라고 명명한다. 1935년 《조선일보》의 「오전의 시론」과 《신동아》의 「포에지와 모더니티」, 「시작에 있어서의 주지주의적 태도」 등을 통해 김기림은 '윤전기', '라디오', '축음기'와 같은 기계문명의 도구적 변화와 무관한 채 감상적 낭만시를 지배하는 농후한 센티멘털리즘은 물론이고, 시의 자율성을 사상捨象한 채 정치·사상성으로 편향하는 내용주의자들을 싸잡아 비판한다.

  김기림이 이미지즘의 대표 시인으로 꼽은 것은 정지용, 김광균 등이다. 그러나 김기림의 "속도감, 각도의 시, 활자 인쇄라는 기술을 통한 시적 효과"를 노린 초기의 '새로운 시'들과 미래주의와 주지주의에 바탕을 둔 모더니즘 시 이론은 임화를 비롯한 여러 비평가들로부터 내용의 중요성을 '지나치게' 무시하고, 표피적 기교주의에 함몰된 것이라는 공격을 받는다. 김기림은 누구보다도 "세잔에서 출발해 마리네티, 마티스, 피카소로 이어지는 화가들, 발레리, 보들레르 등 상징주의 시인에서 출발해 아폴

리네르, 장 콕토 등으로 이어지는 시인들",[44] 그리고 서구의 영화, 음악, 건축, 미술 등에서 예술적 영감과 자양분을 취하고, 시의 첨단 이론으로 무장한 채 구인회에 가담하면서 1930년대 우리 문단의 전위에 선다.

그 이후의 김기림의 행적에 대해서는 누구도 아는 사람이 없고, 그는 단지 납북자 문인으로 남았다. 모더니스트 시인이자 일간지의 사회부 기자로 명성을 떨치고, 이상의 멘토를 자처하며 구인회 동인으로 활동하며 모더니즘 문학을 이끈 김기림은 '납북자 문인'이라는 족쇄에 채워져 남북의 문학사에서 오랫동안 자취를 감춘다.

제4장

황금광 시대의 '금쟁이' 김유정

모더니즘 속의 토속

1930년대 일본은 '내지연장內地延長'이라는 명분을 걸고 식민지 조선을 일본의 일부로써 동화하려는 정책을 펼친다. 일본의 내부자 시선으로 보자면 식민지 조선은 하나의 외부다. 일본 제국주의가 내세운 내선융화內鮮融化·내선융합內鮮融合·내선일체內鮮一體는 그 외부를 내부화하려는 이데올로기를 보여준다. 이 외부의 내부화는 식민지 정책의 가장 큰 줄기였다. 여기에 작동하는 이데올로기가 식민지 내부로 스며들어 동일화라는 화학작용을 일으킬 때 피식민지의 외부성은 내재화되지만, 그 반대의 경우, 즉

김유정(1908~1937)

외부의 내재화가 삐걱거릴 때 외부의 이데올로기가 취할 수 있는 극단은 그것을 물리적 폭력으로 바꾸는 것이다. 일제가 취한 민족 언어의 말살과 민족 자체의 말살 정책에서 그런 물리적 폭력성을 찾을 수 있다. 외부를 내재화하는 일본의 식민지 정책은 일본이 수행하는 전쟁에 조선인과 조선의 물자를 동원하는 데 따르는 저항을 누그러뜨리려는 의도를 노골화한 것에 지나지 않는다. 그 이데올로기가 강압성이 높아질 때 그것은 폭력성을 수반할 수밖에 없는데, 이에 따른 저항도 그 폭력성의 정도와 반비례한다.

일제의 식민지 강압 정책에 대해 이육사를 빼고 조선 문단은 침묵으로 일관함으로써 거의 암묵적 동의를 한다. 대개는 무기력한 외부인으로서 무의식의 식민화에 동화되었다는 증거다. 이상이 무의식의 층위에서 불안과 분열증의 언어로 그런 상황에 대응했다면, 김유정金裕貞·1908~1937은 일제의 식민지 동화정책과 무관한 토착적 정서로 기울어짐으로써 그에 대응한다. 같은 구인회 소속이라고 하더라도 이상과 김기림에게는 도시의 근대성에서 촉발되는 감각적 반응들이 압도적인 데 반해 김유정은 해학과 함께 비벼진 질박한 토속주의로 경사됨으로써 독자성을 확보한다. 김기림이 1930년대 중반 '도시'와 '모던'을 안고 질주하던 모더니즘 문학에 대해 쇄말주의적 기교에 떨어져 위기에 직면했다는 내부자 시선에 의한 자성自省에 이르지만, 당대 현실의 핵심을 꿰뚫어보고 현실과 문학 사이의 긴장을 유지하던 김유정의 소설들은 그 쇄말주의적 기교화가 낳은 위기와는 무관했다.

　김유정의 소설들은 모더니즘의 한 기류를 대변하는 구인회의 도시적 특성과 떨어져서 특유의 토속적이고 질펀한 어휘, 유머와 풍자적 수법 등으로 기층민들의 발랄한 실존을 사실주의적 실감으로 살아나게 했다. 이러한 그의 문학적 성과는 구인회의 외면을 넓히고 새롭게 돋보이게 했다. 하지만 김유정의 뛰어난 재능은 당대의 김문집 등에 의해 "전통적 조선 어휘의 풍부와 언어 구사의 개인적 묘미"라는 평가를 받긴 했지만, 문학사적 평가를 하기에는 아직 일러서 그의 작품에 대한 전면적인 평가는 유보되는 형편이었다.

아이러니한 문학 세계

김유정의 대표작으로 꼽히는 「만무방」은 1934년 9월 10일에 탈고되어, 이듬해인 1935년 7월 17일부터 30일까지 《조선일보》에 연재되었다. '만무방'은 '염치없고 막되어먹은 잡놈의 무리'라는 뜻을 가진 말이다. '만무방'과 같이 인간의 뻔뻔함과 천연덕스러움에 대한 묘사는 김유정 소설의 빼어난 대목이다. 「만무방」뿐 아니라 다른 작품의 인물에서도 도둑질, 도박, 매춘에 이르기까지 여러 비윤리적 삶의 형태들로 줄곧 나타난다. 가난과 연관된

비정상적인 남녀관계는 김유정 소설의 두드러진 특징이다.

「소낙비」를 비롯한 그의 대부분의 소설 속에는 남편의 병이나 도박 밑천, 빚, 생계 때문에 단돈 몇 원을 받고 몸을 팔거나 혹은 술집 작부, 들병이로 나서는 아내들, 그리고 아내의 매춘을 빤히 알면서도 아무런 죄책감 없이 묵인하는 남편들이 등장한다. 김유정은 이들의 옳고 그름을 판가름하거나 도덕적으로 단죄하지 않는다. 다만 이들의 행태를 유머, 아이러니, 풍자, 해학을 통해 있는 그대로 그려 나간다. 작중인물들이 처한 아이러니한 상황을 통해 웃음을 유발시키는 그 이면에는 늘 짙은 현실의 암울함이 깔려 있는 것 또한 김유정 소설의 특징이다.

> 때는 한창 바쁠 추수 때이다. 농군치고 송이파적 나올 놈은 생겨나도 않았으리라. 허나 그는 꼭 해야만 할 일이 없었다. 싶으면 하고 말면 말고 그저 그뿐. 그러함에는 먹을것이 너럭 있느냐면 있기커녕 부처먹을 농토조차 없는, 계집도 없고 집도 없고 자식 없고. 방은 있대야 남의 겻방이요 잠은 새우잠이요. 하지만 오늘 아침만 해도 한 친구가 찾아와서 벼를 털 텐데 일 좀 와 해달라는 걸 마다하였다. 몇 푼 바람에 그까짓 걸 누가 하느냐. 보다는 송이가 좋았다. 왜냐면 이 땅 삼천리 강산에 늘려 놓은 곡식이 말쩡 누 거럼. 먼저 먹는 놈이 임자 아니야. 먹다 걸릴 만치 그토록 양식을 쌓아두고 일이 다 무슨 난장맞을 일이람. 걸리지 않도록 먹을 궁리나 할 게지. 하기는 그도 한 세 번이나 걸려서 구메밥으로 사관을 틀었다. 마는 결국 제 밥상 위에 올라앉은 제 목도 자칫하면 먹다 걸리긴 매일반—[45]

순박한 농군인 응오와 응칠 형제의 딱한 현실을 바탕으로 펼쳐지는 「만무방」은 날카롭게 농촌 실태를 그려냄으로써 문제작이란 평가를 받는다. 제가 농사 지어놓은 벼를 훔쳐야만 하는 기막힌 사정으로 당대 농업노동에 종사했던 이들의 현실의식을 조명한다. 아무리 열심히 일해도 결국 '제살 깎아먹기'를 벗어나지 못하는 이 막장의 현실을 탄식하며 형은 아우에게 아예 도둑질로 나서자고 부추긴다. 결국 자기 논의 벼를 훔친 아우를 때린 뒤에 늘어진 아우를 업고 형이 옹고개를 넘어 집으로 돌아오는 대목에서 기층민들의 절망적인 처지는 아이러니에서 빚어진 쓴 웃음을 자아내는 것이다.

1930년대 조선 사회에서 기층을 구성하는 것은 소작농, 유랑 농민, 머슴, 노동자, 실업자, 거지, 여급, 매춘부 따위다. 김유정의 소설에 나오는 농군, 맹꽁이, 만무방, 들병이, 금쟁이, 거지들은 식민지 근대의 악무한의 현실을 가로질러 온다. 일제의 수탈과 억압도 그들의 생명력을 빼앗을 수는 없다. 그들은 절망 속에 몸을 담근 채 살아남는 법을 익히고 잡초와 같이 끈질기게 살아남은 사람들의 이름이다.

이상과 김유정의 접점

1935년 《조선일보》와 《조선중앙일보》 신춘문예에 각각 「소낙비」와 「노다지」가 당선되며 문단의 주목을 받은 김유정이 후기

구인회 멤버로 들어오면서, 그때 이미 구인회 멤버였던 이상과
도 자연스럽게 친교가 이루어진다. 김유정이 어린 시절에 양친
을 다 잃고 고아가 되었듯 자신도 생모·생부를 떠나 백부에게
입양되며 '정신적 고아'가 된 것, 제가 가난의 신고辛苦 속에서 허
덕이듯 김유정 역시 토호의 아들로 태어났지만 형 유근이 가산
을 탕진한 탓에 가난 속에서 신음했다는 것—김유정은 "돈, 돈,
슬픈 일이다"라고 쓰고, 이상은 "어떻게 하면 돈을 버나요. 저는
못 법니다"라고 썼다—, 그리고 두 사람이 청년 백수로서 젊은
나이에 폐결핵으로 생명의 불꽃이 꺼져가고 있다는 것 등에서
'운명 공동체'라는 연대감을 느꼈다.

　김유정의 과묵과 우울증 기질은 생래적인 것이기보다는 제 처
지의 암담함에서 비롯된 것으로 보인다. 가족사에 내재된 불행
들이 그의 말문을 닫게 만들었는지도 모른다. 그는 대체로 말을
아끼는 사람이었다. 때로 말을 더듬거릴 정도로 눌변이었다. 하
지만 술자리에서 그는 돌연 말이 헤퍼지면서 능변이요, 달변의
기질을 드러냈다. 그가 술에 취하면 강원도 내륙 사투리를 구사
하며 시골 바람둥이의 풍모를 내보이곤 했다. 김유정은 가끔씩
이상이 일하던 구본웅가의 인쇄소 겸 출판사인 창문사에 모습을
나타냈다. 그에 대해 이상은 이렇게 회고한다.

　　창문사에서 내 집무랍시고 하는 중에 떠억 나를 찾아온다. 와서는
　　내 집무 책상 앞에 마주 앉는다. 앉아서는 바윗덩어리처럼 말이 없
　　다. 낸들 또 무슨 그리 신통한 이야기가 있으리오. 그저 서로 벙벙

이 앉아 있는 동안에 나는 나대로 교정 등속 일을 한다. 가지가지 부호를 써서 내가 교정을 보고 있노라면, 그는 불쑥 "김형! 거 지금 그 표는 어떡하라는 푠가요?" 이런다. 그럼 나는 기가 막혀서, "이 거요, 글자가 곤두섰으니, 바로 놓으란 표지요" 하고 나서는 또 그만이다. 이렇게 평소의 유정은 뚱보다. 이런 양반이 그 곤지곤지만 시작되면 통성通姓을 다시 해야 한다.

김유정의 초기 행보

김유정은 1908년 1월 11일, 일제하의 행정지명 강원도 춘천부 남내이작면 실레마을에서 부친 김춘식과 모친 심씨 사이에 2남 6녀 중 일곱째이자 차남으로 태어난다. 김유정이 태어날 무렵 그의 집안은 부유했다. 휘문고보 동창인 안회남은 생각했던 것보다 유정의 집이 더 큰 부자였다는 것, 그의 집안이 퍽 유명한 양반이었던 것, 옛날 양반의 세력으로 재물을 모은 것에 대해 회고한다. 안회남이 개벽사에 근무할 때 춘천에서 태어난 한 지인에게서 들은 얘기를 옮긴 것이다.

이 무렵 전국 각지에서는 정미7조약에 의한 일본의 군대해산에 대항해 의병부대가 조직되고 있었다. 김유정의 고향인 실레마을은 국적토벌國賊討伐, 국모보수國母報讐, 배양척외排洋斥倭의 기치를 내걸고 경성으로 진격하는 춘천의병진의 후방기지 역할을 한다. 이 시기에 보았던 의병들의 모습이 나중에 김유정의 작품에

김유정의 가족
왼쪽부터 김유정, 누나 김유영, 조카 김영수

등장하는 소작농, 유랑민, 노동자, 실업자, 거지 등에 이르는 다양하고 생생한 하층계급 인물을 창조하는 데 밑거름이 되었을 것이다.

1913년 김유징 일가는 현금과 토지 일부를 정리해 경성의 한가운데라고 할 수 있는 종로구 운니동에 1백여 칸의 살림집을 마련해서 이사를 한다. 이사할 무렵 시름시름 앓던 김유정의 모친은 갖은 약을 다 썼으나 일어나지 못하고 이듬해 세상을 떠난다. 그로부터 3년 후 부친마저 세상을 떠나 어린 나이에 김유정은 고아가 된다. 실질적인 가장이 된 형 김유근은 운니동의 집을 처분하고 관철동으로 이사를 한다. 어린 유정은 저녁마다 근처의 우미관에서 들려오는 나팔 소리에 귀를 기울이며 죽은 어머니를 그리워한다. 형 유근은 무능력한 인간이었고, 선대에서 악착같이 모아놓은 재산을 주색잡기로 탕진하는 데 바빠 어린 동생의 허전한 가슴을 헤아리지 못했다. 형 유근은 부모의 대체자로서 가족 위계에서 확고한 자리에 있었다. 김유정이 매형의 거듭되는 제안에 못 이겨 형 김유근을 상대로 상속 유산의 분할 청구소송을 내지만 이마저도 유근의 설득으로 자진 취하하고 만다. 김유정은 휘문고보 시절, 안회남에게 어머니 사진을 보여주고는 "내 어머님은 미인이다!"고 자랑을 하기도 했다. 그의 어머니에 대한 남다른 그리움은 연희전문 시절까지 이어져 자기보다 연상인 여인 박녹주에 대한 짝사랑으로 나타난다.

1929년 막 연희전문학교에 입학한 청년 김유정은 명월관 기생이자 남도창을 하는 박녹주에게 막무가내로 연애편지를 보냈다. 비누와 수건을 손에 들고 목욕탕에서 나오는 그녀의 모습을 보고 첫눈에 반한 그는 검은 휘장으로 들창을 가린 어두운 방에서 매일 한 통씩의 편지를 써서 부친다. 그러나 박녹주는 연하의 김유정을 얕잡아보고 편지를 읽지도 않은 채 찢어버렸다. 하루는 가정부를 시켜 김유정을 불렀다.

"당신이 김유정이오?"

"그렇습니다."

"어쩌려고 나에게 그런 편지를 했소."

"어쩌려고가 무슨 말이오. 편지를 받아보지 않았소."

훤칠한 키에 잘생긴 김유정은 당당했다. 그는 사랑한 뒤에 어쩔 생각이냐는 박녹주의 물음에 "결혼하는 겁니다"라고 당당히 응수했다. 박녹주가 '남편이 있는 몸'이라고 점잖게 타일러도 소

판소리 명창 박녹주(1906~1975)

용없었다. 결국 박녹주의 집에서 쫓겨나다시피 물러나온 김유정은 포기하지 않고 노골적인 협박과 호소가 범벅이 된 편지를 다시 썼다.

당신이 무슨 상감이나 된 듯이 그렇게 고고한 척하는 거요. 보료 위에 버티고 앉아서 나를 마치 어린애 취급한 것을 생각하면 지금도 분하오. 그러나 나는 끝까지 당신을 사랑할 것이오. 당신이 이 사랑을 버린다면 내 손에 죽을 줄 아시오.

엊저녁에는 네가 천향원으로 간 것을 보고 문 앞에서 기다렸으나 나오지 않았다. 만일 그때 너를 만났다면 나는 너를 죽였을 것이다. 그러나 좋아하지 마라. 단 며칠 목숨이 연장될 따름이니까……

혈서로 된 이런 편지를 받고 박녹주는 온몸이 오싹해졌다. 그래서 외출도 삼가고 나갈 때는 휘장을 내린 인력거를 타고 남바위를 얼굴까지 푹 내려써서 알아보지 못하게 했다. 연전 학생과 박녹주 사이의 염문은 어느새 장안에 파다하게 퍼져 있었다. 그러나 혈서도, 애원도, 협박도 소용없이 김유정의 짝사랑은 무참히 거절되고 만다. 박녹주에 대한 연희전문 출신의 청년 작가 김유정의 일방적 애정행각은 일종의 해프닝으로 호사가들의 입에

오르내렸다. 일찍이 어머니를 잃은 자의 정서를 고착화하고 있던 주체가 모성애로부터 단절되는 고통을 보상받으려는 내부의 정동情動·affect을 발현시킨 것으로 이해할 수 있다. 그러니까 부재하는 것에 대한 주체의 욕망이 무의식 안에서 박녹주-어머니의 동일시 현상으로 변주되었던 것이다.

박녹주에 대한 짝사랑이 받아들여지지 않고 또 가장이던 형이 술과 여자로 가산을 탕진하자 김유정은 연희전문을 중퇴하고 혜화동 근처의 허름한 방에서 약 1년 동안 기거한다. 이때 늑막염에 걸려 고생하다가 이듬해 고향인 실레마을로 내려온다. 김유정의 무의식에 근대적 합리성은 확연했다. 그런 무의식으로 전근대적 풍속과 더불어 가난을 상습화하고, 불결하고 비위생적인 취락 시설에 머문 고향 마을의 개량이라는 과제를 자기 것으로 떠맡는다. 그는 실레마을에서 요양만 하지 않고 틈틈이 나무를 베어다가 야학당을 지어 문맹자들을 가르쳤다.

금광 개발에 뛰어든 문인

1930년대는 조선 땅의 7할이 금광으로 출원될 정도로 황금광 시대였다. 너도나도 금광을 개발해서 일확천금을 손에 쥐고자 광업회사들이 난립했는데, 1937년 「조선은행회사조합요록」에 따르면 경성에 있는 광업 관련 합자회사와 주식회사는 모두 42개였다. 이보다 자본금 규모가 작은 광업회사들은 셀 수도 없을 정도였다. 전국에는 수천 개의 금광들이 있었는데, 이 금광들을 사고팔았다. 최창학처럼 1920년대에 금광을 발견해서 조선인 최고의 부자가 된 경우도 있지만, 사금광을 찾아다니고 덕대를 부려가며 일을 하다가 가산을 탕진하고 하루아침에 무일푼으로 전락하는 사람도 적지 않았다. 조선에 몰아친 골드러시를 틈타 금광의 매도자와 매수자를 이어주는 브로커들도 많았는데, 이들은 대부분 가난한 지식인 룸펜들이었다.

　문인들이라고 예외는 아니었는데, 소설가이자 평론가인 팔봉 김기진[1903~1985]이 이 금광사업에 뛰어든 대표적인 문인이다. 김기진은 조선프롤레타리아예술동맹[KAPF] 조직의 골수 역할을 떠맡은 사회주의 문학가였는데 그런 사람조차 금광 열풍에 주저 없이 뛰어든다. 본디 그는 《조선일보》 사회부장으로 근무하다가 금광 덕대 출신인 방응모가 금광에서 벌어들인 돈으로 경영난에 빠진 《조선일보》를 인수하자 바로 사표를 쓰고 평안남도 안주로 금광을 찾아 떠난 것이다. 《삼천리》 1934년 6월호 '문인기화'에 금광 사업에 열을 내는 김기진의 소식이 실리기도 한다. 김유정도 1932년에는 충청도와 강원도 등지의 금광을 전전하며 뒤늦게 금광 열풍에 뛰어들었다. 김유정이 금광을 쫓아다닌다는 소문이 문단에 돌면서 그에게 '금쟁이'라는 별명이 붙는다. 어쨌든 김유정은 금쟁이로 떠도는 방랑생활에서 많은 것들을 체험한다. 특히 지방을 떠돌아다니며 짚으로 꼬아 만든 주머니 속에 술병을 넣어 농부나 광부를 상대로 술과 몸을 파는 '들병이'들과의 만남은 나중 그의 소설의 소중한 자산이 된다.

토월회 시절의 김기진(1903~1985)
1922년 도쿄에서 찍은 사진으로
뒷줄 오른쪽 끝이 김기진이다.

바로 작년 이맘때다. 그날도 오늘과 같이 밤을 도와 잠채를 하러 갔던 것이다. 회양 근방에도 가장 험하다는 마치 이렇게 휘하고 낯선 산골을 기어올랐다. 꽁보에 더펄이 그리고 또 다른 동무 셋과. 초저녁부터 내리는 부슬비가 웬일인지 그칠 줄을 모른다. 붕, 하고 난데없이 이는 바람에 안기어 비는 낙엽과 함께 몸에 부딪고 또 부딪고 하였다. 모두들 입 벌릴 기력조차 잃고 대구 부들부들 떨었다. 방금 넘어올 듯이 덩치 커다란 바위는 머리를 불쑥 내대고 길을 막고 막고 한다. 그놈을 끼고 캄캄한 절벽을 돌고 나니 땀이 등줄기로 쭉 내려 흘렀다. 게다 언제 호랑이가 내닫는지 알 수 없으매 가슴은 펄쩍 두근거린다.

그러나 하기는, 이제 말이지 용케도 해먹긴 하였다. 아무렇든지 다섯 놈이 서른 길이나 넘는 암굴에 들어가서 한 시간도 채 못 되자 감ᵖ광석ᵖ을 두 포대나 실히 따 올렸다. 마는 문제는 논으맥이에 있었다. 어떻게 이놈을 노느면 서로 억울치 않을까. 꽁보는 금점에 남다른 이력이 있느니만치 제가 선뜻 맡았다. 부피를 대중하여 다섯

몫에다가 차례대로 매지매지 골고루 나눴던 것이다.[46]

시체는 금점이 판을 잡았다. 스뿔르게 농사만 짓고 있다간 결국 비렁뱅이밖에는 더 못 된다. 얼마 안 있으면 산이고 논이고 밭이고 할 것 없이 다 금쟁이 손에 구멍이 뚫리고 뒤집히고 뒤죽박죽이 될 것이다. 그때는 뭘 파먹고 사나. 자 보아라. 머슴들은 짜위나 한 듯이 일하다 말고 혹닥하면 금점으로들 내빼지 않는가. 일꾼이 없어서 올엔 농사를 질 수 없느니 마느니 하고 동리에서는 떠들썩하다. 그리고 번동 포농이조차 호미를 내어던지고 강변으로 개울로 사금을 캐러 달아난다. 그러다 며칠 뒤에는 다비신에도 옥당목을 떨치고 희짜를 뽑는 것이 아닌다.

아내는 콩밭에서 금이 날 줄은 아주 꿈밖이었다. 놀라고도 또 기뻤다. 올에는 노냥 침만 삼키던 그놈 코다리ᵐ명태를 짜증 먹어보겠구나 만 하여도 속이 메어질 듯이 짜릿하였다. 뒷집 양근댁은 금전 덕택에 남편이 사다준 흰 고무신을 신고 나릿나릿 걷는 것이 무척 부러웠다. 저도 얼른 금이나 평평 쏟아지면 흰 고무신도 신고 얼굴에 분도 바르고 하리라.[47]

"애기 젖 빠는 본능으로" 글을 쓰는 김유정은 금광을 찾아 따라다닌 경험을 몇 편의 소설에 담았다. 앞의 「노다지」나 「금 따는 콩밭」은 그중의 일부다. '잠채'는 남의 광물에 몰래 들어가 채굴하는 일을 이르는 말이다. 앞에 인용한 대목은 꽁보와 더펄이, 그리고 그들의 동무 셋이 밤을 도와 '잠채'를 한 뒤 그 몫을 나누

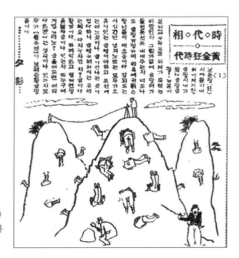

「황금광 시대, 시대상」, 《조선일보》(1932. 11. 29)
식민지 조선에 불어 닥친 금광 열풍을 묘사
했다.

는 대목이다. 「금 따는 콩밭」은 금 찾기에 혈안이 된 당시의 세
태를 실감나게 그린 소설이다. '시체'는 당시 돌아가는 상황을
가리킨다. 너도나도 금광을 찾아 떠난 탓에 농촌에서는 일손을
구할 수가 없자 농사를 작파할 지경에 이른다. '포농이'는 포전圃
田을 부치는 이를 말한다. 머슴이고 포농이고 할 것 없이 금에 미
쳐 날뛰는 세태를 보여준다. 그야말로 한반도 전체는 금광 열풍
으로 어느 한 군데 금전꾼들의 발길이 미치지 않은 곳이 없었다.
논밭이거나 돌산허리거나 개천바닥이거나 모두 금전꾼들의 삽
과 곡괭이가 뚫어놓은 구멍이 없는 곳이 없었다.

　　지금 조선은 그야말로 황금광 시대다. 평안도나 함경도나 전라도
　　나 어디를 막론하고 산이 있고 바위가 있고 흙이 있는 곳곳에는 망
　　치를 든 탐광꾼들이 없는 곳이 없고 양복쟁이, 상투쟁이, 어른, 어
　　린애 할 것 없이 눈코 박힌 사람이 두셋만 모여 앉은 자리에서 금

광 이야기가 나오지 않는 곳이 없으리만치 금광열이 뻗치었다.[48]

1934년 당시 총독부 광산과 처분계에 출원된 광업 건수는 5천 25건에 이르렀다. 그중에 금은광에 관계된 것만 3천 222건이었다. 대공황이 만들어낸 금광 열풍은 그 정점을 향해 치닫고 있었던 것이다. 김유정 말고도 채만식과 이태준 등도 금광 열풍을 다룬 소설을 남겼는데, 채만식의 「정거장 근처」[1937], 「금의 정열」[1938], 이태준의 「영월영감」[1940] 등이 그것이다.

김유정의 후기 행보

김유정은 1932년 다시 실레마을로 내려가 본격적인 계몽운동에 나선다. 당시는 1920년대에 산발적으로 이루어지던 농촌계몽 활동인 브나로드V narod·'인민 속으로'라는 뜻 운동이 조직화되어 펼쳐지던 시기였다. 김유정도 야학당을 열어 아이들을 가르치면서 브나로드 운동 팸플릿을 교재로 사용했다. 김유정은 학생들과 마을 청년들을 모아 농우회를 조직하고, 나중에 정식으로 간이학교 인가를 받아 금병의숙을 설립했다. 교실과 강당을 짓고, 수십 명의 아이들을 모아 학용품들을 사대며 아이들을 가르쳤다. 그렇게 함으로써 조부 때 재물을 모으는 과정에서 쌓인 향리 사람들의 원성을 누그러뜨리리라 생각했던 듯싶다. 그러는 사이에 집안은 형의 음주벽과 난봉질로 거의 거덜이 나고 만다. 다시 고향을 떠난 김유정은 1933년부터는 조카, 형수와 함께 창신동, 신당동, 효제동 등에서 셋방살이를 전전하는데, 이때부터 본격적인 글쓰기를 시작한다. 1933년 25세 되던 해 1월 13일 「산골 나그네」를 탈고하고 「총각과 맹꽁이」를 8월 6일에 탈고했다. 김유정은 당시 '개벽사'에 근무하던 안회남에게 「산골 나그네」를 보냈는데, 이것이 《제일선》지에 발표되었다.

그는 매일 밤 식은땀에 흥건히 젖은 채 소설을 썼다. 만성적 피로감에 지쳐 경성부청 부속 위생병원에서 진단을 받아보니 폐결핵이라고 했다. 폐균의 침식에 의해 이미 쇠약해진 몸으로 그는 소설에 매달려서 어두운 운명의 그림자를 떨쳐버리려고 필사적으로 투쟁했다. 1933년 발족된 구인회에 가입하면서부터 그의 창작 열정은 더욱 불붙기 시작한다. 구인회 회지 《시와 소설》에 「두꺼비」를 비롯하여 《개벽》 3월호에 「금金 따는 콩밭」을, 《중앙일보》 6월호에 「떡」, 《조선일보》 7월호에 그의 대표작 「만무방」과 《조광》 12월호에 「봄. 봄」 등을 연이어 발표한다. 마침내 1935년 《조선일보》에 「소낙비」, 《조선중앙일보》 신춘문예에 각각 「소낙비」와 「노다지」가 동시에 당선되었다.

김유정에게 소설은 일종의 도피처였다. 이미 형 유근은 그 많던 선대의 가산을 거의 대부분 탕진한 뒤 파산 상태였고, 김유정에게 상속될 재산은 없었다. 김유정은 오랜 가난과 병고에 시달리며 패배주의와 무기력증에 빠져 식물의 정태주의로 고착되어 버리고 만 것이다. 어른이 되어서도 독립하지 못하는 자신의 비참한 처지, 시대의 암울함, 정신적 고립감, 짝사랑의 참담한 실패, 그리고 폐결핵의 선고 등…… 소설 쓰기는 그 모든 시름과 고뇌, 우울과 절망에서 벗어나는 도피처였던 것이다.

　1936년 김유정은 만성적인 늑막염과 치질, 폐결핵으로 암자에서 휴양을 하면서도 글쓰기를 계속한다. 1937년 초 《조광》에 「따라지」, 「정분」, 《여성》에 「땡볕」, 「총각과 맹꽁이」 등을 잇달아 발표하지만, 가난 때문에 약을 쓰지 못하여 폐결핵은 날이 갈수록 더욱 악화된다. 그 시절 김유정과 비교적 가깝게 지냈던 이석훈이 「요절한 그들의 면영面影」에서 밝힌 증언도 그런 딱한 사정을 전한다.

　　그때 나와 유정은 사직동社稷洞 한구석에 앞뒷집에 살고 있었다. 유정의 누님이 바로 내가 살고 있는 집 뒤에 조그만 기와집 한 채에 살고 있었는데 그 집에 유정은 기류寄留하고 있었다. 매부 되는 이는 충청도 땅에 금광을 하러 가고 없고 그의 누님 혼자만 살고 있었다. 내가 보기에 생활은 그리 유족裕足치 못한 것 같았다. 혹 군의 매부 되는 이가 작은 집이라도 하고 있어서 큰댁은 살들하게 돌보지 않았던지도 모른다. 나는 그 매부란 이를 본 적이 없다. 유정은 본디 입이 무거운 사람이므로 이러한 내정內情까지는 토파하지 않았지만 내게는 그렇게밖에 생각되지 않았었다. 유정도 한때는 매부의 광산에 금金 잡으로 가 있었다. 나는 저녁을 먹은 뒤 개천 골목을 지나 그의 집을 찾는 것이 예例가 되어 있었다. 그도 가끔 우리집에 왔다. 유정이 있는 방은 키 낮은 대문 옆마루 건넛방인데 서편으로 개폐할 수 없는 적은 영창이 있었고 두꺼운 조선종이로 봉해

두었었다. 나는 '씨ㅅ자'를 붙여 "유정씨이!" 하고 찾을나치면 "네, 오서오십쇼" 하는 유정의 심중한 목소리가 창고 안에서 들려오듯이 그 조선종이의 적은 영창을 통해 온다.

　김유정이 문단의 주목을 받을 무렵에는 연속되는 과음과 철야 집필로 이미 병이 깊어진 상태였다. 1936년 7월 그는 서울 정릉 근처의 산중 암자로 요양을 갔다. 암자에서 술과 담배를 끊고 규칙적인 생활을 하자 오한과 열이 내리고 기침도 줄었다. 김유정은 산골 물에 목욕을 한 뒤 반드시 너럭바위에 누워서 두세 시간씩 일광욕을 했다. 조카 영수가 가끔씩 문병을 와서 김유정의 사는 모습을 들여다보곤 했다. 한때 호전되기도 했으나 8월 하순경 병세가 급격하게 나빠져 위독하다는 소식을 듣고 영수와 매형 유세준 등이 정릉 암자로 달려왔다. 두 사람은 김유정을 번갈아가며 업고 내려와 병원으로 데려갔다. 김유정은 이미 회복 불가능 상태였고, 대소변을 요강으로 받아내야 하는 지경이었다. 그해 가을 어느 날 김유정이 푸른 포장을 방 안에 치고, 촛불을 켠 채 글을 쓰고 있는데, 이상이 아내 변동림을 동반하고 찾아온다. 이상은 제 소설 「실화」에서 그 시절 김유정의 모습을 하나의 실화實話로 남겨놓는다.

　밤이나 낮이나 그의 마음은 한없이 어두우리라. 그러나 유정兪政아! 너무 슬퍼 마라. 너에게는 따로 할 일이 있느니라.

　이런 지비紙碑가 붙어 있는 책상 앞이 유정에게 있어서는 생사의 기

로다. 이 칼날같이 선 한 지점에 그는 앉지도 서지도 못하면서 오
직 내가 오기를 기다렸다고 울고 있다.

"각혈이 여전하십니까?"

"네ー그저 그날이 그날 같습니다."

"치질이 여전하십니까?"

"네ー그저 그날이 그날 같습니다."

안개 속을 헤매던 내가 불현듯이 나를 위하여는 마코ー두 갑, 그를
위하여는 배 십 전어치를, 사가지고 여기 유정을 찾은 것이다. 그러
나 그의 유령 같은 풍모를 도회韜晦하기 위하여 장식된 무성한 화병
에서까지 석탄산石炭酸 냄새가 나는 것을 지각하였을 때는 나는 내가
무엇 하러 여기 왔나를 추억해 볼 기력조차도 없어진 뒤였다.

"신념을 빼앗긴 것은 건강이 없어진 것처럼 죽음의 꼬임을 받기 마
치 쉬운 경우더군요."

"이상李箱 형! 형은 오늘이야 그것을 빼앗기셨습니까! 인제ー겨우ー
오늘이아ー겨우ー인세."

유정! 유정만 싫다지 않으면 나는 오늘 밤으로 처러버리고 말 작정
이었다. 한 개 요물妖物에게 부상負傷해서 죽는 것이 아니라 27세를
일기一期로 하는 불우의 천재가 되기 위하여 죽는 것이다.

유정과 이상ー이 신성불가침의 찬란한 정사情死ー이 너무나 엄청난
거짓을 어떻게 다 주체를 할 작정인지.

"그렇지만 나는 임종할 때 유언까지도 거짓말을 해줄 결심입니다."

"이것 좀 보십시오"

하고 풀어헤치는 유정의 젖가슴은 초롱草籠보다도 앙상하다. 그 앙

상한 가슴이 부풀었다 구겼다 하면서 단말마의 호흡이 서글프다.

"명일明日의 희망이 이글이글 끓습니다."

유정은 운다. 울 수 있는 외의 그는 온갖 표정을 다 망각하여 버렸기 때문이다.

"유형兪兄! 저는 내일 아침차로 동경 가겠습니다."

"……"

"또 뵈옵기 어려울걸요."

"……"

그를 찾은 것을 몇 번이고 후회하면서 나는 유정을 하직하였다.[49]

이상은 폐결핵이 치명적인 상태에 이르렀음에도 불구하고 희망의 끈을 놓지 않는 김유정을 서글픈 얼굴로 바라보았다. 김유정은 앙상한 가슴이 부풀었다 가라앉는 걸 반복하며 거친 호흡을 하고 있었다. 그런 김유정에게 "김형! 나는 일본으로 떠나오"라고 이상이 작별인사를 하자, 김유정은 부끄러운 줄도 모르고 울었다.

1937년 2월 김유정은 거처를 경기도 광주군 중부면 산상곡리 100번지에 있는 매부 유세준의 집으로 옮겼다. 김유정의 병세가 위중하다는 소문이 돈 뒤 문단 일각에서는 병고 작가 구명운동이 일어났다. 3월 18일, 김유정은 세상을 뜨기 열하루 전에 휘문고보 동창인 안회남에게 편지 한 통을 써서 부쳤다.

나는 날로 몸이 꺼진다. 이제는 자리에서 일어나기조차 자유롭지가 못하다. 밤에는 불면증으로 하여 괴로운 시간을 원망하고 누워 있다. 그리고 맹렬이다. (……) 달리 도리를 채리지 않으면 이 몸을 다시 일으키기 어렵겠다.

유정은 병마와 최후 담판의 시각이 도래했음을 직감했다.

나는 참말로 일어나고 싶다. 지금 나는 병마와 최후 담판이다. 홍패가 이 고비에 달려 있음을 내가 잘 안다. 나에게는 돈이 시급히 필요하다. 그 돈이 없는 것이다.

김유정은 자신의 최후를 예감하고 있었다. 안회남에게 보낸 편지는 그가 쥔 마지막 희망의 끈이었다. 안회남에게 탐정소설을 구해 보내면 그걸 오십 일 이내로 번역해서 보낼 테니, "극력 주선"하여 돈을 만들어달라는 내용이었다. 그 돈으로 닭 삼십 마리를 고와 먹고, 땡꾼을 사서 살모사와 구렁이를 십여 마리 달여 먹겠다고 썼다. 그러나 답장을 받기도 전인 3월 29일 새벽에 김유정은 한 많은 세상을 등지고 눈을 감는다. 29세. 요절이다. 그 20일 뒤인 4월 18일 이상 역시 동경제국병원에서 숨을 거뒀다. 27세. 역시 요절이다.

1936년 가을, 그렇게 은밀하게 찬란한 정사情死를 모의하던 불우한 두 천재 작가는 1년도 채 지나기 전에 똑같이 세상을 버린다.

한국 단편 문학의 백미라고 꼽는 김유정의 단편소설들은 당시 카프의 해체 등으로 인해 문단 전반이 가라앉아 있을 때 힘찬 기운을 불어넣는다. 김유정의 소설은 구인회의 멤버들인 이상이나 박태원의 그것과 달랐다. 이상이나 박태원 같은 모더니스트들의 소설에서 현실의 실감과 사람은 없고 기교주의만 무성한 점을 두고 당대 비평에서는 "감각된 현상을 신경부를 통해 그것을 말초 부분에 축재해"^{임화}둔다고 그 한계성을 거론했다. 반면 김유정의 소설은 애초부터 풍자와 아이러니 같은 기교를 능숙하게 쓰면서도 농촌과 산골을 배경으로 농민과 룸펜들, 떠돌이들과 들병이의 그늘이 드리운 삶을 걸쭉한 입말과 토박이 정서로 녹여내 빼어나게 그려냈다. 김유정의 소설은 모더니스트들의 창백한 기교를 앞세우지 않는 대신에 밑바닥 생활의 구체적 실감과 생생한 현장성이 해학과 유머의 수일秀逸함으로 드러난다. 아울러 조선문학가동맹에 속한 작가들 소설에서는 맛볼 수 없던 재미와 해학이 어우러진 그 토속주의의 활달함은 침체에 허우적이던 당대 문단에 새로운 가능성을 한껏 뽐냈다.

제5장

조선의 로트레크 구본웅

구본웅의 초기 행보

이상의 생애를 말할 때 빠뜨릴 수 없는 사람이 화가 구본웅具本雄·1906~1953이다. 구본웅은 "박제가 되어버린 천재" 이상의 절친한 벗이면서 예술의 동반자였고, 동시에 이상의 삶과 문학의 영원한 후견인이었다고 할 수 있다. 이상이 곤궁에 처할 때마다 상속 받은 재산을 써서 그를 기꺼이 도왔다. 이상이 다방 '제비'를 낼 때 모자라는 돈을 보탠 것도, 그가 다방과 카페의 연이은 실패로 경제적 파산 상태에 있을 때 아버지가 경영하는 인쇄소 창문사에 일자리를 마련한 것도, 그리고 탈출구를 찾아 동경행을 감행할 때 여행 경비를 도운 것도 구본웅이다. 구본웅은 이상의 눈부신 문학 재능과 기태奇態, 그리고 색란色亂 들을 가장 가까운 거리에서 지켜보면서 한결같이 그를 보듬고 끌어안았다. 이상과 구본웅이 일군 동성의 어여쁜 우정은 우리 근대 예술사에서 그 유례를 찾아보기 힘들 정도로 깊고 끈끈한 것이었다.

구본웅의 아버지 구자혁은 4형제 중 셋째로 태어났다. 첫째는 군수를 지냈고, 둘째는 대한제국 최초의 관비유학생이었으며, 셋째인 구본웅의 아버지는 자비로 일본 유학을 다녀왔고, 넷째는 미국에서 유학을 하고 돌아왔다. 그러나 구본웅이 태어날 무렵 그의 집안은 몰락한 양반가로 끼니 걱정을 해야 할 정도로 궁핍했다. 그래서 그의 부친은 식솔들을 이끌고 서울을 떠나 능성 구씨 집성촌인 황해도 연백군 벽란도로 들어갔다. 그곳은 예성강을 사이에 두고 개성을 마주 보고 있던 곳이다. 구본웅 일가는 거기서 능성 구씨 인척들의 도움을 받아 1년여를 살았다.

생모는 일찍이 죽고 세 살짜리 구본웅은 계모 손에서 자란다. 이 계모가 변동림과 이복자매 사이였다. 변동림의 아버지 변국선卞國璿은 구한말에 동경에서 유학을 하고 돌아온 지식인이다. 고종 말년 중추원 참의직에 있다가 한일병합 이후로는 별다른 직업을 갖지 않고 지냈다. 그는 키가 6척에 가까웠고 여러 방면에 매우 박식한 사람이었으나 방랑기가 있었다. 변동림은 변국선이 재혼으로 맞은 김유당金瑜堂에게서 얻은 딸이다. 변국선에게는 이미 전실 딸이 있었다. 그 전실 딸이 뒷날 구본웅의 아버지와 결혼했으니, 구본웅의 아버지는 변동림에게 형부가 되고, 구

구본웅(1906~1953)

본웅에게는 계모의 이복동생이니 이모가 되었다. 게다가 이상과 결혼했다가 상부喪夫를 했으니 벗의 미망인이기도 했다. 이상이 죽고 한참 뒤에 변동림은 구본웅가에 입주해서 구본웅의 맏아들 환모의 가정교사 노릇을 했다.

세 살짜리 구본웅은 생모의 수유를 받지 못하고 미음과 주변 일가들의 젖동냥으로 자란다. 구본웅은 이 무렵 마루에서 떨어져 불구가 되었다. 구본웅의 아버지는 아들의 치료를 위해 가족을 이끌고 다시 서울로 올라온다. 서울로 돌아와서도 아들의 불구는 고칠 수 없었지만, 기울었던 가세가 펴지며 살림은 나아졌다.

이상은 여덟 살 되던 해에 누상동에 있는 소학교인 신명학교에 들어갔는데, 이상보다 네 살 연상인 구본웅도 같은 해에 입학한다. 구본웅은 경신고보에 들어가면서 그림의 세계에 입문한다. 이상도 보성고보에 다니며 그림에 빠져든다. 구본웅은 토요일에는 서양화로 일가를 이룬 고희동高義東이 이끄는 YMCA의 고려화회高麗畵會에 나가 본격적으로 그림을 배운다. 고희동은 안중식과 조석진에게 사사하며 그림에 입문하고, 1909년 일본으로 건너가 동경미술학교 서양화과에서 서양화를 전공한 1세대 화가다. 고희동은 1915년에 유학에서 돌아온 뒤 휘문고, 보성고보, 중동학교 등에서 서양화를 가르쳤다. 구본웅과 함께 그림 공부를 했던 사람으로 장발張勃, 이제창李濟昶, 안석주安碩柱 등이 있다. 1925년부터는 조각가 김복진金復鎭 밑에서 사사하며 구본웅은 회화와 함께 조각에도 두각을 나타냈다. 1927년 5월에 열린 제6회 '조선미전朝鮮美展'에서 〈얼굴 습작〉이란 조소로 특선에 올라 구본웅은 화단의 주목을 받았다.

이듬해 구본웅은 동경으로 유학을 떠나 가와바타川端 미술학교 양화부에 입학한 뒤 다음 해 봄 일본대학 예술전문부로 학교를 옮겨 졸업했다. 1920년대 일본 화단은 후기인상파의 유습을 청산하며 마티스와 루오의 영향으로 야수파 운동이 크게 유행했는데, 구본웅 역시 이런 일본 화단의 분위기 속에서 사물의 형태를 단순화하고 강렬한 원색을 쓰며 독자적인 세계를 만들어가고 있었다. 이런 야수파적인 흔적은 이상이 개업했던 '제비' 다방의 한쪽 벽면에 구본웅이 그린 나부裸婦 그림에도 뚜렷하게 드러난다. 구본웅은 조선인 최초로 일본의 이과전二科展에 입선하고 백만양화회1930, 신회화협회1934를 결성하는 데도 앞장선다. 이후로 이종우·김용준·이마동·길진섭 등과 손을 잡고 목일회牧日會를 창립하기도 한다. 목일회는 뒤에 목시회로 이름이 바뀌는데, 일제가 만든 식민문화의 잔재에서 벗어나자는 운동으로 주목을 받는다. 구본웅은 그림만 그린 게 아니라 가끔은 날카로운 미술평론을 내놓아 사람들을 놀라게도 하고, 미술 교과서 편찬에 관여하기도 했다.

1931년 《동아일보》 초청으로 '양화가洋畵家 구본웅 개인미술전람회個人美術展覽會'가 열린다. 당시 신문에는 구본웅을 "수년 전에 조선미술전람회에 조각을 출품하여 특선된 일이 있으며, 최근에 와서는 제전帝展, 이과전二科展, 독립전獨立展, 태평양전太平洋展 등에 출품하는 대로 다 입선이 되어 장래가 촉망되는 화가"로 소개했다. 야수파적인 분방한 붓놀림과 대담한 세부의 생략, 강렬한 색채의 대비 등으로 표현주의 미술의 가능성을 활짝 열어 보인 50점의 작품을 내놓은 구본웅의 개인전은 큰 성공을 거두고, 이때부터 구본웅에게는 '조선의 로트레크'라는 별명이 따라붙었다.

이상과 구본웅의 우정

이상과 구본웅의 우정은 각별했다. 구본웅은 1935년에 파이프를 물고 있는 이상을 모델로 〈우인의 초상〉이라는 그림을 남겼다. 이 무렵 이상은 인생의 가장 힘든 시기를 지낸다. 다방 '제비'가 경영난으로 문을 닫고 새로 인수한 인사동의 카페 '쓰루' 경영에도 실패하는 등 연이은 사업 실패로 몸과 마음이 피폐해졌다. 구본웅은 부친이 경영하는 인쇄소 겸 출판사인 창문사에 이상의 일자리를 만들어 밥벌이를 하도록 도왔다. 그 당시 구본웅은 옵셋 인쇄소인 '정판사'와 골동미술품상인 '우고당'을 운영하며, 1935년에는 '창문인쇄주식회사'의 지배인으로 있었다. 본디 '창문사'는 1921년에 '기독교 창문사'라는 상호로 문을 열었다. 나라 안에서 가장 먼저 성경을 인쇄하고, 뒤에는 불경도 인쇄할 만큼 창문사는 규모가 큰 인쇄소였다. 1925년경에 구본웅

의 부친이 경영권을 인수해서
운영했다. 창문사는 돈벌이의
수단이기보다는 일종의 문화
사업에 가까웠다. 계속 적자가
났고, 구본웅의 부친은 가산을
털어 그 적자를 메웠다. 결국
1941년에 화재가 나면서 창문

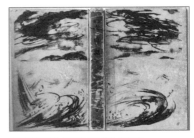

1938년 구본웅이 장정한 임화의 「현해탄」

사는 문을 닫았다. 구본웅의 아버지는 창문사를 경영하는 한편
유도회총본부儒道會總本部 위원장을 맡을 정도로 사회활동에 활발
한 사람이었다.

이상은 여기서 구인회의 유일한 동인지였던 《시와 소설》 제
1집을 맡아 제작하고, 김기림의 첫 시집 『기상도』의 표지와 본문
편집을 맡아 출간했다. 1936년 10월경 이상이 그토록 갈망하던
동경행도 구본웅이 돈을 보태지 않았다면 불가능했을 것이다.
'제비' 다방이 파산하고 집달리가 나와 테이블과 의자 등의 기물
들을 거리에 내놓고 건물의 출입구가 봉쇄되기 직전, '제비' 다
방의 한쪽 벽에 걸려 있던, 1931년 '선전鮮展'에서 입선한 이상의
10호짜리 〈자화상〉도 구본웅이 사람을 시켜서 자기 화실로 떼어
가 보관했다.

1972년 현대미술관에서 열린 '근대 미술 60년전'에 구본웅의
〈인형 있는 정물〉이 출품되는데, 이 그림의 소장자는 다방 '제
비'를 인수할 때 다방에 있던 그림들도 함께 인수했다고 소장 경
위를 밝힌 바 있다. 구본웅이 소장자를 여러 번 찾아 매입 의사

를 밝혔지만 소장자는 끝내 그림을 내놓지 않았다. 훗날 구본웅의 삼남인 구순모가 소장자에게 그림을 사서 갖고 있다가 나중에 호암미술관으로 이관한다. 안타까운 일은 그림 일부가 훼손되었다는 사실이다.

구본웅은 1940년 이후 화풍의 변화를 겪는데, 초기 야수파의 표현주의적 강렬함에서 벗어나는 한편 불교적인 색채가 더해진 것이다. 불교계로부터 불상을 그려달라는 청탁을 받아 그린 적도 있다. 구본웅이 유화로 그린 불상이 지나치게 파격적이어서 작품을 내걸지 못하고 창고에 보관했으나, 지금은 행방이 묘연하다. 이 무렵 구본웅은 〈연옥도煉獄圖〉와 같은 대작을 많이 그렸지만 6·25 전쟁 중에 머물던 수원 자택이 폭격을 맞아 소실될 때 그의 그림 대부분도 불타 사라졌다.

구본웅과 이상은 자주 붙어 다녔다. 이상이 '제비' 다방을 개업할 때도 구본웅이 모자라는 돈을 보탰다. 그 사실을 아는 금홍노 구본웅이 '제비' 다방에 나타날 때마다 "아재, 아재" 하며 유난히 대접이 융숭했다.

어느 날 저녁 무렵이었다. 구본웅과 이상이 길에서 양백화梁白華를 만났다. 이상의 눈에 양백화의 뒷모습이 유난히도 쓸쓸해 보였다. 그래서 이상은 구본웅에게 술 한 잔 사라고 권했다. 양백화는 최남선이 주재하는 주간잡지 《동명》에 장편소설 『빨래하는 처녀』를 발표한 소설가였다. 세 사람은 다방골에 있는 양백화의 단골집인 민순자 집으로 향했다. 이들이 걸어가는 모양이 몹시 우스꽝스러웠다. '작소' 머리에다 서양 사람과 같이 창백한

화가 이승만이 그린 이상과 구본웅

얼굴을 하고 있는 이상은 말할 것도 없거니와, 키가 작아 땅에 질질 끌리는 망토 같은 인바네스 외투를 입고 높은 중산모를 쓴 구본웅의 모습도 우습고, 키가 크고 사지를 흐느적거리며 걷는 양백화의 모습도 우스꽝스럽기는 마찬가지였다. 아이들이 이들 일행의 뒤를 졸졸 따라오며 "곡마단이 왔다!"고 야단이었다. 양백화가 뒤로 돌아서며 아이들을 향해 소리를 질렀다. "에이 이 놈들, 곡마단이 뭐냐!"

세 사람은 다방골 민순자 집에서 술을 마셨다. 이상과 구본웅이 양백화를 배웅하고, 다방골 골목을 빠져나오다가 문제가 생겼다. 몸집이 큰 깡패가 구본웅과 이상을 향해 시비를 걸어온 것이다. 구본웅은 겁에 질려 벌벌 떨고, 이상은 얼굴빛이 단박에 창백해진 채 아무 까닭도 없이 시비를 걸어오는 깡패들을 노려보고 서 있었다.

"그렇게 노려보면 어쩔 테냐?"

깡패가 험한 표정을 짓고 이상에게 다가왔다. 구본웅이 보고 있자니, 이상이 몸에 걸친 와이셔츠를 벗어던지고 싸울 자세를 취했다.

"에게게! 네 꼴에 나한테 덤벼들 작정이냐?"

깡패 두목이 말라빠진 이상의 몰골을 보고 비웃었다. 이상이 그를 향해 한 발 다가섰다.

"아니, 이게 정말 한번 해볼 작정인가! 그래, 네 꼴에 나를 이길 것 같으냐?"

깡패 두목이 이상의 희멀건 샌님 같은 몰골을 비웃으며 저희들끼리 히죽거렸다.

"그러면 누가 이길 것 같소?"

이상이 말문을 열었다.

"그야 물론 내가 이길 것이 분명하지."

깡패 두목이 대답했다. 이 대답이 떨어지자마자 이상이 응수했다.

"그럼 다 끝났소. 당신이 이기고 내가 졌소."

이상은 길바닥에 벗어던져 두었던 와이셔츠를 주섬주섬 집어 입었다.

깡패 일행이 그 모습을 지켜보다가 깔깔대고 웃었다. 이때 구본웅이 돈을 꺼내 깡패 두목의 포켓 속으로 집어넣었다. 이렇게 다방골 골목에서의 곤경을 모면하고 두 사람은 종로에 있는 다방으로 들어갔다.

"어때. 이만하면 내가 깡패 놈을 이긴 것이지?"

"진 것인지 이긴 것인지, 나는 속으로 떨려서 혼났네."

"아냐. 내가 그놈들을 이긴 거야. 기氣로 그놈들을 누른 거야. 정신력으로 누른 거란 말이지."

이상은 제 무용담을 신나게 떠벌린 뒤 보들레르 얘기를 꺼냈다. 보들레르가 배를 타고 대서양을 건너 미국으로 갈 때 심한 풍랑을 만났다. 이때 귀족과 군인들은 겁에 질려 선실에 누워 꼼짝도 하지 않았다. 보들레르는 유유히 갑판을 돌아다니다가 식당에 들러 혼자 식사를 했다.

"이것이 보들레르가 정신력으로 우스꽝스러운 귀족과 군인을 눌러 이긴 거야. 마치 대시인 이상 선생이 다방골 깡패들을 누르고 개가를 올린 것과 같이 말야!"

이 일화는 조용만이 쓴 실명소설 「이상 시대, 젊은 예술가들의 초상」에 공개되었다.

이상의 소설 「봉별기」에 나오는 K군이 바로 구본웅이고, 일본어로 쓰여진 시 「차8씨且8氏의출발出發」도 구본웅에게 바쳐진 작품이다. 그동안 이 '且8氏'에 대한 해석이 분분했는데, 국문학자 권영민은 이것이 '구具'자를 파자破字해놓은 것이고, 이 시에 언급된 '곤봉'이 남성 성기를 은유하는 것이 아니라 유화를 그릴 때 쓰는 붓의 상징임을 밝혀냈다. 이 해석에 따르자면 「차8씨의출발」은 '성적 표상의 새타이어satire'가 아니라 육체의 불구라는 장애를 딛고 '산호나무'와 같이 조선의 화가로 우뚝 일어선 구본웅의 빛나는 성공을 기린 작품이다.

이상의 육필 원고 「차8씨의출발」

균열이생긴장가이녕의땅에한대의봉을꽂음.

한대는한대대로커짐.

수목이자라남.

　　이상 꽂는것과자라나는것과의원만한융합을가르침.

사막에성한한대의산호나무곁에서돼지같은사람이생매장당하는

일을당하는일은없고쓸쓸하게생매장하는것에의하여자살한다.

만월은비행기보다신선하게공기속을추진하는것의신선이란산호

나무의음울함을더이상으로증대하는것의이전의일이다.

　　윤부전지輪不輾地 전개된지구의를앞에두고서의설문일제.

곤봉은사람에게지면을떠나는아크로바티를가르치는데사람은해

득하는것은불가능인가.

지구를굴착하라.

동시에

생리작용이가져오는상식을포기하라.

열심으로질주하고 또 열심으로질주하고 또 열심으로질주하고 또 열심으로질주하는 사람 은 열심으로질주하는 일들을정지한다.

사막보다도정밀한절망은사람을불러세우는무표정한표정의 무지한한대의산호나무의사람의발경의배방인전방에상대하는자발적인공구때문이지만사람의절망은정밀한것을유지하는성격이다.

지구를굴착하라.

동시에

사람의숙명적발광은공봉을내어미는것이어라*

　*사실차8씨는자발적으로발광하였다. 그리하여어느덧차8
　씨의온실에는은화식물이꽃을피우고있었다. 눈물에젖은
　감광지가태양에마주쳐서는히스므레하게빛을내었다.[50]

「차8씨의출발」은 구본웅에 대한 이상의 우정과 '말놀이'의 천재로서의 이상의 재능을 함께 엿볼 수 있는 작품이다. 국문학자 권영민은 이 시에 관해 다음과 같이 해설하고 있다.

이 작품의 제목에 등장하는 '且8氏'는 구본웅의 성씨인 '구具씨'를 의미한다. 아라비아 숫자로 표시된 '8'을 한자로 고치면 '팔八'자가 된다. 그러므로 '구具'자를 '차且'와 '팔八'로 파자破字하여 놓은 것이라는 점을 쉽게 알 수 있다. 더구나 '차且'자와 '8'자를 글자 그대로 아래위로 붙여 놓을 경우에는 그 모양이 구본웅의 외양을 형상적으로 암시한다. 이것은 구본웅이 늘 쓰고 다녔던 높은 중산모의 모양인 '且'와 꼽추의 기형적인 모양을 본뜬 '8'을 합쳐 놓은 것으로 보이기 때문이다. 이 작품에서 구본웅을 지시하는 말은 또 있다. '곤봉棍棒'과 '산호珊瑚나무'가 그것이다. '곤봉'은 그 형태로 인하여 남성 상징으로 풀이된 경우가 많지만, 가슴과 등이 함께 불룩 나온 구본웅의 외양을 보고 이를 비유적으로 표현한 것으로 볼 수 있다. 특히 이 말은 '구본웅'이라는 이름을 2음절로 줄여서 부른 것이므로, '말놀이'의 귀재였던 이상의 언어적 기법을 확인할 수 있는 사례가 되기도 한다. '산호나무'라는 말도 역시 구본웅의 마른 체구와 기형적인 곱사등이의 형상을 산호나무의 모양에 빗대어 지칭한 것으로 볼 수 있다.[51]

구본웅의 후기 행보

구본웅은 6·25 전쟁 뒤에도 서울 수송동에 있던 기마대騎馬隊 뒤편 가옥에서 살았다. 이 기마대는 총독부 행사나 소요 사태 때 진압을 도맡는 경기도 경찰부 소속으로 정식 명칭은 기마순사힐소騎馬巡査詰所다. 조선에 기마순사가 처음 생긴 것은 정미년1907이다. 이해에 군대 해산으로 인한 소요가 일자 그것을 진압하기 위해 한성부 경시청의 한 고문이 제안해서 창설된 일제의 경찰 조직이다. 처음에는 네 명으로 시작되었다가 나중에는 말이 30여 필이요 순사가 20여 명이나 되는 조직으로 확장되었다. 구본웅은 전쟁 뒤에 한동안 기마대 뒤편에 있는 한옥에서 소실과 함께 살았다. 이 무렵 구본웅을 만난 화가 이승만의 증언에 따르면 구본웅은 이상이 그림을 그렸다면 화가로도 대성했을 것이라고 말했다고 한다. "어쨌든, 이상은 천재였어……"라고 자주 이상의 천재성을 안타까워하며 먼저 세상을 뜬 친구를 그리워하던 구본웅도 1953년에 세상을 떴다.

「이상과 1930년대 경성의 '모던뽀이'들」을 일간지에 연재할 무렵이던 2010년 3월 어느 날, 갑자기 한 낯선 신사의 전화를 받았다. 그는 자신을 구본웅의 삼남이라고 소개했다. 바로 구순모 씨다. 그는 아버지인 구본웅과 함께 산 기억이 거의 없다고 한다. 아버지와 늘 따로 살았기 때문이다. 그가 증언하는 내용들은 주변 인물들의 전언을 취합한 것들이다. 그는 아버지와 장형, 그리고 이상과 변동림에 대한 이야기를 주로 했다.

아무튼 우리 가족은 그렇게 늘 여기저기 흩어져 지냈다. 나와 어머니 그리고 할머니는 제사를 지내는 수원 본가에 있었고, 형들은 학교를 다니느라 할아버지께서 서울에 다니실 때 쓰시는 서울 누하동 집에서 지냈다. 아버지는 그 무렵 따로 용산구 신창동에서 지내셨다. 그러다가 6·25 직후에 중구 인현동으로 거처를 옮기셨다. 인현동에 계시던 아버지는 급성 폐렴으로 돌아가시기 직전에 할아버지와 할머니 그리고 작은형이 지켜보는 데서 돌아가셨다. 이때는 서울 수복 전이라 큰형과 어머니도 임종을 보지 못하였다. 임종을 지낸 후 큰형만이 군복으로 위장한 채 집안 아저씨의 군용 지프

로 미군 헌병을 속여가며 겨우 장례에 참석하였다.[52]

구본웅은 1953년 47세를 일기로 세상을 뜬다. 구본웅의 생애에서 평생을 짊어지고 갈 수밖에 없던 신체장애와 그로 인한 콤플렉스, 그리고 식민지 잔맹殘氓으로서 내면의 주눅과 도사림은 피할 수 없는 업이겠다. 그늘이 있으면 빛도 있는 법이다. 구본웅은 동경 유학생, 동경의 '이과전二科展' 출품, 이상범·나혜석·이승만·정현웅·이인성·김인승 등과 어깨를 나란히 하는 조선 화단의 대표 화가, 미술 저널리즘의 선각자적인 활동 등으로 한 시대의 예술적 영화를 풍부하게 누림으로써 그 지독한 불행과 그것이 드리운 그늘을 옅게 만든다. 아울러 화업畵業의 값진 열매인 당대 최고의 서양화가로서의 영화와 더불어 문단과의 폭넓은 교우관계로 인한 예술적 활력으로 그 절망과 피폐함을 고스란히 보상받았는지도 모른다.

구본웅에게 신체장애는 우연한 불행이었겠으니 그것을 덮고도 남을 만큼 누린 화가로서의 드높은 영예는 옹골진 노력으로 일군 필연의 결실이다. 구본웅이란 이름은 서양화가로서만이 아니라 일세의 천재 이상의 예술적 후원자로서 오래 회자되고 기억될 것이다.

제6장

너무 많은 경성의 '구보'씨들

경성 산책

어느 틈엔가 구보는 조선은행 앞에까지 와 있었다. 이제 이대로, 이대로 집으로 돌아갈 마음은 없었다. 그러면 어디로─. 구보가 또 다시 고독과 피로를 느꼈을 때, 약 칠해 신으시죠 구두에. 구보는 혐오의 눈을 가져 그 사내를, 남의 구두만 항상 살피며, 그곳에 무엇이든 결점을 잡아내고야 마는 그 사나이를 흘겨보고, 그리고 걸음을 옮겼다.[53]

자, 우리의 산책자 구보씨는 거의 날마다 경성의 거리를 걷는다. 더러는 한낮의 거리에서 격렬한 두통 때문에 걸음을 멈추기도 한다. 더러는 벗을 불러내어 카페에 들어가 이야기를 나누기도 한다. 그들은 도시 소음과 인파를 통해 근대 주체로 거듭나는 경험을 공유한다. 도시의 복잡한 미로들에서 길을 잃는 일은 드물지 않게 일어난다. 내 고백을 하자면, 시골에서 대도시로 거주지를 옮긴 소년에게 미로처럼 복잡하게 얽힌 대도시의 길들은 늘 공포의 대상이었다. 나는 대도시의 미로 속에서 길을 잃고 헤맬까봐 늘 두려움에 떨었다. 하지만 도시에서 길을 잃는 것을 두려워할 필요는 없다. 어떻게든 길은 찾게 되어 있다. 오히려 길을 잃는 것은 거리와 그 주변 환경에 대한 꼼꼼한 지각을 길러주는 한 방법이다.

　이 경성의 충직한 산책자 구보씨가 누구던가. 늙은 어머니의 "직업과 아내를 갖지 않은, 스물여섯 살짜리 아들"이다. 그는 낮에 집을 나서면 밤늦게나 되어 돌아온다. 늙은 어머니는 그런 아들을 아주 늦은 밤까지 기다리는 것이다. 그 구보가 바로 소설가 박태원 자신임을 우리는 잘 안다. 카프카에게 프라하가 있고, 제임스 조이스에게 더블린이 있고, 발터 벤야민에게 파리가 있고, 폴 오스터에게 뉴욕이 있다면, 1930년대의 모던뽀이들인 이상과 박태원에게는 근대 경성이 있다. 이상과 박태원의 불안정한 걸음걸이를 받아준 근대 경성이야말로 근대 지리의 박물관이고, 세속이라는 이름의 신을 찬양하는 성소聖所이며, 문명과 악전고투가 즐비하게 널린 도심을 하릴없이 배회하는 모더니스트들의 주눅과 도사림으로 한껏 움츠러든 마음을 펴주고 어루만져주는

거리로 나선 정인택과 구보 박태원, 화가 이승만(왼쪽부터)

인공낙원이었다.

산책은 근대의 선물이다. 근대에 들어서면서 도시에 산책자들이 출현하는데, 산책자란 거리의 풍경 속에 스민 현란한 빛과 소리들을 통해 '근대'를 호흡하고 그것을 채집하는 사람을 말한다. 모던뽀이들이 불을 환하게 밝힌 쇼윈도가 늘어서고 네온사인이 번쩍이는 거리에 나타났을 때, 그들은 근대 경성의 새로운 주인임을 선언한 것이다. 이상도 걷고, 박태원도 걷고, 구본웅도 걷고, 양백화도 걷고, 김유정도 걷고, 김기림도 걷고, 임화도 걷는다.

그들에게 산책은 도락도 아니고 노동도 아니다. 산책은 현실적으로는 여기저기 기웃거리기, 존재론적으로는 활발한 자기방기, 신체적으로는 느슨한 노동이다. 차라리 그것은 삶의 지체이고, 노동의 유예를 통해 얻은 감각의 향연이다. 아울러 그것은 유행이라는 이름으로 개별자의 고유성을 회수해 획일화하고, 속도의 폭력성으로 밀어 넣어버리는 근대 시간에 대한 비폭력적 항거이다.

산책이라는 탈주선

1920년대 들어 총독부 신청사가 남촌 왜성대에서 북촌 경복궁으로 이전하면서 경성의 중심이 북촌으로 이동하게 되어 상전벽해와 같은 북촌 개발이 이루어진다. 전차총로電車總路가 종로 중심을 관통하고 지나간다. 종로와 황금정통에 백화점과 상점, 대학병원과 시장, 취인점取引店과 역, 은행과 전당포, 카페와 유곽, 술집과 음식점, 과일가게, 롤러스케이트장 따위가 주르르 들어선다. 근대 건축물들이 들어서고, 전차 노선이 연장되고, 가로 경관이 바뀌면서 경성은 새롭게 근대 도시의 면모를 갖춘다.

> 전등이 난무하는 서울의 밤거리에는 요정妖精가튼 유혹의 미소가 지상의 성운가키 몰여 흐르며 흔들거리는데 사람들은 호수와 가티 밀여든다…… 무교정, 다옥정, 명치정, 황금정, 영락정, 카페카페…… 그렇다. 카페야말로 현대인의 변태적 기호성變態的嗜好性을 보담 잘 이해하여 양금체가치 그네들의 성급한 요구에 수응酬應하여 모든 향락을 준비하는 곳이다.[54]

1930년대 식민지 수도 경성에 나타난 우리의 근대 산책자들은 근대 권력의 중심에서 밀려난 '딜레탕트'이거나 '룸펜'에 지나지 않았다. 그들 대부분은 전근대적 가난에서 벗어나지 못했다. 허나 가난에 주눅 들지 않고 오히려 그 가난으로 인해 파생되는 절망과 우울, 고독과 불안, 환멸과 피로 따위를 예술의 지복至福으로 여기고 '낭만적인 것'으로 향유한다. 그들에게 산책은 가난한 현실을 잊고 감각의 갱신을 이룰 수 있는 모험의 한 방식이다. 산책은 일종의 탈주의 한 형식이다. 그들은 산책이라는 탈주선을 타고 유행과 패션, 삶의 근대적 양식을 학습할 수 있었다.

이상이 황금정 뒷골목에 변동림과 차린 신혼집을 서정주와 오장환과 함형수 등 저보다 어린 문학청년들이 방문했을 때 "우리, 그러지 말고 같이 밖으로 산보나 나갑시다"라고 제안했던 것을 기억한다. 그 산보는 술집에서 술집으로, 먼동이 틀 무렵까지 이어졌다. 또한 이상은 동경에서 김기림에게 보내는 편지에서 "동경 들르오. 산보라도 합시다"라고 적었다. 이상은 누구보다도 더 열렬한 산책 예찬자였다. 이상은 이렇게 쓴다.

"사람은광선光線보다도빠르게달아나라."[55]

모던뽀이들에게 산책은 인파에 묻혀 거리를 어슬렁거리며 거리 풍경을 관람하는 것 이상의 의미가 있었다. "광선보다" 빠르게 달아나는 것, 달아나면서 어디에나 퍼져 있는 근대를 호흡하는 것, 그리하여 근대적 생활양식을 완성하는 것, 그것이 산책이다. 그들에게 산책은 방에서 거리로, 어둠에서 빛으로, 우울에서 행복으로, 전근대에서 근대로 나아가는 탈주선을 타는 것이다.

4부

이상理想

시작을 위한 에필로그

이상, 근대 파산의 초상

당신은 누구인가?

질문자: 당신은 누구인가?

이상: 나는 이상이다. "박제가 되어버린 천재"다.

이상이 처음 시를 발표한 게 스물한 살 때였다. 같은 해에 조선미술전람회에 출품한 서양화 〈자화상〉이 입선했다. 그가 단편소설을 처음 발표한 것은 스물두 살 때였다. 그리고 스물세 살 때 폐결핵의 발병 사실을 알았다. 같은 해에 백부가 남긴 유산으로 종로 1가에 다방 '제비'를 개업하고 다방 마담으로 들어앉힌 기생 금홍과 동거를 했다. 그해 여름에 결성된 모더니즘 문학 단체인 구인회에 가입하고 이태준·정지용·김기림·박태원 등과 교류를 시작했다. 다방 '제비'는 개업한 지 두 해 만에 경영난으로 폐업하고, 금홍과도 결별한다. 1936년 여름에는 변동림과 결혼해서 아주 짧은 신혼살림을 일구고 그해 10월에 동경으로 건너간다. 그리고 1937년 4월 17일 동경제대 부속병원에서 27세의 나이로 세상을 뜬다.

이상, 호모 노마드

만약 이상을 만난다면 나는 '당신은 누구인가?'라고 묻고 싶었다. 이 책은 내 무의식에 있는 그런 소박하면서도 원초적인 물음에서 시작되었을 것이다. 그 물음에 대한 그의 대답은 물론 가상이다. '박제'는 형태는 있되 숨결은 꺼지고 피는 말라서 사라진 죽은-존재의 표상이다. 그는 전근대와 현대 사이, 근대의 독소毒素들을 삼키고 근대의 난바다 위에서 표류하다가 좌초한다. 이상은 죽고 없다. 그의 종생終生과 함께 이상이라는 존재의 실물성은 '박제'로만 존재한다. 그 '박제'에 달라붙은 이상 시의 쉬르레알리슴이나 다다이즘은 무수한 '박제의 현상학'을 낳는 근원이다.

그는 경성고등공업학교에서 근대의 고등수학을 배우고 익힌 바탕 위에서 수학과 작도법을 원용해 시를 썼다. 그때까지 누구도 시도하지 않은 방식이었다. 시대를 너무나도 앞질러 "현실을

X선으로 투과"[1]하고 평지돌출하는 첨단 의식과 비범한 내면의 불안을 비벼 발효시킨 뒤 마침내 시대의 유의미한 상징 기호들을 낳았다. 그가 투시한 것은 식민지 수도인 경성의 근대요, 그 안에 포획되어 있는 전근대의 구질구질한 삶이요, 폐를 앓는 자신의 육체요, 절망과 불안에 의해 좀먹는 그 자신의 정신이었다. 그는 누구의 아류가 아니다. 그의 도저한 자유와 창조를 향해 도약하고 미끄러지는 정신은 누구의 아류라는 협착에 갇힐 수가 없다. 그는 실패를 통해 근대의 정점에 도달하고, 모더니즘 번안 수준의 문화와 문학을 넘어서서 저 높은 곳에 제 문학의 성채를 세운다.

이상의 신체에 각인된 정체성은 19세기와 20세기에 끼인 "무뢰한"이다. 요즘 말로 하면, 경계인이거나 디아스포라Diaspora이다. 정주성 제국의 시민권을 박탈당하고 배척되었다는 뜻에서는 호모 노마드homo nomad이기도 하다. 오늘의 호모 노마드는 "이민자, 망명객, 고국을 떠난 사람들, 노숙자, 그리고 온갖 종류의 이주 노동자들"[2]의 부류에 속한다. 이상은 유아기 때 제 부모의 집을 떠나 큰아버지의 집으로 '이주'하고, 성인이 되어 제 고국을 떠나 일본 동경으로 갔다. 그는 일본 제국주의 수도인 동경에서 노숙자는 아니었지만 노숙자와 다름없이 직업을 갖지 못한 채 떠돌았다. 반정주성反定住性은 그의 운명이면서 그의 생리에도 잘 맞았다. 정주민들은 호모 노마드를 좋아하지 않는다. 정주민들은 호모 노마드들이 저와 제 가족의 생명과 재산을 빼앗아갈지도 모른다는 불안감에 감싸인 채 살아간다. 그래서 이들을 감시하고, 따돌리고, 적대한다.

한편으로 이상의 시와 소설들은 미셸 푸코가 말하는바 "청년 정신병hébéphrénie"의 증후에 딱 들어맞는다. 미셸 푸코는 청년정신병의 증후들로 "지적·운동적 흥분수다, 신조어 사용, 동음이의어의 말장난, 꾸며대는 태도, 충동 들, 환각 현상과 무질서한 헛소리"[3]를 든다. 이것들은 그대로 이상의 시들에서 작렬하는 특이함들이 아닌가. 자, 이제 이상 스스로 기획한 그 종말의 풍경을 감상하자.

제1장

동경 무정

정오의 인간

경성 시내에 뚜우 하고 정오 사이렌이 길게 울려 퍼지자 이상은 걸음을 멈추고 "유리와 강철과 대리석과 지폐와 잉크가 부글부글 끓는" 거리에서 이렇게 혼자 중얼거렸다. "날개야 다시 돋아라!" 이는 한 피에로의 독백이다. 공중에 내걸린 커다란 시계바늘이 움직였고, 마침내 시침과 분침은 하나로 포개진다. 이때는 현란이 정점으로 치닫는 정오였다. 해가 바로 머리 위로 오는 정오! 현란함이 정점에 도달하는 그 시각에 대해 철학자 니체는 "하나가 둘로 변하는합일이 아니라 분열이다!" 순간이고, "가장 짧은 그림자"의 순간이라고 말한다. 이상은 정오에 홀연히 존재론적인 각성에 도달하며 정오의 인간으로 다시 태어나는 순간에 대해 쓴다. 정오의 인간은 제가 "짐승과 초인 사이에 매인 밧줄─심연 위의 밧줄, 위험한 교차, 위험한 도중, 위험한 돌아봄, 위험한 전율과 멈춤"⁴이라는 걸 눈치 챈다.

이상은 자기가 근대의 줄타기의 놀음에서 줄 한가운데 멈춰선 어릿광대라는 걸 알았다. 짐승과 초인 사이에 매인 밧줄의 중간에서 어느 쪽으로 가는 것도 위험하다! 이상은 제 주위를 감싸고 있는 그 위험의 기운을 오싹하니 느꼈다. 그러나 한가운데 멈추고 있을 수는 없었다. 이상은 그 자리에서 날개를 달고 날아오르려고 했다. 이상은 날개를 퍼덕거리기도 전에 "몇 편의 소설과 몇 줄의 시를 써서 쇠망해가는 심신 위에 치욕을 배가"하고 추락하고 말았다.

이상은 뿌리가 없는 열매, 애비 없는 아들이다! 1910년 봉건 왕조의 몰락과 함께 태어나고 일제 강점기의 파시즘 속에서 자라나 근대를 겪으며 근대 문물의 충격에 일그러진 자아! 이상의 시에는 근대의 표상물인 백화점과 키치적 환상이 차고 넘쳤다. 이상의 전위적 실험주의 문학이 가 닿으려는 지점은 근대 넘어서기였지만, 이상은 근대의 문턱에 걸려 넘어졌다. 근대의 들머리에서 삶을 시작한 이상은 선조와 문벌, 전통과 인습에서 떨어져 나온 파편의 운명을 제 몫으로 수락한다. 수학과 건축의 기호들, 말장난과 숫자들로 조합된 시들을 써서 근대를 희롱하던 천재 시인 이상은 마침내 근대의 바다에서 난파당한 채 근대의 이

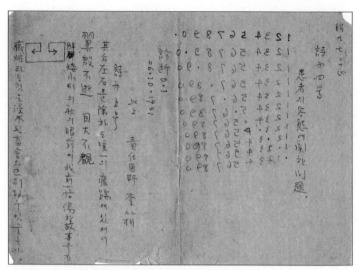

이상의 육필 원고 「오감도 시제4호」와 「삼차각설계도—선에 관한 각서 1」

단아로 떠돌다가 돌아갔다. 김기림은 이상이 죽은 뒤《조광》1937년 6월호에 다음과 같은 추도의 글을 기고한다.

상箱은 필시 죽음에게 진 것은 아니리라. 상은 제 육체의 마지막 조각까지라도 손수 깎어서 없애고 사라진 것이리라. 상은 오늘의 환경과 종족과 무지 속에 두기에는 너무나 아까운 천재였다. 상은 한번도 '잉크'로 시를 쓴 일이 없다. 상의 시에는 피가 임리淋漓하다. 그는 스스로 제 혈관을 짜서 '시대의 혈서'를 쓴 것이다. 그는 현대라는 커―다란 파선破船에서 떨어져 표랑漂浪하던 너무나 처참한 선체船體 조각이었다.[5]

탈주-동경행

1936년 10월, 이상이 폐결핵이 깊어진 몸으로 기어코 동경행을 감행한 것도 근대의 첨단과 세계정신의 중심지를 몸으로 겪어보고자 함이었다. 경성에는 더 이상 새로운 문학으로 비상할 수 있는 그 무엇이 없다고 판단한 이상은 새로운 예술의 돌파구를 찾아 동경으로 건너온 것이다. 그러나 이상이 1930년대 동경 긴자銀座의 화려한 네온사인이 명멸하는 거리와 신주쿠新宿의 소란함 속에서 본 것은 낡고 진부한 식민지 수도 경성과 다를 바 없이 서양을 흉내 낼 뿐인 '모조模造된 현대現代'였다. 이상은 깊이 절망하고 환멸을 느꼈다.

기어코 동경 왔소. 와보니 실망이오. 실로 동경이라는 데는 치사스런 데로구려!

동경 오지 않겠소? 다만 이상을 만나겠다는 이유만으로라도ㅡ.

삼사문학 동인들이 이곳에 여럿이 있소. 그러나 그들은 어디까지든지 학생들이오. 그들과 어우러지지 못하는 것을 보면 우리는 이제 그만하고 늙었나보이다.

삼사문학에 원고 좀 주어주오. 그리고 씩씩하게 성장하는 새 세기의 영웅들을 위하여 귀하가 귀하의 존중한 명성을 잠깐 낮추어 삼사문학의 동인이 되어줄 의사는 없는지 이곳 청년들의 갈망입니다. 어떻소?

편지 주기 바라오. 이곳에서 나는 빈궁하고 고독하오. 주소를 알아

가지고 편지하느라고 이렇게 늦었소. 동경서 만났으면 작히 좋겠
소?

형에게는 건강도 부귀도 넘쳐 있으니 편지 끝에 상투로 빌新 만한
말을 얼른 생각해 내기가 어렵소그려.

　이상은 동경 체류의 감상에 지독한 환멸을 섞은 이런 사신私信
들을 김기림 등에게 띄운다. 그러나 이상은 답장을 받지 못한다.
이상은 동경 체류의 많은 날들을 간다神田 진보초神保町 3정목 10−
1−4 이시카와石川의 하숙집에 칩거하며 엎드려 소설과 수필들을
써나갔다. 단편 「동해童骸」, 「종생기終生記」, 「환시기幻視記」, 「실화失
花」, 「단발斷髮」 등과 수필 「19세기식」, 「권태倦怠」, 「슬픈 이야기」,
「실낙원失樂園」, 「최저낙원最低樂園」 등이 이 시기에 쓰여져 대개는
이상 사후 유작遺作으로 발표되었다.

　1936년 12월 31일이다. 이상은 동경에서 쓸쓸한 제야를 맞는
다. 그 심경이 12월 31일자 일부인日附印이 찍힌 엽서에 고스란히
나타난다.

오늘은 섣달그믐 제야除夜입니다. 빈자떡, 약주, 너비아니, 수정과
생각이 간절합니다. 이 모든 기갈飢渴의 향수鄕愁가 나를 못살게 굽
니다. 생리적이라 이길 수가 없습니다. 언제 서울의 흙을 밟게 될
는지, 아직은 막연합니다. 나는 건강이 좋지 않습니다.

　이상은 간간이 김소운金素雲이나 《삼사문학三四文學》 동인들인 이

시우·정현웅·조풍연 등과 어울렸다. 정 답답할 때는 혼자 영화를 보러 갔다. 1937년 1월 21일부터 27일까지 히비야공원 공회당에서 바이올리니스트 미샤 엘만[1891~1967]이 방일[訪日] 연주회를 가졌을

김소운(1907~1981)
오른쪽이 김소운, 왼쪽은 유치상, 유치환 형제이다.

때, 이상은 '낙랑파라'에서 박태원 등과 레코드로만 들었던 이 유대계 러시아인의 연주회를 들으러 갔다. 김기림에게 보낸 사신에서 브로니슬로 휴베르만[1882~1947]이 연주한 랄로 협주곡과 미샤 엘만의 그것을 비교하며 엘만 연주에 심취한 이상의 고백에서 그의 고전음악 취향을 엿볼 수 있다.

> 휴베르만이란 제금가는 참 너무나 탐미주의자입니다. 그저 한없이 기레이 하다 뿐이지 정서가 없오, 거기 비하면 엘만은 참 놀라운 인물입니다. 같은 랄로 더욱이 초종악장 론도의 부를 그저 막 헐러내서는 완전히 딴 것을 맨들어 버립니다. 엘만은 내가 싫어하는 제금가였었는데, 그의 꾸준이 지속되는 성가의 원인을 이번 연주를 듣고 비로소 알았오, 소위 엘만톤이란 무엇인지 기도의 문외한의 이상으로서 알 길이 없으나 그의 슬라브적인 굵은 선은 그리고 그 분방한 변형은 경탄할 만한 것입니다. 영국 사람인 줄 알았더니 나종에 알고보니까 역시 이미그란또입니다.

경성에 남은 변동림은 이상에게 어서 돌아오라고 엽서를 보낸다. 이상도 3월이 되면 돌아가리라 마음먹고 있었다. 그동안 과로와 불규칙한 식사 때문에 폐결핵은 더 진척되어 있었다. 오후에는 하숙집의 다다미방에 누워서 기동도 할 수 없을 정도의 미열과 무기력증에 시달렸다. 동경의 비속함에서 비롯된 깊은 환멸, 질병으로 인해 나날이 쇠약해가는 신체, 그리고 고독이 이상의 서울행을 촉발했다. 그 온기 없는 다다미방에 엎드려서 벗들에게 "나는 참 동경이 이 따위 비속 그것과 같은 시나모노물건인 줄은 그래도 몰랐소. 그래도 뭐이 있겠거니 했더니 과연 속 빈 강정 그것이오"라고 동경에 대한 환멸을 늘어놓거나, "동경 오기는 왔는데 나는 지금 누워 있고그려. 매 오후면 꼭 기동 못할 정도로 열이 나서 성가셔서 죽겠소그려"라고 편지를 썼다. 더 이상 동경에 체류할 이유가 없었다. 이상은 조급한 마음이 되어서 "내달 중에 서울로 도로 갈까 하오"라고 경성의 벗에게 편지를 띄운다.

제2장

최후의 며칠

불심검문

1937년 2월 10일이다. 그날은 음력으로 제야였다. 이상은 경성과 거기에 남은 벗들, 그리고 제야에 먹던 고국의 음식들에 대한 그리움으로 사무쳤다. 피골皮骨이 상접相接. 그게 이상의 몰골이다. 그날 이상은 하숙방에서 H라는 사람에게 동경에서의 마지막 편지를 쓴다.

> 저는 지금 사람 노릇을 못하고 있습니다. 계집은 가두街頭에다 방매放賣를 하고 부모로 하여금 기갈飢渴케 하고 있으니 어찌 족히 사람

이라 일컬으리까. 그러나 저는 지식知識의 걸인乞人은 아닙니다. 7개 국어 운동도 원래가 허풍이었습니다.

살아야겠어서, 다시 살아야겠어서 저는 여기를 왔습니다. 당분간은 모든 죄와 악을 의식적으로 묵살하는 도리 외에는 길이 없습니다. 친구, 가정, 소주, 그리고 치사스러운 의리 때문에 서울로 돌아가지 못하겠습니다. 여러 가지를 생각하고 있습니다. 어떻게 했으면 좋을지를 전연 모르겠습니다. 저는 당분간 어떤 고난과라도 싸우면서 생각하는 생활을 하는 수밖에 없습니다. 한 편의 작품을 못쓰는 한이 있더라도, 아니, 말라 비틀어져서 아사餓死하는 한이 있더라도 저는 지금의 자세를 포기抛棄하지 않겠습니다. 도저히 '커피' 한 잔으로 해결될 문제가 아닌 것입니다.

이 편지를 쓰고 이틀이 지났다. 그러니까 음력 설 이튿날이다. 1937년 2월 12일에 이상은 하숙집을 나섰다.

식민지 조선의 청년은 하숙집에서 그리 멀지 않은 거리를 지나가다가 일본 경찰의 불심검문을 받고 거동 수상자라는 명목으로 연행되었다가 바로 사상 불온자라는 혐의로 동경 니시간다西神田 경찰서에 피감되었다. 경성에서도 이상은 일경日警에게 자주 검문을 당하곤 했다. 동소문 밖에서 경성 시내로 들어오려면 혜화동 파출소를 지나야 했고 거기서 늘 검문을 당했는데, 이상이 한복 차림이었기 때문이다. 한복 차림의 이상은 수상한 인상을 주었다. 이상은 니시간다 경찰서에서 한 달가량 조사를 받다가 폐결핵이 급격하게 악화되자 동경제국대학부속병원으로 이송

되었다. 1937년 4월 17일 새벽 4시. 이상은 만 26년 7개월의 삶을 이국의 한 병원에서 끝냈다.

사과한알이떨어졌다. 지구는부서질정도로아팠다. 최후. 이미여하한정신도발아하지아니한다.[6]

지구에 작용하는 만유인력에 의해 사과 한 알이 떨어지듯, '최후'는 그렇게 덧없이 다가왔다. 천재 시인도 이 종말의 세기, 단절의 세기, 파국의 세기에서 오는 인력을 피할 수는 없었다.

이상이 죽기 하루 전 경성에서는 부친 김연창과 조모가 동시에 사망했다. 이상이 위독하다는 급보를 받고 변동림은 서둘러 동경으로 출발한다. 변동림은 경성에서 부산까지 열두 시간 기차를 타고, 다시 여덟 시간 관부연락선을 타고, 또다시 스물네 시간 기차를 타고 동경에 닿았다. 그 지루한 여행 동안 변동림의 머릿속은 이상으로 꽉 차 있었다.

"이상은 천재다. 천재는 천재로 탄생하는 거다. 천재는 쉴 새 없이 생각하고 생각을 창조하기 때문에 속인(俗人)들 눈에는 말 없는 아이, 우울한 소년으로 보이는 거다."

변동림은 이상에게서 천재를 읽어냈다. 이상이 "탁월한 재주, 통찰력, 투시력과 차원이 높은 인간의 꿈을 갖추었"다고 생각했다. 변동림의 머릿속으로 이상과 처음 만난 순간이 지나갔다. 뒷날 변동림은 다음과 같은 글을 남긴다.

나의 오빠의 소개로 처음 이상을 만났을 때 이상은 밤색 두루마기의 한복 차림이었고 쭉 한복을 입었다. 후리한 키에 곱슬머리가 나부끼고 수염은 언제나 파랗게 깎았다. 우뚝 솟은 코와 세 꺼풀진 크고 검은 눈이 이글거리듯 타오르고 유난히 광채를 발산했다. 수줍은 듯 홍조紅潮짓는 미소가 없으면 좀 무서운 얼굴이었을 거다. 그러나 언제나 수줍은 듯 사람을 그리는 듯 쓸쓸한 웃음을 짓는 모습과 컬컬한 음성이 나의 기억에 남아 있다. 이상이 폐를 앓았다고 했지만 기침을 하거나 각혈하는 것을 본 일이 없다. 나는 건강한 청년 이상하고 결혼했다. 「오감도」와 「날개」를 발표한 후다.[7]

변동림은 기차에서 내리자마자 동경제대부속병원 입원실로 직행한다. 입원실은 다다미가 깔린 방이었다. 이상이 입원해 있는 병실 문을 열자 거기 이상이 누워 있었다. 이상은 누워 있다가 인기척을 듣고 눈을 크게 떴다. 이상은 변동림을 알아보고 반가운 표정을 지었다. 변동림이 무릎을 꿇고 그 옆에 앉아 야윈 이상의 손을 잡았다. 이상이 죽어간다는 사실이 실감나지 않았다. 변동림이 이상의 귀에 대고 속삭였다.

"무얼 먹고 싶어?"

그걸 듣고 이상이 대답했다.

"센비키야千匹屋의 멜론."

변동림은 이상의 가느다란 목소리를 알아듣고 멜론을 사러 밖으로 나섰다. 변동림이 센비키야 농원에서 나오는 멜론을 사갖고 들어와서 깎았다. 이상은 그 향기를 맡은 듯 편안한 표정으로 미소를 지었다. 그러나 변동림이 깎아 내민 멜론 한 조각을 받아 넘기지 못했다. 그것뿐이다.

의사가 와서 운명殞命은 내일 아침 11시쯤 될 것이니 집에 가서 자고 오라고 일렀다. 변동림은 이상의 입원실에 와 있던 유학생들에게 이시카와 하숙집의 위치를 물어 거기서 잤다. 다음날 아침 일찍 입원실이 열리기를 기다렸다가 이상의 운명을 지키려고 그 옆에 앉았다. 얼마 뒤에 이상은 감은 눈을 영원히 뜨지 않았다. 의사가 간단한 검사를 한 뒤 운명했다고 말했다. 그때까지 변동림은 이상의 식어가는 손을 잡고 있었다.

당시 동경에 있던 김소운은 새로 마련한 사무실을 계약하기 위해 아파트 문간을 나서다가 이상이 숨졌다는 전보를 받았다. 그는 즉시 동경제국대학부속병원으로 달려갔다. 영안실에 들어서니 화가 길진섭吉鎭燮이 이상의 데스마스크를 뜨고 있는 중이었다. 영안실에는 변동림과 낯선 예닐곱 명이 둘러앉아 길진섭의 석고 작업을 말없이 지켜보고 있었다. 굳은 석고를 떼어내자 수염 여남은 개가 석고에 뽑혀 나왔다.

길진섭이 데스마스크를 뜨고 난 뒤 장례 절차를 의논하는데, 먼저 입원료를 청산해야 한다는 병원 측의 요청이 있었다. 그래야만 사망진단서가 나오고, 장례를 치를 수 있다는 말이었다. 급하게 여비만 마련해서 동경으로 온 변동림의 수중에 이상의 입원비가 있을 리 없었다. 다들 망연자실하고 있는데, 김소운이 사무실 보증금으로 치를 돈을 입원비로 선뜻 내놓았다. 이상의 사망진단서에 적힌 사인은 뜻밖에도 폐결핵이 아니라 '결핵성 뇌

매독^{結核性腦梅毒}'이었다.

이상의 시신은 화장터로 운구되었다. 화장^{火葬}을 끝낸 뒤 변동림은 유골을 수습해서 김소운의 아파트에서 하룻밤을 보냈다. 변동림은 그 유골을 안고 기차를 타고 연락선을 타고 다시 기차를 타고 경성으로 돌아온다. 이상의 유골은 이상의 어머니와 동생들이 있는 친가에서 몇 밤을 지내고 미아리 공동묘지에 안장되었다. 비목^{碑木}에는 묘주^{墓主} 변동림의 이름이 기입되었다.

이상 애도

이상의 죽음을 누구보다도 애도한 것은 김기림이었다. 해방 뒤인 1949년에 김기림은 이상의 시와 단편소설을 중심으로 『이상선집』을 백양사에서 발간한다. 김기림은 이상에게서 '순교자', 혹은 '피에타'를 읽어낸다. 김기림은 자신이 직접 편집해서 펴낸 그 선집에 다음과 같은 글을 남긴다.

> 1936년 겨울에 그는 불현듯, 서울과 또 그의 지나간 생활 전부에 고별하고 그 대신 무슨 새 생활의 꿈을 품고 현해탄을 건너갔던 것이다. 좀 더 형편이 되었다면 물론 나와의 약속대로 파리로 갔을 것이다. 그의 이 탈주, 도망, 포기, 청산—그러한 여러 가지 복잡한 동기를 가진 이 긴 여행은, 구태 찾는다면 '랭보—'의 실종에라도 비길 것인가. 와보았댔자 구주^{歐洲} 문명의 천박한 식민지인 동경 거

리의 추잡한 모양과, 그중에서도 부박한 목조건축과, 철없는 '파시즘'의 탁류에 퍼붓는 욕만 잠뿍 쓴 편지를 무시로 날리고 있던, 행색이 초라하고 모습이 수상한 '조선인'은, 전쟁 음모와 후방 단속에 미쳐 날뛰던 일본 경찰에 그만 붙잡혀, 몇 달을 간다神田 경찰서 유치장에 들어 있었다. 그 안에서 그는 비로소 존경할 만한 일인日人 지하운동자들을 만났던 것이다. 워낙 건강을 겨우 부지하던 그가 캄캄한 골방 속에서 먹을 것을 먹지 못하고 천대받는 동안에, 그 육체가 드디어 수습할 수 없이 되어서야, 경찰은 그를 그의 옛 하숙에 문자 그대로 팽개쳤던 것이다. 무명처럼 엷고 희어진 얼굴에 지저분한 검은 수염과 머리털, 뼈만 남은 몸뚱어리, 가쁜 숨결— 그런 속에서도 온갖 지상의 지혜와 총명을 두 날 초점에 모은 듯한 그 무적無敵한 눈만이, 사람에게는 물론 악마나 신에게조차 속을 리 없다는 듯이, 금강석처럼 차게 타고 있는 것이다. 그것은 인생과 조국과 시대와 그리고 인류의 거룩한 순교자의 모습이었다. '리베라'에 필적하는 또 하나 아름다운 '피에타'였다.[8]

조선 문단은 이 천재 시인의 죽음을 애도했는데, 특히 김기림과 박태원 등이 이상의 때 이른 죽음을 비통해했다. 5월 15일에는 경성 부민관에서 이상과 그보다 앞서 죽은 김유정을 위한 합동추도식이 열렸다. 이상의 공식 사망원인은 병사病死였고, 그 삶의 형식은 위악과 파란, 그리고 요절이었다. 실은 시대가 공모하여 자살에 이르게 한 억울한 죽음이었다. 아니, 자연인 김해경은 절망이라는 흉기를 써서 천재 시인 이상을 암살한 것이다.

　내가 이상을 안 것은 그가 아직 다료茶寮 '제비'를 경영하고 있었을
때다. 나는 누군한테선가 그가 고공 건축과高工建築科 출신이란 말을
들었다. 나는 상식적인 의자나 탁자에 비하여 그 높이가 절반밖에
는 안 되는 기형적인 의자에 앉아 점店을 둘러보며 그를 괴팍한 사
나이다 하였다.
　'제비' 헤멀쑥한 벽에는 10호號 인물형의 초상화가 걸려 있었다. 나
는 누구에겐가 그것이 그 집 주인의 자화상임을 배우고 다시 한 번
쳐다보았다. 황색 계통의 색채는 지나치게 남용되어 전 화면은 오
직 누ー런 것이 몹시 음울하였다. 나는 그를 '얼치기 화가로군' 하
였다.
　다음에 또 누군한테선가 그가 시인이란 말을 들었다.
　"그러나 무슨 소린지 한마디 알 수 없지……"⁹

　그는 당대의 범속함으로는 이해할 수 없는 괴이한 존재였다.
때로는 가까운 벗에게조차 그의 첫인상은 '얼치기 화가'이거나
알아들을 수 없는 시를 짓는 '괴팍한 사나이'였다. 그 '괴팍한 사
나이' 이상은 가난과 병 속에서 신음하다가 끝내 죽고 말았다.
이상의 시는 여전히 비학秘學이나 비교秘敎의 경전같이 난해하다.
그 난해성은 현전을 새롭게 해석하고 당대의 낡은 문법을 넘어
서서 상상하려는 자의 불가피성에 의해 정당화되었다. 이상이
남긴 작품의 총량보다 더 많은 주석註釋과 논의와 해석이 뒤따르

는 것은 그 때문이다. 1930년대 모더니즘을 그 전위前衛에서 이끈 '모던뽀이' 이상 신화神話는 그가 태어난 지 백 년이 넘은 기점에서 다시 부활의 날갯짓을 하고 있다. 탄생한 지 백 년이 넘은 그가 세월이 흐를수록 모든 기억은 서서히 부식되고 마침내는 망각된다는 기억의 법칙을 거슬러 우리의 기억 속에서 더 세세하게 다시 살아오는 것은 분명 심리학에서 말하는 '망각의 역현상 효과'와 같은 것이다.

제3장

에필로그

근대 애도

식민지 근대는 이상의 몸과 마음에 내재화된 운명의 핵이다. 애초에 식민지 도시 문화에 매혹당해 그것에 적극적으로 반응했던 이상은 나중에 그것이 하나의 신기루 쫓기였음을 깨닫고 절망에 이른다. 무분별한 소비와 유흥 문화의 황홀경 아래 식민지 근대의 절대 빈곤과 비위생적 환경이 엄존했다. 일본 제국주의가 내놓은 내선일체內鮮一體와 일선동조론日鮮同祖論으로 불거지는 동화정책이 실은 조선을 삼켜 제국의 일부로 편입시키려는 음모였다는 사실은 하나의 상식이다.

한일병합이 이루어진 해에 태어나 식민지 교육을 받으며 자란 이상이 일제의 식민지 지배방식에 동화되어 무의식의 식민화에 이르렀으리라는 가정은 타당성이 있다. 그는 명민한 의식을 가진 사람이다. 그는 식민지 근대가 불러온 절대 궁핍과 욕망의 규율화가 초래한 현실의 참담함에 홀연히 눈을 뜬다. 식민지 근대의 실체적 진실을 꿰뚫어보고 그가 마주친 것은 입구도 출구도 없는 공간에 갇힌 데서 비롯된 공포감이다. 그래서 제국주의적 국민화라는 현실인식의 바탕 위에서 "막다른

총독부 기수 시절의 이상

골목"에 갇힌 "13인의 아해"를 상상하고 거기에 제 자아를 투사해서 무섭다고 외친 것이다. 그것은 하얀 눈으로 덮여 그럴듯한 정취를 자아내던 산이 실은 하얀 눈에 의해 가려진 거대한 똥 무더기라는 사실을 알게 될 때의 절망과 당혹감에 견줄 만하다.

그가 그토록 열망했던 동경에서 본 것도 가짜 근대, 서구 근대를 조악하게 본뜬 위조 낙원에 지나지 않았다. 이상은 그것에 대한 현실적 응전으로 이상이라는 가면을 쓰고 퇴폐와 방종의 놀음에 빠졌던 게 아닐까? 황달에 걸려 세상을 온통 노랗게 바라보았던 이상은 "조선의 제일가는 해학 유머리스트"[10]였다.

아울러 그는 현실의 시계에 없는 13시를 꿈꾼 몽상가요, 무뢰

한이고, 희극적 영웅이었다. '이상李箱/異常'이라는 이름 자체가 식민지의 가짜 근대에 대응하는 의미를 담은 기표적 기호이기도 하다. 그는 현실 너머의 현실, 즉 근대 초극의 이상李箱/理想을 추구하는 게 참담한 파멸이라는 사실을 알면서도 꿋꿋하게 나아간다. 그러나 결과적으로 이상은 근대 저 너머를 향해 가다가 난파한다. 그것을 식민지 잔맹이며 동시에 소지식인이었던 이상의 실패로 보기는 어렵다. 김기림은 이렇게 적었다.

상의 죽음은 한 개인의 생리의 비극이 아니다. 축쇄縮刷된 한 시대의 비극이다.

굿빠이, 이상!

이상의 비극은 곧 모더니티의 비극이고, 이상의 실패는 곧 근대 댄디즘의 정치학이 부딪친 한계요 실패였다. 그러니 27세 천재 시인의 요절을 너무 슬퍼하지는 말자.

그것은 '대동아공영권'을 푯대로 내걸고 한뜻으로 제국주의 만들기에 나선 근대 일본의 여러 모순과 그 한계에 갇힌 식민지 근대 소지식인 단위의 파산이다.

이상은 날마다 젊어지고 날마다 진화한다. 이상 이후 우리 현대 문학은 그것의 증보판 쓰기에 허겁지겁하고 있다. 따라서 현대 문학사의 정체停滯에 대한 깊은 자책과 쇄신의 뜨거움을 격발하는 동인動因으로서 이상 문학의 현재성은 생생하다. 그것은 화석이 아니라 생물이요, 휴화산이 아니라 활화산이다. 여전히 이상 문학의 초극超克은 현재진행형의 문학적 당위로서 당당한 무게를 갖는다. 누가 이상을 죽었다고 하는가. 이상은 현대 문학사 안에서 어여쁘게 살아 있다. 1910. 9. 20음력 8. 20 ~ 1937. 4. 17. 그런 까닭에 건담가健啖家 이상의 생生과 몰沒은 한 줄 안에 빽빽한데, 그럼에도 날마다 누군가에 의해서 새로운 그 무엇이 쓰여지고 보태지는 것이다. 굿빠이, 이상!

이 책의 구상과 집필은 2009년 12월 하순께 걸려온 전화에서 시작된다. 2010년은 이상의 백주기가 되는 해인데, 그에 대한 글을 신문에 써볼 의향이 있는가를 묻는 전화였다. 나는 그 제안을 받아들이고, 당장 그날부터 서가에 꽂힌 이상과 관련된 모든 책을 끄집어내 읽었다. 이상의 시와 소설, 그리고 수필 들을 꽤나 꼼꼼하게 읽은 뒤 그와 관련된 2차 텍스트들을 찾아 읽었다. 2주 동안에 대략 30여 권쯤 읽고 연재 글의 밑그림을 그린 뒤 초고를 써나갔다. 시작은 어렵지 않았다. 새해가 시작되자마자 한 일간지에 「이상과 1930년대 경성의 '모던뽀이'들」이라는 제목을 달고 연재가 나가고, 3월 초순께쯤 연재는 종료되었다.

애초에는 근대 문학인 이상이 우리에게 누구였나를 더듬고 싶었다. 청년 이상은 재기와 귀기 어린 상상력으로 무장한 채 근대를 가로질러 간 자멸파 문학의 시조였다. 그는 제 불우함을 끌어안고 문학 안에서 자진하기로 한 사람같이 속수무책으로 질주했다. 이상의 삶은 참담했지만 이상의 문학은 참담함의 위대함을 역설한다.

한 계절 내내 이상을 끼고 읽다 보니, 그 옆에서 찬 술과 뜨거운 밥을 나누고 그보다 더 내밀한 사생활까지 공유하며 문학과 예술에 대해 어지러운 담론을 나눈 '모던뽀이'들이 눈에 들어왔다. 이상을 초점화하되, 1930년대 근대 경성이라는 구도 속에서 '이상과 모던뽀이들'을 더불어 보게 되었다. 그들이 걸었던 1930년대의 경성 거리를 걷고, 그들이 들렀던 카페나 바, 근대 상품으로 넘쳐나는 경성 도심의 백화점과 엘리베이터와 옥상정원을 '근대인의 눈'으로 바라보았다. 근대는 그들의 삶과 의식에 어떻게 스미고 섞여 피가 되고 살이 되었을까.

그들의 눈과 귀와 신체가 접촉했던 모든 것들은 한결같이 신문명·신학문·신여성·신문화라는 명사들로, 이전에는 알 수도 없었고 볼 수도 없었지만, 이제 일상으로 보고 겪으며 견뎌내야 하는 새로운 것이라는 뜻에서 '신新'자를 달고 있었다. 그 '신'자를 붙인 모든 것들이 낯선 개조와 혁신의 기운을 몰고 그들을 덮쳤다. '이상과 모던뽀이들'은 근대 이전의 익숙한 생활과 전통의 껍질을 벗고 알몸으로 근대의 하중을 받아내며 그것을 가로지른다. 이상이 제 왼편 가슴을 "방탄금속으로 엄폐"한 뒤 거울에 비친 제 왼쪽 가슴을 향해 총탄을 발사하는 「오감도」 연작시의 한 구절을 나는 진심으로 이해할 수 있었다. 그는 죽고 싶었지만 진짜로 죽고 싶지는 않았던 것이다. 그것은 죽음을 향한 몸짓들로 삶에의 의지를 기망하는 일종의 연기演技였다.

이상은 "나의 생활은 나의 생활에서 1을 뺀 것이다"라고 고백한다. '책임의사' 이상은 n-1의 결핍이 제가 안고 있는 질병의 원인이라고 진단한다. n과 n-1 사이는 도저히 좁혀질 수 없는 절대의 거리다. 이상은 그 사이에서 자아가 찢기고 분열했다. 근대와 전근대, '이상'과 '김해경' 사이에서 찢긴 심장에서는 연신 붉은 피가 흘러나온다. 이상의 문학과 삶 전체는 그 사이를 메우고 가로질러 가려는 의식의 모험, 근대 초극의 탈주선이다. 이상 문학은 '리좀'이 그렇듯이 본질에서 반^反-계보 문학이다. 이상은 계보를 따르는 것이 아니라 n-1로써 오히려 다양체를 이룬다. 이성이 아니라 무의식에서, n이 아니라 n-1에 의해서. 이상은 이미 한 세기 전에, 들뢰즈/가타리가 말하는 "n-1에서 써라"라는 '리좀' 개념을 선험으로 실천했다.[1]

신문 연재가 끝나고 두세 달 정도면 단행본 분량의 원고를 끝낼 수 있을 것 같았지만 막상 원고 집필에 들어간 뒤 글쓰기는 막막했다. 자료를 취해서 읽고 그것을 맥락에 따라 풀어내는 데, 내 능력은 금세 한계를 드러내고, 일은 더뎠다. 1930년대 경성 거리에 나타난 '모던뽀이들', 즉 이상·박태원·이태준·김기림·김유정·임화 등은 하나의 점들로 존재한다. 그들의 의식주, 의식세계, 처세술, 문학 작품 들이 그 점들을 이루는 성분들이다. 그 점들을 이으면 하나의 선이 나온다. 『이상과 모던뽀이들』을 쓰는 일은 바로 그 점들을 이어 선으로 만드는 작업이다. 점들이 선으로 드러날 때 우리 근대의 전체상도 드러나겠지만 선은 흐릿해서 잘 보이지 않았다. 그동안 계통 없이 읽은 책과 자료들이 머릿속에서 뒤엉켰고, 작업의 진도는 지지부진이었다.

2010년 여름의 혹독한 무더위와 열대야 속에서 생체리듬이 기어코 깨지고 말았다. 몸과 마음이 지쳐가고 탁자 위에 쌓아둔 책들의 난독과 집필 작업은 더디게 이어졌다. 글이 잘 써지지 않는 날에는 원고를 밀쳐둔 채 발터 벤야민의 저 두꺼운 책, 『아케이드 프로젝트』를 붙잡고 읽고, 1천 쪽이 넘는 들뢰즈/가타리의 『천 개의 고원』을 천천히 다시 읽었다. 이 책들은 막막해진 내게 영감과 상상력을 보태주었다. 지그문트 바우만의 『액체근대』와 『유동하는 공포』, 『모두스 비벤디』도 기진해서 메마른 사유에 신선한 피를 수혈해주었다.

　여름이 끝나갈 무렵 원고를 주르륵 읽어보니, 무른 통사법의 골격으로 겨우 서 있는 문장들 속에서 사실 관계는 맥락도 없고 계통도 없이 한심한 꼴로 흩어져 있었다. 무더위와 장마 속에서 몸은 기진했다. 병원에 가보니 과로로 인한 탈진이라고 했다. 서른 해 만에 처음으로 병원 침대에 누워 링거를 꽂은 채 잠이 들었다. 결국은 원고 마감일자를 늦추고 한숨을 돌렸다. 다시 텍스트들을 읽고 써야 될 것들을 머릿속으로 정리하면서, 잘 쓰겠다는 욕심을 내려놓자고 스스로에게 다짐을 했다.

　2010년 11월 1일 그동안 읽었던 책들 100여 권을 싸들고 원주의 토지문화관에 입주했다. 평상심으로 돌아가 이상의 작품들을 읽고, 이어서 박태원의 「소설가 구보씨의 일일」과 「천변풍경」을 읽고, 김기림의 시들과 김유정의 소설들을 다시 읽었다. 그밖에도 여러 책들이 이 책을 쓰는 데 영감과 상상력을 보태주고 도움이 되었다. 책 끝에 '참고문헌'으로 그 목록을 정리했으니 눈여겨보시기 바란다. 이상의 작품이 그렇듯이 그들이 쓴 것도 그들의 고해이고 비명이고 보고서였다. 내가 가진 근대의 시공간적인 지각과 이해는 오로지 이상과 그의 동료들인 '모던뽀이들'이 살았던 시대의 추체험을 통한 것이다.

이상은 수시로 경성 거리를 걸어 다닌다. 박태원 역시 소설의 재료를 얻기 위해 노트를 들고 무작정 경성 거리를 걷는다. 그들은 거리에서 다방, 카페, 상점 들의 진열창, 간판들, 전차, 자동차, 군중, 박람회, 백화점 등등을 보고 겪으며 서서히 지쳐간다. 그 근대 세계 안에 소용돌이치는 시간의 유동, 소리의 파동, 날마다 일어나는 소란과 혼란 따위는 그들에게 피로와 권태를 강요한다. 왜 그랬을까?

근대 공간은 잉여의 존재들에게 곧 환멸의 공간이다. 다방과 카페, 백화점과 박람회 등이 보여주는 근대의 환락과 소비의 행복들 이면에는 날마다 경성이 배출하는 똥오줌과 쓰레기,[2] 그보다 더 심각한 더러운 화류병자, 커피 중독자, 타락자, 정신병자들로 넘쳐난다.[3] 박태원 소설의 작중인물인 구보는 경성의 온갖 사람들을 모두 정신병자로 보고 싶은 강렬한 충동에 사로잡히기도 한다. "의상분일증意想奔逸症, 언어도착증言語倒錯症, 과대망상증誇大妄想症, 추외언어증醜猥言語症, 여자음란증女子淫亂症, 지리멸렬증支離滅裂症, 질투망상증嫉妬妄想症, 남자음란증男子淫亂症, 병적기행증病的奇行症, 병적허언기편증病的虛言欺騙症, 병적부덕증病的不德症, 병적낭비증病的浪費症……" 등등이 그것이다. 바로 근대의 어두운 이면이다. 경성의 근대는 이렇듯 심한 불균형 위에서 '자라나고' 있었다. "부호와 걸인, 환락과 비참, 구와 신, 이 모든 불균형을 사십만 시민 위에 '씩씩'하게 배열하며 경성은 자라간다."[4]

근대 경성이라는 인공낙원은 결코 근대인들의 꿈과 욕망을 채워주지 않는다. 오히려 만족을 지연시키고 끝내는 무화시킨다. 이상은 「가정」[5]이라는 시에서 욕망의 좌절을 "나는그냥문고리에쇠사슬늘어지듯매어달렸다. 문을열려고안열리는문을열려고"라는 은유로 보여준다. 근대는 눈으로는 볼 수 있으되 들어갈 수는 없는 환몽의 신기루다. 그 안으로 들어가는 문은 끝내 열리지 않는다. 근대 주체의 꿈과 욕망, 자아를 실현하려는 본능은 그 바깥으로 미끄러진다. 남는 것은 권태와 환멸, 그리고 자의식 과잉이다.[6] 자의식 과잉은 짙은 회의懷疑와 시니컬한 조소嘲笑를 낳는다. 이상은 위조된 근대 경성 너머에 있는 동경을 보고자 한다. 결국 그는 동경을 밟고 긴자와 신주쿠 거리를 기웃거리지만, 거기에서도 경성에서와 같이 환멸을 느낀다. 이상에게 동경의 첫 인상은 "어쨌든 이 도시는 몹시 가솔린 내가 나는구나!"라는 말에 압축되어 있다. 동경은 불쾌한 가솔린 냄새에 포박된 도시다. 그는 이렇게 내뱉는다. "이태백이 노든 달아! 너도 차라리 19세기와 함께 운명殞命하여 버렸었던들 작히나 좋았을까."[7] 이건 바로 근대를 또 다른 형식의 야만으로 겪은 이상이 스스로에게 속삭였던 말이 아닐까.

이상과 모던뽀이들의 근대 경험은 화사하지 않다. 그것은 우울과 절망의 칙칙함으로 채색된 악몽이고 불행이었다. 일본에서 겪은 이상과 윤동주의 경험에서 알 수 있듯 그들은 수시로 검문을 당하고 체포되어 감옥에 가고 생체실험 대상이 되고 죽을 수도 있었다. 어떤 법도 그들의 자유와 존엄성을 보호하지 않았다.

그들은 근대의 바다에서 난파당하고 '쓰레기가 되는 삶'을 겪었다. 나는 그들이 겪은 악몽과 끔찍한 불행이 헛된 것이 아니기를 바라고, 『이상과 모던뽀이들』이 그것에 대한 의미 있는 탐구와 그 보고서가 되기를 소망한다.

어쨌든 꼬박 일 년을 다 채우고 이 책을 끝낼 수 있어 다행이다. 이 책의 후반 작업은 토지문화관이 입주작가를 위해 내준 귀래관 104호실에서 했다. 처음 여기에 왔을 때 앞산은 온통 단풍으로 눈이 부시게 아름다웠다. 지금은 활엽수의 잎들은 다 지고, 그새 겨울은 깊어져서 산은 잿빛으로 적막하다. 새벽에 깨어나면 그 겨울산이 뿜어내는 차가운 숨결이 이마에 선뜻하게 닿는다. 어느덧 귀래관 104호실을 다음 입주작가를 위해 비워야 할 때가 다가왔다. 귀래관 104호실에서 나는 두 달을 먹고 자며 글을 썼다. 여기에서 묵은 두 달 동안 몸과 마음은 글쓰기에 최적화된 상태를 유지할 수 있었다. 평온한 가운데 『이상과 모던뽀이들』을 끝냈다. 이 평온함은 거저 주어진 것이어서 때로는 황송하기도 했다.

지금은 새벽이다. 산들로 둘러싸인 이곳의 밤하늘에는 별들이 총총하다. 초겨울 새벽하늘에는 머리 위로 쏟아져 내릴 듯 별들이 가득 차 있는데, 저 별들 너머로 몇 억 광년 떨어진 곳에 은하들이 있고 그 은하를 구성하는 수많은 별들은 저마다 궤적을 그리며 우주 속에서, 침묵 속에서 운행을 한다고 생각하니 절로 숙연해진다. 나는 '원초적인 무無'로 살아 있다! 거대한 우주의 침묵 속에서 나는 생기로 충만한 채 살아 있음을 느낀다. 내가 아는 것은 무엇인가. 나는 거대한 무지 속에 다만 숨을 쉬고 있을 따름이다. 아쉬움이 남지만, 어쨌든 원고에 마침표를 찍게 되어 행복한 새벽이다. 벌써 건너 마을의 수탉들이 홰를 치고 한껏 소리를 끌어올리며 우렁차게 울고 있다. 저 수탉들의 울음소리는 새날을 맞는 생기가 생동하는 금빛 울음이다. 이제 귀래관 104호의 문을 열고 나가 차고 시린 새벽바람을 맞으며 황금빛에 감싸인 해가 떠오를 때까지 임도를 걸어야겠다.

끝으로 이 책을 마무리하는 동안 편안한 작업 환경을 제공해주신 토지문화관의 김영주 관장님과 관계자 여러분께 감사의 인사를 올린다. 아울러 현암사의 조미현 대표와 김수한 주간, 편집부 박민영 씨에게도 감사드린다. 여러 분의 배려 덕분에 이 책은 세상의 빛을 보게 되었다.

원주 토지문화관에서

장 석 주

1부 이상異狀 ── 근대의 아들

1. 이상, 「종생기終生記」, 『이상 전집 2』, 권영민 엮음, 뿔, 2009.
2. 리처드 커니, 『이방인, 신, 괴물』, 이지영 옮김, 개마고원, 2004.
3. 지그문트 바우만, 『액체 근대』, 이일수 옮김, 강, 2009.
4. 테리 이글턴, 『반대자의 초상』, 김지선 옮김, 이매진, 2010.
5. 문종혁, 「몇 가지 이의異議」, 『그리운 그 이름, 이상』, 김유중·김유현 엮음, 지식산업사, 2004.
6. 수전 손택, 『은유로서의 질병』, 이재원 옮김, 이후, 2002.
7. 수전 손택, 같은 책.
8. 찰스 디킨스, 여기서는 수전 손택의 같은 책에서 재인용.
9. 이상, 「봉별기逢別記」. 『이상 전집 2』, 권영민 엮음, 뿔, 2009.
10. 「끽다점탐방기」, 《삼천리》, 1945. 5.
11. 지그문트 바우만, 『쓰레기가 되는 삶들』, 정일준 옮김, 새물결, 2008.
12. 호모 사케르는 조르조 아감벤이 쓴 동명의 책 제목이자, 배제된 존재, 예외 지대로 추방된 존재의 이념형적 모델이라는 개념이다. 호모 사케르란 주권적 법과 규범으로 보호받는 세계 바깥으로 밀려나 있는 사람들이다. '그들'은 항상 많아서 질서 구축 과정에서 쓰레기로 배출되는데, 주권은 배제의 영역으로 추방된 '그들'에 대한 법적 정의를 철회한다. 따라서 '그들'은 항상적으로 살해 위협에 노출된 벌거벗은 상태에 있다.

13. 이상, 「슬픈 이야기」, 『이상 전집 4』, 권영민 엮음, 뿔, 2009.

14. 김승희, 『이상』, 문학세계사, 1993.

15. 김홍중, 『마음의 사회학』, 문학동네, 2009.

16. 신형철, 『몰락의 에티카』, 문학동네, 2008.

17. 이상, 「얼굴」, 『이상 전집 1』, 권영민 엮음, 뿔, 2009.

18. 이상, 「오감도 작자의 말」, 『이상 전집 4』, 권영민 엮음, 뿔, 2009.

19. 이상, 「12월 12일」, 『이상 전집 3』, 권영민 엮음, 뿔, 2009.

20. 김주현, 「이상의 삶과 문학 그리고 전위와 해체와 대하여」, 『날개』(이상단편선의 해설), 문학과지성사, 2005.

21. 지그문트 프로이트, 『성욕에 관한 세 편의 에세이』, 김정일 옮김, 열린책들, 1996.

22. 리처드 세넷, 여기서는 지그문트 바우만의 『모두스 비벤디』(한상석 옮김, 후마니타스, 2010)에서 재인용.

23. 이상, 「날개」, 『이상 전집 2』, 권영민 엮음, 뿔, 2009.

24. 이상, 「날개」, 같은 책.

25. 에마뉘엘 레비나스, 『존재에서 존재자로』, 서동욱 옮김, 민음사, 2003.

26. 에마뉘엘 레비나스, 같은 책.

27. 이상, 「날개」, 앞의 책.

28. 서정주, 「이상의 일」, 『그리운 그 이름, 이상』, 김유중·김주현 엮음, 지식산업사, 2004.

29. 서정주, 같은 글.

30. 김홍중, 앞의 책.

31. 이경훈, 『오빠의 탄생』, 문학과지성사, 2003.

32. 이상, 「슬픈 이야기」, 앞의 책.

33. 이경훈, 앞의 책.

34. 보들레르, 여기서는 발터 벤야민의 『아케이드 프로젝트 1』(조형준 옮김, 새물결, 2005)에서 재인용.

35. 이상, 「슬픈 이야기」, 앞의 책.

36. 이상, 「육친」, 『이상 전집 1』, 권영민 엮음, 뿔, 2009.

37. 이상, 「오감도 시제2호」, 같은 책.

38. 이상, 「역단易斷-가정」, 같은 책.

39. 이상, 「육친의장」, 같은 책.

40. 리처드 세넷, 여기서는 지그문트 바우만의 『액체 근대』에서 재인용.

41. 지그문트 바우만, 『모두스 비벤디』, 한상석 옮김, 후마니타스, 2010.

42. 이상, 「오감도 시제10호」, 『이상 전집 1』, 권영민 엮음, 뿔, 2009.

43. 이상, 「절벽」, 같은 책.

44. 이상, 「꽃나무」, 같은 책.

45. 박태원, 「수염」, 『소설가 구보씨의 일일』, 문학과지성사, 2005.

46. 정재서, 『도교와 문학 그리고 상상력』, 푸른숲, 2000.

47. 발터 벤야민, 『아케이드 프로젝트 2』, 조형준 옮김, 새물결, 2006.

48. 발터 벤야민, 같은 책.

49. 질 들뢰즈/펠릭스 가타리, 『천 개의 고원』, 김재인 옮김, 새물결, 2001.

50. 질 들뢰즈/펠릭스 가타리, 같은 책.

51. 이상, 「날개」, 앞의 책.

52. 메를로퐁티, 『눈과 마음』, 김정아 옮김, 마음산책, 2008.

53. 피에르 부르디외, 『맞불』, 현택수 옮김, 동문선, 2004.

54. 이상, 「거울」, 『이상 전집 1』, 권영민 엮음, 뿔, 2009.

55. 김승희, 앞의 책.

56. 이상, 「오감도 시제15호」, 『이상 전집 1』, 권영민 엮음, 뿔, 2009.

57. 신범순, 『이상의 무한정원 삼차각나비』, 현암사, 2007.

58. 이상, 「봉별기」, 『이상 전집 2』, 권영민 엮음, 뿔, 2009.

59. 이상, 「봉별기」, 같은 책.

60. 이상, 「봉별기」, 같은 책.

61. 권보드래, 『연애의 시대』, 현실문화연구, 2003.

62. 이상,「봉별기」, 앞의 책.

63. 이상,「봉별기」, 같은 책.

64. 뢱 브노와,『기호·상징·신화』, 박지구 옮김, 경북대학교 출판부, 2006.

65. 이상,「봉별기」, 앞의 책.

66. 이상,「봉별기」, 같은 책.

67. 이상,「봉별기」, 같은 책.

68. 이상,「실화失花」, 같은 책.

69. 조르주-클로드 길베르,『포스트모던 신화 마돈나』, 김승욱 옮김, 들녘, 2004.

70. 조르주-클로드 길베르, 같은 책.

71. 조르주-클로드 길베르, 같은 책.

72. 조르주-클로드 길베르, 같은 책.

73. 조용만,「이상 시대, 젊은 예술가들의 초상」,『그리운 그 이름, 이상』, 김유중·김주현 엮음, 지식산업사, 2004.

74. 발터 벤야민, 앞의책

75. 권보드래, 앞의 책.

76. 권보드래, 같은 책.

77. 영화해설,「봉자의 죽음」, 유일 작, 이우홍 변사, 리갈 C192A. 1934. 7.

78. 정사애화,「저승에 맺는 사랑」, 남궁춘 작, 석금성, 콜럼비아 40498A, 1934. 3.

79.「창간사」,《신여자》창간호, 1920. 3.

80. 김수진,『신여성, 근대의 과잉』, 소명출판, 2009.

81. 김수진, 같은 책.

82. 김수진, 같은 책.

83. 조용만,「이상 시대, 젊은 예술가들의 초상」,『그리운 그 이름, 이상』, 김유중·김주현 엮음, 지식산업사, 2004.

84. 변동림,「이상理想에서 창조된 이상李箱」,『그리운 그 이름, 이상』, 김유중·

김주현 엮음, 지식산업사, 2004.

85. 이상, 「동해童骸」, 『이상 전집 2』, 권영민 엮음, 뿔, 2009.

86. 변동림, 앞의 글.

87. 변동림, 같은 글.

2부 이상異常 —— 근대에 대한 상상

1. 지그문트 바우만, 『액체 근대』, 이일수 옮김, 강, 2009.

2. 지그문트 바우만, 같은 책.

3. 지그문트 바우만, 같은 책.

4. 지그문트 바우만, 같은 책.

5. "조선총독부에서는 경성의 시구 개정 계획을 수립하고 본지선本支線 도로, 하수구 등의 개축에 착수하여 오늘날 계속 시행하고 있으나, 이는 소위 대경성 건설의 이상에서 출발한 도시계획이 아니고 따라서 수년 후 완성을 볼 터인데 오직 성벽 내에 구시가舊市街의 면목만을 새롭게 할 뿐 극히 불철저한 계획이다. 경성은 조선의 수부首部요, 일본 민족의 대륙 발전을 위해선 유일의 기반이 되는 도시라 반드시 확장될 것이다. 적어도 백만 이상의 인구를 포용할 규모로 대경성 건설의 근본 계획을 확립하는 것이 시급하다. 이것이 여러 사람들과 함께 경성도시계획연구회를 조직한 이유이다." 조선연구회, 『대경성』, 여기서는 김백영의 『지배와 공간』(문학과지성사, 2009)에서 재인용.

6. 그램 질로크, 『발터 벤야민과 메트로폴리스』, 노명우 옮김, 효형출판, 2005.

7. 그램 질로크, 같은 책.

8. 김진송, 『서울에 딴스홀을 허許하라』, 현실문화연구, 1999.

9. M. 칼리니스쿠, 『모더니티의 다섯 얼굴』, 이영욱 외 옮김, 시각과언어,

1993.

10. 이영아, 『육체의 탄생』, 민음사, 2008.

11. 이상, 「오감도 시제1호」, 『이상 전집 1』, 권영민 엮음, 뿔, 2009.

12. 뤽 브노와, 앞의 책.

13. 김홍중, 앞의 책.

14. 보르빈 반델로브, 『불안, 그 두 얼굴의 심리학』, 한경희 옮김, 뿌리와이파리, 2008.

15. 니콜 라피에르, 『다른 곳을 사유하자』, 이세진 옮김, 푸른숲, 2007.

16. 지그문트 바우만, 『액체근대』, 이일수 옮김, 강, 2009.

17. 그램 질로크, 앞의 책.

18. 「대경성大京城의 점경點景」, 《사해공론》 1권 6호, 1935. 10.

19. 이상, 「오감도 시제2호」, 『이상 전집 1』, 권영민 엮음, 뿔, 2009.

20. 고영한高永翰, 「신문기사로 본 10년 조선」, 《별건곤》 1930. 1, 여기서는 김진송의 『서울에 딴스홀을 허許하라』(현실문화연구, 1999)에서 재인용.

21. "1930년대 식민지 조선의 문학에서 백화점 그 자체는 수시로 등장한다. 백화점은 '고소한 커피 냄새가 훙건'한 곳(미쓰코시)이며, 소일거리를 주는 곳(이효석의 「일표一票의 공능功能」)이며, 약속장소로 애용되는 곳이다(이효석, 「장미 병들다」). 돈 없는 자들도 생활의 기분전환을 위해 선용하는 곳이며(이효석, 「계절」), 자본의 독점화를 예시하는 상징이기도 하다(이효석, 「마작철학麻雀哲學」). 또 저녁 먹은 후 산책을 하는 곳이며(김기림, 「바다의 환상幻想」), 이국적인 '아이스크림·스토로베리·밀크'나(김기림, 「바다의 유혹誘惑」), 서양식 점심인 '난찌'를 먹을 수 있는 곳이기도 하다(채만식, 『태평천하』). 이상의 「날개」나 박태원의 『여인성장』에서도 도시를 조감할 수 있는, 즉 경성을 시각적으로 '장악'할 수 있도록 '새의 눈'을 달아주는 곳이기도 하다. 나아가 계급모순이 '진열'될 수 있는 곳이기도 하다(강경애, 『인간문제』). 그리고 이 모든 양상을 종합하는 것이 '소설가의 꿈'이란 왜 그리 지저분하오 차茶집이 나오고 「화신花信상회」가 나오고 전차電車가 나

오고'라는 김기림의 말이다. 백화점은 전차와 같이 묘사에서 빠지면 일을 재현하기가 곤란해지는 그런 것이었던 셈이다." 이성욱, 『한국 근대문학과 도시문화』, 문화과학사, 2004.

22. 이 무렵 경성은 도시 공간의 기능적 분화를 통해 근대 도시로 거듭나고 있었다. 김백영은 식민지 도시 경성에 대한 연구서인 『지배와 공간』에서 이렇게 적는다.

"이 시기 경성의 도시 공간은 경제 중심인 본정과 정치 중심인 광화문통, 종교 중심인 남산과 군사 중심인 용산 등으로 짜인 도시 공간의 기능적 분화 양상을 드러낸다. 우선 일본인들만의 공간이었던 남촌은 어떻게 경성의 경제 중심 혹은 상업·금융 중심지로서의 자리를 굳히게 되었을까? 남촌의 대표적 가로인 황금정길오늘날의 을지로은 1912년 시구 개수 사업을 통해 대한문-광희문 간 도로로 건설되면서 제 모습을 갖추게 되었다. 황금정 길은 보차도步車道가 구분된 서울 최초의 도로였으며, 도로 개설 직후부터 그 좌우에 동양척식회사, 조선식산은행 등 대규모 은행·회사가 속속 들어섬으로써 중심 업무 지구로 급성장하게 된다. 그 대표적인 예로 들 수 있는 것이 조선은행 앞선은전 광장, 이른바 '센긴마에鮮銀前 광장'의 형성이다. 선은전 광장은 1897년 일본영사관과 거류민 총대역장, 상업회의소가 남대문로와 진고개의 교차점에 자리 잡음으로써 일본인 거류지의 중심이 되었는데, 러일전쟁 이후 일본의 지배권이 강화되면서 서울의 새로운 중심으로 성장하게 된다. 당시 일본의 저명한 건축가인 다츠노 긴코가 설계한 조선은행은, 원래 1907년 11월 제일은행 경성 지점의 신사옥 건축으로 착공되었다가 1912년 1월 조선은행 사옥으로 준공되었는데, 1913년에 본정 연선으로 이전해왔다. 남대문통 주변이 금융·경제 중심으로 발전하기 시작한 것은 이를 계기로 해서였다." 김백영, 『지배와 공간』, 문학과지성사, 2009.

23. 박태원·조이담, 『구보씨와 더불어 경성을 가다』, 바람구두, 2005.

24. 이상, 「건축무한육면각체」, 『이상 전집 1』, 권영민 엮음, 뿔, 2009.

25. 김기림, 「고 이상의 추억」, 《조광》, 조선일보사, 1937. 6.

26. 이상, 「날개」, 『이상 전집 2』, 권영민 엮음, 뿔, 2009.

27. 이상, 「날개」, 같은 책.

28. 에마뉘엘 레비나스, 『존재에서 존재자로』, 서동욱 옮김, 민음사, 2003.

29. 발터 벤야민, 『아케이드 프로젝트 1』, 조형준 옮김, 새물결, 2005.

30. 발터 벤야민, 같은 책.

31. 이상, 「날개」, 앞의 책.

32. 발터 벤야민, 앞의 책.

33. 이상, 「날개」, 앞의 책.

34. 이상, 「날개」, 같은 책.

35. 이상, 「날개」, 같은 책.

36. 이상, 「날개」, 같은 책.

37. 이상, 「날개」, 같은 책.

38. 니체, 『인간적인, 너무나 인간적인』, 김미기 옮김, 책세상, 2002.

39. 이상, 「날개」, 앞의 책.

40. 다카야마 히로시, 「상인 아리스티드 부시코의 세기말」, 여기서는 가시마 시게루의 『백화점의 탄생』(장석봉 옮김, 뿌리와 이파리, 2006)에서 재인용.

41. 마이클 밀러, 『봉 마르셰 - 부르주아 문화의 백화점, 1869~1920』, 여기서는 가시마 시게루의 『백화점의 탄생』(장석봉 옮김, 뿌리와 이파리, 2006)에서 재인용.

42. 가시마 시게루, 앞의 책.

43. 가시마 시게루, 같은 책.

44. 《삼천리》, 1931. 11.

45. 《삼천리》, 1932. 5.

46. 김백영, 앞의 책.

47. 《삼천리》, 1931. 3.

48. 『신판대경성안내新版大京城案內』, 경성, 경성도시문화연구소, 1936.

49. 김백영, 앞의 책.

50. 「대경성광무곡大京城狂舞曲」,《별건곤》, 1929. 1.

51. 이성욱, 『한국 근대문학과 도시문화』, 문화과학사, 2004.

52. 이성욱, 같은 책.

53. 「엽서통신: 종로-통행인」,《별건곤》, 1930. 11.

54. 고봉준, 『모더니티의 이면』, 소명출판, 2007.

55. 이상, 「운동」, 『이상 전집 1』, 권영민 엮음, 뿔, 2009.

56. 신범순, 앞의 책.

57. 이상, 「건축무한육면각체-AU MAGASIN DE NOUVEAUTES」, 앞의 책.

3부 이상異相—— 근대의 산책자들

1. 레베카 솔닛, 『걷기의 역사』, 김정아 옮김, 민음사, 2003.

2. 정수복, 『파리의 장소들』, 문학과지성사, 2010.

3. 레베카 솔닛, 앞의 책.

4. 레베카 솔닛, 같은 책.

5. 레베카 솔닛, 같은 책.

6. 보들레르, 여기서는 레베카 솔닛의 『걷기의 역사』(김정아 옮김, 민음사 2003)에서 재인용.

7. 발터 벤야민, *Charles Baudelaire, A Lyric Poet in the Era of High Capitalism*, London: Verso, 1983, 여기서는 그램 질로크의 『발터 벤야민과 메트로폴리스』(노명우 옮김, 효형출판, 2005)에서 재인용.

8. 발터 벤야민, 같은 책, 그램 질로크의 같은 책에서 재인용.

9. 《삼천리》, 1936. 6.

10. 박태원, 『소설가 구보씨의 일일』, 문학과지성사, 2005.

11. 박태원, 같은 책.

12. 이상, 「가외가전街外街傳」, 《시와 소설》, 1936. 3.

13. 함대훈, 「고독한 산보자의 환상」, 《조선중앙일보》, 1933. 9.

14. 발터 벤야민, 『아케이드 프로젝트 2』, 조형준 옮김, 새물결, 2006.

15. 그램 질로크, 앞의 책.

16. 임화, 「어떤 청년의 참회」, 《문장》, 1940. 2, 여기서는 김외곤의 『임화 문학의 근대성 비판』(새물결, 2009)에서 재인용.

17. 김외곤, 같은 책.

18. 임화, 「조선 문학 연구의 일 과제」, 김외곤 편, 『임화 전집 2』, 박이정, 2001.

19. 임화, 「임화의 기소장과 법정 진술」, 《민주전선》, 1953. 8, 여기서는 김외곤의 『임화 문학의 근대성 비판』(새물결, 2009)에서 재인용.

20. 임화, 「서울 키노 영화 '화륜'에 대한 비판」, 《조선일보》, 1931. 3.

21. 조용만, 『구인회 만들 무렵』, 정음사, 1984.

22. 조용만, 「이상 시대, 젊은 예술가들의 초상」, 『그리운 그 이름, 이상』, 김유중·김주현 엮음, 지식산업사, 2004.

23. 이태준, 여기서는 고은의 『이상 평전』(향연, 2003)에서 재인용.

24. 발터 벤야민, 『아케이드 프로젝트 1』, 조형준 옮김, 새물결, 2005.

25. 발터 벤야민, 『1900년경 베를린의 유년시절/베를린 연대기』, 윤미애 옮김, 길, 2007.

26. 박태원, 『소설가 구보씨의 일일』, 문학과지성사, 2005.

27. 박태원, 같은 책.

28. 발터 벤야민, 여기서는 그램 질로크의 앞의 책에서 재인용.

29. 박태원, 「옹노만어擁盧萬語」, 《조선일보》, 1938. 1.

30. 조용만, 「박태원과 이상」, 『30년대의 문화 예술인들』, 범양사, 1988.

31. 박일영, 「북녘에서 보낸 구보仇甫의 36년을 더듬다」, 『작가세계』, 2009, 가을호.

32. 박일영, 같은 글.

33. 박일영, 같은 글.

34. 박태원,『소설가 구보씨의 일일』, 문학과지성사, 2005.

35. 이상, 「실화」,『이상 전집 2』, 권영민 엮음, 뿔, 2009.

36. 조영복,『문인기자 김기림과 1930년대 '활자-도서관'의 꿈』, 살림, 2007.

37. 조영복, 같은 책.

38. 조영복, 같은 책.

39. 김기림, 「이상의 모습과 예술」,『그리운 그 이름, 이상』, 김유중·김주현 엮음, 지식산업사, 2004.

40. 김기림,『김기림 전집 2』, 심설당, 1988.

41. 김기림, 「도시풍경 1, 2」,『김기림 전집 5』, 심설당, 1988.

42. 조영복, 앞의 책.

43. 조영복, 같은 책.

44. 조영복, 같은 책.

45. 김유정, 「만무방」,『동백꽃』, 한국문학전집 14, 문학과지성사, 2005.

46. 김유정, 「노다지」, 같은 책.

47. 김유정, 「금 따는 콩밭」, 같은 책.

48. 목병정, 「삭주 금광 채광관朔州 金鑛採鑛觀」,《삼천리》, 1934. 5, 여기서는 전봉관의『황금광시대』(살림, 2005)에서 재인용.

49. 이상, 「실화」,『이상 전집 2』, 권영민 엮음, 뿔, 2009.

50. 이상, 「차8씨의출발」,『이상 전집 1』, 권영민 엮음, 뿔, 2009.

51. 권영민,『이상전집 1』, 권영민 엮음, 뿔, 2009.

52. 구순모,『대산문화』, 2010, 가을호.

53. 박태원,『소설가 구보씨의 일일』, 문학과지성사, 2005.

54. 박로아, 「카페의 정조情調」,《별건곤》, 1929. 9, 여기서는 김진송의『서울에 딴스홀을 허許하라』(현실문화 연구, 1999)에서 재인용.

55. 이상, 「선에 관한 각서 5」,『이상 전집 1』, 권영민 엮음, 뿔, 2009.

4부 이상理想 ── 시작을 위한 에필로그

1. 김윤식,『이상연구』, 문학사상사, 1987.
2. 자크 아탈리,『호모 노마드 유목하는 인간』, 이효숙 옮김, 웅진닷컴, 2005.
3. 미셸 푸코,『정신병과 심리학』, 박혜영 옮김, 문학동네, 2002.
4. 프리드리히 니체,『차라투스트라는 이렇게 말했다』, 정동호 옮김, 책세상, 2002.
5. 김기림,《조광》, 1937. 6.
6. 이상,「최후」,『이상 전집 1』, 권영민 엮음, 뿔, 2009.
7. 김향안,「이상理想에서 창조된 이상李箱」,『그리운 그 이름, 이상』, 김유중·김주현 엮음, 지식산업사, 2004.
8. 김기림,『이상선집』서문, 백양당, 1949. 3, 여기서는 권영민의『이상 텍스트 연구』(뿔, 2009)에서 재인용.
9. 박태원,「이상의 편모片貌」, 여기서는 권영민의『이상 텍스트 연구』(뿔, 2009)에서 재인용.
10. 정지용, 여기서는 신범순의『이상의 무한정원 삼차각나비』(현암사, 2007)에서 재인용.

책을 끝내면서

1. 들뢰즈/가타리는『천 개의 고원』에서 이렇게 적는다.
"다양, 그것을 만들어야만 한다. 하지만 언제나 상위 차원을 덧붙임으로써가 아니라 오히려 반대로 가장 단순하게, 냉정하게, 이미 우리에게 익숙한 차원들의 층위에서, 언제나 n-1에서하나가 다양의 일부가 되려면 언제나 이렇게 빼기를 해야 한다 다양체를 만들어내야 한다면 유일l'unique을 빼고서 n-1에서 써라. 그런 체계를 리좀이라고 부를 수 있을 것이다."

이상의 시와 소설들이 그토록 다양한 해석을 부르는 것은 바로 그 때문이다. 이상 문학 자체가 리좀이다. 들뢰즈/가타리는 리좀에 대해서 어떻게 말하는가?

"리좀은 아주 상이한 기호 체계들 심지어는 비-기호들의 상태들을 작동시킨다. 리좀은 '하나'로도 '여럿'으로도 환원될 수 없다. 리좀은 둘이 되는 '하나'도 아니며 심지어는 곧바로 셋, 넷, 다섯 등이 되는 '하나'도 아니다. 리좀은 '하나'로부터 파생되어 나오는 여럿도 아니고 '하나'가 더해지는 여럿$n+1$도 아니다. 리좀은 단위들로 이루어져 있지 않고, 차원들 또는 차라리 움직이는 방향들로 이루어져 있다. 리좀은 시작도 끝도 갖지 않고 언제나 중간을 가로지르며, 중간을 통해 자라고 넘쳐난다. 리좀은 n차원에서, 주체도 대상도 없이 고른 판 위에서 펼쳐질 수 있는 선형적 다양체들을 구성하는데, 그 다양체들로부터는 언제나 '하나'가 빼내진다$n-1$."

이상 문학은 적어도 한 세기 정도 지나야만 나오는 철학 개념의 준거틀로만 비로소 이해할 수 있다. 이상 문학이 내재화하는 무질서나 일탈이 사실은 당대인들은 도무지 듣도 보도 못했으니 그게 '리좀'이라는 이질적 질서라는 걸 누가 알 수 있었으랴. 그만큼 앞서가는 문학이었기 때문에 이상 문학에 퍼부어진 당대의 냉대와 몰이해는 어쩌면 당연한 일이다. 아주 소수의 사람들만이 이상 문학의 새로움을 눈치 챌 수 있었다.

2. 쓰레기란 무엇인가? 현대에 들어와 쓰레기야말로 삶을 규정하는 강력한 요소 중의 하나다. 그것은 현대의 질서 구축 과정에서 나오며, 생산의 불가피한 이면이다. 모든 유용한 생산이 있는 곳에는 반드시 쓰레기가 나온다. 현대의 생산 활동과 쓰레기 생산은 연동되어 있다. 생산이 날마다 이루어진다면 쓰레기도 날마다 만들어지고 배출된다. 따라서 우리 삶의 쾌적함은 전적으로 쓰레기를 "얼마나 솜씨 좋고 능숙하게" 치우느냐에 달려 있다. 지그문트 바우만은 이렇게 말한다.

"쓰레기는 모든 생산의 어둡고 수치스러운 비밀이다. 아마 비밀로 남아 있는 것이 나을지도 모르겠다. 산업계의 우두머리들은 쓰레기에 대한 언급

자체를 하지 않으려고 하며, 강한 압력을 가해야만 그것의 존재를 인정한다. 그러나 설계도에 따른 삶에서는 과잉이라는 전략을 피할 수 없기 때문에, 그리고 생산 활동을 자극하고 격려하고 유발하는 전략 또한 쓰레기 생산을 자극하기 때문에 쓰레기 은폐는 매우 어렵게 된다. 쓰레기는 그 엄청난 양 때문에 감추거나 은폐하는 것이 불가능하다. 따라서 쓰레기 처리 산업은 결코 사라지지 않을 현대적 생산의 한 부분_{다른 수단에 의한 은폐 정책으로서,} 이후의 억눌린 것의 복귀를 막는 것이 목표인 보안(안전) 서비스 산업과 더불어인 것이다. 현대적 생존 — 현대적 생활방식의 생존 — 은 얼마나 솜씨 좋고 능숙하게 쓰레기를 치울 수 있느냐에 달려 있다." 지그문트 바우만, 『쓰레기가 되는 삶들』, 정일준 옮김, 새물결, 2008.

3. 이들은 넘쳐남으로 호모 사케르^{homo sacer}의 범주에 든다. 조르조 아감벤이 처음으로 제안한 개념에 따르면 그들은 예외지대에 있고, 내부에 포획되지 않는 한 법의 보호효력이 미치지 않는 곳을 떠도는 잉여 존재들이다. "호모 사케르는 현대에 들어와 질서정연한_{법을 준수하는/규칙이 지배하는} 주권 영역을 생산하는 과정에서 배출된 인간쓰레기의 일차적 범주이다."

모든 국민국가는 법과 무법, 유용한 생산품과 쓰레기의 분류 권력을 쥐고 있다. 국민국가들은 생산 활동에도 비용을 지불하지만 인간쓰레기를 분리하고 처리하는 일에도 많은 비용을 쓴다. 일본 제국주의 지배 아래에 있던 이상과 그의 벗들인 모던뽀이들은 피식민지의 잉여 존재로서 쓰레기로 분리되고 배제된다. 그들은 국민국가의 분류에서 쓸모없는 쓰레기, 위험한 전염병균, 국가 질서를 위협하는 잠재적 범죄자 집단이기 때문이다. 그들이 국민국가의 질서와 경계 밖으로 튕겨나가면 그들은 언제라도 검열과 배제의 권력에 의해 인간쓰레기로 분류되어 청소될 것이다. 이상이 동경에서 일본 경찰의 불심검문에 걸려 불령선인으로 체포되고 유치장에 갇힌 것도 그 때문이다. 그것은 일본 제국주의의 입장에서 보자면 일종의 인간쓰레기를 청소하는 일이다.

4. 유광열, 「대경성의 점경」, 《사해공론》, 1935. 10, 여기서는 장유정의 『다방

과 카페, 모던보이의 아지트』(살림, 2008)에서 재인용.

5. 이상,《가톨릭청년》, 1936. 2.

6. 이상은 이렇게 적는다.

    "현대인의 특질이요 질환인 자의식 과잉은 이런 권태치 않을 수 없는 권태
    계급의 철저한 권태로 말미암음이다. 육체적 한산閑散, 정신적 권태 이것을
    면할 수 없는 계급이 자의식의 과잉의 절정을 표시한다."「권태」,《조선일
    보》, 1937. 5.

    이 글은 이상이 동경에서 1936년 12월 19일 새벽에 쓴 것으로 추정된다.
    이상이 죽은 뒤 신문에 발표되었다.

7. 이상,「동경東京」,《문장》, 1939. 5.

1904

모던뽀이들   이태준 11월 4일, 강원도 철원군 출생.

1906

모던뽀이들   구본웅 3월 7일 서울 출생.

1908

모던뽀이들   임화 10월 13일 서울 낙산 출생. 본명 임인식林仁植.

김기림 5월 11일 함경북도 학성군 출생.

김유정 1월 11일 서울 종로구 운니동 출생.

1910

이상(1세)   9월 23일 경성부 북부 순화방 반정동 4통 6호 출생.

아버지 김연창金演昌, 어머니 박세창朴世昌, 조부 김병복金炳福.

2남 1녀 중 장남, 누이동생 김옥희金玉姬, 남동생 김운경金雲卿.

본명 김해경金海卿, 본관 강릉江陵, 본적 경성부 통동 154번지.

모던뽀이들   박태원 1월 6일 경성부 다옥정 7번지 출생.

1913

이상(3세)   백부 김연필金演弼, 백모 김영숙金英淑의 양자로 들어가 성장.

1917

이상(8세)   신명학교新明學校 입학, 구본웅을 동기생으로 만남.

1921

이상(12세)   신명학교 졸업 후 동광학교東光學校 입학.

모던뽀이들   임화 보성중학교 입학.

김기림 보성고등보통학교 입학.

이태준 휘문고등보통학교 입학.

1922

이상(13세)   보성고등보통학교普成高等普通學校 편입(동광학교가 보성고등보통학교
와 합병), 이헌구·임화·원용석을 동기생으로 만남.

모던뽀이들   박태원 경성사범부속보통학교 졸업 후 경성제일공립보통학교 입학.

1924

이상(15세)   유화〈풍경〉입선(교내 미술전람회).

모던뽀이들   이태준 동화「물고기 이야기」발표, 휘문고보 퇴학 후 일본 유학.

김유정 휘문고등보통학교 재학.

1926

이상(17세)   보성고등보통학교 졸업, 경성고등공업학교京城高等工業學校 건축
과 입학.

모던뽀이들   임화《매일신보》·《조선일보》에 시와 수필 발표.

박태원 이광수에게 문학 지도를 받음, 「누님」당선으로 문단 데
뷔,《동아일보》·《신생》등에 시와 평론 발표.

1927

이상(18세)   경성고등공업학교 학생 회람지《난파선難破船》편집과 시 발표.

모던뽀이들   임화 카프 가맹, 아나키즘 논쟁 참여.

이태준 일본 유학 중단 후 귀국.

구본웅 조각〈얼굴 습작〉특선(조선미술전람회).

1928

이상(19세)   필명 이상李箱을 경성고등공업학교 졸업기념 사진첩에 남김.

모던뽀이들   임화〈유랑〉·〈혼가〉의 주연배우와 카프 중앙위원으로 활동.

박태원 부친 사망 후 소설「최후의 모습」발표.

구본웅 일본 유학.

1929

이상(20세) 3월 경성고등공업학교 건축과 수석 졸업.

4월 조선총독부 내무국 건축과 기수 발령.

11월 조선총독부 관방회계과 영선계로 이동.

12월 조선건축회朝鮮建築會의 일본어 학회지《조선과건축朝鮮と建築》표지 도안 현상 모집에 1 · 3등으로 당선.

모던뽀이들 임화 「네거리의 순이」 · 「우리 오빠와 화로」 발표, 일본으로 떠남.

김기림 니혼 대학 졸업 후《조선일보》사회부 기자로 임용, 이후 학예부 기자로 옮김.

박태원 제일고보 졸업 후 도쿄 호세이 대학 예과 입학, 시 「외로움」, 소설 「해하의 일야」, 콩트 「최후의 모욕」 발표.

이태준 《개벽》기자로 입사,《학생》·《신생》등의 잡지 편집.

김유정 휘문고등보통학교 졸업, 강원도 춘성으로 이사.

1930

이상(21세) 폐결핵 발병, 장편소설 『12월 12일』 (조선총독부 잡지《조선朝鮮》국문판에 9회) 연재.

모던뽀이들 박태원 도쿄 호세이 대학 중퇴 후 귀국, 단편 「수염」 발표, 「적멸」 연재 및 「꿈」 발표.

이태준 이순옥과 결혼.

김유정 연희전문학교 문과 입학, 박녹주에게 구애, 늑막염 발병.

구본웅 독립미술가협회 조직.

1931

이상(22세) 서양화 〈자화상〉 입선(조선미술전람회).

시:「이상한가역반응」-「파편의 경치」·「▽의유희」·「수염」·「BOITEUX · BOITEUS」·「공복」(《조선과건축》),「조감도」-「2인···1···」·「2인···2···」·「신경질적으로비만한삼각형」·「LE URINE」·「얼굴」·「운동」·「광녀의고백」·「흥행물천사」(《조선과건축》),「삼차각설계도」-「선에관한각서 1, 2, 3, 4, 5, 6, 7」(《조선과건축》)

| 모던뽀이들 | 임화 일본에서 돌아와 카프 장악, 이귀례와 결혼, 카프 1차 검거 |
로 투옥 및 석방.

이태준 《조선중앙일보》 학예부 기자로 취직.

김유정 연희전문학교 중퇴 후 보성전문학교 입학한 뒤 자퇴.

1932

이상(23세)　5월 7일 백부 김연필 뇌일혈로 사망.

시: 「건축무한육면각체」 「AU MAGASIN DE NOUVEAUTES」
· 「열하약도 No.2」 · 「진단 0:1」 · 「22년」 · 「출판법」 · 「차8씨의 출
발」 · 「대낮」(《조선과건축》)

단편소설: 「지도의 암실」(《조선》, 필명 비구), 「휴업과 사정」
(《조선》, 필명 보산)

모던뽀이들　임화 카프 서기장이 됨.

김기림 신보금과 결혼, 《조선일보사》 복직.

김유정 브나로드 운동 참여, 실레마을 야학 개설, 충남 예산 금
광을 전전, 단편 「심청」 탈고.

1933

이상(24세)　3월 조선총독부 기수직 사직, 황해도 배천 온천에서 요양.

다방 '제비' 개업, 8월 결성된 구인회 동인 박태원 · 이태준 · 정지
용 · 김기림과 교류 시작.

시: 「꽃나무」 · 「이런시」 · 「거울」(《가톨닉청년》)

모던뽀이들　임화 김남천과 「물!」 논쟁.

김기림 구인회 결성.

박태원 구인회 가입, 「반년간」 발표.

이태준 구인회 조직.

김유정 「산골 나그네」 발표, 실레마을에 금병의숙 열고 문맹퇴
치운동, 「총각과 맹꽁이」 발표, 폐결핵 진단.

구본웅 일본 유학 후 귀국, 목일회 · 백만회 등의 미술단체 창립.

1934

이상(25세)　김유정 · 김환태 등과 구인회 가입.

《조선중앙일보》에 「오감도」 연재 중 독자 항의로 중단.

시:「오감도」-「시제1호」·「시제2호」·「시제3호」·「시제4호」·「시제5호」·「시제6호」·「시제7호」·「시제8호」·「시제9호」·「시제10호」·「시제11호」·「시제12호」·「시제13호」·「시제14호」·「시제15호」(《조선중앙일보》),「보통기념」(《월간매신》),「소·위·영·제」(《중앙》)

단편소설:「지팡이 역사」(《월간매신》)

수필:「혈서삼태」(《신여성》),「산책의 가을」(《신동아》)

모던뽀이들　임화 카프 2차 검거 모면, 이귀례와 헤어짐.

박태원 김정애와 결혼,「소설가 구보씨의 일일」·「딱한 사람들」·「애욕」·「창작어록 표현, 묘사, 기교」발표, 구인회에서「언어와 문장」강연.

김유정「정분」·「만무방」·「애기」·「노다지」·「소낙비」발표.

1935

이상(26세)　박태원의「소설가 구보씨의 일일」에 삽화 연재(《조선중앙일보》).

다방 '제비' 폐업, 금홍과 결별.

카페 '쓰루' 인수 후 폐업, 다방 '69' 개업 후 양도.

다방 '무기' 경영 후 폐업, 성천·인천 등을 유랑.

인쇄소 '창문사'에 일자리를 구함.

송경과 함께 세계동화 7편 번역, 《목마》에 표지 삽화 그림.

시:「정식」(《가톨닉청년》),「지비」(《조선중앙일보》)

수필:「문학을 버리고 문화를 상상할 수 없다」(《조선중앙일보》),「산촌여정」(《매일신보》),「배의 역사」(《신아동》)

모던뽀이들　임화 폐결핵 요양을 위해 마산에 내려감, 지하련과 재혼,「조선신문학사론 서설」발표.

김기림「기상도」연재.

박태원 조선신문예강좌에서「소설과 기교, 소설의 감상」강연, 장편소설『청춘송』연재,「길은 어둡고」·「거리」·「비량」·「병원」발표.

이태준 《조선중앙일보》 퇴사, 창작 몰두.

김유정 구인회 후기 동인으로 참여, 이상과 깊은 친분을 가짐,「소낙비」《조선일보》 신춘문예 당선,「노다지」《조선중앙일보》 신춘문에 당선,「금따는 콩밭」·「금」·「떡」·「만무방」·「산골」·「솥」·「봄·봄」·「닙히푸르러 가시든님이」·「조선의 집시-들병이 철학」·「나와 귀뚜람이」·「안해」 발표.
구본웅 〈우인의 초상〉 발표.

1936

이상(27세)
창문사에서 구인회 동인지 《시와소설》 창간호 편집 발간.
김기림의 시집 『기상도』 장정, 6월 변동림과 결혼.
10월 일본 동경행, 일본에서 《삼사문학》 동인과 교류 및 김기림과 서신 왕래.
시: 「지비」-「어디로갔는지모르는안해」(《중앙》), 「역단」(《가톨닉청년》), 「화로」·「아침」·「가정」·「역단」·「행로」·「가외가전」(《시와소설》), 「명경」(《여성》), 「위독」-「금제」·「추구」·「침몰」·「절벽」·「백화」·「문벌」·「위치」·「매춘」·「생애」·「내부」·「육친」·「자상」(《조선일보》), 「I WED A TOY BRIDE」(《삼사문학》)
단편소설: 「지주회시」(《중앙》), 「날개」(《조광》), 「봉별기」(《여성》)
수필: 「조춘점묘」-「보험 없는 화재」·「단지한 처녀」·「차생윤회」·「공지에서」·「도회의 안심」·「골동벽」·「동심행렬」(《매일신보》), 「서망율도」(《조광》), 「여상」(《여성》), 「약수」(《중앙》), 「EPIGRAM」(《여성》), 「동생 옥희 보아라」(《중앙》), 「추등잡필」-「추석」·「삽화」·「구경」·「예의」·「기여」·「실수」(《매일신보》), 「행복」(《여성》), 「가을의 탐승처」(《조광》)

모던뽀이들
김기림 《조선일보사》 휴직, 일본 유학, 첫 시집 『기상도』 발간.
박태원 「천변풍경」·「방란장주인」·「비량」·「진통」·「보고」 등 발표
김유정 「심청」·「봄과 따라지」·「가을」·「두꺼비」·「봄 밤」·「이런 음악회」·「동백꽃」·「야앵」·「옥토끼」 발표, 미완의 장편소설 「생의 반려」 연재, 수필 「오월의 산골작이」·「어떠한 부인을 마지할까」·「전차가 희극을 낳어」·「길」 발표, 「행복을 등진 정열」·「밤이 조금만 짤럿드면」 발표, 단편소설 「정조」·「슬픈 이야기」 발표.

1937

이상(28세)　2월 동경에서 '불량선인'으로 체포된 후 니시간다 경찰서 수감.

3월 건강악화로 보석된 후 동경제국대학 부속병원 입원.

4월 16일 부친 김연창과 조모 사망.

4월 17일 사망.

5월 4일 화장 후 변동림 손에 유해 귀국.

5월 15일 김유정(3월 29일 사망)과 합동 추도식.

6월 10일 미아리 공동묘지에 안장.

시:「파첩」(《자오선》)

소설:「동해」(《조광》),「종생기」(《조광》)

수필:「19세기식」(《삼사문학》),「공포의 기록」(《매일신보》),「권태」(《조선일보》),「슬픈 이야기」(《조광》),「오감도 작자의 말」

모던뽀이들　김기림 3월 20일 이상과 도쿄에서 만남.

박태원「여관주인과 배우」·「성탄제」·「속 천변풍경」 발표.

김유정 서간문「문단에 올리는 말씀」 게재, 수필「강원도 여성」 발표, 매형 유세준의 집에 옮겨와 요양과 치료, 소설「따라지」·「땡볕」·「연기」 발표, 서간문「병상의 생각」 발표, 3월 18일 안회남에게 마지막 편지를 보냄, 3월 29일 사망.

1938

이상(사후 1년)　시:「무제」(《맥》)

소설:「환시기」(《청색지》)

수필:「문학과 정치」(《사해공론》)

모던뽀이들　임화 첫 시집『현해탄』 발간.

박태원「염천」 발표,「명랑한 전망」 연재,『소설가 구보씨의 일일』(문장사)·『천변풍경』(박문서관) 출간.

구본웅 미술지《청색지》 발간.

1939

이상(사후 2년)　시:「무제」(《맥》)

소설:「실화」(《문장》),「단발」(《조선문학》),「김유정」(《청색지》)

수필:「실낙원」(《조광》),「소녀」·「육친의 장」·「실낙원」·「면경」·「자화상」·「월상」·「병상 이후」(《청색지》),「최저낙원」(《조

	선문학》),「동경」(《문장》)
모던뽀이들	김기림 귀국 후《조선일보사》복직.
	박태원 『박태원 단편집』 출간,「이상의 비련」·「윤초시의 상경」 ·「골목안」 발표.
	이태준 《문장》지 편집인으로 활동.

1940
이상(사후 3년)　시:「청령」·「한 개의 밤」(김소운의 『젖빛 구름』)

1949
이상(사후 12년)　『이상선집』 발간(김기림 엮음, 백양사).

1956
이상(사후 19년)　『이상전집』 전 3권 발간(임종국 엮음, 태성사).
시:「척각」·「거리」·「수인이만든소정원」·「육친의장」·「내과」·
「골편에관한무제」·「가구의추위」·「아침」·「최후」
수필: 사신 9편(김기림에게 보낸 편지 7편, 안회남에게 보낸 편지 1편, 동생 김운경에게 보낸 편지 1편)

1960
이상(사후 23년)　발굴 자료 소개(조연현,《현대문학》).
「무제」·「1931년」·「얼마 안 되는 변해」·「무제」·「무제」·
「이 아해들에게 장난감을 주라」·「모색」·「무제」·「구두」·「어리석은 석반」·「습작 쇼오 윈도우 수점」·「무제」·「애야」·「회한의 장」

1976
이상(사후 39년)　발굴 자료 소개(조연현,《문학사상》).
「단장」·「첫 번째 방랑」·「불행한 계승」·「객혈의 아침」·「황의 기」-「작품 제1번」·「작품 제3번」,「여전준일」·「월원등일랑」·
「공포의 기록 서장」·「공포의 성채」·「야색」·「단상」

1977

이상(사후 40년)　『이상소설전작집』·『이상수필전작집』·『이상시전작집』 발간
(이어령, 갑인출판사).

'이상문학상' 제정(《문학사상》).

··· 참고문헌 ···

가시마 시게루,『백화점의 탄생』, 장석봉 옮김, 뿌리와이파리, 2006.

강명관 엮음,『사라진 서울』, 푸른역사, 2009.

강심호,『대중적 감수성의 탄생』, 살림, 2005.

고미숙,『한국의 근대성, 그 기원을 찾아서』, 책세상, 2001.

고봉준,『모더니티의 이면』, 소명출판, 2007.

고은,『이상 평전』, 향연, 2003.

권보드래,『연애의 시대』, 현실문화연구, 2003.

권영민,『이상 텍스트 연구』, 뿔, 2009.

권용선,『세계와 역사의 몽타주, 벤야민의 아케이드 프로젝트』, 그린비, 2009.

그램 질로크,『발터 벤야민과 메트로폴리스』, 노명우 옮김, 효형출판, 2005.

김남수·윤종배·이제은·최병택·홍동현 엮음,『100년 전의 한국사』, 휴머니
　　스트, 2010.

김백영,『지배와 공간』, 문학과지성사, 2009.

김수진,『신여성, 근대의 과잉』, 소명출판, 2009.

김승희 편,『한국현대시인연구 6 - 이상』, 문학세계사, 1993.

김양선,『1930년대 소설과 근대성의 지형학』, 소명출판, 2003.

김외곤,『임화 문학의 근대성 비판』, 새물결, 2009.

김유정문학촌 편,『김유정 문학의 재조명』, 소명출판, 2008.

김유중·김주현 엮음,『그리운 그 이름, 이상』, 지식산업사, 2004.

김윤식, 『이상 연구』, 문학사상사, 1987.

김종회, 『박태원』, 한길사, 2008.

김진송, 『서울에 딴스홀을 허하라』, 현실문화연구, 1999.

김학동, 『김기림 평전』, 새문사, 2001.

김홍중, 『마음의 사회학』, 문학동네, 2009.

노지승, 『유혹자와 희생양』, 예옥, 2009.

노형석·이종학, 『모던의 유혹 모던의 눈물』, 생각의나무, 2004.

루이지 조야, 『아버지란 무엇인가』, 이은정 옮김, 르네상스, 2009.

뤽 브노와, 『기호·상징·신화』, 박지구 옮김, 경북대학교 출판부, 2006.

미셸 푸코, 『정신병과 심리학』, 박혜영 옮김, 문학동네, 2002.

민족문학사연구소 엮음, 『춘향이 살던 집에서, 구보씨 걷던 길까지』, 창비, 2005.

민태원 외, 『잃어버린 풍경 2, 1920~1940』, 호미, 2005.

박성진, 『모던 스케이프』, 이레, 2009.

박태원, 『소설가 구보씨의 일일』, 문학과지성사, 2005.

발터 벤야민, 『아케이드 프로젝트 1·2』, 조형준 옮김, 새물결, 2005·2006.

상허문학회, 『1930년대 후반문학의 근대성과 자기성찰』, 깊은샘, 1998.

소영현, 『부랑청년 전성시대』, 푸른역사, 2008.

수잔 벅 모스, 『발터 벤야민과 아케이드 프로젝트』, 김정아 옮김, 문학동네, 2004.

수전 손택, 『은유로서의 질병』, 이재원 옮김, 이후, 2002.

신명직, 『모던뽀이 경성을 거닐다』, 현실문화연구, 2003.

신범순 외, 『이상 문학 연구의 새로운 지평』, 역락, 2006.

신범순 외, 『이상의 사상과 예술』, 신구문화사, 2007.

신범순, 『이상의 무한정원 삼차각나비』, 현암사, 2007.

신범순, 『한국 현대시의 퇴폐와 작은 주체』, 신구문화사, 1998.

신형철, 『몰락의 에티카』, 문학동네, 2008.

안미영,『이상과 그의 시대』, 소명출판, 2003.

안창남 외,『잃어버린 풍경 1, 1920~1940』, 호미, 2005.

알렌카 주판치치,『정오의 그림자』, 조창호 옮김, 도서출판b, 2005.

앙투안 콩파뇽,『모더니티의 다섯 개 역설』, 이재룡 옮김, 현대문학, 2008.

에마뉘엘 레비나스,『존재에서 존재자로』, 서동욱 옮김, 민음사, 2003.

연구공간 수유+너머 근대매체연구팀,『매체로 본 근대 여성 풍속사 ─ 신여성』,
    한겨레신문사, 2005.

윤해동,『식민지 근대의 패러독스』, 휴머니스트, 2007.

윤해동·천정환·허수·황병주·이용기·윤대석 엮음,『근대를 다시 읽는다
    1·2』, 역사비평사, 2006.

이경민,『경성, 사진에 박히다』, 산책자, 2008.

이경훈,『대합실의 추척』, 문학동네, 2007.

이경훈,『이상, 실천의 수사학』, 소명, 2000.

이경훈,『한국근대문학 풍속사전』, 태학사, 2006.

이상,『이상 단편선 ─ 날개』, 김주현 책임편집, 문학과지성사, 2005.

이상,『이상 전집 1·2』, 가람기획, 2004.

이상,『이상 전집 1·2』, 권영민 엮음, 뿔, 2009.

이성욱,『한국 근대문학과 도시문화』, 문화과학사, 2004.

이영아,『육체의 탄생』, 민음사, 2008.

이진경 편,『문화정치학의 영토들』, 그린비, 2007.

이철,『경성을 뒤흔든 11가지 연애사건』, 다산초당, 2008.

이태동 편,『이상』, 서강대학교 출판부, 1997.

《작가세계 ─ 박태원 특집》, 2009, 겨울.

《작가세계 ─ 이태준 특집》, 2006, 겨울.

장 폴 사르트르,『사르트르의 상상계』, 윤정임 옮김, 기파랑, 2010.

장영숙,『고종 44년의 비원』, 너머북스, 2010.

장유정,『다방과 카페, 모던보이의 아지트』, 살림, 2008.

전봉관,『황금광시대』, 살림, 2005.

조영복,『문인기자 김기림과 '활자 - 도서관'의 꿈』, 살림, 2009.

조이담·박태원,『구보씨와 더불어 경성을 가다』, 바람구두, 2009.

조정환,『제국기계 비판』, 갈무리, 2005.

지그문트 바우만,『모두스 비벤디』, 한상석 옮김, 후마니타스, 2010.

지그문트 바우만,『액체근대』, 이일수 옮김, 강, 2009.

지그문트 바우만,『유동하는 공포』, 함규진 옮김, 산책자, 2009.

차승기,『반근대적 상상력의 임계들』, 푸른역사, 2009.

찰스 테일러,『근대의 사회적 상상』, 이상길 옮김, 이음, 2010.

천정환,『근대의 책읽기』, 푸른역사, 2003.

최동호,『정지용』, 한길사, 2008.

최병택·예지숙,『경성리포트』, 시공사, 2009.

테리 이글턴,『반대자의 초상』, 김지선 옮김, 2010.

프랑코 모레티,『근대의 서사시』, 조형준 옮김, 새물결, 2001.

프로이트,『성욕에 관한 세 편의 에세이』, 김정일 옮김, 1996.

피에르 부르디외,『맞불』, 현택수 옮김, 동문선, 2001.

한도 가즈토시,『쇼와사』, 박현미 옮김, 2010.